DUNGEONS & DRAGONS®

Outros títulos de literatura da Jambô

Dungeons & Dragons
A Lenda de Drizzt, Vol. 1 — Pátria
A Lenda de Drizzt, Vol. 2 — Exílio
A Lenda de Drizzt, Vol. 3 — Refúgio
A Lenda de Drizzt, Vol. 4 — O Fragmento de Cristal
A Lenda de Drizzt, Vol. 5 — Rios de Prata
A Lenda de Drizzt, Vol. 6 — A Joia do Halfling
A Lenda de Drizzt, Vol. 7 — Legado
A Lenda de Drizzt, Vol. 8 — Noite Sem Estrelas
A Lenda de Drizzt, Vol. 9 — Cerco das Trevas
A Lenda de Drizzt, Vol. 10 — Passagem para o Alvorecer
A Lenda de Drizzt, Vol. 11 — A Lâmina Silenciosa
A Lenda de Drizzt, Vol. 12 — A Espinha do Mundo

Crônicas de Dragonlance, Vol. 1 — Dragões do Crepúsculo do Outono
Crônicas de Dragonlance, Vol. 2 — Dragões da Noite do Inverno
Crônicas de Dragonlance, Vol. 3 — Dragões do Alvorecer da Primavera
Lendas de Dragonlance, Vol. 1 — Tempo dos Gêmeos
Lendas de Dragonlance, Vol. 2 — Guerra dos Gêmeos
Lendas de Dragonlance, Vol. 3 — Teste dos Gêmeos
Heranças de Dragonlance, Vol. 1 — A Segunda Geração
Heranças de Dragonlance, Vol. 2 — Dragões da Chama do Verão
Crônicas de Raistlin, Vol. 1 — Forja da Alma

Tormenta
Trilogia da Tormenta, Vol. 1 — O Inimigo do Mundo
Trilogia da Tormenta, Vol. 2 — O Crânio e o Corvo
Trilogia da Tormenta, Vol. 3 — O Terceiro Deus
A Joia da Alma
A Deusa no Labirinto
A Flecha de Fogo
A Cidade da Raposa
Crônicas da Tormenta, Vol. 1
Crônicas da Tormenta, Vol. 2
Crônicas da Tormenta, Vol. 3

Dragon Age
Dragon Age, Vol. 1 — O Trono Usurpado
Dragon Age, Vol. 2 — O Chamado
Dragon Age, Vol. 3 — Despedaçado

Para saber mais sobre nossos títulos,
visite nosso site em www.jamboeditora.com.br.

R. A. SALVATORE

A Lenda de Drizzt, Vol. 13

MAR DE ESPADAS

TRADUÇÃO
Carine Ribeiro

JAMBÔ

DUNGEONS & DRAGONS®

FORGOTTEN REALMS®

A Lenda de Drizzt, Vol. 13 — Mar de Espadas

Título Original: The Legend of Drizzt, Book 13: Sea of Swords
Tradução: Carine Ribeiro
Edição: Victória Cernicchiaro
Revisão: Vitória Vozniak
Diagramação: Victória Cernicchiaro
Ilustração da Capa: Todd Lockwood
Ilustrações do Miolo: Dora Lauer e Walter Pax
Auxiliar de Produção: Laura Reginin
Editora-Chefe: Karen Soarele
Diretor-Geral: Guilherme Dei Svaldi

Equipe da Jambô: Guilherme Dei Svaldi, Rafael Dei Svaldi, Leonel Caldela, Akila Gabriel, Ana Carolina Gonçalves, Ana Júlia Gamla, Anderson Dornelles, André Schwertz, Bruno Piñeiro, Daniel Boff, Dan Ramos, Dani Marques, Davide Di Benedetto, Elisa Guimarães, Gabriel Adam, Gabriel dos Santos, Jaime de Andruart, José Cerqueira, J. M. Trevisan, Julia Rosiello, Karen Soarele, Laura Reginin, Leticia Mendes, Marcel Reis, Marcelo Cassaro, Marina Alvarez, Marcus Vinicius, Marlon Vernes, Maurício Feijó, Miguel Souza, Priscilla Souza, Tatiana Gomes, Thiago Rosa, Tiago Guimarães, Tiago Orib e Victória Cernicchiaro.

Rua Coronel Genuíno, 209 • Porto Alegre, RS • CEP 90010-350
contato@jamboeditora.com.br • www.jamboeditora.com.br

1ª edição: março de 2025 | ISBN: 978658337590-2

Dados Internacionais de Catalogação na Publicação

S182m Salvatore, R. A.
Mar de espadas / R. A. Salvatore; tradução de Carine Ribeiro.
— Porto Alegre: Jambô, 2025.
368p. il.

1. Literatura norte-americana. I. Ribeiro, Carine. II. Título.

CDU 869.0(81)-311

Dramatis personae

Arumn Gardbico. O proprietário da Cutelo.

Bardoun. Juiz de Luskan.

Bathunk. Um ogro, filho de Chogurugga e Bloog.

Bellany. Feiticeira pirata a serviço de Sheila Kree.

Bloog. Um ogro, capataz da Baía Dourada.

Bonko. Um ogro do Clã Baque.

Bruenor Martelo de Batalha. Um anão do Salão de Mitral.

Callanan. Juiz Sênior em Luskan.

Cannabere. Um dos líderes da Torre Central do Arcano.

Capitão Deudermont. Capitão do *Fada do Mar*, um caçador de piratas.

Carling Badeen. Um pirata sanguinário.

Cassius. Ancião do conselho de Dez-Burgos.

Cattibrie. Filha adotiva muito amada de Bruenor Martelo de Batalha.

Chogurugga. A matriarca ogra do clã Baque.

Colson. Filha adotiva de Wulfgar e Delly.

O Conde do Solar Taskadale. Um nobre "brincando de pirata".

Delenia "Delly" Curtie. Mulher de Wulfgar e mãe adotiva de Colson.

Donbago. Um soldado encarregado de uma torre de guarda remota.

Drizzt Do'Urden. Último filho da casa Do'Urden de Menzoberranzan.

E'kressa, o Vidente. Um vidente gnomo.

Feioso. Apelido de um dos guarda-costas meio-ogro de Gayselle.

Gandalug Martelo de Batalha. Nono Rei do Salão de Mitral.

Gayselle Desbravadora. Comandante de convés do *Quilha Sangrenta.*

Genny. Uma das piratas do *Quilha Sangrenta.*

Ginnick. Um orc da Espinha do Mundo.

Grimsley. Chefe da tripulação de leme do *Fada do Mar.*

Guenhwyvar. Uma pantera poderosa vinda de outro plano de existência.

Harkle Harpell. Um mago conhecido por ser egocêntrico.

Jarlaxle. Líder do bando mercenário drow Bregan D'aerthe.

Jeddith. Irmão de Donbago, também um soldado.

Josi Poças. Um dos valentões locais de Luskan.

Jule Pimenta. Líder de uma gangue de estrada aliada a Sheila Kree.

Kemp. Conselheiro de Targos.

Lady Meralda. Jovem esposa de Lorde Feringal.

Lady Priscilla Auck. Irmã desagradável de Lorde Feringal.

Le'lorinel. Um ser élfico misterioso obcecado por Drizzt Do'Urden.

Liam Porteira. Gnomo responsável por conduzir as carruagens de Lorde Feringal.

Lorde Brandeburgo de Águas Profundas. Uma identidade assumida por Morik, o Renegado.

Lorde Feringal Auck. Lorde do feudo de Auckney.

Mahskevic. Um mago velho e astuto.

Morik, o Renegado. Um ladrão infame nas ruas de Luskan.

Nojheim. Um goblin que já viajou com Drizzt.

Pateta. Um dos guarda-costas meio-ogro de Gayselle.

Rai-guy. Um drow aliado de Jarlaxle.

Ranzinza. Um dos guarda-costas meio-ogro de Gayselle.

Regis. O conselheiro halfling de Bosque Solitário.

Robillard. Mago do *Fada do Mar* e caçador de piratas dedicado.

Sheila Kree. Pirata cruel e astuta, capitã do *Quilha Sangrenta.*

Tamaroot. Conselheiro de Refúgio Leste.

Temigast. Intendente do lorde de Auckney.

Thibbledorf Pwent. Líder da Brigada Esmaga-Tripa do Salão de Mitral.

Tukie. Um velho libertino e imundo das ruas de Luskan.

Tuko. Um orc no lugar errado, na hora errada.

Tunevec. Meio-elfo parceiro de treinos de Le'lorinel.

Val-Doussen. Mago da Torre Central do Arcano.

Walken. Um dos bandidos de Jule Pimenta.

Wulfgar, filho de Beornegar. Sobrevivente a anos de tortura no Abismo.

Introdução

VOCÊ SE LEMBRA DE ONDE ESTAVA QUANDO DESCObriu quem e o que era Bilbo Bolseiro? Eu lembro. E queria muito poder negar, mas sou um nerd de fantasia. Graças aos meus pais, que fizeram disso uma prioridade, fui um leitor ávido a vida inteira. Algumas das minhas memórias de infância mais importantes envolvem eu com a cabeça enfiada em livros escritos por autores incríveis. De Tolkien a Stephen King, sempre fui facilmente capturado por autores com mentes capaz de viajar para lugares que o resto de nós não consegue sequer conceber.

Ao contrário de muitos de vocês, cheguei atrasado para a festa de R. A. Salvatore. Depois de ler a trilogia de O Senhor dos Anéis pela décima vez, nunca mais consegui ler nenhuma outra série de fantasia. Parecia errado ir para qualquer outro mundo que não estivesse pelo menos ligado à Terra Média. Então, conheci Terry Brooks. Logo descobri que Tolkien não era o único autor de histórias e mundos imersivos de fantasia.

Passei alguns anos lendo e relendo a série de Shannara. Até que, um dia, estava passeando por uma livraria quando vi uma capa intrigante, com um drow que chamava a atenção e um felino imenso. A questão é, eu jogo MMOs há anos, e, em todos eles, via alguém — ou vários alguéns — com algum personagem chamado Drizzt ou algum derivado do nome (como eu disse, cheguei atrasado na festa). Naquele dia eu resolvi arriscar e, até hoje, foi uma das melhores decisões da minha vida.

R. A. Salvatore é mais um do grupo seleto de pessoas que foram abençoadas por Deus com um talento que todos desejamos ter. Qualquer autor que consegue levar a mim, o leitor, e transportar para um mundo com o qual me importo, com personagens em que me interesso, já ganha minha atenção. R. A. conseguiu fazer isso desde a primeira página da Trilogia do Elfo Negro. Quanto mais eu lia, mais eu me importava. Acho que sou o que ele chamaria de fã perfeito. Os personagens dele, as vidas deles, são importantes para mim, de um jeito que deveria ter sido justamente a intenção dele quando começou a criar essas pessoas e histórias míticas.

Também preciso acrescentar que sou um leitor tendencioso. Logo depois de descobrir R. A. (e eu o chamar de R. A. não o agrada nem um pouco), abri uma empresa chamada 38 Studios. Era o sonho da minha vida reunir uma lista de talentos para decidir e criar nossa primeira propriedade intelectual. Nesse quadro, não consegui pensar em ninguém melhor para o papel de Liderança Criativa do que R. A. Salvatore. Acho que, entre todas as pessoas no planeta que trabalham com o gênero de fantasia, R. A. é o mais próximo que temos do Tolkien moderno.

Eu sabia que queria pelo menos tentar convencê-lo da ideia. O que eu não sabia era que R. A. não apenas é um torcedor apaixonado do Red Sox como também mora a menos de uma hora da minha casa em Massachusetts. Nossa primeira ligação foi basicamente um bate-e-volta de 45 minutos com os dois repetindo "Não acredito que estou falando com você!".

Você já deve ter deduzido que essa introdução foi escrita de uma forma um tanto parcial, e eu estaria mentindo se negasse. De qualquer maneira, é uma honra terem me chamado para escrevê-la. Vivo em um mundo em que pessoas que não conheço elogiam meu trabalho quando o faço bem, elogios que atraem a atenção do país inteiro por meio de milhões de rádios e televisões. E, por isso, é tão recompensador ter condições de elogiar pessoalmente a vida e o trabalho de outra pessoa.

Falo sobre elogiar a vida dele, porque eu posso fazer isso. Acho que R. A. sabe quanto o acho incrível como escritor, mas, acima de tudo, como pessoa. Nos tornamos amigos muito próximos em muito pouco tempo. Quando você fica amigo de alguém em quem você confiaria sua vida... Bem, isso não é uma coisa que acontece muito nos dias de hoje.

R. A. Salvatore é um bom homem. Dizer que alguém é um "bom homem" é o maior elogio que meu pai poderia fazer a alguém, então, quando ele dizia isso, eu sabia que a pessoa era especial. E é isso que R. A. é. O dom dele, que foi dividido de forma tão generosa com o mundo inteiro pelas últimas duas décadas, é o da habilidade de se encantar. A capacidade dele de fazer os leitores amarem e odiarem, entre uma capa e outra, é realmente única e incrivelmente profunda.

Agora pareço uma criança no que diz respeito à escrita dele. Eu sei quando ele está trabalhando em algum livro novo, e a ideia de dar uma espiada no texto antes de todo mundo me faz sentir como se tivesse acabado de ganhar um presente de Natal com mais frequência do que mereço. Sua esposa, Diane, e seus três filhos são obviamente os pontos principais da existência dele, e a paixão que ele tem por sua escrita e sua vida ficam bem claras para mim sempre que conversamos.

Em suas mãos está um presente, um fruto do dom de R. A. Salvatore, e espero de todo o coração que aprecie a criação maravilhosa que ele se permitiu compartilhar com todos nós.

R. A., o mundo é um lugar melhor porque você está nele. Agradeço profundamente por nos permitir ver os universos vastos que você cria e as pessoas incríveis que vivem neles.

Curt Schilling
Julho de 2007

Prólogo

ELE GIROU AS CIMITARRAS EM MOVIMENTOS CIRCULARES, suaves e certeiros, as conduzindo em arcos delicados e elusivos. Quando viu uma oportunidade, deu um passo à frente e fez um corte para baixo em direção a um ombro aparentemente exposto com uma de suas lâminas. Mas então viu que a pessoa à sua frente, com a cabeça careca brilhando sob a luz do sol, era mais rápida. Com um pé atrás, levantou uma espada longa em um bloqueio sólido e avançou em linha reta, com uma velocidade surpreendente, atacando com um punhal. Em seguida, deu outro passo à frente para esfaquear mais uma vez, mas agora com a espada.

Ele dançou em uma harmonia perfeita com os movimentos fluidos da contraparte mascarada, rodopiando as cimitarras de forma defensiva, cada uma delas seguindo por baixo e por cima contra a espada que ainda atacava. O punhal avançou novamente, na altura do tronco e, então, mais uma vez, mirando baixo.

De cima para baixo, as cimitarras seguiram, no clássico bloqueio duplo baixo. Então, as armas gêmeas subiram quando percebeu um chute vindo em sua direção, aparentemente para desfazer o bloqueio.

O chute não era nada além de uma finta e, quando as cimitarras terminaram de subir, o ser mascarado se deixou cair em um agachamento e lançou a adaga. Ela passou direto antes que as cimitarras pudessem se abaixar o suficiente para outro bloqueio, antes que pudesse firmar os pés e desviar.

Em um lance perfeito para eviscerar alguém, a adaga diabólica o atingiu diretamente no abdome.

— Com certeza é Deudermont! — gritou o tripulante em um tom de voz frenético. — Ele nos viu de novo!

— Ah, mas não tem como ele saber quem somos — lembrou outro.

— Só deixe o navio do outro lado do recife, depois do quebra-mar — instruiu Sheila Kree à timoneira.

Alta e forte, com os braços rijos graças aos anos de trabalho duro e olhos verdes que deixam evidente o ressentimento por esses anos, a mulher ruiva encarava a embarcação que a perseguia, fervilhando de raiva. A escuna de três mastros forçou a tripulação a desistir de o que seria uma pilhagem lucrativa contra um navio mercante mal armado.

— Levante uma névoa para esconder o navio — acrescentou a pirata aos gritos para Bellany, a feiticeira residente do *Quilha Sangrenta*.

— Uma névoa — bufou a feiticeira, sacudindo a cabeça de forma a fazer seu cabelo preto chicotear seus ombros.

A pirata, que mais falava pela espada que pela boca, simplesmente não entendeu. Bellany deu de ombros e começou a conjurar sua magia mais poderosa: uma bola de fogo. Ao terminar, ela não mirou no navio em perseguição à distância — que estava bem longe do alcance dela e que, se fosse mesmo o *Fada do Mar*, não teria dificuldade alguma em se livrar do ataque de qualquer maneira —, mas sim nas águas que o *Quilha Sangrenta* deixava para trás.

As ondas reclamaram, chiando e fervendo quando as chamas as tocaram, levantando uma nuvem densa de vapor logo atrás do navio, que seguia a toda velocidade. Sheila Kree sorriu e assentiu em aprovação. Sua timoneira, uma mulher corpulenta com um rosto largo marcado por covinhas acompanhando um sorriso amarelado, conhecia as águas ao longo da área a oeste da Espinha do Mundo melhor que qualquer pessoa viva. Ela conseguiria navegar por aqui até nas noites mais escuras, se guiando por nada além do som das ondas se chocando contra os recifes. O navio de Deudermont não ousaria segui-los pelas águas perigosas à frente. Logo o *Quilha Sangrenta* passaria pelo terceiro quebra-mar, contornaria a curva rochosa e chegaria ao alto mar, caso ela desejasse, ou se aproximaria ainda mais da costa até uma série de recifes e rochas — um lugar que Sheila e seus companheiros já haviam passado a chamar de lar.

— Não tem como ele saber quem somos — disse o tripulante mais uma vez.

Sheila Kree assentiu, esperando que o homem estivesse certo — e imaginando que ele provavelmente está, uma vez que, embora o *Fada do Mar*, uma escuna de três mastros, tenha uma configuração de velas particularmente marcante, o *Quilha Sangrenta* parecia ser apenas mais uma caravela pequena comum. Mas, como qualquer outro pirata com um pouco de cérebro ao longo da Costa da Espada, Sheila Kree não tinha vontade alguma de entrar em combate com o lendário *Fada do Mar* de Deudermont ou com sua tripulação habilidosa e perigosa, independentemente de quem ele ache que ela seja.

E ela havia escutado rumores de que Deudermont estava atrás dela, embora o motivo do famoso caçador de piratas estar focando nela ainda fosse um mistério. Por reflexo, a mulher poderosa tocou na parte de trás do ombro para sentir o emblema que havia marcado em brasa em si mesma, o símbolo de seu novo poder e ambição. Assim como todas as mulheres que serviam nos grupos novos de Kree, tanto em terra quanto no mar, Sheila ostentava a mesma marca do martelo de guerra poderoso que havia comprado de um idiota em Luskan, a marca de Presa de Égide.

Será que era daí que o interesse súbito de Deudermont havia surgido? Sheila Kree havia descoberto parte da história do martelo e que o dono anterior, um brutamontes bêbado chamado Wulfgar, era amigo do Capitão Deudermont. Era uma ligação, mas a pirata não tinha como ter certeza. Afinal de contas, Wulfgar não havia sido julgado em Luskan por ter tentado assassinar Deudermont?

Sheila Kree deu de ombros e parou de pensar no assunto pouco tempo depois, enquanto o *Quilha Sangrenta* seguia perigosamente em meio à miríade de rochas e recifes até a secreta e protegida Baía Dourada. Apesar da condução habilidosa, o *Quilha Sangrenta* atingiu mais de uma vez alguma plataforma pontiaguda e, quando chegaram à baía, a caravela estava se inclinando a bombordo.

Mas não importava, porque, nesta baía pirata, cercada por paredes de pedras endentadas, Sheila e sua tripulação poderia consertar o navio. O *Quilha Sangrenta* foi levado a uma caverna extensa, o fundo de um sistema de túneis e câmaras que subiam por essa área mais a oeste da

Espinha do Mundo. Esses túneis naturais que, no momento, estavam repletos de fumaça das tochas que queimavam ao longo das paredes, e câmaras rochosas que foram tornadas confortáveis pelos saques do que estava se tornando o bando de piratas mais bem sucedido ao longo das águas ao norte da Costa da Espada.

A feiticeira miúda de cabelos escuros suspirou. Ela provavelmente sabia que, graças à sua magia, provavelmente seria ela quem faria a maior parte destes últimos reparos.

— Maldito seja esse Deudermont! — comentou Bellany.

— Maldita seja nossa covardia, isso sim — comentou de volta um marinheiro fedorento enquanto passava.

Sheila Kree parou na frente do homem que resmungava, olhou para ele com todo o seu desdém e deu-lhe um murro direto na mandíbula.

— Acho que ele nem viu o *Quilha Sangrenta* — reclamou o homem caído enquanto encarava a pirata ruiva com uma expressão de puro terror.

Se alguém que fosse parte da tripulação feminina do *Quilha Sangrenta* irritasse Sheila, ela provavelmente apanharia, mas se algum dos homens passasse dos limites com a pirata, ele provavelmente acabaria descobrindo o motivo do navio ter recebido seu nome. Afinal, a passagem pela quilha era um dos esportes favoritos de Sheila.

Sheila Kree deixou o seu tripulante se arrastar para longe, com os pensamentos focados na última aparição de Deudermont. Ela precisava admitir que havia a possibilidade de o *Fada do Mar* sequer tê-los visto e que, provavelmente, se Deudermont e sua tripulação houvessem percebido as velas do *Quilha Sangrenta* à distância, não seria possível saber a verdadeira identidade do navio.

Mas Sheila Kree manteria a cautela em relação ao Capitão Deudermont. Se o capitão e sua hábil tripulação de fato estivessem determinados a encontrá-la, que fosse ali, na Baía Dourada, a fortaleza rochosa que Sheila Kree e sua tripulação dividiam com um clã formidável de ogros.

A adaga o atingiu com tudo…

…e caiu no chão de forma inofensiva.

— Drizzt Do'Urden nunca cairia em uma finta tão óbvia! — Le'lorinel, a criatura careca e mascarada, resmungou em uma voz melodiosa e ligeiramente aguda. Seus olhos, azuis salpicados em dourado, brilhavam com uma intensidade perigosa por detrás da máscara preta que sempre usava. Em um movimento súbito do pulso, a espada voltou para a bainha. — E, se caísse, seria rápido o suficiente com os pés para evitar o lance, ou com os braços para descer de novo a cimitarra para bloquear — terminou Le'lorinel, bufando.

— Eu não sou Drizzt Do'Urden — disse o meio-elfo, Tunevec. Ele foi até a lateral do terraço e se apoiou firmemente contra uma ameia, tentando recuperar o fôlego.

— Mahskevic usou uma magia de velocidade em você para compensar — veio a resposta de Le'lorinel enquanto pegava a adaga e ajustava sua túnica marrom-clara sem mangas.

Tunevec riu.

— Você nem sabe como Drizzt Do'Urden luta — lembrou ele. — É verdade! Você já o viu em batalha? Já viu os movimentos, movimentos impossíveis, digo eu, que você diz sem hesitar que ele é capaz de fazer?

Se Le'lorinel se impressionou com os argumentos, não pareceu.

— As histórias do estilo e habilidade de batalha dele são comuns no norte.

— Comuns, e provavelmente exagerados — destacou Tunevec.

A cabeça careca de Le'lorinel estava se sacudindo antes mesmo que Tunevec acabasse de falar, afinal, já havia, por diversas vezes, detalhado as habilidades de Drizzt para seu parceiro de treinos meio-elfo.

— Eu pago bem por sua participação nestas sessões de treino — disse Le'lorinel. — Acho bom considerar que cada palavra que digo sobre Drizzt Do'Urden é verdadeira e emular o estilo de luta dele ao máximo de suas habilidades escassas.

Tunevec, despido até a cintura, secou seu corpo esguio e musculoso. Ele estendeu a toalha para Le'lorinel, que respondeu apenas com um olhar de desprezo, o que era comum após uma falha como aquelas. Em seguida, passou direto, indo até o alçapão que levava para baixo da cobertura da torre.

— Sua magia de pele rochosa já deve ter sido usada — completou, com o desagrado evidente em sua voz.

Sozinho sobre a torre, Tunevec deu uma risada baixa e impotente, sacudindo a cabeça. Ele fez menção de pegar a camisa, mas percebeu um tremeluzir no ar antes de chegar a ela. O meio-elfo parou, observando o velho Mahskevic, o mago, se materializar à sua frente.

— Conseguiu agradá-lo hoje? — perguntou o velho de barba cinza em uma voz que parecia estrangulada. O sorriso praticamente zombeteiro de Mahskevic, repleto de dentes amarelos, mostrava que ele já sabia a resposta.

— Le'lorinel é obcecado com aquele lá — respondeu Tunevec. — Mais do que eu imaginei ser possível.

Mahskevic apenas deu de ombros, como se não importasse.

— Ele trabalhou para mim por mais de cinco anos, tanto para poder usar minhas magias quanto para pagar bem por sua participação — lembrou o mago. — Procuramos por vários meses até encontrarmos você, alguém que parecesse promissor em poder emular os movimentos desse drow estranho que é Drizzt Do'Urden.

— Então por que perder tempo? — rebateu o meio-elfo, frustrado. — Por que não acompanhar Le'lorinel até encontrar esse maldito drow e acabar com ele de uma vez por todas? É bem mais fácil do que continuar com esse treino infinito.

Mahskevic deu uma risada baixa, como se dissesse claramente a Tunevec que ele estava subestimando este drow tão incomum, cujas façanhas, conforme Le'lorinel e Mahskevic descobriram, eram de fato extraordinárias.

— Sabe-se que Drizzt é amigo de um anão chamado Bruenor Martelo de Batalha — explicou o mago. — Já ouviu falar?

Tunevec, vestindo sua camisa cinza, olhou para o humano idoso e sacudiu a cabeça.

— Rei do Salão de Mitral — explicou Mahskevic. — Ou, pelo menos, era. Não desejo nem um pouco criar problemas com um clã de anões: são a desgraça de todos os magos, esses anões. Fazer de Bruenor Martelo de Batalha um inimigo não me parece ser uma boa oportunidade para melhorar minha fortuna ou meu bem-estar. Além disso — continuou Mahskevic —, não tenho nenhum problema com este Drizzt Do'Urden. Por que eu desejaria destruí-lo?

— Porque Le'lorinel é seu amigo.

— Le'lorinel — repetiu Mahskevic, ainda com a mesma risada baixa. — Admito que tenho carinho por ele, e, em minhas tentativas de cumprir com minhas responsabilidades nesta amizade, frequentemente tento convencê-lo de que esta trajetória é uma loucura autodestrutiva, mas nada além disso.

— E ele não escuta, tenho certeza — disse Tunevec.

— Não — concordou Mahskevic. — Le'lorinel Tel'e'brenequiette é particularmente teimoso.

— Se esse for mesmo o nome dele — bufou Tunevec, que estava com um péssimo humor, especialmente quanto a seu parceiro de treino. — "Eu a ti, como tu a mim" — traduziu ele, já que o nome de Le'lorinel realmente não era nada além da variação de um ditado élfico um tanto comum.

— A filosofia do respeito e da amizade, certo? — perguntou o velho mago.

— E da vingança — respondeu Tunevec de forma sombria.

Em um piso intermediário da torre, a sós em um quarto pequeno, Le'lorinel tirou a máscara e se sentou na cama, fervilhando em sua frustração e na raiva que sentia de Drizzt Do'Urden.

— Quantos anos vai levar? — perguntou, terminando com uma risada baixa enquanto mexia em um anel de ônix. — Séculos? Não importa!

Le'lorinel tirou o anel e o segurou na altura de seus olhos cintilantes. Foram preciso dois anos de trabalho duro para ganhar este anel de Mahskevic. Era um anel mágico, feito especificamente para armazenar magias. Este tinha quatro, as quatro magias que acreditava serem necessárias para matar Drizzt Do'Urden.

Naturalmente, Le'lorinel sabia que usar estas magias da forma que havia planejado provavelmente acabaria na morte de ambos os combatentes.

Mas não importava.

Desde que Drizzt Do'Urden morresse, Le'lorinel entraria contente no pós-vida.

Parte 1
Traços de escuridão

É bom estar em casa. É bom ouvir a ventania de Vale do Vento Gélido, sentir seu corte revigorante, como algum lembrete de que estou vivo.

Parece uma coisa tão evidente — que eu, que nós, estamos vivos — e mesmo assim, por vezes demais, temo eu, esquecemos tão frequentemente a importância deste fato tão simples. É fácil demais esquecer que você está realmente vivo, ou, pelo menos, apreciar que está realmente vivo, que cada nascer do sol está ali e você pode vê-lo, e cada pôr do sol está ali e pode apreciá-lo.

E todas as horas entre eles, todas as horas após o alvorecer, estão ali e você pode fazer o que quiser com elas.

É fácil ignorar a possibilidade de que cada pessoa que cruza o seu caminho pode se tornar um evento e uma memória, boa ou ruim, de que podemos preencher nossas horas com experiências em vez de tédio, de que podemos quebrar a monotonia dos momentos que passam. Estes momentos desperdiçados, essas horas de mesmice, são o inimigo, digo eu, são pequenas amostras de morte em meio aos momentos da vida.

Sim. É bom estar em casa, na terra tempestuosa de Vale do Vento Gélido, onde monstros vagam aos montes e bandidos ameaçam as estradas a cada curva. Sinto-me mais vivo e mais satisfeito do que me senti há anos. Por tempo demais, sofri com o legado de meu passado sombrio. Por tempo demais, sofri com a realidade de minha longevidade, a de que eu provavelmente morrerei após Bruenor, Wulfgar e Regis.

E Cattibrie.

Que tolo eu sou por lamentar o fim dos dias dela sem aproveitar os dias que ela, que nós, temos agora! Que tolo eu sou por deixar o presente se infiltrar no passado, ao mesmo tempo que lamento um futuro em potencial — que não é nem mesmo garantido!

Todos estamos morrendo, a cada momento que passa, a cada dia. É a verdade inescapável de nossa existência. É uma verdade que pode nos paralisar com nosso medo, ou nos energizar com nossa impaciência, com a esperança — não, com a pura determinação! — de encontrar uma memória em cada ação. De estar vivo, sob o sol ou sob as estrelas, sob a brisa ou sob a tempestade. De dançar a cada passo, seja pelos jardins de flores vibrantes ou pela neve alta.

Os jovens conhecem a verdade que tantas pessoas mais velhas, ou mesmo de meia idade, se esqueceram. Essa é a fonte da raiva, do ciúme, que tantos sentem em relação aos jovens. Por incontáveis vezes escutei a lamentação comum "se ao menos eu pudesse voltar àquela idade sabendo o que sei agora!". Eu acho essas palavras bastante engraçadas, porque, na verdade, o lamento deveria ser "se ao menos eu pudesse recuperar o desejo e a alegria que eu tinha naquela época!".

Este é o significado da vida, eu finalmente entendi. E, ao entender, realmente encontrei aquele desejo e aquela alegria. Uma vida de vinte anos em que este desejo e esta alegria, em que esta verdade, são entendidos pode ser mais completa que uma vida de séculos de cabeça baixa e ombros caídos.

Lembro-me de minha primeira batalha ao lado de Wulfgar, em que o levei, contra probabilidades mínimas e gigantes poderosos, com um sorriso aberto e uma paixão por viver. É estranho que, a partir do momento que passei a ter mais o que perder, acabei permitindo que esta paixão diminuísse!

Levou esse tempo todo, após perdas terríveis, para reconhecer a loucura deste meu raciocínio. Levou esse tempo todo, de volta a Vale do Vento Gélido após, sem intenção, abrir mão do Fragmento de Cristal para Jarlaxle e finalmente resolver — para sempre, eu espero — minha relação com Artemis Entreri, para eu acordar para a vida que pertence a mim, para apreciar a beleza ao meu redor, para buscar os momentos de empolgação que existem e para que eu possa viver e não recuar diante deles.

Os medos e preocupações ainda existem, é claro. Wulfgar não está mais conosco — não sei por onde anda — e temo pela mente, pelo coração e pelo corpo de meu amigo. Mas aceitei que o caminho dele pertence apenas a si e que, justamente para garantir a segurança dos três — mente, coração e corpo —, ele precisou se afastar de nós. Rezo para que nossos caminhos se cruzem novamente e que ele volte para casa. Rezo para que tenhamos notícias, seja para aliviar nossos medos, seja para nos forçar à ação de resgatá-lo.

Mas eu sei ser paciente e me convencer do melhor. Porque, caso eu esmoreça, ruminando meus medos em relação a ele, destruirei todo o propósito de minha própria vida.

E isso eu me recuso a fazer.

Existe beleza demais.

Existem monstros e malfeitores demais.

Existe diversão demais.

— Drizzt Do'Urden

Capítulo 1

Sintonia

Seus longos cabelos brancos cobriam o ombro de Cattibrie, roçando a frente do braço dela, e a cabeleira castanho-avermelhada da mulher cobria o braço e peito de Drizzt.

Os dois estavam sentados de costas um para o outro às margens de Maer Dualdon, o maior lago de Vale do Vento Gélido, observando o sol de verão, ocasionalmente coberto pelas nuvens. Nuvens brancas passeavam preguiçosamente acima deles, com as linhas brancas e fofas às vezes contrastando com algum dos vários urubus schinlook pairando lentamente sob elas. Mas eram as nuvens, não os pássaros, a fonte da atenção do casal.

— Uma truta cabeça-dura no bicheiro — afirmou Cattibrie, apontando uma formação incomum nas nuvens, uma forma alongada e curva em frente a um rastro branco fino.

— Como você conseguiu ver isso? — reclamou o drow com uma gargalhada.

Cattibrie se virou para olhar para seu companheiro de pele escura e olhos violetas.

— E você não? — perguntou ela. — Ficou tão na cara quanto essa linha branca das suas sobrancelhas.

Drizzt gargalhou mais uma vez, nem tanto do que a mulher disse em si, mas sim pela forma como foi dita. Ela voltou a morar com o clã de

Bruenor nas minas anãs logo além de Dez-Burgos, e estava obviamente pegando de novo os maneirismos e expressões dos anões broncos.

Drizzt também virou um pouco a cabeça na direção da mulher, com os olhos a poucos centímetros dos de Cattibrie. Ele viu aquele brilho ali — era um brilho inconfundível — de uma expressão de contentamento e felicidade que só agora estava voltando desde os meses em que Wulfgar os deixara, uma expressão que, na verdade, parecia ainda mais intensa do que jamais fora.

Drizzt riu e voltou a olhar para o céu.

— Seu peixe escapou — anunciou ele, já que o vento afastou a linha da forma maior.

— É um peixe — insistiu Cattibrie de forma petulante, ou pelo menos a mulher fez soar como se estivesse sendo petulante.

Sorrindo, Drizzt não discutiu.

— Seu maldito idiota baixinho! — Bruenor Martelo de Batalha resmungava e rosnava, com saliva voando à medida que sua frustração aumentava. O anão parou e bateu com sua bota dura no chão de forma feroz, então colocou seu elmo de um chifre com força na cabeça, com seu cabelo vermelho voando aleatoriamente sob a borda do elmo surrado. — Eu aqui achando que tinha um amigo no conselho e você fica aí, deixando Kemp de Targos quebrar minhas pernas tombando o preço do metal para os pescadores. E os pescadores compram uma quantidade boa de metal! — rugiu Bruenor. — Por que eu fui te enfiar de volta no conselho, Pança-Furada, se você não vai deixar minha vida mais fácil?

Regis abriu um pequeno sorriso em resposta à bronca. Ele até pensou em lembrar a Bruenor que não fora o anão quem o colocara de volta no conselho, que o povo de Bosque Solitário — que precisava de um novo representante desde que o último havia acabado na barriga de um yeti — o implorara para ele assumir a posição, mas era inteligente o suficiente para não comentar nada.

— Pescadores — disse o anão logo antes de cuspir no chão em frente aos pés peludos e descalços de Regis.

Mais uma vez, o halfling apenas sorriu e desviou. Ele sabia que Bruenor ladrava mais que mordia, e também sabia que o anão esqueceria disso em breve, assim que a próxima crise surgisse. Bruenor Martelo de Batalha sempre se empolgava com facilidade.

O anão ainda estava resmungando quando os dois passaram por uma curva na trilha e viram Drizzt e Cattibrie, ainda sentados a beira das margens cobertas de musgo, perdidos em meio à observação das nuvens e simplesmente se deleitando na companhia um do outro. Regis prendeu a respiração, achando que Bruenor poderia explodir ao ver sua amada filha adotiva em uma posição tão íntima com Drizzt, ou com qualquer pessoa, na verdade, mas Bruenor só sacudiu a cabeça e correu na direção oposta.

— Maldito elfo idiota. — Ele estava dizendo quando Regis o alcançou. — Quando ele vai beijar a garota e acabar logo com isso?

Regis sorriu de orelha a orelha.

— E como você sabe que ele não beijou? — comentou ele, apenas para ver as bochechas do anão ficarem tão vermelhas quanto seu cabelo e barba.

E, é óbvio, Regis correu para sair do alcance mortal de Bruenor.

O anão apenas abaixou a cabeça, murmurando palavrões e pisando duro. Regis mal podia acreditar que era possível botas fazerem tanto barulho em um caminho macio e coberto de musgo.

A confusão no Salão do Conselho de Bryn Shander não era uma surpresa para Regis. Ele tentou — de verdade — prestar atenção nos procedimentos, enquanto o Ancião Cassius, o líder do mais alto escalão de toda a Dez-Burgos, conduzia a discussão sobre questões principalmente burocráticas. Anteriormente, cada cidadezinha de Dez-Burgos costumava ser liderada de forma independente, ou por um conselho formado por um representante de cada uma delas, mas o serviço de Cassius fora tão marcante para a região que ele não era mais o representante de uma única comunidade, mesmo a de Bryn Shander, a maior de todas as dez e onde Cassius vivia. Naturalmente, Kemp de Targos, o líder da segunda maior cidade de Dez-Burgos, não gostava nada disso. Ele e Cassius frequentemente haviam discordado, e, com a promoção de Cassius e a indicação de um novo conselheiro de Bryn Shander, Kemp se sentia acuado.

Mas Cassius continuava não se afetando, e, nos últimos meses, até mesmo o teimoso do Kemp passou a admitir, a contragosto, que o homem estava agindo de forma justa e imparcial, ao menos em geral.

Mas, para o conselheiro de Bosque Solitário, o nível de paz e comunidade no conselho em Bryn Shander só aumentava o nível de tédio. O halfling amava um bom debate e uma boa discussão, especialmente quando ele não participava de forma direta, mas, em vez disso, podia comer pelas beiradas e atiçar as emoções e a intensidade.

Que saudades dos bons e velhos tempos!

Regis tentou ficar acordado — tentou mesmo — quando a discussão foi para o lado de distribuir partes das águas profundas de Maer Dualdon para barcos de pesca específicos, para que as linhas não se emaranhem e não haja brigas entre os pescadores.

Aquela discussão já era velha em Dez-Burgos há décadas, e Regis sabia que nenhuma regra conseguiria separar os barcos nas águas geladas daquele lago imenso. Onde quer que as trutas cabeça-dura fossem encontradas, os barcos iriam, independentemente de regras. A truta cabeça-dura, perfeita tanto para esculturas quanto para se comer, formava a base da economia de lá e o que atraía tantos rufiões a Dez-Burgos em busca de fortuna.

As regras estabelecidas aqui, tão longe das margens dos três grandes lagos de Vale do Vento Gélido, não eram nada além de ferramentas que os conselheiros poderiam usar para sustentar suas críticas mais intensas quando todas as regras forem ignoradas.

Quando o conselheiro halfling de Bosque Solitário acordou, o assunto já havia mudado, finalmente, para questões mais concretas, uma que afetava Regis diretamente. Na verdade, o halfling percebeu logo depois, o incentivo para que abrisse os olhos havia sido Cassius o chamando.

— Me perdoe por perturbar seu sono — disse o Ancião de Dez-Burgos a Regis.

— E-eu estava, hum, trabalhando dia e noite me preparando para, hum, vir para cá — gaguejou o halfling, envergonhado. — E Bryn Shander fica bem longe.

Cassius, sorrindo, levantou a mão para silenciar Regis antes que o halfling passasse ainda mais vergonha. Regis nem precisava se justificar para este grupo, na verdade. Eles entendiam tanto suas falhas quanto seu valor — valor que dependia bastante das amizades poderosas dele.

— Pode cuidar desse problema para nós, então? — perguntou Kemp de Targos, o conselheiro que menos gostava de Regis, de forma áspera.

— Problema? — perguntou Regis de volta.

Kemp abaixou a cabeça e xingou em voz baixa.

— O problema dos bandidos de estrada — explicou Cassius. — Já que este bando novo está do outro lado do Shaengarne e a sul de Bremen, sabemos que vai ser uma jornada longa para seus amigos, mas iríamos apreciar o esforço se vocês pudessem garantir mais uma vez a segurança das estradas que vêm para cá.

Regis se reclinou para trás, cruzou os braços sobre sua barriga avantajada — ainda que não tanto quanto antes —, e fez uma expressão um tanto superior. Então era assim, refletiu. Outra oportunidade para ele e seus amigos serem heróis do povo de Dez-Burgos. Era isso que Regis fazia melhor, embora admitisse não ser tão relevante nos atos heroicos de seus amigos mais poderosos. Mas, nas sessões do conselho, estes eram os momentos em que Regis brilhava, em que ele podia ser tão poderoso quanto o imponente Kemp. Ele parou para pensar na tarefa apresentada. Bremen era a cidadezinha que ficava mais a oeste, do outro lado do Rio Shaengarne, que estava com as águas mais baixas agora, perto do final do verão.

— Deve dar para chegar até o fim da semana e cuidar da estrada — disse Regis após a pausa apropriada.

Ele sabia que seus amigos concordariam. Quantas vezes nos últimos meses eles foram atrás de monstros e bandidos de estrada? Era um serviço do qual especialmente Drizzt e Cattibrie gostavam, e um que Bruenor, apesar de sempre reclamar a respeito, não se incomodava em prestar.

Enquanto estava sentado ali, pensando no assunto, Regis percebeu que ele também não estava chateado com a ideia de sair em uma aventura com seus amigos mais uma vez. Algo havia acontecido com a percepção de Regis na última viagem longa que fizeram, quando havia sentido a agonia da lança de um goblin atravessando seu ombro — quando quase morrera. Regis não tinha notado a mudança à época. Tudo o que ele queria até então era voltar à sua casinha confortável em Bosque Solitário, esculpir os ossos da truta cabeça-dura, criando belas formas, e pescar preguiçosamente às margens do Maer Dualdon. Mas, ao chegar à sua casa confortável em Bosque Solitário, Regis havia notado um entusiasmo maior do que o esperado em si mesmo ao mostrar a cicatriz.

Então, sim, quando Drizzt e os outros fossem derrotar mais esta nova ameaça, Regis iria alegremente com eles para fazer o que pudesse.

O fim da primeira semana na estrada ao sul de Bremen parecia que iria levar a mais outro dia extremamente desagradável. Mosquitos e outros insetos menores zuniam para todo o lado em enxames famintos. A lama, finalmente livre após nove meses da clausura da estação mais fria de Vale do Vento Gélido, se prendia às rodas da pequena carroça e às botas gastas de Drizzt enquanto o drow seguia os movimentos de seus companheiros.

Cattibrie conduzia a carroça e seu único cavalo. Ela usava um vestido de lã longo e sujo, que a cobria dos ombros aos pés, com o cabelo bem preso. Regis, disfarçado como um garoto, estava sentado ao lado dela, com o rosto vermelho graças às várias horas sob o sol de verão.

O mais desconfortável de todos era Bruenor, ainda que por escolha própria. Ele construíra para si mesmo uma bolsa na intenção de se manter escondido, prendendo-a sob o centro da carroça. Ele seguia viagem lá dentro, todos os dias.

Drizzt seguiu caminho com cuidado em meio ao chão coberto de lama, passando todos os dias a pé, sempre alerta. Havia perigos bem maiores na tundra de Vale do Vento Gélido do que o bando de bandidos de estrada que o grupo estava tentando pegar. Embora a maior parte dos yetis da tundra estivesse provavelmente em sua maioria ao sul no momento, seguindo a manada de caribou até os sopés da Espinha do Mundo, alguns ainda poderiam estar por ali. Gigantes e goblins frequentemente desciam as montanhas distantes nesta estação em busca de presas fáceis e riquezas. E, em vários momentos, atravessando áreas de rochas e brejos, Drizzt precisou desviar de cobras mortais, cobertas de pelos cinzentos, com algumas chegando a mais de seis metros de comprimento e com uma mordida venenosa que poderia derrubar um gigante.

Levando tudo isso em consideração, o drow refletiu. Eles tinham um descrição relativamente boa do bando, que não parecia ser superior em números ou em habilidade. Mas Drizzt se lembrava constantemente de não deixar pré-avaliações darem voz ao excesso de confiança. Um único tiro certeiro por um arqueiro sortudo poderia reduzir seu próprio grupo a três membros.

Então os insetos continuavam em seus enxames, apesar do vento, o sol feria seus olhos, cada poça de lama diante dele poderia servir de esconderijo para uma cobra coberta de pelos cinzentos pronta para transformá-lo em lanchinho ou para um yeti da tundra à espreita e um bando de bandidos perigosos estava por perto, ameaçando a ele e seus amigos.

Drizzt Do'Urden estava de excelente humor!

Ele atravessou um riacho com seus passos rápidos e leves, então parou ao notar uma fileira de poças estranhas, do tamanho de pegadas e com espaço o suficiente entre elas para ser os rastros de um homem andando a passos largos. Ele sabia que pegadas não duravam muito tempo por ali, então estas eram recentes. O drow afundou o indicador na poça, e a água cobriu a segunda falange quando a ponta chegou ao fundo — a profundidade se encaixava, em teoria, na de um homem adulto.

O drow se levantou, levou as mãos às empunhaduras das cimitarras sob as dobras da sua capa de camuflagem. Fulgor estava à espera em seu quadril direito, e, Morte Gélida, no esquerdo, prontas para serem sacadas e derrubarem quaisquer ameaças.

Drizzt estreitou seus olhos violetas, levantando uma mão para protegê-los um pouco da luz do sol. Os rastros iam na direção da estrada, até um lugar onde a carroça logo passaria.

E lá estava o homem, coberto de lama e deitado no chão, à espera.

Drizzt não foi na direção dele, mas se manteve abaixado e deu a volta na intenção de atravessar a estrada por trás da carroça e procurar por outros pontos de emboscada parecidos do outro lado. Ele puxou mais o capuz de sua capa cinzenta para garantir que esconderia seus cabelos brancos e então começou a correr, com seus dedos escuros se roçando em suas palmas a cada passo ansioso.

Regis bocejou e se espreguiçou, então se inclinou em Cattibrie, se aconchegando contra ela com os grandes olhos castanhos fechados.

— Bela hora para cochilar — sussurrou a mulher.

— Bela hora para fazer quem quer que está olhando achar que cochilei — corrigiu Regis. — Já achou eles logo ali, ao lado da estrada?

— Sim — disse Cattibrie. — Uma dupla suja.

Enquanto falava, a mulher tirou uma mão das rédeas e deslizou para baixo do assento da carroça. Regis a viu fechar os dedos sobre o objeto e sabia que ela estava buscando conforto na sensação de que Taulmaril, o Buscador de Corações, seu arco devastador, estava ali, pronto para ela usar.

Na verdade, o halfling também se sentia bem mais confortável com isso.

Regis estendeu a mão para trás do banco e começou a dar tapas discretos, mas fortes, contra o fundo da carroça — o sinal para Bruenor ficar alerta e em prontidão.

— Lá vamos nós — sussurrou Cattibrie logo em seguida.

Regis continuou com os olhos fechados e continuou batendo, agora mais rápido. Ele chegou a dar uma espiada pelo olho esquerdo e viu um trio de delinquentes de aparência maltrapilha descendo a estrada.

Cattibrie parou a carroça.

— Ah, bons senhores! — gritou ela. — Tem como ajudar eu e meu menino, por favor? Meu marido faleceu lá no passe entre as montanhas e acho que a gente se perdeu um pouco. São dias indo de um lado a outro e sem saber o caminho certo até Dez-Burgos.

— Genial — sussurrou Regis, disfarçando as palavras ao estalar os lábios e se remexer, parecendo ainda estar adormecido.

De fato, o halfling ficou impressionado com a forma como Cattibrie justificou a movimentação deles, cobrindo a estrada de um lado a outro pelos últimos dias. Se o bando estava de olho neles, as suspeitas diminuíram bastante depois dessa.

— Mas eu não sei o que fazer! — rogou Cattibrie, forçando a voz a parecer esganiçada e temerosa. — Eu e meu menino, sozinhos e perdidos!

— Vamos te ajudar — disse o homem mais magro ao centro, ruivo e com uma barba que quase chegava ao cinto.

— Mas por um preço — explicou o rufião à esquerda dele, o maior dos três, com um machado imenso apoiado nos ombros.

— Um preço? — perguntou Cattibrie.

— O preço é sua carroça — disse o terceiro, parecendo ser o mais refinado dos três, em fala e aparência. Ele vestia uma túnica e um colete coloridos, amarelo contra vermelho, e tinha uma bela rapieira no cinto sobre o quadril esquerdo.

Regis e Cattibrie se encararam, nem um pouco surpresos.

Atrás deles, ambos ouviram um som de pancada e Regis mordeu os lábios, torcendo para que Bruenor não caísse e arruinasse tudo. O plano havia sido bolado com bastante cuidado, com os movimentos iniciais coreografados minuciosamente.

Outra pancada veio de trás, mas o halfling já havia apoiado o braço no banco e batido o punho no encosto para disfarçar o som.

Ele olhou para Cattibrie, para a intensidade dos olhos azuis dela, e soube que logo seria a hora dele agir.

"Esse vai ser o mais difícil", Cattibrie disse a si mesma ao olhar para o oponente da direita, o mais refinado do trio. Ela chegou a olhar para o outro extremo, até o homem imenso. Não duvidava, nem por um segundo, que ele poderia parti-la ao meio com aquele machado monstruoso.

— E um pouquinho de calor feminino — comentou o delinquente à esquerda com um sorriso ansioso e falhado. O homem ao centro também sorriu de forma maligna, mas o da direita olhou para os outros dois com desdém.

— Olha, ela acabou de perder o marido, pelo que ela disse! — argumentou o homem maior. — Acho que umazinha vai fazer bem.

A imagem de Khazid'hea, sua espada magicamente afiada, perfurando o idiota entre as pernas passou pela cabeça de Cattibrie, mas ela conseguiu segurar o sorriso.

— Sua carruagem, talvez, seja o suficiente — explicou o bandido mais refinado, embora Cattibrie tenha notado que ele não havia vetado completamente usá-la como entretenimento.

Sim, ela entendia bem aquele lá. Ele tentaria conseguir com seu charme o que o maior tentaria forçar com seus músculos. Afinal de contas, seria mais divertido para ele se ela entrasse no jogo.

— E tudo dentro dela, é claro — continuou o delinquente mais refinado. — É uma pena que precisemos desta doação dos seus bens, mas temo que nós também precisemos sobreviver enquanto patrulhamos as estradas.

— Então é isso que vocês tão fazendo? — perguntou Cattibrie. — E eu achando que vocês eram um bando de bandidos inúteis.

Isso fez com que eles abrissem os olhos!

— Dois à esquerda e três à direita — sussurrou Cattibrie para Regis. — Os babacas no meio são meus.

— Óbvio que são — respondeu Regis.

Cattibrie olhou para ele, surpresa.

A surpresa só durou um instante, só o tempo que levou para Cattibrie se lembrar que Regis a entendia muito bem, e provavelmente acompanhou todas as suas emoções durante a discussão com os bandidos na estrada com tanta clareza quanto ela mesma.

Ela se virou para o halfling, com um sorriso astuto, e fez um movimento discreto, então voltou a olhar para os malfeitores.

— Vocês não têm autoridade nem direito de levar nada — disse ela aos ladrões, tremendo a voz apenas o suficiente para fazê-los achar que a fachada corajosa dela não era nada além disso: uma fachada para esconder puro pavor.

Regis bocejou e se espreguiçou, então arregalou os olhos, fingindo surpresa e terror. Ele deu um gritinho e saltou pela direita da carroça, correndo até a lama.

Cattibrie aproveitou a deixa, se empertigando e arrancando o vestido falso de lã em um puxão, o jogando para o lado e se revelando como a guerreira que era. Em seguida, surgiu Khazid'hea, a mortal Mutiladora, e a mulher pôs a mão sob o assento da carroça e pegou seu arco. Ela saltou para a frente, com um passo pela boleia até cair no chão ao lado do cavalo e puxou imediatamente a criatura, usando o corpo dela para separar o homem maior de seus dois parceiros.

Os três bandidos à esquerda da carroça viram o movimento e saltaram da lama, sacando as espadas e gritando enquanto corriam para atacar.

Uma forma esguia e ágil se levantou de um agachamento por trás de uma inclinação em uma curva ao lado deles, silencioso como um fantasma e parecendo quase flutuar de tão rapidamente que os pés se moviam pelo chão escorregadio.

As cimitarras gêmeas surgiram por debaixo de uma capa cinzenta e um sorriso branco, e olhos violetas recepcionaram o trio em investida.

— Vai! Pega ele! — gritou um dos delinquentes antes dos três atacarem o drow. Os movimentos deles, duas apunhaladas e um corte violento, eram descoordenados e desajeitados.

O braço direito de Drizzt foi pela lateral, deixando Morte Gélida no ângulo perfeito para desviar o corte lateral para o alto, enquanto a mão esquerda ia por cima e por dentro, conduzindo a parte côncava traseira de Fulgor para baixo, bloqueando as duas lâminas em estocada. Morte Gélida desceu enquanto Fulgor recuava, para se chocar contra as espadas estendidas, e então desceu Fulgor, para acertar novamente as duas. Uma abaixada sutil e uma recuada do tronco tirou a cabeça do drow do golpe de retorno do bandido furioso, e então Drizzt subiu Morte Gélida rápido o suficiente para perfurar a mão do homem enquanto a espada passava.

Um malfeitor gritou e abriu a mão, fazendo a espada cair.

Mas ela não caiu longe, já que o drow já estava mexendo a mão esquerda. Ele levou Fulgor a prender a lâmina assim que ela se soltou. O que se seguiu foi uma dança que hipnotizou aos três bandidos. Um movimento ágil das cimitarras gêmeas fez o mundo girar acima, abaixo e ao redor, e parecia que o drow estava fazendo música com o corte das cimitarras.

Drizzt terminou com um movimento circular alto de Morte Gélida que entregou imediatamente a espada ao dono original.

— Com certeza você consegue fazer melhor que isso — comentou o drow sorridente quando o punho da espada caiu direto na mão do delinquente chocado.

O homem gritou e soltou a arma, dando meia volta e saindo correndo.

— É o *Drizzit*! — gritou outro deles, fazendo o mesmo.

Mas o terceiro, seja por medo ou burrice, avançou. Ele movia a espada furiosamente, estendendo em uma estocada e depois recuando, então subindo e descendo.

Ou, pelo menos, começou a descer.

As cimitarras do drow subiram, a atingindo alternadamente, duas vezes cada uma. Então, Fulgor subiu, forçando a espada a abaixar logo antes de o drow se lançar em um ataque frenético, com as lâminas se chocando com força, lado a lado, contra a espada do bandido, que estava longe de ser páreo para o drow, a atingindo com tanta força e com tanta fúria que o som parecia uma única nota constante.

O homem certamente sentiu o braço ficar dormente, mas tentou tirar vantagem dos movimentos furiosos do oponente ao avançar de forma súbita, em uma tentativa óbvia de se aproximar e diminuir a eficácia das mãos rápidas como um raio do drow.

Ele se viu sem a arma, embora não conseguisse entender como. O malfeitor se jogou para a frente de braços abertos para prender seu inimigo, mas não conseguiu tocar em nada.

Ele deve ter sentido uma dor entre as pernas, uma vez que o drow, de alguma forma, bateu a parte de trás de uma cimitarra logo ali, forçando-o ficar na ponta dos pés.

Drizzt puxou rapidamente a cimitarra, e o homem precisou saltar logo antes de avançar aos tropeços, quase caindo.

Em seguida, Drizzt forçou um pé nas costas do bandido, entre as omoplatas, e, com um empurrão, o derrubou de cara na lama.

— Acho uma boa ideia você ficar aqui até eu pedir para você levantar — disse Drizzt.

Após dar uma olhada na direção da carroça para garantir que seus amigos estavam bem, o drow seguiu calmamente na direção da dupla em fuga.

Regis interpretou bem uma criança assustada enquanto se atrapalhava pela lama, sacudindo freneticamente os braços e gritando o tempo todo:

— Socorro! Socorro!

Os dois homens de quem Cattibrie havia falado se levantaram para bloquear seu caminho. Ele gritou e fez menção de ir para o lado, tropeçando e caindo de joelhos.

— Ah, não me mata, por favor, senhores! — gritou Regis de forma digna de pena enquanto os dois se aproximavam com um sorriso cruel nos olhos e armas afiadas nas mãos.

— Por favor! — disse Regis. — Aqui. Vou dar o cordão do meu pai. Eu juro!

Regis pôs a mão sob a camisa, puxou um pingente de rubi e o levantou por uma corrente, só o suficiente para fazê-lo girar.

Os delinquentes se aproximaram e seus sorrisos gananciosos se transformaram em expressões de curiosidade quando observaram a joia que girava, para as milhares e milhares de centelhas e a forma irresistível que elas pareciam aprisionar a luz.

Cattibrie soltou o cavalo, deixou o arco e a aljava no canto da estrada e deu um passo para o lado para desviar da carruagem, que avançava, na intenção de enfrentar o bandido maior com o machado imenso.

Ele a atacou de forma agressiva e desajeitada, levando o machado em arco à sua frente, então de volta, em seguida para o alto e, finalmente, em um golpe de cima para baixo.

A ágil Cattibrie não teve dificuldade alguma em desviar dos golpes. O erro no último, fazendo o machado afundar no chão macio, apresentou a ela uma oportunidade de matá lo rapidamente e seguir em frente. Ela ouviu a voz do malfeitor mais refinado incentivando o cavalo a avançar e viu a carroça seguir junto ao animal, com os dois sentados no banco do condutor.

Agora eles eram um problema para Bruenor.

Ela decidiu curtir o momento. Realmente não havia gostado dos comentários obscenos daquele cara.

— Maldita tranca! — resmungou Bruenor, já que o fecho em seu compartimento improvisado, por estar coberto com a lama das rodas, se recusava a ceder.

A carroça agora estava se movendo mais rapidamente, e cada impacto era exagerado, fazendo o anão quicar sem parar.

Finalmente, Bruenor conseguiu se apoiar sobre seus pés, ficando em um agachamento. Ele rugiu de uma forma que deixaria qualquer dragão vermelho orgulhoso e se levantou com toda a força, atravessando a cabeça pela madeira do piso da carroça.

— Tem como ir mais devagar? — perguntou ele ao condutor, o bandido com roupas mais elaboradas, e ao outro, um homem ruivo, sentado ao lado dele. Ambos se viraram com expressões bastante engraçadas.

Pelo menos até o ruivo sacar uma adaga e girar, saltando sobre o banco na direção de Bruenor, que só então percebeu que não estava na melhor postura defensiva ali, com os braços presos pelas tábuas quebradas.

Um dos delinquentes parecia bastante satisfeito em só ficar parado de forma estúpida observando a joia girar. O outro, porém, se distraiu por apenas alguns instantes, então se empertigou e sacudiu a cabeça com força, com os lábios se balançando.

— Pode parar, seu trapaceirinho! — berrou ele.

Regis se levantou com um salto e agarrou o pingente com sua mãozinha rechonchuda.

— Não deixa ele me machucar! — gritou ele para o homem preso em seu transe quando o outro avançou, estendendo ambas as mãos na direção da garganta de Regis.

Mas Regis era mais rápido do que parecia e recuou. Ainda assim, o homem mais alto estava com a vantagem e o alcançaria logo.

Exceto que o outro bandido, que sabia sem dúvida alguma que o carinha à sua frente era um amigo muito querido, se chocou com força contra a lateral de seu companheiro e o derrubou. Imediatamente, os dois estavam rolando e lutando, trocando socos e palavrões.

— Você é um idiota! Ele é um trapaceiro! — gritou o inimigo antes de conectar seu punho ao olho do outro.

— Você é um ignorante e ele é um carinha legal! — rebateu o outro, e em seguida rebateu também com um soco no nariz.

Regis suspirou e olhou ao redor para analisar o campo de batalha. Ele cumpriu seu papel com perfeição, como em todas as façanhas recentes dos Companheiros do Salão. Ainda assim, ele imaginou como Drizzt teria lidado com esses dois, com as cimitarras refletindo o sol, e desejou poder fazer o mesmo.

Ele pensou em como Cattibrie cuidaria deles, sem dúvida uma combinação do corte rápido e mortal de Mutiladora seguido de uma flecha relâmpago devastadora e bem mirada daquele arco maravilhoso dela. Mais uma vez, o halfling desejou poder fazer a mesma coisa.

Ele pensou em como Bruenor teria se livrado dos malfeitores, recebendo um soco e dando outro de volta, sofrendo uma investida na lateral que poderia ter derrubado um gigante e, ainda assim, lutado com ambos até os dois estarem jogados na lama, e também desejou ser capaz de fazer isso.

— Nem — disse Regis. Ele esfregou o ombro em sua empatia por Bruenor. Cada um tinha seu estilo, decidiu ele, então voltou a prestar atenção nos combatentes que estavam rolando na lama diante dele.

Seu novo amigo estava perdendo.

Regis pegou a própria arma, uma pequena maça que Bruenor havia feito para ele, e, enquanto a dupla rolava de um lado para o outro, deu um ou outro *pof* bem-posicionado para conduzir a batalha na melhor direção para ele.

Logo, seu novo amigo tinha a vantagem e Regis estava indo em direção ao sucesso.

Cada um com seu cada um.

Ela avançou com uma punhalada e o bandido soltou seu machado para deixá-lo em posição de bloqueio diante de si, puxando-o de um lado para o outro para interceptar, ou pelo menos desviar, a espada.

Cattibrie avançou intensamente, ficando perto demais dele, ela sabia. Ao menos aos olhos do delinquente.

Porque ela sabia o quanto seria subestimada por aquele lá. Os comentários que havia feito já disseram muito sobre como ele via as mulheres.

Mordendo a isca, o bandido afastou o machado na intenção de esbofetear a mulher com ele.

Um pé bem firme e um giro a deixaram logo ao lado da arma desajeitada, e, embora pudesse ter perfurado o peito do homem com Khazid'hea, decidiu usar seu pé, o chutando com força entre as pernas.

Ela recuou e o homem, com um gemido alto de dor, tentou se recuperar.

Cattibrie esperou, dando tempo para ele reassumir a ofensiva. Previsivelmente, ele tentou dar mais um daqueles ataques poderosos — embora inúteis — horizontais. Dessa vez, Cattibrie recuou apenas o suficiente para a lâmina errá-la por pouco. Ela se virou logo após ir além do alcance dele, girando sobre o pé esquerdo e dando um chute circular de calcanhar com a perna direita, atingindo o homem nos testículos.

Ela não sabia o motivo, mas estava bastante afim de acertar ali.

Mais uma vez estava fora de alcance antes que o malfeitor pudesse reagir, antes que pudesse se recuperar da dor lancinante que provavelmente estava se espalhando a partir de sua genitália.

Ele conseguiu se levantar, ainda que muito mal, então levantou mais uma vez o machado e rugiu, correndo para a frente — o ataque de um oponente desesperado. A ponta faminta de Khazid'hea mergulhou na barriga do homem, interrompendo a corrida. Um movimento do pulso de Cattibrie forçou a lâmina para baixo, e um passo para o lado deixou a mulher cara a cara com ele.

— Isso deve doer — sussurrou ela, então o joelho dela subiu mais uma vez. Com força.

Cattibrie deu um salto para trás e então outro para a frente, desta vez girando, com a espada cortando por dentro do ângulo do machado, ainda em movimento descendente, com a bela lâmina atravessando o cabo como se fosse feito de cera. Cattibrie se afastou mais uma vez, mas não antes de outro chute bem dado.

O bandido, com os olhos desalinhados e o rosto tenso em uma expressão de dor absoluta, tentou ir atrás dela, mas o corte de Khazid'hea havia destruído seu cinto e cadarço de suas calças, fazendo com que caísse até os tornozelos do homem.

Após dois passos curtos, o homem tropeçou e caiu com o rosto na lama. Coberto de lama e com ondas de dor se espalhando pelo corpo, ele ficou de joelhos e tentou golpear a mulher que se aproximava. Só então ele notou que estava segurando apenas metade do cabo de seu machado. O golpe não acertou e fez com que o homem ficasse dobrado demais para a esquerda. Cattibrie parou logo atrás do cabo, pisou sobre o ombro direito do valentão e o empurrou de volta para a poça.

Ele ficou de quatro mais uma vez, cego pela lama e sacudindo o cabo do machado o máximo possível.

Ela já estava atrás dele.

Ela pisou nele e o empurrou na lama mais uma vez.

— No chão — avisou a mulher.

Cuspindo palavrões, lama e água suja, o rufião teimoso e chocado se levantou novamente.

— No chão — disse Cattibrie, sabendo que ele focaria na voz dela.

Ele jogou uma perna para o lado em busca de equilíbrio e se mexeu, em mais um golpe desesperado.

Cattibrie saltou sobre o cabo e a perna, pousando na frente do homem e mudando o impulso para dar-lhe outro chute forte nos testículos.

Dessa vez, quando o homem se encolheu em posição fetal na lama, com ganidos agudos e patéticos enquanto segurava a região entre as pernas, a mulher sabia que ele não iria se levantar.

Olhando para Regis com um sorriso de puro deleite nos lábios, Cattibrie pegou o arco.

O desespero fez com que Bruenor levasse um braço e uma perna para a frente por baixo do piso, com uma mão empurrando e um joelho indo dar apoio. Uma tábua se quebrou, servindo de escudo contra a adaga que ia em sua direção, e Bruenor, de alguma forma, conseguiu soltar a mão o suficiente para derrubá-la da mão do homem ruivo.

Ou, o anão percebeu, talvez o homem só tenha decidido soltá-la.

O soco surgiu por trás da madeira e o acertou direto no rosto. Veio então um cruzado de esquerda, outro de direita e Bruenor não tinha como se defender, então apenas os aceitou. Ele deixou o homem golpeá-lo enquanto se remexia e forçava ambas as mãos a se soltarem até finalmente conseguir avançar com um pingo de defesa. Ele segurou o pulso esquerdo do homem com a mão direita e lançou sua própria mão esquerda para a frente como se estivesse a ponto de arrancar a cabeça do bandido.

Mas o rufião conseguiu segurar aquele braço, da mesma maneira que Bruenor segurava o dele, e os dois ficaram em um impasse dentro da carroça, esta saltando enquanto corria em alta velocidade.

— Vem cá, Kenda! — gritou o homem ruivo — Esse aqui já era!

Ele olhou de novo para Bruenor, com o rosto feio a centímetros do rosto do anão.

— O que você vai fazer agora, tampinha?

— Já falaram que você fala cuspindo? — perguntou Bruenor, enojado.

Em resposta, o homem abriu um sorriso estúpido e pigarreou, enchendo a boca com bastante muco, pronto para cuspir no anão.

O corpo inteiro de Bruenor se tensionou e, como um único músculo gigante, como o corpo de uma grande serpente, o anão atacou. Ele bateu com a testa no resto feio de seu oponente, jogando a cabeça do homem para trás de forma que ele estava olhando para o teto para que, quando ele cuspisse — e, de alguma forma, ele conseguiu cuspir — o catarro fosse para cima e caísse direto nele.

Bruenor soltou as mãos e, em seguida, prendeu uma delas na garganta do bandido e a outra no cinto do homem, que foi lançado sobre a cabeça do anão e voou até se chocar com a lateral da carroça.

Bruenor notou a serenidade no rosto do rufião restante quando ele baixou as rédeas e calmamente se virou, sacando a rapieira. De forma igualmente calma, Bruenor subiu, saindo por completo do compartimento e puxando seu machado repleto de ranhuras das costas.

O anão bateu com o machado sobre o ombro direito, em uma postura casual, com os pés afastados na intenção de se equilibrar em meio aos sacolejos.

— É melhor soltar isso aí e parar essa droga de carroça — disse ele a seu novo oponente, o homem apontando a rapieira.

— Não sou eu quem devo me render — comentou o malfeitor. — Anão tolo!

Ao terminar, ele avançou, e Bruenor, experiente o suficiente para conhecer por completo o próprio alcance e equilíbrio, sequer piscou.

Mas o anão subestimou seu oponente só um pouco, e a ponta da rapieira atingiu seu peitoral de mitral, achando uma fenda e acertando o anão com força.

— Ai! — disse Bruenor, não parecendo muito impressionado.

O bandido recuou, pronto para avançar novamente.

— Sua arma desajeitada não é páreo para minha velocidade e agilidade! — proclamou ele logo antes de chegar mais perto. — Há!

Um movimento rápido do pulso de Bruenor lançou seu machado à frente, girando apenas uma vez antes de se cravar no peito do malfeitor, o jogando para trás contra a parte de trás do encosto do assento do condutor.

— Hm? É mesmo? — perguntou o anão. Ele pisou com um pé no peito no bandido e arrancou o machado com um puxão.

Cattibrie baixou seu arco, vendo que Bruenor estava com a situação sob controle na carroça. Ela estava mirando no homem com a rapieira e teria disparado se fosse necessário.

Não que ela tenha acreditado por um instante que Bruenor Martelo de Batalha precisaria da ajuda dela contra aqueles dois.

Ela se virou para observar Regis, chegando pela direita. Atrás dele, veio seu novo amigo, carregando o delinquente capturado nos ombros.

— Tem algumas ataduras para o homem que Bruenor derrubou? — perguntou Cattibrie, mesmo sem ter certeza se ele sequer estava vivo.

Regis fez menção de assentir, mas então, espantado, gritou:

— Esquerda!

Cattibrie girou, erguendo Taulmaril, e notou o alvo. O homem que Drizzt tinha derrubado estava começando a se levantar.

Ela acertou uma flecha que brilhava e sibilava como um raio logo abaixo da cabeça recém-levantada dele. O homem congelou imediatamente, parecendo choramingar.

— É uma boa ideia deitar de novo — gritou Cattibrie da estrada.

Ele obedeceu.

Mais de duas horas depois, os dois bandidos que fugiram atravessaram o arbusto ocultando a abertura do círculo de rochas que cercava seu acampamento. Ainda tropeçando, agitados, eles passaram pelos cavalos para em seguida dar a volta na carroça roubada e esbarrar em Jule Pimenta, a líder e estrategista do bando, além de cozinheira, mexendo um caldeirão imenso.

— Nada hoje? — perguntou a mulher alta de cabelos negros, com os olhos castanhos os examinando. Seu tom de voz e postura revelavam a verdade, embora nenhum dos dois fosse esperto o suficiente para entender. Jule percebeu que alguma coisa tinha acontecido, e que não era nada bom.

— O Drizzit — um dos malfeitores se forçou a dizer, ainda tendo dificuldades para respirar. — O Drizzit e os amigos dele pegaram a gente.

— Drizzt? — perguntou Jule.

— Drizzit Dudden, aquele maldito elfo drow — disse o outro. — Era só uma carroça, só uma mulher e uma criança, e aí ele apareceu, atrás de nós três.

— Coitado do Walken — acrescentou o primeiro.

Jule fechou os olhos e sacudiu a cabeça, percebendo algo que os outros não tinham notado.

— E essa mulher — perguntou ela. — Ela só cedeu a carroça?

— Quando a gente fugiu, ela tinha começado a reagir — respondeu o primeiro. — Não deu para ver muita coisa.

— Ela? — perguntou Jule. — Quer dizer Cattibrie? A filha de Bruenor Martelo de Batalha? Vocês foram enganados, seus idiotas!

Os dois se entreolharam, confusos.

— E nosso castigo vai ser perder gente, com certeza — um deles finalmente concluiu após reunir coragem o suficiente para voltar a olhar para a mulher imponente. — Podia ser pior.

— Podia? — perguntou Jule, cética. — Então me diz: a pantera que anda com esse drow apareceu?

Os dois se entreolharam mais uma vez.

Como se em resposta, um rosnado grave ecoou pelo acampamento, ressoando como se estivesse saindo do chão e subindo pelos corpos dos dois bandidos. Os cavalos nas extremidades do acampamento relincharam, pisotearam e sacudiram a cabeça, nervosos.

— Eu diria que sim — Jule respondeu a si mesma logo antes de dar um suspiro profundo.

Um movimento vindo do lado deles, um rastro preto, chamou a atenção dos três, fazendo todos verem a recém-chegada. Era uma felina preta imensa, com pelo menos três metros de comprimento e ombros musculosos que chegavam à altura do peito de um homem alto.

— O gato do drow? — perguntou um dos delinquentes sujos.

— Dizem que o nome dela é Guenhwyvar — confirmou Jule.

O outro bandido já estava recuando, sem tirar os olhos da gata. Ele esbarrou em uma carroça e então deu a volta nela, se pondo entre os cavalos nervosos e suados.

— E aí vocês correram direto para mim — disse Jule à dupla, com desprezo evidente. — Vocês não conseguiram entender que o drow deixou vocês fugirem?

— Não! Ele estava ocupado! — reclamou o malfeitor restante.

Jule só sacudiu a cabeça. No fim das contas, ela não se surpreendia de tudo acabar assim. Ela imaginou que merecia isso por se meter com um bando de idiotas.

Guenhwyvar rugiu e saltou até o centro do acampamento, caindo logo no meio dos dois. Jule, inteligente o suficiente para não tentar lutar contra a criatura poderosa, só ergueu as mãos. Ela estava prestes a instruir seus companheiros a fazerem o mesmo quando ouviu um deles cair no chão. Ele simplesmente havia desmaiado.

O delinquente restante sequer viu Guenhwyvar saltar. Ele se virou e correu até a saída do círculo de rochas, atravessando o arbusto na intenção de deixar os amigos para trás enquanto lutavam para que pudesse fugir, assim como fizera na estrada. Ele conseguiu atravessar, fechando os olhos para protegê-los dos galhos que se chocavam contra seu rosto, até que notou uma figura escurecida de pé logo ao lado e os olhos violetas o encarando — logo antes do punho de uma cimitarra se aproximar rápido demais e o atingir no rosto, fazendo-o perder os sentidos.

Capítulo 2

Dividido

O VENTO E OS BORRIFOS SALGADOS CAUSAVAM uma sensação agradável em seu rosto, com o cabelo loiro comprido voando atrás de si e os olhos azuis claros se estreitando contra o sol. Os traços de Wulfgar continuavam fortes, mas pueris, apesar do rubor de sua pele após semanas no mar. Mas, para o observador mais atento, era possível notar nos olhos de Wulfgar um reflexo que traía a aparência juvenil, uma tristeza trazida por experiências ruins.

Mas essa melancolia não o acompanhava no momento, porque lá em cima, na proa do *Fada do Mar*, Wulfgar, filho de Beornegar, sentia a mesma adrenalina dos anos que passou enquanto crescia em Vale do Vento Gélido, todos aqueles anos aprendendo os costumes de seu povo e todos os anos passados lutando ao lado de Drizzt. A euforia não podia ser negada. Era o caminho do guerreiro, a expectativa orgulhosa e emocionante antes do início da batalha.

E logo haveria uma batalha, o bárbaro não duvidava. À frente, além das águas cintilantes, Wulfgar viu as velas de um navio pirata em fuga.

Será que era o *Quilha Sangrenta*, o navio de Sheila Kree? Será que seu martelo, o poderoso Presa de Égide, um presente dado por seu pai adotivo, estava nas mãos de uma pirata a bordo daquele navio?

Wulfgar estremeceu só de pensar no assunto, na miríade de sentimentos que a mera ideia de ter Presa de Égide de volta causava nele. Ele havia deixado Delly Curtie e Colson, o bebê que haviam adotado como filha, em Águas Profundas. Elas estavam na bela casa do Capitão Deudermont enquanto saíam com o *Fada do Mar* com o único objetivo de recuperar o martelo. Mesmo assim, pensar em Presa de Égide, no que ele poderia fazer assim que tivesse a arma em suas mãos mais uma vez, estava além da mente confusa de Wulfgar. O que exatamente aquele martelo significava?

O martelo, um presente de Bruenor, era para ser um símbolo do amor do anão por ele, do reconhecimento de que Wulfgar havia superado sua criação estoica e brutal para se tornar um guerreiro melhor e, acima de tudo, um homem melhor. Mas será que Wulfgar realmente se tornou? Será que ele merecia o martelo, ou mesmo o amor de Bruenor? Com toda a certeza, os eventos após seu retorno do abismo servem como prova do contrário. Nos últimos meses, Wulfgar não fizera muitas coisas das quais se orgulhava, e havia uma lista imensa de eventos, começando com o tapa no rosto de Cattibrie, que o homem preferia esquecer.

Por isso essa busca por Presa de Égide se tornara um alívio mais do que bem-vindo, uma distração que o mantinha ocupado e servindo a uma boa causa enquanto tentava se resolver. Mas, se Presa de Égide estava naquele barco à frente, ou no próximo que encontrassem, e Wulfgar o recuperasse, onde isso o levaria? Será que ainda esperavam por ele em Vale do Vento Gélido ao lado de seus antigos amigos? Será que ele voltaria a uma vida de aventuras e batalhas frenéticas, vivendo à beira do desastre junto a Drizzt e os outros?

Os pensamentos de Wulfgar foram parar em Delly e na criança. Levando a nova realidade de sua vida em consideração, levando essas duas em consideração, como ele poderia voltar à sua vida antiga? O que esse retorno significaria para suas responsabilidades com sua nova família?

O bárbaro riu, reconhecendo que não eram apenas as responsabilidades que o faziam hesitar, embora ele raramente admitisse, inclusive para si mesmo. Quando tirou a criança de Auckney, um reino menor na área ao leste da Espinha do Mundo, fora por responsabilidade, fora porque a pessoa que ele realmente era — ou queria ser novamente — exigia que não permitisse que a criança sofresse pelos erros da mãe ou pela covardia e estupidez do pai.

Foi a responsabilidade que fez com que voltasse para a Cutelo em Luskan, uma dívida para com seus antigos amigos, Arumn, Delly e até mesmo Josi Poças, a quem ele certamente decepcionou com suas palhaçadas enquanto bêbado. Pedir a Delly que acompanhasse a ele e a criança fora outro impulso trazido pela responsabilidade — ele percebera a oportunidade de compensar pela forma horrível com que tratara a pobre mulher, e por isso oferecera a ela um caminho novo para explorar. Na verdade, Wulfgar não havia parado muito para pensar em sua decisão de convidar Delly para acompanhá-lo, e, mesmo após ela surpreendentemente aceitar, o bárbaro não havia entendido o tamanho da profundidade que a escolha dela teria em sua vida. Porque agora... agora seu relacionamento com Delly e sua filha adotiva havia se transformado em algo mais. A criança que fora levada por generosidade — e, na verdade, porque Wulfgar instintivamente havia reconhecido que precisava mais de generosidade do que o bebê jamais precisaria — se tornara uma filha para ele. De todas as formas. De forma muito parecida com a qual tinha se tornado o filho de Bruenor Martelo de Batalha há tanto tempo. Wulfgar jamais havia entendido até então o toque de vulnerabilidade que esse título novo — pai — traria a ele. Ele nunca imaginou que alguém poderia realmente feri-lo. Agora ele só precisava olhar para os olhos azuis-esverdeados de Colson, tão parecidos com os de sua genitora, para ter certeza de que seu mundo tinha o potencial de desabar ao seu redor.

Da mesma forma, com Delly Curtie, o bárbaro veio a entender que acabou ganhando mais do que esperava. Essa mulher que havia convidado a se juntar a ele, mais uma vez por generosidade e como uma forma de negar quem havia se tornado, se tornou algo muito mais importante que uma mera companheira de viagem. Nos meses desde que partiram de Luskan, Wulfgar passara a ver Delly Curtie sob uma luz completamente diferente, passara a notar o quanto sua essência era profunda e a sabedoria que estava oculta sob o exterior sarcástico e rude que fora forçada a adotar para sobreviver a sua existência miserável.

Delly tinha narrado para ele os poucos momentos gloriosos de sua vida — nenhum deles nos braços de um de seus vários amantes. Contado sobre as várias horas que passara nas docas quietas de Luskan antes de precisar se forçar a começar seu turno na Cutelo. Ali, ela se sentava e observava o sol afundando no oceano distante, parecendo cobrir o mar em chamas.

Delly amava o pôr do sol — a hora silenciosa, era como chamava —, quando o povo diurno de Luskan voltava para casa, para suas famílias, e a turba noturna ainda não havia acordado para iniciar suas noites que, apesar de repletas de aventuras, eram, em última instância, vazias. Nos meses que convivera com Delly na Cutelo, nas noites que passaram nos braços um do outro, Wulfgar sequer sonhara que havia tantas coisas sobre ela que ele não sabia, que ela tinha sonhos e esperanças e uma compreensão tão profunda das pessoas ao seu redor. Quando os homens dormiam com ela, eles realmente acreditavam que ela era uma presa fácil, sendo preciso apenas algumas palavras de elogio em troca do que queriam.

O que Wulfgar passara a entender sobre Delly é que nenhuma dessas palavras, nenhum desses jogos, significavam qualquer coisa para ela. A única unidade de medida do poder dela nas ruas era seu corpo, e, por isso, ela o usava para ganhar privilégios, ganhar conhecimento, ganhar segurança, em um lugar que não oferecia nenhum dos três livremente. Parecia tão estranho para Wulfgar reconhecer que, embora todos os homens acreditassem estar tirando vantagem da ignorância de Delly, ela que na verdade estava tirando vantagem da fraqueza deles em relação à luxúria.

Sim, Delly Curtie era tão boa nessa brincadeira de "usar" os outros quanto eles, e é por isso que esse relacionamento que estava surgindo parecia tão incrível. Porque Delly não estava o usando, ele sabia disso, e ele também não a estava usando. Pela primeira vez em toda sua história juntos, os dois só estavam compartilhando a companhia um do outro, de forma honesta e sem ardis, sem nenhum objetivo por trás.

E Wulfgar estaria mentindo se não admitisse o quanto gostava disso.

Sim, o bárbaro seria um mentiroso, além de um covarde, se não admitisse que acabou se apaixonando por Delly Curtie. Sendo assim, os dois se casaram. Não formalmente, mas em seu coração e sua alma, e Wulfgar sabia que essa mulher, essa companheira improvável, o completava de formas que ele jamais havia imaginado ser possível.

— Bandeira pirata! — Veio um grito do cesto da gávea, deixando claro ser de fato um navio pirata em frente ao *Fada do Mar*, porque, no alto de sua arrogância, havia deixado uma flâmula pirata bem conhecida hasteada.

Sem nada além do mar aberto à frente, o navio não tinha para onde fugir. Nenhuma embarcação na Costa da Espada era mais rápida que o *Fada do Mar*, especialmente com Robillard, um mago poderoso, sentado no tijupá, conjurando repetidas rajadas de vento direto na vela principal da escuna.

Wulfgar respirou fundo, respirou mais uma vez, mas não conseguia se acalmar.

"Eu sou um guerreiro!", ele lembrou a si mesmo, mas o outro fato, o de que ele era marido e pai, não podia ser facilmente esquecido.

Como essa mudança de prioridades era estranha para ele! Poucos meses antes, ele havia sido o terror de Luskan, se metendo em brigas com abandono, imprudente ao ponto de ser autodestrutivo. Mas isso era quando ele não tinha nada a perder, quando ele acreditava que a morte faria a dor passar. Agora, o que o assustava era bem além do que tinha a perder: era o fato de que, se ele morresse ali, Delly e Colson iriam sofrer.

E tudo isso por quê? O bárbaro não podia fugir de se perguntar. Por um martelo, um símbolo de um passado que ele não tinha certeza se queria recuperar?

Wulfgar se agarrou à corda que ia até o mastro principal com tanta força que os dedos ficaram brancos graças à pressão e respirou fundo mais uma vez para tentar se acalmar, expirando com um rosnado selvagem. Ele sacudiu a cabeça para afastar os pensamentos, os reconhecendo como uma aberração para o coração de um verdadeiro guerreiro. Ataque com coragem, esse era seu mantra, seu código e, de fato, era assim que um verdadeiro guerreiro sobrevivia. Sobrepuje seus inimigos, e rápido, e provavelmente continuará de pé. A hesitação só dava ao inimigo a oportunidade de derrubá-lo com flechas e lanças.

A hesitação, a covardia, acabaria o destruindo.

O *Fada do Mar* se aproximou bem rápido da embarcação, que já podia ser reconhecida como uma caravela de dois mastros. A bandeira pirata desceu tão rápido quando o navio reconheceu quem o estava perseguindo!

Tanto a catapulta de trás quanto a balista da frente do *Fada do Mar* dispararam, mas nenhuma das duas conseguiu acertar em cheio. Os piratas responderam com sua própria catapulta — um disparo minguado que nem chegou perto de seu perseguidor.

— Mais uma saraivada? — perguntou o Capitão Deudermont ao mago do navio. O capitão era um homem alto e empertigado com um cavanhaque perfeitamente aparado, que ainda continuava em um tom mais próximo do castanho do que do cinzento.

— Para provocar? — supôs Robillard. — Não. Se eles tiverem um mago, já deve ser escaldado demais para cair nesse truque, senão ele já teria se mostrado. É melhor disparar dentro do alcance real e eu farei o mesmo.

Deudermont assentiu e levantou a luneta para ver melhor o navio pirata — e agora ele conseguia identificar os indivíduos a bordo, correndo para todos os lados.

O *Fada do Mar* se aproximava mais a cada instante, com as velas se aproveitando ao máximo do vento e a proa formando paredes altas de água em cada lado.

Deudermont olhou para trás, para seus artilheiros manejando a catapulta no convés de popa. Um deles usava uma luneta semelhante à do capitão, alinhando a embarcação com uma vara marcada diante de si. Ele abaixou a luneta, viu o capitão e assentiu.

— Acerte a vela principal — disse Deudermont para o tripulante ao seu lado, e então os gritos se espalharam, ganhando impulso e volume, até a catapulta e a balista dispararem mais uma vez. Desta vez, uma bola de piche atravessou as velas e as cordas do navio pirata enquanto tentava fazer uma curva fechada e desesperada, e um arpão da balista, preso a uma corrente, rasgou outra vela.

Logo depois surgiu um clarão, um raio de Robillard que se chocou contra o casco do navio, estilhaçando a madeira.

— Defensiva! — veio o grito de Robillard logo antes de conjurar um globo semitransparente ao redor de si e correr até a proa, passando por Wulfgar, que estava correndo a meia-nau.

Um raio de resposta realmente saiu do navio pirata, longe de ser tão brilhante e ardente quanto o de Robillard. O mago do *Fada do Mar*, considerado um dos melhores conjuradores de combate marítimo em toda a Faerûn, já havia posicionado seus escudos para diminuir o dano a apenas uma marca escurecida na lateral da proa da escuna. Mais uma das várias medalhas de honra que o orgulhoso navio caçador de piratas vinha adquirindo ao longo de seus anos de serviço.

O navio pirata continuou sua curva evasiva, mas o *Fada do Mar*, muito mais ágil, passou por dentro de sua curva, se aproximando ainda mais rápido.

Deudermont sorriu ao observar Robillard enquanto o mago esfregava os dedos, animado, pronto para lançar uma série de magias para compensar quaisquer defesas, seguidas de uma bola de fogo devastadora que consumiria as cordas e as velas, deixando o navio pirata imóvel.

Os piratas provavelmente se renderiam em seguida.

Uma fileira de arqueiros contornava a balaustrada lateral do *Fada do Mar*, com vários mais à frente, como alvos óbvios. Robillard havia protegido magicamente estes arqueiros em particular, os deixando impenetráveis para flechas que não fossem mágicas e, por isso, eles eram os que serviam de isca para os disparos inimigos.

— Preparem a saraivada para quando passarmos! — ordenou o líder do grupo, e cada homem e mulher começou a verificar as cordas e as flechas, se preparando para um tiro certeiro.

Atrás deles, Wulfgar andava ansioso de um lado para o outro. Ele queria acabar logo com isso — um desejo completamente razoável e racional —, mas ainda se culpava por estes sentimentos.

— Um gole para se calmar? — ofereceu um tripulante para ele, segurando uma pequena garrafa de rum, que aqueles prestes a embarcar no outro navio estavam passando um para o outro.

Wulfgar olhou por um bom tempo para a garrafa. Ele havia passado meses escondido dentro de uma dessas terríveis coisas semitransparentes. Ele havia passado meses afogando seus medos e memórias terríveis em uma tentativa inútil de fugir da realidade de sua vida e seu passado.

Ele sacudiu a cabeça e voltou a andar de um lado para o outro.

Logo depois, os sons de vinte cordas de arco sendo soltas ecoaram, seguidos dos gritos de vários piratas e alguns da tripulação do *Fada do Mar* que foram atingidos pela troca de disparos.

Wulfgar sabia que deveria assumir posição junto à equipe de embarque, mas notou que não conseguia. Suas pernas se recusavam a funcionar ante às imagens mentais de Delly e Colson. Como ele poderia fazer isso? Como ele poderia estar aqui, indo atrás de um martelo, enquanto elas esperavam em Águas Profundas?

As perguntas eram ensurdecedoras na mente de Wulfgar. Tudo o que costumava ser gritava para ele. Ele ouviu o nome de Tempus, o deus bárbaro da guerra, fazendo sua cabeça latejar, o mandando negar seus medos, o mandando lembrar-se de quem era.

Com um rugido que fez os tripulantes mais próximos a ele se atrapalharem para se afastarem o mais rápido possível, motivados por puro medo, Wulfgar, filho de Beornegar, correu até a balaustrada e, ainda que não houvessem chamado a equipe de embarque e Robillard estivesse preparando sua bola de fogo, fora o fato de que os navios estavam a três metros e meio de distância um do outro, o bárbaro furioso subiu sobre a balaustrada e saltou para o outro lado.

Gritos de reclamação ecoaram por trás dele e gritos de surpresa e medo se espalharam diante dele.

Mas o único grito que Wulfgar ouviu foi o seu.

— Tempus! — bradou ele, negando seus medos e sua hesitação. — Tempus!

O Capitão Deudermont correu até Robillard para segurar o mago magricela, prendendo seus braços aos lados e interrompendo sua conjuração.

— Aquele idiota! — gritou Robillard assim que abriu os olhos para ver o que fez o capitão interferir.

Não que o mago estivesse surpreso, porque Wulfgar estava sendo uma pedra no sapato de Robillard desde que se juntou à tripulação. Ao contrário de seus antigos companheiros, Drizzt e Cattibrie, este bárbaro era incapaz de entender as sutilezas do combate mágico. E, pelo ponto de vista de Robillard, o combate mágico era o mais importante, certamente bem acima das loucuras de meros guerreiros.

Robillard se afastou de Deudermont.

— Vou jogar a bola de fogo daqui a pouco — insistiu ele —, quando Wulfgar estiver morto!

Deudermont mal conseguia ouvir. Ele gritou para sua tripulação levar o *Fada do Mar* mais para perto e ordenou aos arqueiros para que encontrassem ângulos para ajudar sua equipe de embarque de um homem só.

Wulfgar acertou a balaustrada do navio pirata, tropeçando e caindo direto no convés. Os espadachins piratas avançaram como uma onda na direção dele, prontos para sobrepujá-lo — mas ele logo estava de pé, rugindo, com um pedaço comprido de corrente em cada mão.

O pirata mais próximo fez um corte com a espada e acertou o ombro do bárbaro, embora Wulfgar logo tenha levantado o antebraço e se aproximado, impedindo que a lâmina fizesse mais do que um corte superficial. O bárbaro lançou um soco direto enquanto bloqueava o golpe, acertando o homem com força no peito, o fazendo praticamente planar até o outro lado do convés, onde ficou caído de barriga para cima.

Fazendo as correntes voarem e esmagarem e gritando para seu deus, o bárbaro entrou em fúria, espalhando os piratas diante de si. Eles jamais viram algo parecido, um homem selvagem de mais de dois metros de altura, e, por isso, a maioria fugiu antes de sua investida estrondosa.

Um pedaço de corrente foi lançado para a frente, se enrolando nas pernas de um deles, e Wulfgar deu um puxão forte que fez com que também voasse sobre o convés. O segundo pedaço da corrente passou ao redor do ombro de um homem à esquerda de Wulfgar, se enrolando até acertá-lo no peito. O puxão de Wulfgar arrancou um pedaço considerável da pele de sua vítima, fazendo com que girasse rápido.

— Corre! — diziam os gritos ao redor dele. — Ele é um demônio!

Ambas as correntes logo se embolaram, então Wulfgar as soltou e puxou um par de pequenos tacapes do cinto. Ele saltou para a frente e deu um golpe que varria para o lado, acertando um pirata, obviamente o líder da tripulação do convés e o mais protegido do grupo, o fazendo atingir a balaustrada.

O pirata golpeou com uma bela espada, mas Wulfgar saltou para trás, fora de alcance, então avançou de volta com outro rugido.

Então surgiu um escudo grande, de boa qualidade, e isso seria o suficiente para aparar o golpe, mas este combatente nunca havia enfrentado a fúria primordial de Wulfgar.

A primeira pancada do bárbaro contra o escudo deixou o braço do pirata dormente. A segunda, amassou a parte de cima do escudo e abaixou o braço de bloqueio. O terceiro golpe se livrou de vez da defesa e o quarto, tendo chegado tão rápido que o oponente sequer teve oportunidade de posicionar a espada mais uma vez, acertou o pirata na lateral do elmo e o fez cair, tropeçando, de lado.

Wulfgar avançou, lançando uma série de golpes que deixou amassados imensos na bela armadura e fazendo o pirata continuar tropeçando pelo convés. Ele mal chegou às tábuas do chão quando Wulfgar o agarrou pelo tornozelo e o levantou.

Um meio giro e um único passo deixou o bárbaro diante da balaustrada com o pirata de armadura pendurado além dela. Wulfgar o segurou ali, aparentemente mal se esforçando, e com apenas um braço. Ele olhou para a tripulação de uma forma que prometia perigo. Ninguém se aproximou, e nenhum arqueiro ousou levantar um arco na direção dele.

Mas, do tijupá, surgiu um desafio, e Wulfgar se virou, vendo o mago pirata olhando para ele durante sua conjuração.

Um movimento do pulso de Wulfgar fez seu tacape restante voar na direção do homem, e o mago precisou desviar para o lado, interrompendo a própria magia.

Porém agora Wulfgar estava desarmado, e a tripulação pirata parecia recuperada do choque inicial de sua investida esmagadora. O capitão pirata apareceu, prometendo uma quantidade considerável de tesouros para quem derrubasse o gigante bárbaro. O mago voltou a sua conjuração.

A escória do mar se aproximou, pronta para matá-lo.

E então pararam e se empertigaram — alguns até soltaram as armas — quando o *Fada do Mar* deslizou ao lado de seu navio logo atrás do bárbaro, com os arqueiros em prontidão e a equipe de embarque prestes a sair.

Robillard soltou outro relâmpago que acertou o mago pirata distraído, lançando-o sobre a balaustrada do navio, e fazendo com que caísse no mar gelado.

Um pirata gritou para anunciar uma investida, mas logo parou quando duas flechas se cravaram em seu peito.

A tripulação do *Fada do Mar* era treinada demais, disciplinada demais, experiente demais. A luta acabou antes mesmo de começar de fato.

— Você provavelmente pode botar ele no navio de novo — disse Deudermont para Wulfgar pouco tempo depois, com o bárbaro ainda parado de pé e segurando o pirata de armadura de cabeça para baixo sobre o trecho curto de água entre os dois navios, embora, pelo menos, Wulfgar agora estivesse usando as duas mãos.

— Por favor! — exigiu o pirata, constrangido, levantando o visor de seu elmo caríssimo. — Sou o Conde do Solar Taskadale! Eu exijo…

— Você é um pirata — Deudermont disse a ele com toda a calma.

— Só um pouco de aventura. Nada demais — respondeu o homem desdenhosamente. — Agora, por favor, faça seu amigo ogro me botar no chão!

Antes que o capitão pudesse dizer qualquer coisa, Wulfgar deu um meio-giro e fez o conde voar pelo convés e se chocar contra o mastro principal com um baque contra o metal. Em seguida, o homem arremessado rolou ao redor do mastro, até finalmente parar em uma confusão de braços, pernas e armadura.

— Conde de Taskadale, seja lá o que for — comentou Deudermont.

— Não estou impressionado — respondeu Wulfgar, se afastando até a prancha que o levaria de volta ao *Fada do Mar*.

Robillard estava furioso à sua espera do outro lado.

— Quem deu as instruções para você embarcar? — o mago, colérico, exigiu saber. — Eles poderiam acabar com você com apenas uma magia.

— Então faça sua magia, mago — resmungou Wulfgar para ele, um pouco mais à frente, sem tempo para explicar seus impulsos e emoções para outra pessoa quando sequer havia chegado a entendê-los.

— Não se iluda achando que vou me segurar na próxima vez! — gritou Robillard para ele, mas Wulfgar só continuou andando. — E ai de Wulfgar quando pedaços de velas em chamas choverem sobre sua cabeça, queimando seu cabelo e sua pele! Ai de Wulfgar quando...

— Não se irrite — comentou Deudermont, aparecendo atrás do mago. — O navio foi capturado e não perdemos ninguém da tripulação.

— Como deveria ser — insistiu Robillard —, mas sem tanta possibilidade de erros. As defesas mágicas deles estavam comprometidas, as velas estavam expostas. Eu...

— Chega, meu amigo — interrompeu Deudermont.

— Esse Wulfgar é um idiota — respondeu Robillard. — Ele é mesmo um bárbaro! Um selvagem de alma, e entende de táticas e vantagens tão bem quanto um orc.

Deudermont, que já viajara antes com Wulfgar e conhecia bem o drow que havia treinado este guerreiro, sabia que não era bem assim. Mas não disse uma palavra, apenas deixou Robillard, mal-humorado como sempre, extravasar sua frustração com uma série de xingamentos e reclamações.

Na verdade, o Capitão Deudermont estava começando a repensar sua decisão de permitir que Wulfgar se juntasse à tripulação do *Fada do Mar*, ainda que acreditasse dever isso ao homem, por questões de amizade e respeito. A aparente redenção de Wulfgar atingiu o coração do capitão, porque ele havia visto o homem em seu pior momento, sendo julgado pelos juízes cruéis de Luskan pela tentativa do assassinato do próprio Deudermont.

O capitão não havia acreditado nas acusações à época — e apenas por isto Wulfgar continuava vivo —, ainda que reconhecesse que algo terrível havia acontecido ao nobre guerreiro, que algum evento indescritível havia deixado o homem no fundo do poço. Deudermont ficou genuinamente feliz quando Wulfgar chegou nas docas em Águas Profundas pedindo para subir a bordo e se juntar à tripulação, pedindo a Deudermont para ajudá-lo a recuperar o martelo poderoso que Bruenor Martelo de Batalha havia forjado para ele.

No entanto, agora estava claro para o capitão que os ferimentos de Wulfgar não haviam cicatrizado. Sua última investida havia sido imprudente e tola, e poderia ter posto toda a tripulação em perigo. Isso, o Capitão Deudermont não poderia tolerar. Ele precisava falar com Wulfgar, e de forma dura.

Mais do que isso, o capitão decidiu naquele instante que encontrar Sheila Kree e seu navio esquivo seria sua prioridade, para recuperar Presa de Égide para Wulfgar e então deixá-lo em terra firme em Águas Profundas.

Pelo bem de todos.

Capítulo 3

Adereços

GÁRGULAS IMENSAS PAIRAVAM A SEIS METROS DE altura. Uma estátua de pedra gigantesca de um guerreiro lagarto humanoide — talvez algum tipo de golem — vigiava a porta, posicionada entre suas pernas abertas. Logo após a entrada escura, uma série de luzes mágicas dançava e flutuava pelo espaço, com algumas delas soltando faíscas de forma ameaçadora.

Le'lorinel não se impressionou nem um pouco. As escolas de magia usadas por aquele lá, e seus estudos em ilusão e adivinhação, já eram conhecidas, e nenhuma das duas lhe assustava. Não, os guardas e as proteções de E'kressa, o Vidente, não impressionavam alguém com tanta experiência em combate. Eram mais espetáculos visuais que algo tangível. Le'lorinel sequer sacou uma espada, chegando ao ponto de remover o elmo brilhante ao passar pela abertura escura e entrar em um corredor circular.

— *E' kressa diknomin tue?* — perguntou, usando a língua dos gnomos. Le'lorinel parou na base de uma escada vertical, esperando por alguma resposta.

— *E' kressa diknomin tue?* — perguntou novamente, de forma ainda mais alta e insistente.

Uma resposta se fez ouvir, carregada pelo ar por uma brisa.

— Que aventura, sombria e cruel, aguarda o elfo Le'lorinel? — surgiu essa voz aguda, mas ainda solene, falando na língua comum.

— Quando sua lâmina a pele negra de sangue manchar, irá então sua fome inextinguível saciar? Quando Le'lorinel o nobre drow assassinar, irá então sorrir, sua raiva dissipar?

Le'lorinel finalmente sorriu após a adivinhação, além do erros evidente.

— Posso...? — sem paciência para jogos, começou a perguntar.

— Suba. — Veio a interrupção imediata, com o tom e a forma brusca deixando claro para Le'lorinel que a pergunta já fora prevista.

Com uma risada baixa, Le'lorinel subiu a escada. No alto, havia uma cortina de miçangas azuis, com um brilho suave vindo do outro lado. Ao passar por ela, Le'lorinel se viu no que obviamente era a câmara de reuniões principal de E'kressa, um local coberto por tapetes e almofadas para se sentar, além de runas e artefatos arcanos: um crânio aqui, uma asa de morcego gigante ali, uma bola de cristal em um pedestal próximo à parede, um espelho grande com uma moldura dourada entalhada com padrões retorcidos.

Le'lorinel jamais vira tantos itens arcanos banais reunidos no mesmo ambiente e, após tantos anos a serviço de Mahskevic, já estava claro que todos eram objetos menores, adornos, e nada mais — exceto, talvez, a bola de cristal.

Mas Le'lorinel não perdeu tempo prestando muita atenção neles, preferindo focá-la em E'kressa. Em vestes azuis-escuras cobertas em um padrão espiralado e usando um chapéu cônico gigante, o gnomo era praticamente uma caricatura das expectativas clássicas quanto à aparência de um mago, exceto, é claro, a parte de ser alto e imponente, já que E'kressa mal chegava a noventa centímetros de altura. Uma barba cinzenta bastante comprida e sobrancelhas cheias apareciam por debaixo do chapéu, e E'kressa inclinou a cabeça para trás, com o rosto voltado na direção geral de Le'lorinel, mas não exata.

Um par de olhos completamente brancos surgiu por debaixo das sobrancelhas cheias.

Le'lorinel riu alto.

— Um vidente cego? Que maravilhosamente típico!

— Você duvida dos poderes de minha visão mágica? — respondeu E'kressa, levantando os braços em uma ameaça, de forma a lembrar as asas de uma águia.

— Mais do que você pode imaginar — respondeu Le'lorinel casualmente.

E'kressa se manteve naquela pose por bastante tempo, mas então, notando a postura relaxada e o sorriso zombeteiro de Le'lorinel, o gnomo finalmente se acalmou. Dando de ombros, E'kressa estendeu a mão e tirou as lentes brancas de seus olhos cinzentos.

— Funciona com os plebeus — explicou o vidente ilusionista. — Eles ficam encantados! E sempre ficam mais inclinados a pagarem uma ou duas moedas a mais para o vidente cego.

— Plebeus se impressionam com facilidade — afirmou Le'lorinel. — Eu, não.

— Mesmo assim eu já sabia sobre você e seu objetivo — E'kressa destacou imediatamente.

— Assim como você sabe quem é Mahskevic — veio a resposta seca.

E'kressa bateu forte com sua bota no chão e assumiu uma postura petulante por alguns segundos.

— Você trouxe o pagamento? — perguntou o vidente, indignado.

Le'lorinel jogou uma bolsa de moedas de prata até as mãos ansiosas do gnomo.

— Que tal usar seus poderes incríveis de adivinhação para contar as moedas? — perguntou Le'lorinel quando o gnomo começou a contar as moedas.

Os olhos de E'kressa se estreitaram ao ponto de sumir sob as sobrancelhas imensas. O gnomo sacudiu a mão sobre a bolsa, murmurou uma magia, e então, um pouco depois, assentiu e deixou a bolsa de lado.

— Eu deveria cobrar a mais por isso — comentou ele.

— Por contar seu pagamento? — perguntou Le'lorinel de forma cética.

— Por ter que fazer mais uma demonstração dos meus grandes poderes de vidência — respondeu o gnomo. — Por não fazer você esperar enquanto eu contava as moedas.

— Não foi preciso usar uma magia poderosa para saber que todas as moedas estavam aí — respondeu. — Por que eu viria aqui se não houvesse concordado com o preço?

— Mais um teste? — questionou o gnomo.

Le'lorinel bufou em reclamação.

— A impaciência é um vício dos humanos, não dos elfos — lembrou E'kressa. — Prevejo que, caso insista em sua busca com tamanha impaciência, só encontrará sua ruína.

— Brilhante — veio a resposta sarcástica.

— Você não está facilitando, sabia? — afirmou o gnomo em um tom impassível.

— E, embora eu garanta que sou paciente mais do que o suficiente para me livrar de Drizzt Do'Urden, não tenho a intenção de perder meu tempo aqui — falou Le'lorinel. — Tenho coisas demais para preparar, E'kressa.

O gnomo pensou por um instante, então deu de ombros.

— De fato. Bem, vejamos o que a bola de cristal pode nos mostrar. O curso que deve tomar em sua busca, esperamos, e talvez se Le'lorinel sairá ou não vitorioso. — Ele foi tagarelando enquanto andava como um pato até o centro da sala, então corrigiu sua rota para a direção da bola de cristal.

— A trajetória. Nada além disso — corrigiu Le'lorinel.

E'kressa parou e se virou devagar para observar essa criatura peculiar.

— A maioria das pessoas desejam saber o resultado — disse.

— E, ainda assim, sei tanto quanto você que este resultado nunca é pré-determinado — rebateu Le'lorinel.

— Existe uma probabilidade...

— E nada além disso. E o que eu devo fazer, oh, grande vidente, se você me disser que vencerei minha batalha contra Drizzt Do'Urden, que eu o destruirei como ele merece ser destruído e limparei minha espada suja de sangue nos cabelos brancos dele?

— Comemorar? — perguntou E'kressa de forma sarcástica.

— E o que eu devo fazer, oh, grande vidente, caso veja que serei derrotado nesta batalha? — continuou Le'lorinel. — Abandonar o que não posso abandonar? Rejeitar meu povo e permitir que o drow viva?

— Muitos acham que ele é um ser bondoso.

— As ilusões conseguem enganar bem, não é? — comentou Le'lorinel.

E'kressa fez menção de responder, mas apenas suspirou e deu de ombros antes de continuar andando até a bola de cristal.

— Me diga o que você espera da estrada que tem pela frente — instruiu o mago.

— O pagamento a mais garante a confidencialidade? — perguntou Le'lorinel.

E'kressa encara a criatura mascarada como se houvesse acabado de fazer uma pergunta extremamente tola.

— E porque eu informaria a esse tal Drizzt se eu chegasse a conhecê-lo? — perguntou. — E porque eu sequer chegaria a conhecê-lo, estando ele do outro lado do mundo?

— Então você provavelmente já esteve espionando o drow?

E'kressa pegou a deixa oculta na avidez de sua voz, e o tom ansioso o fez firmar os ombros e estufar o peito de orgulho.

— Talvez eu estivesse — disse ele. — Talvez eu estivesse.

Le'lorinel respondeu com um passo determinado até a bola de cristal, parando com o item entre ele o gnomo.

— Encontre ele.

E'kressa começou a conjuração. Seus pequenos braços se moviam em círculos sobre sua cabeça enquanto palavras em uma língua que Le'lorinel não conhecia, ditas com uma voz que mal parecia familiar, saíam de sua boca.

Os olhos cinzentos se abriram. E'kressa se inclinou atentamente.

— Drizzt Do'Urden — disse ele em voz baixa. — O drow condenado, porque só pode haver um resultado para um planejamento tão cuidadoso e meticuloso.

— Drizzt Do'Urden — disse o gnomo novamente. O nome saía de seus lábios de forma tão mística e rítmica quanto as palavras arcanas de sua magia. — Estou vendo... Estou vendo... Estou vendo...

E'kressa fez um som pensativo, então se empertigou.

— Estou vendo o rosto distorcido de um elfo careca com uma máscara ridícula e ansioso demais para o próprio bem — explicou o mago, se dobrando para encarar o rosto de Le'lorinel, que estava com os olhos arregalados, através da bola de cristal. — Será que você pode se afastar um pouco?

Os ombros de Le'lorinel perderam um pouco do vigor, e de seus lábios saiu um suspiro profundo. Mesmo assim, recuou.

E'kressa esfregou as mãozinhas rechonchudas e continuou murmurando as palavras da magia, então voltou a olhar para a bola de cristal de uma distância mais apropriada.

— Estou vendo... — disse ele mais uma vez. — O vento é forte e a neve, muito, muito alta. Ouço o vento... sim, sim. Ouço o vento zunindo nas minhas orelhas e o retinir de picaretas velhas.

— Picaretas velhas? — interrompeu Le'lorinel.

E'kressa se empertigou mais uma vez e olhou feio para o ser mascarado.

— Velhas? — repetiu Le'lorinel. — Rima com "orelhas", não é?

— Você é um incômodo.

— E você é um tanto irritante — respondeu. — Por que você começa a falar em rimas assim que começa sua adivinhação? É alguma regra de vidente ou alguma coisa do tipo?

— Ou uma preferência — respondeu o gnomo, entre aflito e irritado, mais uma vez batendo com sua bota no chão.

— Eu não sou um de seus plebeus impressionáveis — explicou Le'lorinel. — Se poupe o trabalho e nos poupe dessas palavras bobas, porque você não vai receber a mais por causa da atmosfera, seja visual ou sonora.

E'kressa murmurou alguns palavrões e voltou a se concentrar.

— Picaretas velhas — repetiu Le'lorinel mais uma vez com uma risada.

— Se zombar de mim mais uma vez, vou te mandar caçar esse Drizzt no Abismo — avisou o gnomo.

— E de lá, também, voltarei para agradecer — respondeu Le'lorinel sem hesitação. — E, pode acreditar em mim, eu sei a diferença entre uma ilusão e um inimigo, um guarda que é um jogo de luzes de um sólido, e possuo uma forma de sigilo que escapa até a seus olhos.

— Ah, mas eu vejo tudo, filho tolo de um filho tolo! — reclamou E'kressa.

Le'lorinel respondeu com uma risada, e essa foi a resposta mais intensa que poderia oferecer, embora E'kressa, é claro, não fizesse ideia do tamanho da ironia de sua afirmação.

Tanto Le'lorinel quanto o gnomo suspiraram depois disso, igualmente cansados da interação inútil e, dando de ombros, o gnomo tornou a se inclinar e observar a bola de cristal.

— Dizem que Gandalug Martelo de Batalha não está bem — sugeriu Le'lorinel.

E'kressa murmurou algumas frases arcanas e moveu seus braços curtos sobre a esfera.

— Pelo Salão de Mitral os olhos arcanos vagueiam, ao trono e à cama que os raios do crepúsculo rodeiam — começou o gnomo, mas parou ao notar o pigarrear impaciente de Le'lorinel.

E'kressa tornou a olhar para Le'lorinel.

— Gandalug está doente — confirmou o gnomo, abrindo mão tanto da voz misteriosa quanto das rimas irritantes. — E morrendo.

— Há clérigos com ele?

— Sim. Clérigos anões — respondeu o gnomo. — Ainda assim, não há muito que os poderes de cura possam fazer pelo rei moribundo. Eles não são conhecidos pela delicadeza. Não que fizesse diferença — continuou E'kressa, mais uma vez se curvando para estudar as imagens, para absorver a *atmosfera* do ambiente com tanta intensidade quanto a cena em si. — Não é nenhum ferimento, apenas os danos do tempo, temo eu, e nenhuma doença além daquela que acomete a todos se algo não o levar antes.

— A velhice — explicou o gnomo. — O Nono Rei do Salão de Mitral está morrendo de velhice.

Le'lorinel assentiu, já ciente do fato.

— E Bruenor Martelo de Batalha? — perguntou.

— O Nono Rei se cobre no leito de seus pesares — disse o gnomo de forma dramática. — Com o Décimo Rei, surge a aurora de novos ares!

Le'lorinel cruzou os braços em uma postura zangada.

— Alguém precisava dizer — explicou o gnomo.

— Então que seja você — veio a resposta irritada. — Já que alguém precisava.

— Precisava sim — disse E'kressa apenas para ter a última palavra.

— E Bruenor Martelo de Batalha?

O gnomo passou mais um bom tempo observando a cena na bola de cristal, murmurando em voz baixa e chegando ao ponto de apertar a orelha contra a superfície lisa para ouvir melhor os eventos no reino anão tão distante.

— Não está ali — disse E'kressa, confiante, pouco tempo depois. — E é bom para você, porque, se ele estivesse ali, junto com o drow, como você invadiria uma fortaleza anã?

— Farei o que for preciso — veio a resposta em voz baixa, mas firme.

E'kressa começou uma risada baixa, mas se interrompeu ao notar a feição sombria de Le'lorinel.

— Bom para você — disse o gnomo, dispersando as imagens na bola de cristal e conjurando outra magia de adivinhação. Ele fechou os olhos, sem se preocupar com a bola, enquanto começava a entoar o chamado a um ser do outro mundo que pudesse oferecer algum sinal, alguma orientação.

Uma imagem peculiar tomou conta de seus pensamentos, queimando como metal ardente. Dois símbolos estavam bastante claros, imagens que ele conhecia, mas jamais vira entrelaçadas daquela maneira.

— Dumathoin e Clangeddin — murmurou ele. — E Dumathoin e Moradin.

— Três deuses anões? — perguntou Le'lorinel. Mas E'kressa, perfeitamente imóvel exceto pelas pálpebras que tremiam, não pareceu ouvir.

— Mas como? — perguntou o gnomo em voz baixa.

Antes que Le'lorinel pudesse perguntar do que o vidente estava falando, os olhos de E'kressa se arregalaram.

— Para encontrar Drizzt, você precisa encontrar Bruenor — anunciou o gnomo.

— No Salão de Mitral — raciocinou Le'lorinel.

— Não! — gritou o mago. — Porque há um local mais urgente aos olhos do anão. Um local que o chama enquanto pai, não enquanto rei.

— Um enigma?

E'kressa sacudiu sua cabeça cabeluda com veemência.

— Encontre a criação mais querida feita pelas mãos do anão — explicou o gnomo — para encontrar a criação mais querida da carne. Bom, uma das duas criações mais queridas, mas soou melhor assim.

A expressão de Le'lorinel não tinha espaço para mais confusão.

— Um dia Bruenor Martelo de Batalha criou um objeto, algo poderoso e mágico, além de suas habilidades enquanto artesão — explicou E'kressa. — Ele o fez para uma pessoa extremamente importante para ele. O objeto de metal atrairá o anão de forma mais garantida que o vácuo no trono de pedra do Salão de Mitral. Além disso, o objeto fará o drow ir correndo até ele.

— O que é? — perguntou Le'lorinel, evidentemente ávido. — Onde está?

E'kressa foi até sua escrivaninha e puxou um pedaço de pergaminho. Enquanto Le'lorinel corria para se juntar a ele, o gnomo conjurou outra magia, esta gravando a imagem que a magia anterior marcara em seus pensamentos diretamente no pergaminho. Ele examinou sua obra, uma representação perfeita dos símbolos entrelaçados dos deuses anões.

— Encontre esta marca, Le'lorinel, e você chegará ao fim de sua longa estrada — explicou.

E'kressa repetiu sua conjuração, desta vez marcando as linhas do outro lado do pergaminho.

— Ou essa aqui — continuou o mago, mostrando-lhe a imagem nova, uma que, aos olhos de Le'lorinel, parecia demais com a anterior.

Mesmo sem perceber muita diferença, pegou o pergaminho com delicadeza, o observando de olhos arregalados.

— Uma é a marca de Clangeddin, coberta pela marca de Dumathoin, o Guardião dos Segredos sob a Montanha. A outra é a marca de Moradin, oculta da mesma forma.

Le'lorinel assentiu, virando as páginas de forma gentil e respeitosa, como um sábio estudando os escritos de uma civilização perdida.

— Muito a oeste, creio eu — informou o gnomo antes que Le'lorinel sequer pudesse perguntar. — Águas Profundas? Luskan? Algum lugar entre as duas cidades? Não tenho certeza.

— Mas você acha que essa é a região? — A descrença estava evidente em sua voz. — Sua adivinhação disse isso ou é só um palpite, já que Vale do Vento Gélido está logo ao norte de lá?

E'kressa ponderou as palavras por um tempo, então deu de ombros.

— E importa?

Le'lorinel o encarou intensamente.

— E você tem um palpite melhor? — perguntou o gnomo.

— Eu paguei bem — veio o lembrete.

— E nas suas mãos você tem dez vezes mais o que me pagou — garantiu o gnomo, obviamente satisfeito com seu desempenho naquele dia.

Le'lorinel olhou para o pergaminho, para as linhas dos símbolos entrelaçados queimadas permanentemente no papel amarronzado.

— Não sei a conexão imediata — admitiu o gnomo. — Não sei como este símbolo, ou o objeto com ele, vai levá-lo a sua obsessão. Mas o fim de sua estrada está ali. Foi o que minhas magias me mostraram. Não sei dizer mais do que isso.

— E o fim desta estrada será triunfante para mim? — perguntou então, apesar de haver antes recusado a profecia.

— Isso não me foi mostrado — respondeu o mago de forma presunçosa. — Devo dar um palpite?

Só então Le'lorinel percebeu o quanto havia traído suas emoções com uma mera pergunta e adotou uma postura defensiva.

— Me poupe — rebateu.

— Posso falar rimando — sugeriu o gnomo com um sorriso superior.

Le'lorinel considerou responder que também poderia responder em rima, uma canção, na verdade, cantada de forma ávida enquanto uma adaga élfica removeria uma língua da boca de um gnomo falastrão.

Mas acabou não dizendo nada, e o pensamento se dissipou enquanto as imagens no pergaminho sobrepujavam quaisquer outros pensamentos.

Lá estava, nas mãos de Le'lorinel, o destino da missão de uma vida inteira.

Graças a isso, não tinha mais raiva nenhuma a oferecer.

Graças a isso, tinha muito em que pensar, muito o que preparar, muitos medos para superar e muitas fantasias de Drizzt Do'Urden, o falso herói, sendo exposto como o impostor que era, em que se deleitar.

Chogurugga se recostou em cinco almofadas imensas, estufando a boca repleta de presas com uma quantidade imensa de carne de carneiro. Com dois metros e meio de altura, a ogra não era muito alta, mas, graças a suas pernas grossas como velhos carvalhos e sua cintura redonda, chegava a pesar bem mais de trezentos quilos.

Diversos servos, todos ogros, corriam pela caverna central, a maior da Baía Dourada, mantendo Chogurugga, a única ogra presente na câmara, bem-alimentada e feliz. Eles sempre foram atenciosos em relação a ela graças à sua aparência incomum e singular. Sua pele era de um violeta claro ao contrário do amarelo de seu clã, complementando o cabelo oleoso, preto azulado, com perfeição. Os olhos eram de uma cor entre a da pele e do cabelo, indo de um berinjela a um tom além de um azul intocado dependendo da iluminação ao redor.

Chogurugga já estava mais do que acostumada aos vinte ogros do Clã Baque a bajulando, mas, desde a nova aliança entre ela e os piratas humanos, uma aliança que aumentava ainda mais o status das ogras, os ogros praticamente brigavam para oferecer-lhe comidas e ornamentos.

Exceto Bloog, é claro. Ele era o capataz rigoroso da Baía Dourada, o maior, mais inclemente e mais horroroso ogro a jamais caminhar por essa área da Espinha do Mundo. Muitos sussurravam que Bloog nem era um ogro por completo, que havia um pouco de sangue de gigante da montanha nele, e, como ele chegava perto de quatro metros de altura e tinha braços tão grossos quanto as pernas de Chogurugga, os boatos pareciam ter algum fundamento.

Chogurugga, com ajuda de Sheila Kree, havia se tornado o cérebro da parte dos ogros na Baía Dourada, mas Bloog era os músculos e, sempre que desejava, o verdadeiro chefe. E Bloog estava ainda mais cruel desde que Sheila Kree chegara em suas vidas e oferecera a ele um presente de poder extraordinário, um martelo que permitia a Bloog expandir as cavernas com um único golpe poderoso.

— Já voltou? — perguntou a ogra quando Sheila e Bellany entraram na caverna. — E o que tem de bom para Chogurugga dessa vez?

— Um navio quebrado — respondeu a líder pirata de forma sarcástica. — Acha que consegue comer um desses?

A risada de Bloog, do outro lado da câmara, ressoou como um trovão ao longe.

Chogurugga o encarou furiosamente.

— Agora tenho Bathunk — lembrou a ogra. — Não preciso mais de Bloog.

Bloog franziu a sobrancelha, o que fez com que saltasse além de seus olhos fundos, em uma careta que seria cômica se não estivesse no rosto de uma criatura feita de puro músculo. Bathunk, o filho cruel de Chogurugga e Bloog, ultimamente estava se tornando um problema para o casal. Geralmente, na sociedade ogra, quando o filho de um chefe estava se tornando tão forte e maligno quanto o pai, se o pai ainda fosse jovem, o brutamontes mais velho dava uma surra no filho, por diversas vezes, para garantir sua posição entre os seus. Se não funcionasse, o filho seria morto ou exilado. Mas o Clã Baque não era um grupo comum de ogros: era uma sociedade matriarcal em vez da patriarcal, que por sua vez, era mais comum, e Chogurugga se recusava a tolerar tal comportamento vindo de Bloog — ao menos com Bathunk.

— Mal chegamos em mar aberto quando vimos um navio familiar no horizonte — explicou Bellany, obviamente indignada e sem intenção alguma de ser testemunha de outra das batalhas lendárias entre Chogurugga e Bloog sobre Bathunk.

— Tinha três mastros? — perguntou a ogra, mordendo a isca para que mudasse de assunto enquanto mostrava quatro dedos.

Sheila Kree lançou um olhar de censura na direção de Bellany — ela não precisava que o respeito que a ogra tinha por ela diminuísse ainda mais —, então virou na direção de Chogurugga com a mesma expressão.

— Ele é persistente — admitiu. — Qualquer dia ele vai nos seguir até a Baía Dourada.

Bloog riu mais uma vez, assim como Chogurugga, ambos empolgados com a ideia de carne fresca.

Sheila Kree, mesmo que não estivesse muito interessada em rir, se juntou a eles, mas logo sinalizou para Bellany segui-la e foi até a saída do outro lado da câmara, para os túneis que levavam a seus aposentos em um nível mais alto na montanha.

O quarto de Sheila estava longe de ser tão grande quanto a câmara dos líderes orcs, mas era quase hedonista em sua decoração, com lâmpadas ornamentais lançando uma iluminação suave em cada canto das paredes irregulares e tapetes refinados tão macios que as duas praticamente saltavam ao atravessar o local.

— Estou ficando cansada desse Deudermont — disse Sheila para a feiticeira.

— Deve ser exatamente o que ele quer — respondeu Bellany. — Que talvez nos cansemos de fugir ao ponto de confrontar o *Fada do Mar* em mar aberto.

Sheila olhou para a companheira que tinha sua maior confiança, sorriu em acordo e assentiu. Bellany era, de várias formas, seu complemento e a melhor parte de si, e a pirata estava ciente disso. Sempre pensando, sempre prevendo as consequências, aquela feiticeira, sábia e brilhante, foi a melhor pessoa a se juntar à população do *Quilha Sangrenta* em décadas. Sheila confiava nela por completo — Bellany fora a primeira a ser marcada, assim que Sheila decidiu usar o padrão intrincado na lateral da cabeça de mitral do martelo Presa de Égide daquela forma. Sheila amava Bellany como se fosse sua irmã e, apesar de seu senso desmedido de orgulho e do fato de que era sempre misericordiosa e gentil demais com aqueles que eram capturados para o gosto de Sheila, a pirata sabia que não era uma boa ideia ignorar nada que Bellany tivesse a dizer.

Pela terceira vez nos últimos dois meses, o navio de Deudermont perseguiu o *Quilha Sangrenta* até sair do mar aberto, mesmo que Sheila ainda não tivesse certeza de que o *Fada do Mar* os tinha visto da primeira vez e duvidava que havia alguma indicação definitiva nas outras duas. Talvez fosse assim que Deudermont capturava piratas errantes. Ele os perseguia até que se cansassem de fugir e, quando finalmente decidiam lutar…

Sheila Kree estremeceu só de pensar em batalhar contra o *Fada do Mar* em mar aberto.

— Não vamos fazer isso tão cedo — disse Sheila. A expressão de Bellany, que definitivamente desejava nunca confrontar o lendário e devastador Robillard, era claramente de alívio.

— Não lá — continuou Sheila, indo para a lateral da câmara até chegar a uma das poucas aberturas na Baía Dourada, uma janela natural que dava para a pequena enseada e os recifes além. — Mas ele está atrapalhando nossos lucros e, por isso, ele vai pagar.

— Bom, talvez um dia ele seja tolo o suficiente para nos seguir até a Baía Dourada. Então é só deixarmos o clã de Chogurugga lançar uma saraivada de rochas pesadas no convés dele — respondeu Bellamy.

Mas Sheila Kree, olhando para as águas frias, as ondas que ela, a bordo do *Quilha Sangrenta*, deveria estar navegando em busca de fama e riquezas maiores, não tinha tanta certeza de que poderia continuar sendo tão paciente.

Havia outras formas de ganhar uma guerra pessoal como aquela.

Capítulo 4

A marca

AGORA SIM, ESSE ERA O TIPO DE REUNIÃO DO CONSElho de que Regis de Bosque Solitário mais gostava. O halfling se recostou em sua cadeira estofada, com as mãos cruzadas atrás da cabeça e seu rosto angelical em uma máscara de satisfação, enquanto os prisioneiros capturados na estrada ao sul de Bremen eram exibidos diante dos conselheiros. Dois estavam faltando, um deles talvez se recuperando do amassado novo no peito e a outra — a mulher que os amigos acreditavam ser a líder do bando — estava em outro cômodo para ser apresentada depois.

— Deve ser maravilhoso ter amigos tão poderosos — Conselheiro Tamaroot de Refúgio Leste, que nunca foi apaixonado pelo representante de Bosque Solitário, disse de forma baixa e cínica no ouvido de Regis.

— Aqueles dois ali — o halfling respondeu em voz mais alta, para que os outros dois conselheiros no mesmo lado da sala que ele o ouvissem. O halfling fez uma pausa longa o suficiente para garantir que teria a atenção de todos os quatro e alguns dos cinco do outro lado, além da atenção do Ancião Cassius, e só então apontou para os dois bandidos que enfrentara, ou, mais especificamente, que forçara a enfrentar um ao outro — eu derrotei sozinho. Sem ajuda — terminou o halfling.

Tamaroot se enfureceu e voltou a se sentar.

Regis ajeitou os cabelos castanhos cacheados e apoiou as mãos atrás da cabeça mais uma vez. Ele não conseguia parar de sorrir.

Após as apresentações, e sem mais nenhum questionamento dos outros, Cassius apresentou a sentença.

— Como vocês não mataram ninguém na estrada, ou ao menos não que saibamos, não perderão suas vidas — disse.

— A não ser que o machado que Bruenor cravou no outro não acabe com ele — disse o conselheiro de Caer-Konig, o mais jovem e, frequentemente, o mais indelicado dos três. Apesar do comentário de mau gosto, algumas gargalhadas abafadas soaram pelo local.

Cassius pigarreou, como um pedido para um pingo de solenidade.

— Mas seus crimes também não serão perdoados — continuou o ancião. — Por isso, deverão servir, por um período de dez anos, em um barco à escolha do Conselheiro Kemp, trabalhando nas águas de Maer Dualdon. Tudo o que pescarem irá para o fundo comum de Dez-Burgos, com exceção das despesas de Kemp para manter o barco e os guardas, é claro, e o suficiente para que sobrevivam. Este é o julgamento do conselho. Vocês aceitam?

— E tem escolha? — disse um dos malfeitores, o homem maior, que Cattibrie havia surrado.

— Mais do que vocês merecem — interferiu Kemp antes que Cassius pudesse responder. — Se vocês fossem pegos pelas autoridades de Luskan, seriam exibidos no Festival do Prisioneiro e torturados até a morte em frente a uma multidão alegre. Podemos organizar alguma coisa parecida, se preferirem.

Ele olhou para Cassius ao terminar, e o ancião assentiu sua aprovação ao discurso imponente de Targos.

— E então? Qual preferem? — perguntou Cassius ao grupo.

A resposta foi bastante previsível, e o grupo de homens, ainda resmungando, foi levado para fora do salão para fora de Bryn Shander até Targos, onde o navio-prisão deles os aguardava.

Assim que partiram, Cassius pediu uma celebração do Conselho, uma saudação ao Regis e aos outros por um trabalho bem-feito.

O halfling se deleitou com a atenção.

— E temo que iremos precisar do grupo, os Companheiros do Salão, mais uma vez. E em breve — explicou Cassius um pouco depois, antes de fazer um sinal para os sentinelas à porta do salão. Um deles saiu e voltou com Jule Pimenta, que era bastante imponente apesar de sua captura recente.

Regis olhou para ela com bastante respeito. O cabelo negro da mulher alta brilhava, mas não mais que seus olhos inteligentes. Ela se manteve empertigada, nada abalada, como se os eventos atuais não fossem além de um incômodo, como se as criaturas dignas de pena que a capturaram não pudessem fazer nada duradouro ou devastador a ela.

A túnica prática e as calças justas que vestira na estrada foram substituídas por um vestido limpo na cor cinza que, por ser curto demais para uma mulher da altura de Jule, era usado com os ombros caídos. Era uma peça de roupa bastante simples, quase sem corte algum, mas, de alguma forma, mesmo assim a mulher conseguia fazer ter uma aparência agradável, deixando o decote baixo o suficiente para insinuar seus seios razoavelmente fartos. O vestido até mesmo estava rasgado de um lado — e Regis suspeitava que a própria Jule o fizera, e de propósito — e, pela fenda, a mulher se esforçava para mostrar uma perna esguia e curvilínea.

— Jule Pimenta — disse Cassius de forma curiosa e com um toque de sarcasmo —, da família Pimenta ou...?

— Eu vou para a prisão com o nome que meus pais escolheram? — respondeu a mulher, com a voz grave ressoando, marcada por um sotaque forte que parecia encurtar cada palavra em um tom claro e marcado. — Não posso escolher meu próprio título?

— É o que costumam fazer — disse Cassius de forma seca.

— É o que pessoas insignificantes costumam fazer — respondeu Jule com confiança. — Quem é chula é depravada, e a pimenta faz pegar fogo. — Ela terminou com um sorriso aberto e devastador, um que vários conselheiros, dez deles homens, incluindo o ancião, e apenas uma mulher, se ajeitarem desconfortáveis em suas cadeiras.

Regis não ficou menos constrangido, mas ele tentou ver além da atração física óbvia da mulher, se interessando bem mais na astúcia manipuladora de Jule. O halfling sabia que deveria tomar cuidado com ela, mas, ainda assim, não conseguia negar a curiosidade em explorar esta criatura interessante um pouco mais.

— Posso saber por que estou presa aqui, contra a minha vontade? — comentou a mulher logo depois, após o grupo se acalmar, um deles até puxando o colarinho, como se para aliviar o calor que subia pelo corpo.

Cassius riu e fez um movimento desdenhoso com sua mão.

— Por crimes contra Dez-Burgos, é claro — respondeu ele.

— Então diga os crimes — exigiu Jule. — Eu não fiz nada.

— Seu bando... — Cassius começou a responder.

— Eu não tenho nenhum bando — interrompeu Jule, com os olhos se estreitando. — Só estava a caminho de Dez-Burgos quando esses bandidos cruzaram meu caminho. Não sei quem eram ou porque estavam ali, mas o fogo era quente e a comida, aceitável, além de que qualquer companhia é melhor que esse vento zumbindo sem parar.

— Ridículo! — colocou um dos conselheiros. — Você estava falando intencionalmente com eles quando aqueles dois foram apavorados até você, por palavra do próprio Drizzt Do'Urden, e eu acredito no drow!

— De fato! — concordou outro conselheiro.

— E, por favor, repitam exatamente o que eu falei — respondeu a mulher, com um sorriso que mostrava que não temia nenhuma resposta que pudessem dar. — Eu falei intencionalmente com aqueles idiotas sobre Drizzt, Cattibrie e Bruenor. Obviamente, sei tanto sobre eles quanto qualquer pessoa com bom senso que passa por Vale do Vento Gélido. Eu não falei intencionalmente que aqueles tolos foram idiotas e foram enganados pelo drow e seus companheiros? Não precisa pensar muito, eu diria.

Os conselheiros começaram a murmurar entre si e Regis encarou Jule, com o sorriso deixando claro seu respeito por quanto ela era esperta. Ele já tinha certeza de que, com a aparência e postura devastadoras, junto a uma astúcia e planejamento cuidadoso na estrada, a mulher sairia ilesa da situação atual.

E Regis também sabia que, independentemente do que ela dissesse, Jule Pimenta era a líder do bando.

— Vamos discutir o assunto — disse Cassius logo depois, com as conversas entre os conselheiros escalonando para um debate acalorado, com diferenças de opinião cada vez mais aparentes.

Jule abriu um sorriso perspicaz para Cassius.

— Então eu posso ir?

— Você está convidada a continuar no quarto que oferecemos — respondeu o ancião, mais velho e sábio, antes de acenar para os guardas.

Eles se posicionaram de cada lado de Jule, que lançou um olhar de superioridade na direção de Cassius e deu meia volta, mantendo a postura da melhor forma para afetar os conselheiros.

Regis sorria o tempo inteiro, bastante impressionado, mas o sorriso deu lugar a uma expressão de choque logo depois, assim que Jule terminou de se virar e ele notou uma marca peculiar na parte de trás do ombro direito dela, um símbolo que o halfling com certeza reconhecia.

— Espera! — gritou o halfling logo antes de saltar de seu assento e se abaixar para correr por baixo da mesa em vez de perder tempo dando a volta.

Tanto os guardas quanto Jule pararam, todos se virando para observar o alvoroço inesperado.

— Vire de novo — instruiu o halfling. — Vire de novo! — ele sinalizou para Jule enquanto falava, e a mulher apenas continuou olhando incrédula para ele, com o olhar indo de curioso para fulminante.

— Cassius, vire ela! — pediu o halfling.

Cassius o encarou com a mesma incredulidade que Jule havia mostrado.

Regis não esperou que ele agisse. O halfling correu até Jule, agarrou o braço direito dela e a puxou. Ela resistiu por um instante, mas o halfling, mais forte do que parecia, deu um puxão forte que a fez girar o suficiente para mostrar a marca.

— Ali! — disse Regis, apontando um dedo em acusação.

Jule se soltou dele, mas já era tarde, com todos os conselheiros se inclinando mais para perto e Cassius indo até eles, sinalizando para Jule se virar ou para os guardas a virarem caso ela não colaborasse.

Sacudindo a cabeça, indignada, a mulher finalmente se virou.

Regis subiu em uma cadeira próxima para ver melhor a marca, mas, mesmo antes de olhar com mais calma ele já sabia que não havia sido enganado por seus olhos atentos: a marca no ombro da mulher havia sido criada por Bruenor Martelo de Batalha e, mais importante, era uma marca usada apenas uma vez por Bruenor, na lateral de Presa de Égide. Além disso, essa marca tinha exatamente o mesmo tamanho da que estava no martelo, como se o martelo tivesse sido aquecido e pressionado contra a pele dela.

Regis quase desmaiou.

— Onde você conseguiu isso? — perguntou Regis.

— Uma marca de criminosos — comentou Cassius. — É bem comum, em qualquer guilda.

— Não é comum — respondeu Regis, sacudindo a cabeça. — Não essa marca.

— Você conhece? — perguntou o ancião.

— Meus amigos vão falar com ela — respondeu Regis. — Imediatamente.

— Quando resolvermos o que fazer com ela — insistiu Conselheiro Tamaroot.

— Imediatamente — insistiu Regis, se virando para encarar o homem. — A não ser que você, meu amigo Tamaroot, quiser explicar o atraso para o Rei Bruenor quando a vida do filho adotivo dele pode estar em risco.

Aquilo fez incontáveis murmúrios tomarem conta da sala.

Jule Pimenta apenas olhou firmemente para Regis, e ele teve a impressão de que ela não sabia exatamente do que ele estava falando nem do significado da marca.

Pelo bem dela, o halfling sabia, era melhor este ser o caso.

Algumas noites depois, Drizzt encontrou Bruenor em um local silencioso e escuro chamado de Elevado de Bruenor, no pequeno vale rochoso que os anões mineravam a nordeste de Bryn Shander, entre Maer Dualdon e o lago chamado Lac Dinneshire. Bruenor sempre encontrava um lugar só seu como esse, e sempre o chamava de Elevado de Bruenor, tanto para avisar aos intrusos como por orgulho pessoal.

Era o local que o anão escolhia para refletir, seu lugar tranquilo para pensar em coisas além das provas e tribulações diárias causadas por sua posição. Era o único lugar onde Bruenor, prático e objetivo, nas noites mais sombrias, podia abandonar um pouco suas amarras e ir além da imaginação de um anão. Era onde ia pensar sobre o significado de tudo — e o fim de tudo.

Drizzt havia encontrado Bruenor em seu elevado pessoal lá no Salão de Mitral, em um estado bem parecido com o atual, quando a yochlol tirara Wulfgar dele, quando todos acreditavam que o filho adotivo dele estava morto.

Tão silencioso quanto as nuvens sob as estrelas, o drow parou atrás do anão e, paciente, ficou ali, esperando.

— Eu achei que seria mais fácil perder Wulfgar pela segunda vez — comentou Bruenor, por fim. — Especialmente porque ele estava sendo quase um orc com todo mundo antes de ir embora.

— Você nem sabe se o perdeu — lembrou o drow.

— Aquela marca é única — raciocinou Bruenor. — E a ladra disse que veio da cabeça de um martelo.

Jule havia, de fato, dado bastante informação aos amigos imponentes ao falarem com ela logo após a confusão no salão do conselho. Ela admitiu que a marca era intencional, uma marca dada por uma capitã de um navio. Ao ser pressionada, Jule admitiu que essa mulher, Sheila Kree, era uma pirata e esta marca em particular era reservada àquelas em que ela mais confiava em seu pequeno bando.

Drizzt sentia uma pena imensa de seu amigo. Ele começou a comentar que Jule havia afirmado que os únicos membros do bando que eram fisicamente grandes eram um clã de ogros que Sheila Kree mantinha consigo para manobras de navegação contra o vento. Wulfgar não havia se juntado a eles, aparentemente. Mas o drow evitou o lembrete, por causa da outra insinuação, a de que, se Wulfgar não havia se aliado ao grupo de piratas, algo muito pior poderia ter acontecido.

— Você acha que essa Kree matou meu garoto? — perguntou Bruenor, com os pensamentos obviamente seguindo a mesma lógica. — Ou você acha que foi outra pessoa, algum desgraçado que vendeu o martelo a ela?

— Eu não acho que Wulfgar está morto — afirmou Drizzt sem hesitar.

Bruenor olhou para ele com curiosidade.

— Wulfgar pode ter vendido o martelo — comentou Drizzt, mas o olhar de Bruenor se tornou ainda mais cético. — Ele abandonou o passado quando fugiu de nós — lembrou o drow. — Talvez abandonar o martelo tenha sido mais um passo no caminho que ele escolheu seguir.

— É, ou talvez ele só precisasse de dinheiro — comentou Bruenor com tanto sarcasmo que Drizzt abandonou seu argumento.

Na verdade, o drow sequer conseguia convencer a si mesmo. Ele sabia do quanto Presa de Égide era importante para Wulfgar, e sabia que o bárbaro era capaz de abandonar o martelo tanto quanto um de seus próprios braços.

— Ou um roubo — Drizzt pensou alto após uma pausa. — Se Wulfgar esteve em Luskan ou Águas Profundas, como imaginamos, é possível que tenha se visto cercado por ladrões.

— Ou por assassinos — comentou Bruenor antes de voltar a olhar para o céu estrelado.

— Não temos como saber — disse Drizzt a ele em voz baixa.

O anão apenas deu de ombros e, ao descerem, os ombros de seu amigo pareciam mais caídos do que nunca.

Na manhã seguinte, o rugido das nuvens era trazido pelos ventos da Espinha do Mundo, ameaçando inundar a região com uma chuva torrencial que transformaria a região livre da neve em um lamaçal. Mesmo assim, Drizzt e Cattibrie saíram de Dez-Burgos, indo o mais rápido possível na direção de Luskan. Indo o mais rápido possível na direção das respostas das quais todos os quatro amigos precisavam desesperadamente.

Capítulo 5

A honestidade do amor

WULFGAR FOI O PRIMEIRO A SAIR DO *FADA DO MAR* quando o navio caçador de piratas voltou a seu ancoradouro nas docas imensas de Águas Profundas. O bárbaro saltou no píer firme antes mesmo do navio ter sido amarrado por completo e seus passos, enquanto ia na direção da costa, eram longos e determinados.

— Você vai deixar ele voltar? — perguntou Robillard a Deudermont enquanto os dois estavam parados entre navios, observando a partida de Wulfgar.

— Seu tom está dando a entender que você prefere que eu não deixe — respondeu o capitão logo antes de se virar e olhar para seu amigo mago.

Robillard deu de ombros.

— É porque ele interferiu em seu plano de ataque? — perguntou Deudermont.

— É porque ele colocou a segurança da tripulação em risco com as ações impulsivas dele — respondeu o mago, ainda que não houvesse muito veneno em sua voz, apenas uma certeza prática. — Eu sei que você acredita dever algo a ele, embora não consiga entender o motivo. Mas Wulfgar não é Drizzt nem Cattibrie. Eles tinham disciplina e sabiam como fazer parte de nossa tripulação. Já ele parece mais… mais com Harkle Harpell! Ele vê um curso de ação e o segue sem pensar nas consequências para quem fica para trás. Sim, tudo correu bem por duas vezes nessa viagem, afundamos um navio pirata e trouxemos outro em…

— E capturamos duas tripulações praticamente intactas — acrescentou Deudermont.

— Ainda assim — argumentou o mago —, em ambas as lutas, ficamos à beira de um desastre. — Ele sabia que não precisava convencer Deudermont, sabia que o capitão entendia tão bem quanto ele que as ações de Wulfgar estavam longes de serem exemplares.

— Sempre estamos à beira de um desastre — disse Deudermont.

— Chegamos perto demais desta vez — insistiu o mago. — E a queda seria longa.

— Você não quer que eu chame Wulfgar de volta.

Mais uma vez o mago deu de ombros.

— Eu quero o Wulfgar que ajudou o *Fada do Mar* a passar pelas provações nas Ilhas Piratas, há três anos, de volta — explicou Robillard. — Eu quero lutar ao lado do Wulfgar que se mostrou um membro valioso dos Companheiros do Salão, ou seja lá como chamam o grupo de Drizzt Do'Urden. O Wulfgar que lutou para recuperar o Salão de Mitral e deu a vida, pelo que parecia, para salvar seus amigos quando os drow atacaram o reino anão. Ouvi todas essas histórias sobre aquele guerreiro bárbaro magnífico e, ainda assim, o Wulfgar que conheci é um homem que se alia a ladrões feito Morik, o Renegado, o Wulfgar que foi acusado de tentar assassinar o meu capitão.

— Ele não estava envolvido — insistiu Deudermont, mas o capitão, mesmo negando, ainda estremeceu, porque a memória do veneno e a do Festival do Prisioneiro ainda eram dolorosas.

Deudermont havia sacrificado demais ao libertar Wulfgar do juiz naquele dia em Luskan. Por associação, graças à sua generosidade àqueles que os juízes acreditavam não merecer, Deudermont havia manchado a reputação do *Fada do Mar* com os líderes daquele porto importante do norte. Tudo porque Deudermont havia estragado o show deles, havia oferecido um perdão inesperado e sem provas concretas de que Wulfgar não havia tido papel algum na tentativa de assassinato dele.

— Talvez não — admitiu Robillard. — E admito que o caráter de Wulfgar nesta viagem, independentemente dos defeitos dele, deixou claro que você estava certo em perdoá-lo. Mas o comportamento dele em alto mar não justifica sua decisão em aceitá-lo a bordo do *Fada do Mar*.

Capitão Deudermont parou para pensar nas palavras justas e honestas do mago por um bom tempo. Robillard podia ser rabugento e crítico, um ranzinza ao extremo, ao ponto de ser impiedoso para com aqueles que ele acreditava serem responsáveis pela própria ruína. Mas, neste caso, as palavras pareciam ser apenas uma verdade honesta, vindas apenas de sua observação. Era uma realidade dolorosa para Deudermont. Quando ele havia encontrado Wulfgar em Luskan, como segurança em uma taverna acabada, ele havido notado o quanto o homem imenso havia decaído e tinha tentado incentivar Wulfgar a sair daquela vida. O bárbaro o negara imediatamente, até mesmo se recusou a admitir sua própria identidade para o capitão. Então houve a tentativa de assassinato que fez Wulfgar ser acusado enquanto Deudermont estava inconsciente e à beira da morte.

O capitão ainda não sabia ao certo porque havia negado ao juiz sua diversão assassina no Festival do Prisioneiro naquele dia, porque havia decidido seguir seus instintos em vez daquilo em que todos acreditavam, junto de uma boa quantidade de provas circunstanciais. Mesmo após aquela demonstração de misericórdia e confiança, Wulfgar não mostrou muita gratidão ou mesmo amizade.

Deudermont se sentira magoado quando se separaram fora de Luskan no dia do perdão, quando Wulfgar mais uma vez recusou sua oferta de navegar no *Fada do Mar*. O capitão já havia gostado muito do homem e se considerava um bom amigo de Drizzt e Cattibrie, que haviam sido honradamente parte de sua tripulação naqueles anos que se seguiram à queda de Wulfgar. Sim, ele havia desejado intensamente ajudar Wulfgar a se levantar novamente, e, por isso, Deudermont se sentira encantado quando Wulfgar chegou em Águas Profundas, nestas mesmas docas, trazendo consigo uma mulher e uma criança, anunciando desejar navegar com Deudermont por estar em busca de seu martelo perdido.

Deudermont, corretamente, havia entendido bem mais por trás destas palavras, e soubera naquele instante, assim como sabia então, que Wulfgar estava em busca de muito mais que uma arma perdida, que estava em busca de seu antigo eu.

Mas os apontamentos de Robillard também foram certeiros. Embora Wulfgar não houvesse sido um problema durante as semanas rotineiras de patrulha, ele não havia se saído bem nas duas batalhas em que o *Fada do Mar* esteve envolvido. Ele fora corajoso? Sim. Devastador com os inimigos? Sim. Mas Wulfgar, feroz e violento, não fora parte da tripulação, não havia permitido que as táticas mais convencionais e menos arriscadas de magia de Robillard de forçar a rendição de longe pudessem ter a chance de ser aplicadas. Deudermont não tinha certeza do que havia levado Wulfgar a entrar nesta fúria de batalha. O capitão experiente entendia o fogo interno da batalha, o surto feroz de que toda pessoa precisava para superar os medos mais lógicos, mas as explosões de fúria de homem imenso pareciam ir além disto, pareciam pertencer às lendas bárbaras — e não eram lendas que apontavam em direção a um bom destino para o *Fada do Mar*.

— Vou falar com ele antes de sairmos — ofereceu Deudermont.

— Você já falou — lembrou o mago.

Deudermont olhou para ele e deu de ombros.

— Então falo mais uma vez — disse.

Os olhos de Robillard se estreitaram.

— E, se não der certo, boto Wulfgar para operar o leme — explicou o capitão antes de Robillard pudesse recomeçar sua sequência imensa de reclamações — abaixo do convés e longe do combate.

— Nossos tripulantes na navegação já são os melhores — Robillard chegou a falar.

— E sei que ficarão felizes com a força incomparável de Wulfgar ao fazer as manobras mais apertadas.

Robillard bufou em uma risada, nem um pouco convencido.

— Ele provavelmente vai bater o *Fada do Mar* contra o navio pirata mais próximo — resmungou o mago em voz baixa enquanto se afastava.

Apesar da gravidade da situação, Deudermont não conseguiu segurar uma risada baixa durante a típica partida mal-humorada de Robillard.

A surpresa que Wulfgar sentiu quando passou pela porta e viu Delly esperando por ele foi completa e esmagadora. Ele conhecia a mulher, é claro, com o sorriso levemente assimétrico e os olhos castanho-claros, e, mesmo assim, ele mal a reconhecia. Wulfgar conhecera Delly quando ela era uma garçonete que vivia na pobreza e, depois, como companheira de viagens em uma estrada longa e suja. Agora, na bela casa do Capitão Deudermont, em meio a todos os empregados e recursos de Deudermont, ela mal parecia a mesma pessoa.

Antes, ela quase sempre mantinha os cabelos castanhos escuros presos em um coque, especialmente por causa da quantidade imensa de piolhos na Cutelo, mas agora os cabelos dela estavam soltos, se espalhando sobre os ombros, sedosos, brilhantes e parecendo mais escuros. Isso, é claro, fazia seus olhos castanho-claros — olhos marcantes, Wulfgar percebeu — brilharem ainda mais. Antes, Delly usava roupas simples e praticamente sem corte, mas agora ela usava um vestido azul bem modelado com uma blusa branca decotada.

Por isso, passou pela cabeça do bárbaro, por um breve instante — já que outras coisas de repente invadiram seus pensamentos — o tamanho da vantagem das mulheres ricas de Faerûn sobre as plebeias em relação à beleza. Quando ele e Delly chegaram, Deudermont havia dado uma festa e convidado uma parte grande da sociedade de Águas Profundas. Delly se sentira extremamente deslocada. Wulfgar também, mas para a mulher havia sido muito pior, porque a falta de seus recursos para investir em beleza era destacada a cada instante.

Mas não agora, Wulfgar entendia. Se Deudermont desse mais uma de suas várias festas durante a atual estadia no porto, Delly Curtie chamaria mais atenção do que qualquer outra!

Wulfgar mal conseguia respirar. Ele sempre achou Delly jeitosa, até bonita, e a beleza dela aumentou aos seus olhos durante o tempo que passaram juntos na estrada a partir de Luskan, uma vez que ele tinha passado a gostar ainda mais de quem a mulher era. Agora, a combinação do amor e do respeito honestos com aquela imagem física se provou demais para o bárbaro que havia passado os últimos três meses no mar.

Ele se jogou sobre ela em um abraço esmagador, interrompendo suas palavras com um beijo atrás do outro, a levantando com facilidade e afundando o rosto naquela cabeleira castanha antes de morder, com gentileza, seu pescoço delicado — agora de fato apenas delicado em vez de apenas magricela. Delly parecia tão pequena em seus braços, porque Wulfgar era mais de trinta centímetros mais alto que ela com três vezes o seu peso.

Mal se esforçando, Wulfgar a ajeitou para ficar mais confortável em seus braços, girando-a para o lado e passando um braço sob seus joelhos.

Então ele riu ao notar que ela estava descalça, e até mesmo seus pés pareciam mais bonitos aos olhos dele.

— Você está rindo de mim? — perguntou Delly, e Wulfgar percebeu que até a fala dela estava diferente, com a mulher articulando o "d" de "rindo" em forma mais marcada.

— Rindo de você? — perguntou Wulfgar antes de rir mais uma vez, ainda mais alto. — Eu estou indo fazer amor com você — corrigiu ele. Ele a beijou mais uma vez antes de começar a dança, girando, e a conduzindo para todos os lados enquanto ia na direção do quarto que ocupavam.

Eles mal entraram quando Colson começou a chorar.

Os dois conseguiram algum tempo a sós mais tarde naquela noite e fizeram amor mais uma vez antes do amanhecer. Quando os primeiros raios da manhã atravessaram a janela a leste em seu quarto, Wulfgar estava deitado de lado junto à sua amante, com a mão passeando gentilmente por seu pescoço, rosto e ombros.

— É mesmo bom ter você de volta — disse Delly em voz baixa, levantando a mão para acariciar o antebraço imenso e musculoso de Wulfgar. — Fiquei muito sozinha sem você por perto.

— Talvez meus dias com Deudermont estejam no fim — respondeu Wulfgar.

Delly olhou para ele com curiosidade.

— Você achou o martelo? — perguntou ela. — E, se achou, por que não me disse na hora?

Wulfgar já estava sacudindo a cabeça antes mesmo dela terminar de falar.

— Sem notícias dele nem de Sheila Kree — respondeu. — Até onde sei, ela pode até ter afundado junto com Presa de Égide.

— Mas você não tem certeza. — Wulfgar se deixou cair de costas na cama e esfregou o rosto com as duas mãos. — Então por que está falando que não vai continuar com Deudermont?

— E como posso continuar? — perguntou Wulfgar. — Com você e Colson aqui? Minha vida agora é com vocês e é uma vida ótima! Como posso ariscar tudo isso em busca de uma arma da qual nem preciso mais? Não. Se Deudermont e sua tripulação tiverem notícias de Sheila Kree, vão atrás dela sem minha ajuda, e confio que me devolverão o martelo.

Dessa vez, Delly se apoiou nos cotovelos, fazendo os lençóis deslizarem de seu torso nu. Ela sacudiu os cabelos embaraçados para longe do rosto, balançando-os em frustração e então encarou Wulfgar com uma expressão de censura.

— Que palavras idiotas são essas saindo da sua boca?

— Você prefere que eu vá? — perguntou Wulfgar, com uma dose de suspeita se mostrando em seu rosto quadrado.

Por tantos anos aquele rosto tinha um charme pueril, uma inocência que se refletia nos olhos azuis como o céu de Wulfgar. Mas esse charme se fora. Ele já fizera a barba antes de se recolher com Delly, mas, de alguma forma, o rosto de Wulfgar parecia quase estranho sem a barba loira. As rugas e linhas de expressão, manifestações físicas de um verdadeiro turbilhão emocional, não eram marcas de um jovem, embora Wulfgar não houvesse chegado aos seus trinta anos.

— E agora soa ainda mais como um idiota! — repreendeu Delly. — Você sabe que não quero que você vá. Você sabe! E sabe que não divido a cama com mais ninguém. Mas você precisa ir — continuou Delly de forma solene, se deixando cair de volta na cama. — Como você vai ficar, então, se Deudermont e a tripulação forem encontrar a pirata sem você e alguém morrer tentando recuperar seu martelo? Como vai se sentir quando entregarem o martelo junto das notícias enquanto, o tempo todo, estava aqui em segurança enquanto faziam todo o trabalho por você?

Wulfgar olhou atentamente para Delly, observando seu rosto, e percebeu que, de fato, era doloroso para ela dizer aquelas palavras.

— Maldito Josi Poças por roubar aquele martelo e vender para a pirata — terminou a mulher.

— Alguns podem morrer — concordou Wulfgar. — Sheila Kree é conhecida por ser feroz e todos dizem que se cercou por uma tripulação formidável. De acordo com seu argumento, ninguém, nem Deudermont nem Wulfgar, deveria ir atrás dela e de Presa de Égide.

— Nem vem com essa de repetir meu argumento — discutiu Delly. — Deudermont e sua tripulação escolheram a carreira de caçar piratas, isso não é culpa sua. É a vocação deles, e eles iriam atrás de Sheila Kree mesmo se ela não estivesse com seu martelo.

— Então voltamos para o início — argumentou Wulfgar com uma risada baixa. — Deixe Deudermont e sua tripulação irem atrás do martelo, e se eles...

— Não mesmo! — interrompeu Delly com raiva. — A vocação deles é ir atrás de piratas, é claro, e a sua é ficar com eles até achar seu martelo. A sua é achar seu martelo e se achar também, para voltar a ser quem você era.

Wulfgar se apoiou de novo na cama e passou suas mãos imensas e calejadas sobre o rosto novamente.

— Talvez eu não queira voltar a ser quem eu era.

— Talvez não — disse Delly. — Mas não é uma escolha que você deve fazer até chegar lá. Quando redescobrir quem você era, meu amor, só então vai poder saber com certeza para onde você quer ir. Até chegar a esse ponto em que pode escolher, você vai ficar para sempre se questionando e querendo mais.

Então ela fez silêncio, e Wulfgar não sabia o que responder. Ele suspirou e fez menção de refutá-la várias vezes, mas qualquer linha que considerava seguir se provava ser inevitavelmente um beco sem saída.

— Quando Delly Curtie ficou tão sábia? — perguntou Wulfgar, derrotado, pouco tempo depois.

Delly soltou uma risada brincalhona e se virou para vê-lo melhor.

— Talvez eu sempre tenha sido — respondeu ela de forma divertida. — Ou talvez nem tenha sabedoria nenhuma. Mas é isso o que eu acho que é verdade, e o que eu acho é que você tem que voltar um pouco antes de seguir em frente. Você precisa voltar para onde esteve, e é ali que vai encontrar a estrada que precisa seguir, em vez da estrada que pensa que precisa seguir.

— Eu já voltei — respondeu Wulfgar, sério, enquanto seu rosto ficava mais sombrio. — Eu estive com eles mais uma vez em Vale do Vento Gélido, como antes, e fui embora por escolha própria.

— Mas foi porque o caminho novo era melhor? — perguntou Delly. — Ou foi porque você ainda não estava pronto para voltar? Tem um cadinho de diferença.

Wulfgar não tinha mais ideia do que responder, e ele sabia. Ele não tinha certeza se concordava com Delly, mas, quando recebeu o chamado de Deudermont e do *Fada do Mar* no dia seguinte, ele respondeu.

Capítulo 6

Os caminhos da perdição

Le'lorinel lutava de forma defensiva, como sempre, deixando o oponente, com suas cimitarras gêmeas se entrelaçando em uma dança furiosa, assumir a liderança. Um bloqueio e um recuo, um desvio sem dificuldades e um giro para o lado e, com isso, o ataque intensivo de Tunevec passava direto.

Tunevec tropeçou e xingou em voz baixa, acreditando ter perdido a luta e que Le'lorinel começaria a reclamar de sua inabilidade. Ele fechou os olhos, se preparando para o impacto da parte plana da espada contra suas costas, ou as nádegas, se Le'lorinel estivesse em um humor particularmente ruim no dia.

Mas ele não sentiu golpe algum.

— Você não faz questão nem de terminar a luta? — perguntou Tunevec.

Le'lorinel o observou de forma distante, como se não importasse. Seu olhou desviou para além da janela solitária naquele lado da torre, a que dava para a sala de estudos de Mahskevic. Do outro lado daquela janela, Le'lorinel sabia, o mago estava buscando mais respostas.

— Venha — chamou Tunevec antes de bater as cimitarras diante de si. — Você me pagou por uma última luta, então vamos lutar.

Le'lorinel eventualmente se virou e olhou para o guerreiro impaciente.

— Acabou. Tanto agora quanto para sempre.

— Você pagou pela última luta, e a última luta não acabou — reclamou Tunevec.

— Acabou sim. Pegue suas moedas e vá embora. Não preciso mais dos seus serviços.

A expressão de Tunevec era de absoluta descrença. Eles vinham treinando juntos há meses demais para que fosse dispensado de forma tão casual e insensível!

— Fique com as cimitarras — comentou Le'lorinel sem nem olhar mais para Tunevec, olhando além da janela em vez disso.

Tunevec ficou ali por um bom tempo, com aquele olhar incrédulo em seu rosto. Finalmente, tendo entendido o que havia acabado de acontecer e com a realidade da rejeição deixando um gosto amargo em sua boca, jogou as cimitarras no chão, aos pés de Le'lorinel, deu meia volta e saiu o mais rápido possível, murmurando palavrões.

Le'lorinel nem perdeu seu tempo de pegar as cimitarras ou olhar na direção de Tunevec. O guerreiro fizera seu trabalho, não muito bem, mas havia sido útil, e agora os serviços não eram mais necessários.

Em poucos instantes, Le'lorinel estava à porta da sala de estudos que pertencia a Mahskevic, a ponto de bater, mas hesitou. Mahskevic não gostava nada da situação, Le'lorinel sabia, e parecia um tanto amuado desde que retornara de E'kressa.

Antes de Le'lorinel criar coragem para bater, a porta se abriu como se por vontade própria, dando-lhe uma visão de Mahskevic sentado em sua escrivaninha, com seu chapéu azul pontudo com uma dobra na metade do comprimento inclinada para a esquerda. Diversos tomos imensos estavam abertos na mesa de madeira diante de si, incluindo um escrito por Talasay, o bardo de Lua Argêntea, detalhando os eventos recentes do Salão de Mitral, como a recuperação da terra natal dos anões, até então sob o controle dos duergar e do dragão Prefulgor Soturno, a ascensão de Bruenor Martelo de Batalha como Rei, a chegada dos drow, que levavam consigo Gandalug Martelo de Batalha — o avô de Bruenor — e, finalmente, após a grande vitória sob as forças do Subterrâneo, a abdicação de Bruenor ao trono em favor de Gandalug e seu renomado retorno a Vale do Vento Gélido. Le'lorinel havia pagado um valor alto por aquele tomo e conhecia bem cada palavra.

Entre os livros na escrivaninha do mago e parcialmente sob um deles, um pergaminho que Le'lorinel havia escrito para o mago, relatando as palavras exatas que E'kressa usara em sua adivinhação, estava aberto.

— Eu disse que chamaria quando houvesse acabado — comentou Mahskevic, que parecia muito carrancudo naquele dia, sem levantar os olhos. — Não é capaz de reunir um pouco de paciência após tantos anos?

— Tunevec se foi — respondeu Le'lorinel. — Foi dispensado e partiu.

Mahskevic olhou para ele então, com uma expressão de preocupação.

— Você não o matou? — perguntou o mago.

Le'lorinel sorriu.

— Você acredita que eu seja uma criatura tão maligna assim?

— Eu acredito que você está obcecado além da razão — respondeu o mago sem rodeios. — Talvez você tema deixar testemunhas, que uma delas avise a Drizzt Do'Urden sobre sua busca.

— Então E'kressa estaria morto, não?

Mahskevic parou para pensar nas palavras por um momento, então deu de ombros, mostrando sua aceitação da lógica simples.

— Mas Tunevec foi embora?

Le'lorinel assentiu.

— Uma pena. Eu estava me apegando àquele jovem guerreiro. Ele era bastante capaz. E eu acreditava que você também estava.

— Ele não era assim tão bom — respondeu, como se fosse tudo o que importava.

— Não chegava ao padrão que você estabeleceu a seu parceiro de treino para emular o drow — respondeu Mahskevic imediatamente. — Mas quem chegaria?

— O que você descobriu? — perguntou Le'lorinel.

— Símbolos entrelaçados de Dumathoin, o Guardião dos Segredos Sob a Montanha e de Clangeddin, deus anão da batalha — explicou o mago. — E'kressa estava certo.

— O símbolo de Bruenor Martelo de Batalha — afirmou Le'lorinel.

— Não exatamente — respondeu Mahskevic. — Um símbolo usado uma única vez por Bruenor, até onde pude ver. Ele é um excelente ferreiro, sabia?

Enquanto falava, ele acenou para Le'lorinel se aproximar e, quando chegou, ele apontou para alguns desenhos no tomo de Talasay: armas e um peitoral comuns.

— São trabalhos de Bruenor — comentou Mahskevic e, de fato, era o que a legenda das imagens dizia. — Mas não há nenhuma marca parecida com a que E'kressa entregou. Aqui — explicou ele, apontando para uma marca pequena no canto inferior do peitoral. — Essa é a marca de Bruenor. A marca do clã Martelo de Batalha, com os dois "B", de "Bruenor" e de "Batalha", na caneca.

Le'lorinel se abaixou para ver a ilustração mais de perto e viu o brasão da caneca de cerveja com a espuma espessa pertencente ao clã anão e a marca pessoal de Bruenor, conforme Mahskevic havia dito. Naturalmente, aquelas imagens foram vistas antes, mas parecia que Mahskevic estava reunindo pistas onde Le'lorinel não havia encontrado nada.

— Até onde sei, Bruenor usou essa marca em todos os seus trabalhos — explicou o mago.

— Não é o que o vidente me disse.

— Ah — comentou o mago, erguendo um dedo ossudo —, mas então temos isso aqui. — Ele abriu em outra página do tomo, com outra ilustração, desta vez bastante detalhada e mostrando um martelo fabuloso, o Presa de Égide, em um pedestal.

— O artista desta imagem é notável — explicou Mahskevic. — Seja quem for, prestou muita atenção aos detalhes!

Ele pegou um círculo de vidro de aproximadamente dez centímetros de diâmetro e o pousou sobre a imagem, ampliando o martelo. Nele, sem sombra de dúvidas, estava a marca que E'kressa entregara a Le'lorinel.

— Presa de Égide — disse em voz baixa.

— Feito por Bruenor para um de seus dois filhos adotivos — comentou Mahskevic, e a afirmação fez as menções crípticas de E'kressa fazerem mais sentido e pareceu dar alguma credibilidade ao vidente exibido.

— Encontre a criação mais querida feita pelas mãos do anão para encontrar a criação mais querida da carne. — Era de fato o que o vidente gnomo havia dito, e ele também admitira estar se referindo a uma criação dentre duas criações da carne, ou, pelo que agora parecia óbvio, um de dois filhos.

— Preciso achar Presa de Égide para achar Wulfgar? — perguntou Le'lorinel de forma cética, uma vez que, até onde ambos sabiam e o tomo havia indicado, Wulfgar, o jovem para quem Bruenor havia criado Presa de Égide, estava morto, tendo sido derrotado por uma aia de Lolth, uma yochlol, quando os drow atacaram o Salão de Mitral.

— E'kressa não disse o nome de Wulfgar — respondeu Mahskevic. — Talvez estivesse falando de Cattibrie.

— Encontrar o martelo para encontrar Cattibrie, para encontrar Bruenor Martelo de Batalha e só então encontrar Drizzt Do'Urden — resumiu Le'lorinel com um suspiro frustrado.

— É um grupo difícil de se combater — disse Mahskevic com um sorriso astuto. — Eu gostaria de continuar em sua companhia — explicou. — Tenho ainda muito trabalho a ser feito, e não sou mais um jovem. Um aprendiz seria bem útil, e você já se provou bastante inteligente.

— Então você vai esperar eu terminar o que preciso fazer. — A severidade em seu tom teimoso era evidente. — Se eu sobreviver.

— Bastante inteligente para a maioria das coisas — elucidou o velho mago de forma seca.

Le'lorinel riu, sem se ofender.

— O grupo de amigos que acompanha Drizzt tem uma reputação interessante — afirmou Mahskevic.

— Não tenho a intenção de lutar contra Bruenor Martelo de Batalha, nem Cattibrie, nem ninguém que não seja Drizzt Do'Urden — rebateu. — Embora talvez houvesse alguma justiça em matar os amigos de Drizzt.

Mahskevic rosnou e fechou o tomo de Talasay com um baque, então se afastou bruscamente da mesa antes de se levantar, encarando a quem desejava ter como aprendiz.

— E seria um ato inescrupuloso sob qualquer critério — repreendeu ele. — Seu ódio e seu ressentimento por esse drow é tão grande que o faria tirar vidas inocentes?

Le'lorinel o encarou de forma fria, com os lábios franzidos.

— Se for o caso, peço que reconsidere com mais cuidado seu curso de ação — acrescentou o mago. — Você diz que a justiça está ao seu lado nesta sua busca inexplicável, mas nada, nada mesmo, justificaria estes assassinatos! Está me ouvindo, garoto? Minhas palavras conseguem alcançar além dessa barreira teimosa feita do seu ódio por Drizzt Do'Urden que você, por algum motivo, ergueu?

— Não estava falando sério sobre a mulher nem sobre o anão — admitiu Le'lorinel, logo antes de relaxar visivelmente, com a expressão se suavizando e os olhos baixando.

— Você não consegue encontrar alguma busca mais construtiva? — perguntou Mahskevic com sinceridade. — Você é mais prisioneiro de Drizzt do que ele jamais poderia ser seu.

— Eu sou um prisioneiro porque eu sei a verdade — concordou Le'lorinel em sua voz melodiosa de contralto. — E ouvir as histórias do heroísmo dele, mesmo tão longe do Salão de Mitral e de Dez-Burgos, fere profundamente meu coração.

— E você não acredita em redenção?

— Não para Drizzt, nem para nenhum drow.

— Uma atitude inflexível — comentou Mahskevic, passando uma mão sobre sua barba cheia. — E da qual você provavelmente vai se arrepender um dia.

— Talvez eu já me arrependa de saber a verdade — respondeu. — É mais fácil ser ignorante e repetir os cantos dos bardos sobre Drizzt, o herói.

— O sarcasmo não lhe cai bem.

— A verdade dói.

Mahskevic fez menção de responder, mas só levantou as mãos e deu uma risada amarga enquanto sacudia a cabeça.

— Chega — disse. — Chega. Sempre ficamos no mesmo ciclo e você já sabe que sou contra.

— Eu sei — disse Le'lorinel, sem ceder. — Só não levo em consideração.

— Talvez eu esteja errado — refletiu Mahskevic em voz alta. — Talvez você não tenha as qualidades necessárias para ser um bom aprendiz.

Se ele tinha a intenção de magoar Le'lorinel com suas palavras, havia falhado miseravelmente, porque sua única reação foi dar meia-volta e sair calmamente da sala.

Mahskevic suspirou profundamente e apoiou as palmas das mãos em sua escrivaninha. Ele havia passado a gostar de Le'lorinel ao longo dos anos e havia começado a pensar em Le'lorinel como aprendiz, até como sua prole, mas essa teimosia autodestrutiva era desconcertante e desanimadora, um balde de água fria naquilo que sonhava.

Mahskevic também havia passado muito tempo e gastado muita energia para aprender mais sobre este drow que dominava os pensamentos de Le'lorinel e, embora as informações sobre Drizzt fossem escassas nas áreas a leste de Lua Argêntea, tudo o que o mago ouvira mostrava o drow como sendo alguém honrado e decente. Ele se perguntava, então, se sequer deveria permitir que alguém com tamanha obsessão começasse sua caçada, se não estaria cometendo uma falha moral através de sua inação ante o que parecia ser uma injustiça grave.

E ele ainda estava perdido nos seus pensamentos na manhã seguinte, quando Le'lorinel o encontrou no pequeno jardim de especiarias em sua pequena sacada, localizada na metade de sua torre de pedra.

— O teletransporte está em seu repertório — explicou. — Imagino que será uma magia cara, já que não aprova minha jornada, mas aceito trabalhar por mais duas semanas, desde antes do amanhecer até após o pôr do sol, em troca de uma jornada mágica até Luskan, na Costa da Espada.

Mahskevic sequer desviou o olhar de suas plantas, embora tenha parado de mexer nelas por tempo o suficiente para pensar na oferta.

— Realmente eu não aprovo — disse ele em voz baixa. — E, mais uma vez, eu rogo para que abandone esta loucura.

— E, mais uma vez, eu digo que não é problema seu — rebateu. — Me ajude, se quiser. Se não, imagino que seja fácil achar um mago em Lua Argêntea que queira me vender um teletransporte simples.

Mahskevic se levantou, apoiando as mãos nos quadros e arqueando as costas, se esticando. Depois disso, ele se virou cuidadosamente, encarando aquele ser de pura obsessão de forma intensa.

— Você acha? — perguntou o mago, encarando o anel de ônix que vendera a Le'lorinel, no qual ele havia armazenado as magias que desejava, em seu dedo.

Le'lorinel não teve dificuldade alguma em seguir seu olhar e notar o objeto que era o foco de sua atenção.

— E imagino que poderá pagar — comentou Mahskevic —, porque eu mudei de ideia a respeito do anel que criei e vou comprar de volta.

Le'lorinel sorriu.

— Não existe ouro o suficiente para isso no mundo inteiro.

— Me dê o anel — disse Mahskevic, estendendo a mão. — Vou devolver seu pagamento.

Le'lorinel deu meia-volta e saiu da sacada, indo até as escadas para descê-las.

O mago, furioso, alcançou Le'lorinel logo do lado de fora da torre.

— Isso é burrice — declarou Mahskevic, dando a volta para interromper o avanço. — Você está sendo consumido por uma vingança a tal ponto que já não sobrou nenhum bom senso ou moralidade.

— Moralidade? — repetiu Le'lorinel, no auge da incredulidade. — Por eu ver um drow como ele realmente é? Porque eu sei a verdade sobre Drizzt Do'Urden e não aceito essa reputação impecável? Você é sábio em muitas coisas, velho mago, e aprendi muito sob sua tutela por esses anos, mas você não sabe nada sobre minha missão.

— Eu sei que você pode acabar morrendo.

Le'lorinel deu de ombros, sem discordar.

— E, se eu abandonar minha missão, já terei morrido.

Mahskevic gritou, sacudindo fortemente a cabeça.

— Loucura! — berrou. — Isso não é nada além de loucura. E não vou aceitar!

— E você não pode me parar — disse Le'lorinel antes de tentar dar a volta, embora o mago rapidamente tenha entrado na sua frente mais uma vez.

— Não subestime... — Mahskevic começou a falar, mas se interrompeu no momento que sentiu a ponta de uma adaga contra sua garganta.

— Ouça seu próprio conselho — ameaçou Le'lorinel. — Quais magias você preparou hoje? Magias de combate? Acho improvável que tenha, e, mesmo que houvesse algumas no momento, você acha que teria a oportunidade de conjurá-las? Pense bem, mago. Alguns segundos podem ser tempo demais.

— Le'lorinel — disse Mahskevic com toda a calma que conseguiu reunir.

— É só por causa de nossa amizade que vou guardar minhas armas agora — respondeu em voz baixa, e Mahskevic voltou a respirar de forma mais calma quando a adaga se afastou de seu pescoço. — Eu esperava que você fosse me ajudar, mas sabia que, quando chegasse a hora, seus esforços para me ajudar diminuiriam. E eu perdoo seu abandono, mas saiba disso: não vou tolerar interferência alguma. Me deseje boa sorte, em nome de nossos anos juntos, ao menos.

Mahskevic pensou por um instante, então assentiu, sombrio.

— Eu desejo boa sorte — disse. — E rezo para que descubra uma verdade maior que toque seu coração e uma estrada melhor do que sua atual, que é pavimentada por esse ódio cego.

Le'lorinel apenas se afastou.

— Ele está fora de si. — Veio uma voz familiar por trás de Mahskevic alguns instantes depois enquanto o mago olhava para a estrada vazia de onde Le'lorinel já havia desaparecido. O mago olhou para trás e viu Tunevec ali, parecendo bastante confortável.

— Eu também tentei convencê-lo a não ir — explicou Tunevec. — Achei que nós três poderíamos ter uma vida boa aqui.

— Nós dois, então? — perguntou Mahskevic. Tunevec assentiu, já que ele e o mago já haviam conversado sobre sua futura tutelagem.

— Le'lorinel não é o primeiro elfo que ouvi resmungar sobre Drizzt Do'Urden — explicou Tunevec enquanto ambos voltavam à torre. — Nas vezes em que o drow visitou Lua Argêntea, havia sempre alguns cidadãos reclamando, especialmente os elfos de pele clara. A inimizade entre esses dois tipos de elfos não deve ser subestimada.

Mahskevic olhou para trás com pesar, na direção da estrada por onde Le'lorinel seguira.

— De fato — concordou ele, com o coração dolorido.

Após um suspiro profundo, o velho mago abriu mão de uma amizade, junto a uma grande parte dos anos mais recentes de sua vida.

Em uma estrada rochosa centenas de quilômetros além, Sheila Kree estava diante de quatro de seus tripulantes.

Uma de suas aliadas de maior confiança, Gayselle Desbravadora, sua comandante de convés para as equipes de embarque, estava montada em uma égua castanha pequena, mas forte. Embora não fosse tão miúda ou possuísse a beleza clássica de Bellany, a Feiticeira, ou da alta e esbelta Jule Pimenta, Gayselle estava longe de não ser bonita. Mesmo mantendo seu cabelo loiro em um corte curto, ele era cheio e brilhante de uma forma que complementava a suavidade em seus olhos azuis e sua pele clara, com uma maciez na pele que se mantinha apesar dos dias a fio que passava em um navio. Gayselle, uma mulher baixa e tão musculosa quanto sua montaria, era provavelmente a pessoa mais habilidosa com as armas a bordo do *Quilha Sangrenta*, perdendo apenas para a própria Sheila Kree. Ela favorecia o uso da espada e da adaga, sendo capaz de lançá-la com mais precisão do que qualquer outro que já serviu sob o comando da capitã.

— Bellany não concordaria — disse Gayselle.

— Se der tudo certo, Bellany vai ficar feliz — respondeu Sheila Kree.

Ela encarava os companheiros de Gayselle, um trio de meio-ogros, com desagrado. Os três iriam correndo, não a cavalo, porque nenhum cavalo os aguentaria. Não que isso fosse atrasar a jornada de Gayselle até as docas de Luskan, onde um pequeno barco a remo estaria à espera, já que o sangue ogro deles os contemplava com um passo largo e rápido, além de uma resistência sobre-humana.

— As poções estão com você? — perguntou a capitã pirata.

Gayselle levantou uma ponta de sua capa de viagem, revelando vários frascos pequenos.

— Meus companheiros vão parecer humanos por tempo o suficiente para passar pelos portões de Luskan e sair das docas de Águas Profundas.

— Se o *Fada do Mar* estiver por lá…

— Não é para chegar perto da casa de Deudermont — completou Gayselle.

Sheila Kree abriu a boca para fazer outro comentário, mas se interrompeu e assentiu, lembrando a si mesma de que se tratava de Gayselle, sempre inteligente e confiável, a segunda de sua tripulação, após Bellany, a ser marcada. Gayselle entendia não apenas o que havia sido planejado, mas também quaisquer rotas alternativas caso o plano não pudesse ser cumprido à risca. Ela faria o necessário, e o Capitão Deudermont, junto aos outros tolos do *Fada do Mar*, entenderia que perseguir Sheila Kree não era nada inteligente.

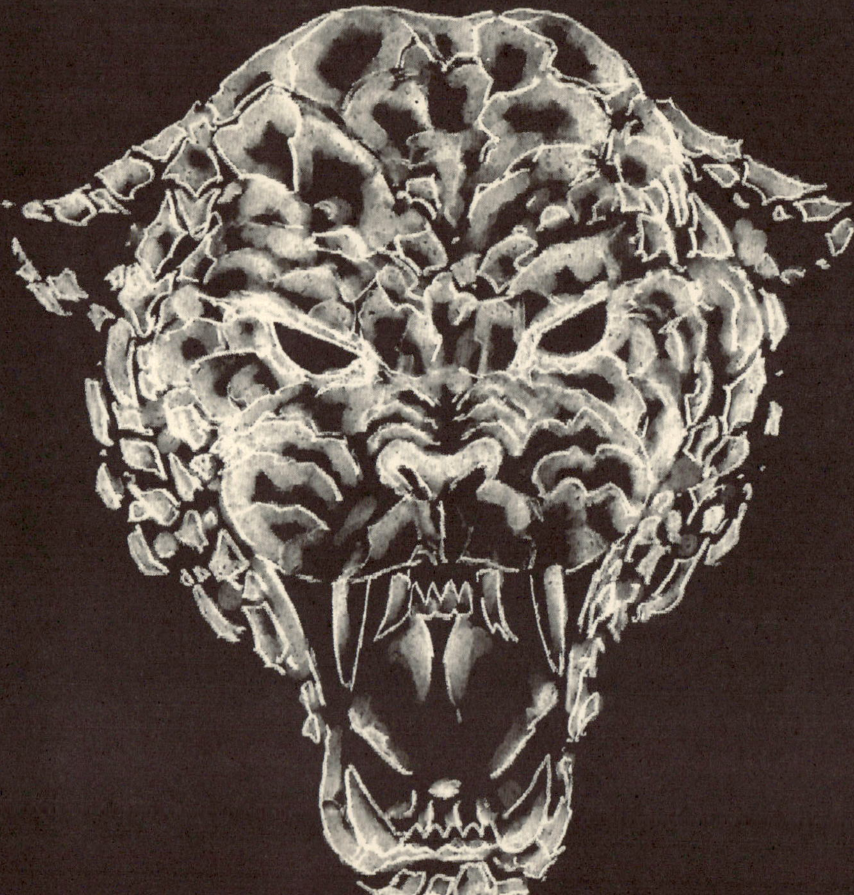

Parte 2
No encalço

Por várias vezes fui pego de surpresa com o quanto os humanos conseguem ser imprudentes.

Em comparação com os outros seres racionais bondosos, no caso, uma vez que comparar os humanos aos drow e goblins, além de outras criaturas de hábitos egoístas e cruéis não faz sentido.

Menzoberranzan não é um lugar seguro, isso é um fato, e a maioria dos drow morrem bem antes do momento natural de seus corpos físicos se esgotarem, mas isto, creio eu, é mais uma questão de ambição e fanatismo religioso com um toque de arrogância.

Todo drow, graças ao seu excesso de autoconfiança, raramente pensa na possibilidade de sua própria morte e, quando o faz, frequentemente se ilude, se forçando a acreditar que a morte em serviço a Lolth o trará a glória eterna em um paraíso ao lado da Rainha Aranha.

O mesmo pode ser dito sobre os goblinoides, criaturas que, por quaisquer motivos equivocados, frequentemente vão ao encontro de suas mortes.

Muitas raças, incluindo os humanos, frequentemente usam o argumento de um serviço em prol do bem para justificar ações poderosas, até mesmo a guerra, e há um toque de verdade na crença de que a morte por um bem maior provavelmente é algo nobre.

Mas, fora o fanatismo e as diversas culturas bélicas, noto que os humanos são os mais imprudentes dos seres racionais bondosos. Vi diversos humanos abastados indo até Dez-Burgos para passar suas férias, na intenção de navegar as águas frias e mortais de Maer Dualdon ou de escalar o Sepulcro de Kelvin, aventuras sem dúvida perigosas. Eles arriscam a tudo por uma conquista em menor escala.

Eu admiro a determinação e a autoconfiança deles.

Suspeito que esta disposição a correr riscos é, em partes, graças à pouca expectativa de vida dos humanos. Um humano que viveu quatro décadas, ao arriscar sua vida, estaria perdendo talvez uns vinte anos, talvez quarenta ou, em circunstâncias extraordinárias, até sessenta, mas um elfo de quatro décadas estaria arriscando vários séculos de vida! Há, então, um imediatismo e um senso de urgência nos humanos que os elfos, da superfície ou do Subterrâneo, ou mesmo os anões, jamais conseguirão entender.

E, com o imediatismo, vem um entusiasmo pela vida além da compreensão de um elfo ou um anão. Eu vejo todos os dias no belo rosto de Cattibrie — este amor pela vida, esta urgência, esta necessidade de preencher as horas e os dias com novas experiências e alegria. Em um paradoxo estranho, eu vi essa urgência aumentar na época em que acreditamos que Wulfgar estava morto, e, ao falar sobre isso com Cattibrie, descobri que essa ânsia por novas experiências, mesmo sob um alto risco pessoal, é comum entre humanos que perderam um ente querido, como se o lembrete de sua própria mortalidade servisse para aumentar a necessidade de se viver o máximo possível nos dias e anos restantes.

Que forma maravilhosa de se ver o mundo, e que triste, ao que parece, é o fato de frequentemente se precisar de uma perda para corrigir um caminho frequentemente mundano.

O que eu devo fazer, então, já que posso chegar aos sete séculos de vida, talvez até oito? Será que seguirei o caminho mais simples da contemplação e existência sedentárias, tão comum entre os elfos de Toril? Ou será que dançarei toda noite sob as estrelas e passarei os dias sonhando acordado, voltado para mim mesmo na intenção de entender melhor o mundo ao meu redor? Ambas as escolhas têm seu valor, de fato, e dançar sob o céu noturno é uma alegria da qual jamais abrirei mão. Mas eu sei que deve haver algo a mais para mim. Eu preciso ir atrás de aventuras e novas experiências. Aprendi isso com Cattibrie e os outros humanos, e me lembro da estrada a cada belo nascer do sol.

Quanto menos horas forem perdidas, mais completa é a vida, e uma vida de poucas décadas tem o potencial de, com toda a certeza, ser mais longa que uma de vários séculos. Como explicar as realizações de um guerreiro como Artemis Entreri, que era capaz de vencer vários veteranos drow com dez vezes sua idade? Como explicar a realidade de que os magos mais habilidosos no mundo não são elfos, mas sim humanos, que passaram décadas, e não séculos, pensando nas complexidades da Trama mágica?

Fui de fato abençoado por ir para a superfície e encontrar uma companheira como Cattibrie. Porque essa, eu creio, é a missão de minha existência. Não apenas meu propósito, mas o significado da minha vida. Que oportunidades poderei encontrar caso consiga combinar a expectativa de vida de minha herança com a intensidade da humanidade? E quais alegrias deixarei de viver se seguir o caminho mais paciente e sedado, o caminho tortuoso coberto de placas me lembrando de que tenho muito a perder, o caminho que evita tanto as montanhas quanto os vales, atravessando as planícies, sacrificando as alturas por medo da queda?

Por muitas vezes, os elfos abrem mão de se relacionarem mais profundamente com humanos, negando ao amor, porque sabem, a nível lógico, que não é possível ser, pelos padrões de tempo élfico, uma parceria duradoura.

Infelizmente, é uma filosofia destinada à mediocridade.

Precisamos às vezes nos lembrar de que um pôr do sol dura apenas alguns minutos.

Mas sua beleza pode viver eternamente em nossos corações.

— Drizzt Do'Urden

Capítulo 7

Companhia inadequada

O GUARDA EMPALIDECEU DE FORMA RIDÍCULA, como se estivesse a ponto de cair morto, ao notar os traços élficos e a pele de ébano do visitante no portão de Luskan naquela manhã chuvosa. Ele gaguejou e tropeçou, se segurando com as duas mãos em sua arma de haste com tanta força que os nós de seus dedos estavam tão embranquecidos quanto seu rosto até que, finalmente, ele conseguiu dizer.

— Alto!

— Não estamos nos mexendo — respondeu Cattibrie, olhando curiosa para o homem. — Só estamos aqui, parados, vendo você suar.

O homem soltou o que poderia ser um rosnado ou um gemido e, então, como se encontrasse sua coragem, chamou apoio e, ousadamente, parou bem em frente à dupla, mantendo sua arma em posição defensiva.

— Alto! — disse ele mais uma vez, embora nenhum dos dois tenha começado a se mexer.

— Ele descobriu que você é um drow — disse Cattibrie de forma seca.

— Ele não sabe que até mesmo a pele de um alto elfo pode ficar mais escura graças ao sol — respondeu Drizzt com um suspiro profundo. — Consequências de belos dias de verão.

O guarda o encarou, perplexo pelas palavras tolas.

— O que vocês querem? — exigiu saber. — Por que vocês estão aqui?

— Queremos entrar em Luskan — disse Cattibrie. — Não conseguiu adivinhar sozinho?

— Chega de zombarias! — gritou o guarda, apontando sua arma de forma ameaçadora na direção de Cattibrie.

Uma mão de pele escura se estendeu antes que a sentinela pudesse sequer notar o movimento, segurando a arma logo abaixo da ponta de metal.

— Não existe nenhuma necessidade de agir assim — comentou Drizzt, se aproximando da arma para segurá-la com mais firmeza. — Eu, nós, não somos estranhos a Luskan, e posso garantir que nem fomos tão mal-recebidos antes.

— Meus olhos me trazem um presente hoje, o próprio Drizzt Do'Urden! — alguém disse em voz alta por trás da sentinela assustada, um grito vindo de uma dupla de soldados correndo para atender ao chamado do homem. — E Cattibrie, menos parecida com uma anã do que nunca!

— Afasta essa arma, seu idiota, antes que esses dois afastem por você, de um jeito que você não ia esperar, muito menos gostar! — disse o outro dos recém-chegados. — Você nunca ouviu falar desses dois? Eles foram parte da tripulação do *Fada do Mar* por anos, e trouxeram mais piratas para julgamento do que temos soldados para vigiar!

A primeira sentinela engoliu em seco e, assim que Drizzt soltou sua arma, a recolheu e saiu do caminho o mais rápido possível.

— Peço perdão — disse ele com uma reverência desajeitada. — Eu não sabia... E ter visto um... — ele se interrompeu então, obviamente envergonhado.

— E você não tinha como saber — respondeu Drizzt, exalando generosidade. — Faz mais de um ano que não aparecemos por aqui.

— Só tem três meses que estou servindo — respondeu a sentinela, aliviado.

— E seria uma pena enterrar um novato — comentou um dos soldados atrás dele com uma gargalhada animada. — Ameaçar Drizzt e Cattibrie! Ah, mas você ia virar picadinho na hora, e sua esposa ia virar uma viúva triste!

Drizzt e Cattibrie aceitaram os elogios com um sorriso e um balançar de cabeça, tentando deixar a situação para trás. Para o drow, os elogios eram tão desconfortáveis quanto insultos, e uma das consequências naturais de se caçar piratas com Deudermont era ter um pouco de notoriedade nas cidades portuárias ao longo do norte da Costa da Espada.

— E o que leva vocês dois a agraciarem Luskan com suas presenças? — respondeu um dos soldados que mais parecia familiarizado com eles. Alguma coisa na atitude dele fez Drizzt e Cattibrie acreditarem que deveriam conhecê-lo.

— Estamos procurando um velho amigo — respondeu Drizzt. — Temos motivos para acreditar que ele está em Luskan.

— Tem muita gente em Luskan — respondeu o outro soldado experiente.

— Um bárbaro — explicou Cattibrie. — Mais de trinta centímetros mais alto que eu, de cabelo loiro. É difícil esquecer de alguém como ele.

O soldado mais próximo assentiu, mas sua expressão ficou mais sombria e ele se virou para olhar para seu companheiro.

Qual é o nome dele? — perguntou o outro. — Wulfgar?

A animação de Drizzt por ouvir a confirmação foi contida pelas expressões de ambos os soldados, que o fizeram pensar que algo terrível acontecera a seu amigo.

— Vocês o viram — afirmou o drow, estendendo o braço para acalmar Cattibrie, que também notara a preocupação dos guardas.

— É melhor vir comigo, Mestre Drizzt — comentou o mais velho dos dois soldados.

— Ele está com problemas? — perguntou Drizzt.

— Ele está morto? — Cattibrie perguntou de forma mais direta, traduzindo o pensamento de Drizzt.

— *Estava* com problemas, e eu não ficaria nem um pouco surpreso se ele tiver morrido — respondeu o soldado. — Venham comigo. Vou levar vocês até alguém que pode explicar melhor.

Eles seguiram o soldado ao longo das avenidas sinuosas de Luskan, na direção do centro da cidade, que abrigava tanto a prisão quanto a maior parte dos detentores de cargos públicos da cidade. O soldado, que aparentemente possuía um posto alto, os conduziu, sem ser parado por nenhum dos vários guardas posicionados em praticamente cada corredor, por alguns lances de escada até uma área em que cada porta sinalizava ser o escritório de algum juiz.

Ele parou na frente da porta com o nome do Juiz Bardoun e, olhando preocupado para a dupla, deu algumas batidas altas nela.

— Entre — veio uma resposta autoritária.

Dois homens de vestes negras estavam na sala, posicionados em lados opostos de uma escrivaninha imensa, repleta de papéis. O que estava mais próximo da entrada era idêntico ao estereótipo de alguns dos notórios arautos da justiça de Luskan, com seus traços austero e os olhos estreitos praticamente ocultos por sobrancelhas longas e grisalhas. O homem sentado à escrivaninha, Bardoun, obviamente, era muito mais jovem que seu visitante, com toda a certeza não tendo mais de trinta anos, com cabelos e olhos castanhos e uma barba feita deixando seu rosto ainda mais pueril.

— Peço licença, Meretíssimo — disse o soldado, soando um pouco nervoso —, mas há dois heróis comigo, Drizzt Do'Urden e Cattibrie, filha do próprio Rei Bruenor Martelo de Batalha, que voltaram a Luskan em busca de um velho amigo.

— Entrem — disse Bardoun em um tom de voz amigável. O homem de pé, no entanto, olhou firme para os dois, os analisando de forma minuciosa, em particular ao drow.

— Drizzt e Cattibrie costumavam viajar com Deudermont... — O soldado começou a comentar, mas Bardoun o silenciou com um movimento de sua mão.

— Conheço as façanhas deles — disse o juiz. — Você pode ir.

O soldado fez uma reverência, piscou para a dupla e então saiu, fechando a porta.

— Meu associado, Juiz Callanan — apresentou Bardoun logo antes de se levantar, sinalizando para que ambos se aproximassem. — Vamos ajudar como pudermos, é claro — disse ele. — Embora Deudermont tenha manchado um pouco sua reputação com alguns juízes, muitos de nós somos gratos ao serviço que ele e sua tripulação prestaram ao limpar as águas próximas à nossa bela cidade.

Drizzt e Cattibrie se entreolharam, ambos pegos de surpresa com a informação de que o Capitão Deudermont, uma das melhores pessoas a navegar pela Costa da Espada, um homem que recebeu a famosa escuna de três mastros dos Senhores de Águas Profundas como recurso para facilitar seu trabalho valente, tenha perdido o favor de oficiais da lei.

— Seu soldado nos informou que você poderia nos ajudar a localizar um velho amigo — explicou Drizzt. — O nome dele é Wulfgar. Um homem grande, vindo do norte, de pele e cabelos claros. Temos motivos para acreditar... — O drow se interrompeu a percebeu como o rosto de Bardoun ficou sombrio e uma carranca surgiu nas feições de Callanan.

— Se vocês são amigos daquele lá, nem deveriam estar em Luskan — comentou Callanan com uma risada desdenhosa e zombeteira.

Bardoun se recompôs e se apoiou em seu assento.

— Wulfgar de fato é conhecido por aqui — explicou. — Conhecido até demais.

Ele fez um sinal para que Drizzt e Cattibrie se sentassem próximos às paredes do pequeno escritório e contou a história do envolvimento de Wulfgar com as forças da lei de Luskan, de como o bárbaro fora julgado culpado pela tentativa de assassinato de Deudermont, o que Cattibrie interrompeu dizendo ser impossível, e como estava em meio à sua execução no Festival do Prisioneiro, quase em seus momentos finais, quando o próprio Deudermont perdoara o homem.

— Uma atitude tola essa a do nobre capitão — acrescentou Callanan. — Uma que manchou sua reputação. Não gostamos de ver culpados saindo livres do Festival.

— Sei bem do que vocês gostam — respondeu Drizzt de forma mais ríspida do que pretendia.

O drow não aprovava o Festival do Prisioneiro, tão sádico e brutal, nem tinha muitas coisas gentis a dizer para os juízes de Luskan. Quando ele e Cattibrie viajavam com Deudermont e levavam prisioneiros piratas consigo em alto-mar, ambos sempre sugeriam ao capitão que os deixassem em Águas Profundas, e Deudermont, que também não apreciava o Festival do Prisioneiro, frequentemente atendia às sugestões, mesmo que precisassem fazer uma viagem mais longa.

Reconhecendo a própria rispidez, Drizzt se virou para Bardoun, relativamente gentil, e acrescentou:

— Pelo menos alguns de vocês.

— Você é honesto — respondeu Bardoun. — Eu respeito isso, mesmo não concordando. Deudermont salvou seu amigo da execução, mas não do banimento. Ele, junto com o companheiro dele, foram expulsos de Luskan, embora alguns rumores digam que Morik, o Renegado, tenha voltado.

— E, aparentemente, agora é influente o suficiente para que tenham nos instruído a não o trazer de volta a nossas masmorras por ignorar o exílio — emendou Callanan, obviamente enojado.

— Morik, o Renegado? — perguntou Cattibrie.

Bardoun fez um gesto desdenhoso, como se indicasse que ele não era importante.

— Um bandido de rua.

— E ele viajava com Wulfgar?

— Sabe-se que eram associados, de fato, e foram julgados juntos por tentarem assassinar Deudermont, junto com outros dois piratas que não tiveram as vidas poupadas naquele dia.

O sorriso perverso de Callanan ante o comentário de Bardoun não passou desapercebido para Drizzt, o que servia como mais uma confirmação para o drow do quanto o Festival do Prisioneiro era bestial.

Drizzt e Cattibrie tornaram a se entreolhar.

— E onde conseguimos achar Morik? — perguntou a mulher, com um tom de voz determinado e sem espaço para discussão.

— Na sarjeta — respondeu Callanan. — Ou talvez no esgoto.

— Talvez na Rua da Meia-Lua — acrescentou Juiz Bardoun. — Sabemos que ele frequenta a região, especialmente uma taverna conhecida como Cutelo.

O nome pareceu familiar a Drizzt, e ele assentiu ao se lembrar do lugar. Ele não esteve lá enquanto trabalhava com Deudermont, mas, muito tampo antes, ele e Wulfgar passaram por Luskan a caminho da recuperação do Salão de Mitral. Juntos, ambos foram à Cutelo, onde Wulfgar começara uma briga de proporções consideráveis.

— Também foi onde seu amigo Wulfgar construiu sua reputação — disse Callanan.

Drizzt assentiu, assim como Cattibrie.

— Obrigado pela informação — disse ele. — Vamos achar nosso amigo, tenho certeza.

Ele fez uma reverência e começou a se afastar, mas parou à porta quando Bardoun o chamou.

— Se achar Wulfgar, e em Luskan, faça um favor a ele e o leve para muito, muito longe — disse o juiz. — Bem longe daqui e, pelo bem dele, bem longe daquela víbora que é Morik, o Renegado.

Drizzt se virou e assentiu, então saiu da sala. Ele e Cattibrie foram atrás de seus respectivos quartos em uma boa estalagem na cidade, lembrando dos velhos tempo e suas jornadas anteriores pelo local. O tempo estava bom, considerando a estação, com o sol brilhante cobrindo as folhas que estavam começando a se cobrir com as cores do outono, o que deixava a cidade com várias áreas encantadoras. Juntos, então, caminhando e absorvendo a paisagem e o clima, Drizzt e Cattibrie não deram atenção aos olhares e sons de surpresa nem à visão das crianças correndo a toda a velocidade para longe do drow.

Essas coisas não conseguiam incomodar Drizzt. Não com Cattibrie ao seu lado.

Ambos esperaram pacientemente até a chegada da noite, quando sabiam que haveria uma probabilidade maior de encontrar alguém como Morik, o Renegado, e, ao que parecia, alguém como Wulfgar.

A Cutelo não estava cheia quando chegaram, logo após o pôr do sol, embora parecesse a Drizzt que centenas de pessoas estivessem o observando, especialmente um olhar que era um misto de horrorizado e ameaçador vindo de um homem sentado ao balcão, em frente ao taverneiro, que congelou no meio de seu movimento de limpar o balcão quando também notou o recém-chegado. Quando estivera ali anos antes, Drizzt havia ficado em um canto, oculto pela multidão e pelo tumulto da taverna escura e lotada, com o capuz puxado e a cabeça abaixada.

Drizzt cumprimentou o taverneiro com um aceno de cabeça e foi até ele. O homem magricela soltou um grito abafado e se afastou, tropeçando até o outro lado do salão.

— Saudações, bom senhor — disse Drizzt ao taverneiro. — Venho sem nenhuma má intenção, posso garantir, apesar do pânico de seu cliente.

— Só é Josi Poças — respondeu o taverneiro, embora ele também estivesse um tanto abalado pelo surgimento de um drow em seu estabelecimento. — Não precisa ligar pra ele. — O homem estendeu a mão, então a recolheu imediatamente e a limpou no avental antes de oferecer novamente. — Arumn Gardbico, a seu dispor.

— Drizzt Do'Urden — respondeu o drow, aceitando a mão em seu aperto surpreendentemente firme. — E minha amiga é Cattibrie.

Arumn olhou com curiosidade para o casal, com a expressão se suavizando ao finalmente os reconhecer.

— Estamos atrás de uma pessoa — começou Drizzt.

— Wulfgar — disse Arumn com confiança, sorrindo ao notar as expressões surpresas do drow e da mulher em resposta. — Sim, ele me falou sobre vocês.

— Ele está aqui?

— Foi embora há muito tempo — disse o magricela, Josi, ousando se aproximar. — Só voltou uma vez. Veio buscar Delly.

— Delly?

— Trabalhava aqui — explicou Arumn. — Ela sempre gostou de Wulfgar. Ele veio atrás dela e os três saíram de Luskan, acho que pra Águas Profundas, se não me engano.

— Três? — perguntou Drizzt, acreditando que a terceira pessoa fosse Morik.

— Wulfgar, Delly e o bebê — explicou Josi.

— O bebê? — perguntaram Drizzt e Cattibrie ao mesmo tempo. Os dois se entreolharam incrédulos. Quando voltaram a olhar para Arumn, ele só deu de ombros, sem mais nada a dizer.

— Já tem meses — Arumn se meteu. — Não ouvi falar mais nada deles.

Drizzt fez uma pausa, digerindo todas as informações. Aparentemente, Wulfgar teria uma história e tanto quando o encontrassem — se estivesse vivo.

— Na verdade, viemos aqui em busca de alguém que disseram poder falar mais sobre Wulfgar — explicou o drow. — Um homem chamado Morik.

Eles ouviram um som de alguém se mexendo atrás deles, e ambos se viraram a tempo de ver uma silhueta pequena de alguém usando uma capa saindo rápido da taverna.

— Aquele lá é Morik — explicou Arumn.

Drizzt e Cattibrie correram para fora, olhando para todos os cantos da Rua da Meia-Lua, quase deserta, mas Morik, um mestre das sombras, não estava em lugar algum.

Drizzt se abaixou perto da terra macia logo após o alpendre de madeira da Cutelo, encontrando uma pegada. Ele sorriu para Cattibrie e apontou para a esquerda, um rastro fácil para as habilidades do drow.

— Cê é um rapazote bonitinho, né? — disse o degenerado, velho e imundo. Ele empurrou Le'lorinel contra a parede, levando seu rosto fedorento para mais perto do rosto mascarado.

Le'lorinel olhou além dele, para os outros quatro velhos bêbados, todos praticamente rolando de rir enquanto o velho idiota começou a remexer na corda que usava de cinto.

Ele parou subitamente e caiu na frente de quem até então acreditava que seria sua vítima, levando suas mãos, agora trêmulas, mais para baixo, onde o joelho acabara de acertar.

Le'lorinel se afastou da parede sacando uma espada e pressionando a parte plana dela contra a cabeça do velho miserável, o empurrando de forma nada gentil até fazê-lo terminar de cair.

— Eu vim até aqui com uma pergunta simples — explicou Le'lorinel aos outros, que já não estavam mais rindo.

O resto do grupo de bêbados, todos anteriormente marinheiros e piratas, se entreolharam, nervosos.

— Rapazote bonzinho… — disse um homem careca. — O Tukie ali só tava brincando.

— Uma pergunta simples — repetiu Le'lorinel.

Mostrando as imagens ilusórias que E'kressa preparara, havia chegado até aquela taverna suja perto das docas de Luskan, perguntando sobre o significado da marca.

— Vai ver não é fácil assim — respondeu o mesmo homem careca. — Você chegou perguntando de uma marca, e muita gente aqui tem marca.

— E quase todo mundo que tem marca não quer mostrar — disse o outro membro do grupo de bêbados.

Le'lorinel ouviu alguém se mexendo e viu o homem, Tukie, se levantando rapidamente e o atacando no mesmo instante. Um giro e um movimento em um arco diagonal para baixo com a espada, não com intenção de cortar o homem — embora Le'lorinel tivesse certeza de que ele merecia —, mas para forçá-lo a desviar de forma desajeitada e perder o equilíbrio, seguidos por uma manobra simples de agachamento com um passo para o lado deixou o ser mascarado atrás de seu atacante. Um empurrão firme nas costas de Tukie o forçaram para a frente, que caiu com o rosto no chão.

Mas dois dos outros já estavam em prontidão, um com uma faca curva, normalmente usada para limpar peixes, e outro com um bicheiro curto.

A mão direita de Le'lorinel segurava a espada de forma defensiva, enquanto a esquerda ia até o quadril direito, logo antes de avançar.

O homem com o bicheiro caiu para a frente, gemendo e com a respiração falhando graças à adaga agora em seu peito.

Le'lorinel avançou e o outro atacante recuou em um salto, levantou as mãos em rendição e soltou a faca.

— Uma pergunta simples — reforçou entredentes, e o brilho naqueles olhos azuis e dourados não dava espaço para dúvida em nenhuma das pessoas naquele lugar de que a criatura mascarada mataria a todos sem pensar duas vezes.

— Nunca nem vi — respondeu aquele que estava com a faca.

— Mas vocês vão descobrir para mim, não vão? — comentou Le'lorinel. — Todos vocês.

— Tá, rapazote, a gente vai dar um jeito — disse outro.

Aquele ainda caído com o rosto no chão se levantou rapidamente e correu até a saída. Outro se levantou para segui-lo, mas Le'lorinel deu um passo para o lado, puxou a adaga do peito do homem moribundo e fez menção de lançá-la mais uma vez.

— Uma pergunta simples — repetiu Le'lorinel mais uma vez. — Descubram a resposta e serão recompensados. Falhem e... — A frase foi interrompida pela metade, seguida por um olhar para o homem que agora estava contra a parede, se esforçando ao máximo para respirar, claramente sofrendo nos seus últimos instantes de vida.

Le'lorinel saiu, parando apenas para limpar a adaga na túnica do homem que tentara atacá-lo com a faca curva e finalizando o movimento com uma ameaça, movendo a lâmina perto da garganta do homem enquanto passava.

A silhueta baixa saiu do beco quase como um borrão, girando e movendo os braços, com duas adagas prateadas nas mãos.

O ataque era quase perfeito, cortando na altura do tronco de Drizzt com a mão esquerda e então interrompendo a finta e seguindo com a mesma mão em um arco alto, na intenção de chegar ao pescoço do drow.

Quase perfeito.

Drizzt reconheceu o blefe, ignorou o primeiro ataque e se focou no segundo. O drow segurou a mão de Morik e a girou para que os dedos de Drizzt cobrissem os de seu atacante.

Morik se ajustou com precisão ao bloqueio, tentando terminar o primeiro ataque em vez disso, mas Drizzt era rápido e equilibrado demais, afastando-se com uma velocidade desorientadora, graças aos seus movimentos com os pés, que antes já eram brilhantes, aprimorados por suas tornozeleiras mágicas. O drow se abaixou sob o braço de Morik, se virando, então correndo logo atrás dele, girando aquele braço e saindo do alcance da adaga.

Morik também fez menção de girar, mas Drizzt apenas apertou os dedos, esmagando os nós dos dedos de Morik e causando uma dor excruciante. A adaga foi solta, e Morik caiu sobre um joelho.

Cattibrie já estava segurando a outra mão dele antes que sequer tivesse tempo de pensar em atacar mais uma vez.

— Por favor, não me matem — implorou o homem. — Eu aceitei as joias... Eu falei para o assassino... eu segui Wulfgar... tudo do jeito que mandaram!

Drizzt encarou Cattibrie com a descrença estampada em seu rosto, diminuindo a pressão na mão do homem e puxando Morik para que ele se levantasse.

— Eu não traí Jarlaxle — gritou Morik. — Eu nunca faria isso!

— Jarlaxle? — perguntou Cattibrie, Incrédula. — Quem ele acha que nós somos?

— Boa pergunta — ponderou Drizzt, olhando para Morik em busca de uma resposta.

— Vocês não são agentes de Jarlaxle? — perguntou o ladrão. Logo depois, o rosto dele se iluminou com um alívio evidente e ele deu uma risada leve e constrangida. — Mas então quem... — ele parou a frase na metade, com o sorriso aumentando. — Vocês são os amigos de Wulfgar — concluiu ele, a essa altura sorrindo de orelha a orelha.

Drizzt o soltou, sendo seguido por Cattibrie, e o homem pegou sua adaga caída e recolocou as duas em seu cinto.

— Saudações! — disse ele de forma estravagante, estendendo a mão na direção deles. — Wulfgar falou muito sobre vocês!

— Parece que vocês dois também têm muitas histórias para contar — comentou Drizzt.

Morik deu outra risada leve e sacudiu a cabeça. Quando ficou claro que nem o drow nem a mulher iam aceitar o aperto de mão, Morik puxou a mão de volta e a limpou no quadril.

— Histórias até demais! — explicou ele. — Histórias de lutas e amor de Luskan até Auckney.

— De onde você conhece Jarlaxle? — perguntou Cattibrie. — E onde está Wulfgar?

— São duas questões completamente distintas, eu garanto — respondeu Morik. — Pelos menos eram da última vez que vi meu amigo grandalhão. Ele saiu de Luskan tem um tempo com Delly Curtie e a criança que ele pegou daquele lorde almofadinhas de Auckney.

— Ele sequestrou a criança? — perguntou Drizzt, sem acreditar.

— Ele salvou a criança — corrigiu Morik. — A filha bastarda de uma jovem dama assustada, que com toda a certeza seria assassinada por aquele fresco ou pela irmã terrível dele — ele suspirou. — É uma história longa e complicada. É melhor ouvir direto de Wulfgar.

— Ele está vivo?

— Pelo menos da última vez que ouvi falar dele — respondeu Morik. — Vivo e indo para... Águas Profundas, acho. Tentando achar o Capitão Deudermont, e na esperança do capitão o ajudar a achar o martelo perdido dele.

Cattibrie suspirou aliviada.

— Como ele perdeu o martelo? — perguntou Drizzt.

— Aquele idiota do Josi Poças roubou o martelo e vendeu para Sheila Kree, uma pirata bem desagradável — Morik continuou respondendo. — Ela não é fácil, aquela pirata, mas acho que Wulfgar recuperou o ânimo, e eu não ia querer estar perto de Sheila Kree! — Ele olhou para Drizzt, que, por sua vez, ainda olhava para Cattibrie, com ambos deixando suas emoções bastante claras. — Vocês acharam que ele tinha morrido — concluiu Morik.

— Achamos um bandido de estrada, na verdade, uma bandida de estrada, com uma marca na pele que só poderia ter vindo de Presa de Égide — explicou Drizzt. — Nós sabemos como a arma era importante para Wulfgar e também sabemos que ele não se aliaria ao bando antigo dela.

— Nunca pensamos que ele teria se livrado do martelo. Só por cima do cadáver dele — admitiu Cattibrie.

— Acho que devemos uma refeição e uma bebida, pelo menos — disse Drizzt a Morik, cujo rosto se iluminou ainda mais com a ideia.

Juntos, os três voltaram à Cutelo, com Morik parecendo bastante satisfeito consigo mesmo.

— E você pode nos dizer como conhece Jarlaxle — comentou Drizzt enquanto entrava, e o bom ânimo do homem diminuiu visivelmente.

E ele de fato contou sobre a chegada dos drow em Luskan, de como fora visitado por subordinados de Jarlaxle e pelo próprio mercenário e recebido ordens de seguir Wulfgar. Ele relatou suas aventuras mais recentes com os drow, após Wulfgar deixar Luskan e a vida de Morik, tomando cuidado para excluir a punição que sofreu de Jarlaxle por perder o contato com o bárbaro. Ainda assim, ao chegar nesta parte, a mão de Morik, por reflexo, foi até seu rosto, que havia sido queimado pelo cruel Rai-guy, um drow que Morik desprezava com todo o seu ser.

Cattibrie e Drizzt se entreolharam durante a história, honestamente preocupados. Se Jarlaxle estava interessado em Wulfgar, talvez seu amigo não estivesse tão seguro. E, ainda mais chocante, era a questão do porquê de Jarlaxle estar interessado nele para começo de conversa.

Morik continuou falando, garantindo que não via Jarlaxle ou seus subordinados em meses e não esperava vê-los novamente.

— Não desde que aquele assassino humano apareceu e me disse para fugir — explicou Morik. — E foi o que eu fiz. Só voltei recentemente. Sou inteligente demais para querer aquele bando atrás de mim, mas acho que o humano cobriu bem meus rastros. Ele não iria poder voltar para eles se achassem que eu ainda estava vivo, eu acho.

— Assassino humano? — perguntou Drizzt, imaginando com bastante convicção de quem se tratava, embora não pudesse imaginar porque Artemis Entreri iria querer poupar a vida de alguém e arriscar a fúria de Bregan D'aerthe. Mas provavelmente era uma longa história, e uma que Drizzt esperava não ter nada a ver com Wulfgar.

— E onde achamos Sheila Kree? — perguntou, interrompendo Morik antes que ele pudesse continuar com mais histórias dos drow.

O homem olhou para ele por alguns instantes.

— Provavelmente em alto mar — respondeu. — Ela deve ter algum porto secreto. Na verdade, acho que já ouvi boatos sobre um.

— Você consegue descobrir? — perguntou Cattibrie.

— Uma informação dessas não é barata — o ladrão começou a explicar, mas ele emudeceu quando Drizzt, amigo de um rei anão muito rico cujo interesse no retorno de Wulfgar não era menor que o seu próprio, soltou uma pequena bolsa abarrotada com moedas.

— Amanhã à noite — explicou o drow. — Aqui.

Morik pegou a bolsa, assentiu, e saiu rápido da Cutelo.

— Você acha que ele vai voltar com a informação? — perguntou Cattibrie.

— Ele era mesmo amigo de Wulfgar — respondeu Drizzt — e tem medo demais de nós para sumir.

— Parece que nosso amigo se meteu em um tanto de problemas e de aventuras — comentou Cattibrie.

— Parece que nosso amigo conseguiu escapar da escuridão— rebateu Drizzt, com seu sorriso iluminando suas feições escuras e seus olhos cor de lavanda repletos de esperança.

Capítulo 8

Fraturando a alma do guerreiro

Eles encontraram o navio mercante adernando, com boa parte de suas velas rasgadas após receberem disparos consecutivos, e sua tripulação — ao menos quem ainda estava a bordo — morta, caída ao longo do convés. Deudermont, junto à sua própria tripulação experiente, sabia que deveria ter mais gente a bordo. Um navio daqueles precisava de pelo menos doze tripulantes, e havia apenas sete corpos. O capitão não tinha muitas esperanças de que os outros ainda estivessem vivos. Era possível ver vários tubarões ao redor da caravela destruída, e provavelmente vários já estavam cheios de carne humana.

— Foi há poucas horas — anunciou Robillard ao capitão assim que o alcançou perto do timão avariado do navio, que estava preso a uma corda.

Os piratas danificaram o navio, tiraram dele toda a tripulação e objetos de valor, então o puseram em uma rota específica, navegando em pequenos círculos. Graças à ventania forte que durava o dia inteiro, Deudermont fora forçado a pedir que Robillard danificasse ainda mais o navio mercante, lançando um raio contra o leme, antes que o *Fada do Mar* pudesse alcançar a caravela.

— Eles devem ter levado bastante coisa daqui — raciocinou Deudermont.

O estoque restante do navio mercante indicava que o navio, que estava a caminho de Memnon, levava uma carga particularmente grande de tecidos, embora o manifesto de carga não mencionasse nada sobre qualquer objeto exótico ou extraordinário.

— Eram produtos de valores mínimos — respondeu Robillard. — Devem ter levado uma quantidade bem grande se fossem fazer a perseguição e o assassinato valer o tempo perdido. Se estão com coisas demais, obviamente devem estar indo em direção à terra firme. — Ele fez uma pausa e molhou um dedo para em seguida erguê-lo. — E o vento está a favor da rota.

— E ainda mais a favor para nós — concluiu o capitão de forma sombria. Ele chamou um de seus subordinados, que estava por perto organizando uma última busca por sobreviventes, e ordenou para que voltassem ao *Fada do Mar* assim que acabassem.

Era hora da caçada.

Não muito longe do Capitão Deudermont e de Robillard, Wulfgar ouviu a tudo. Ele concordava que a atrocidade havia acontecido há poucas horas. Com o vento forte e a agilidade do *Fada do Mar*, que além de tudo não estava pesado, logo alcançariam o navio pirata repleto de espólios, mesmo se estivesse indo a toda velocidade em direção a algum porto.

O bárbaro fechou os olhos e pensou na batalha que estava por vir, a primeira vez que entraria em ação desde que o *Fada do Mar* saíra de Águas Profundas. Seria a hora da verdade para Wulfgar, um momento em que sua força de vontade e determinação seriam postas à prova contra sua coragem vacilante. Ele olhou ao redor, para os marinheiros mortos, homens assassinados por piratas sedentos por sangue. Os assassinos mereciam o destino cruel que os aguardava, mereciam ser levados até uma morte fria e solitária nas águas escuras ou serem capturados e levados a Águas Profundas, até mesmo a Luskan, para serem julgados e executados.

Wulfgar disse a si mesmo que era sua obrigação vingar os marinheiros inocentes, que era sua responsabilidade usar seus talentos como guerreiro, presenteados pelos deuses, para ajudar a levar justiça em um mundo tão impiedoso, para ajudar a levar a segurança a pessoas inocentes e indefesas.

Lá, no convés da caravela destruída, Wulfgar tentou apelar conscientemente a cada ideal, a cada característica enobrecedora. Na cena daquela chacina, o bárbaro apelou aos instintos do dever e da responsabilidade, ao altruísmo de seus amigos — de Drizzt, que não hesitaria em se lançar ao perigo por outra pessoa.

Mas ele continuava vendo Delly e Colson, deixadas sozinhas para enfrentar o mundo, quebradas pela tristeza e pela pobreza.

Um cutucão ao seu lado o alertou para a cena ao seu redor, para o fato de que ele e o tripulante que o havia cutucado eram os únicos restantes na caravela destruídas. Wulfgar o seguiu até a prancha de embarque e notou que Robillard estava o observando atentamente.

Voltando ao *Fada do Mar*, o bárbaro deu uma última olhada para a cena grotesca no navio mercante e marcou a imagem dos marinheiros mortos em sua consciência, para que pudesse evocá-la quando chegasse o momento da ação.

Ao mesmo tempo, ele tentou ao máximo reprimir as imagens de Delly e Colson, tentando se lembrar de quem era e de quem deveria ser.

Usando de bom senso e da magia de Robillard, o *Fada do Mar* havia chegado próximo o bastante do navio pirata para tê-lo em linha de visão logo após o amanhecer do dia seguinte. Parecia ser uma embarcação formidável, com três mastros, além de um convés superior protuberante e uma catapulta. Mesmo à distância, Deudermont conseguia ver vários tripulantes indo de um lado para o outro no convés principal, todos armados com arcos.

— Carling Badeen? — perguntou Robillard a Deudermont, indo até o lado dele na proa da escuna veloz.

— Pode ser — respondeu o capitão, se virando para observar seu amigo.

O *Fada do Mar* vinha caçando Carling Badeen, um dos piratas mais notáveis da Costa da Espada, de forma intermitente há anos. Aparentemente, finalmente conseguiram encontrar o malfeitor escorregadio. A reputação do navio de Badeen era a de que ele era grande, mas lento, e muito bem armado e protegido, com uma tripulação especializada de arqueiros e dois magos notáveis. O próprio pirata Badeen era conhecido por ser um dos mais sanguinários da sua laia, e a cena horrenda no navio mercante se encaixava com o padrão de Badeen.

— Se for ele, temos que ser impecáveis, ou corremos o risco de perder muitos tripulantes — comentou Robillard.

Deudermont, observando com sua luneta, não discordou.

— Um erro como um dos vários que temos cometido ultimamente pode custar a vida de muitos membros da nossa tripulação — pressionou o mago.

Deudermont abaixou a luneta e observou seu amigo enigmático, então acompanhou o raciocínio de Robillard, além de seu olhar discreto, até Wulfgar, na balaustrada a estibordo, a meia-nau.

— Já falei com ele sobre seus erros — lembrou Deudermont.

— Erros que ele já entendia racionalmente que estava cometendo enquanto os cometia — rebateu Robillard. — Nosso amigo grandalhão não é controlado pela lógica em situações assim, mas pela emoção, pelo medo e pela fúria. Você apela à mente racional dele quando explica o que ele fez de errado, e, a nível racional, ele entende. Mas, assim que a batalha começa, todo aquele nível de progresso lógico é substituído por uma coisa muito mais primordial e incontrolável.

Deudermont ouviu a tudo com cuidado, embora de forma um tanto defensiva. Ainda assim, apesar de ter esperanças do contrário, não era possível negar o raciocínio de seu amigo mago. Ele também não poderia ignorar as consequências que o resto de sua tripulação sofreria caso Wulfgar agisse de forma irracional, interrompendo o método de Robillard entrar em batalha. Afinal, o navio de Badeen levava consigo dois magos e um número grande de arqueiros perigosos.

— Vamos vencer a luta navegando em círculos ao redor deles — continuou Robillard. — Temos que ser rápidos e focar no contra-ataque, além de reforçar as curvas.

Deudermont assentiu, porque o *Fada do Mar* realmente costumava utilizar sua agilidade como principal arma contra os navios maiores, frequentemente lançando uma saraivada vinda da lateral do *Fada do Mar* contra a popa dos navios piratas para devastar o convés inimigo com seus arqueiros. As palavras de Robillard pareciam bastante óbvias.

— Reforçar as curvas — repetiu o mago, e Deudermont entendeu o que o mago queria dizer.

— Você quer que eu coloque Wulfgar na tripulação de leme.

— Eu quero que você faça o melhor para garantir a segurança de cada um a bordo do *Fada do Mar* — respondeu Robillard. — Nós sabemos derrotar um navio destes, capitão. Só peço para que nos deixe fazer isso do jeito que sempre praticamos, sem inserir uma variável perigosa. Não vou negar que nosso Wulfgar é um guerreiro poderoso, mas, ao contrário dos amigos dele, que já viajaram conosco, ele é imprevisível.

Robillard fez menção de continuar, mas Deudermont fez sinal para que silenciasse, levantando a mão e assentindo, admitindo sua derrota no debate. Wulfgar havia mesmo agido de forma perigosa em encontros anteriores, e, agir assim novamente, contra um pirata tão formidável, só poderia acabar em um desastre.

E será que Deudermont estava disposto a arriscar tudo em nome do ego de seu amigo?

Ele olhou mais uma vez para Wulfgar, para o homem imenso de pé apoiado na balaustrada e olhando com atenção para a presa com os punhos cerrados e os olhos azuis ardendo com sua chama interior.

Wulfgar relutantemente desceu ao porão do navio — especialmente ao perceber que, na verdade, ele preferia estar lá. Ele vira Deudermont se aproximar, vindo de onde estava Robillard, mas ainda assim ficou surpreso quando recebera a instrução de descer ao porão na popa onde a tripulação do leme trabalhava. Normalmente, o leme do *Fada do Mar* era conduzido pelo timão acima, mas, quando uma batalha se iniciava, o navegador que operava o timão simplesmente transmitia suas ordens à tripulação no porão, que movia o leme de forma mais vigorosa e confiável.

Wulfgar jamais havia operado um leme manualmente antes, e não acreditava que aquele lugar era o melhor para aplicar suas habilidades.

— Cara feia — disse Grimsley, o chefe da tripulação de leme. — Era para você ficar feliz de ficar longe do pessoal da magia e dos arcos.

Wulfgar mal respondeu, apenas entrou e pegou a cana pesada.

— Acho que ele te botou aqui porque você é forte — continuou Grimsley, e Wulfgar percebeu que o marinheiro grisalho estava tentando proteger seus sentimentos.

O bárbaro sabia que não era o caso. Se Deudermont realmente quisesse que Wulfgar usasse sua força para conduzir o navio, ele iria operar o massame nas manobras durante o bordejo no convés. Muitos anos antes, no *Fada do Mar*, Wulfgar havia, de forma brilhante e poderosa, virado o navio, tirando sua proa de onde estava sob a água, em uma manobra aparentemente impossível, o que havia salvado o dia.

Mas agora, ao que parecia, Deudermont não confiava nele nem mesmo para esta tarefa, e sequer o permitiria ver a batalha.

Wulfgar não gostou nem um pouco disso, mas o navio pertencia a Deudermont, ele fez questão de lembrar. Não cabia a ele questionar o capitão, especialmente com uma batalha se aproximando.

Os primeiros gritos de alarme soaram pouco depois. Wulfgar ouviu a explosão de uma bola de fogo por perto.

— Marca três da esquerda! — gritou Grimsley.

Wulfgar e o outro homem operando a cana do leme puxaram com força, alinhando a ponta da alavanca com a terceira marca na parede à esquerda da marca central.

— Volta para a um da esquerda! — bradou Grimsley.

A dupla seguiu as instruções, e o *Fada do Mar* aumentou o ângulo de uma curva até então íngreme.

Wulfgar ouviu a gritaria lá em cima, os sons das cordas dos arcos, da catapulta e das explosões mágicas. Esses sons agrediam o âmago da identidade do nobre bárbaro.

Nobre?

Como Wulfgar sequer poderia se chamar de guerreiro quando não confiavam nele para entrar em combate, quando não podia fazer aquilo que treinou a vida inteira para fazer? Quem, então, era ele quando seus companheiros — pessoas com bem menos força e habilidade — estavam lutando logo acima dele, enquanto ele fazia um trabalho apenas braçal?

Com um rosnado, Wulfgar obedeceu ao próximo comando de "direita, dois!" e então deu um puxão forte quando Grimsley, em resposta aos berros frenéticos acima, pediu uma curva dramática para a esquerda, a mais fechada que o *Fada do Mar* conseguisse fazer.

A boca e o leme fizeram um barulho em protesto quando Wulfgar forçou a alavanca até a extrema esquerda, e o *Fada do Mar* se inclinou de forma tão violenta que o homem que estava puxando a cana atrás de Wulfgar perdeu o equilíbrio.

— Calma aí! — gritou Grimsley para o bárbaro. — Não é para jogar a tripulação no mar, seu idiota!

Wulfgar diminuiu o impulso e aceitou o puxão de orelha merecido. Além disso, ele mal estava ouvindo ao que Grimsley dizia além dos comandos específicos que o velho marinheiro bradava. Sua atenção estava mais voltada para o som da batalha acima, os gritos de guerra e os gritos de dor, junto às explosões contínuas das magias e da catapulta.

Havia outras pessoas lá em cima, em perigo, no lugar dele.

— Ah, não tem porque se preocupar — comentou Grimsley, sem dúvidas percebendo a expressão azeda no rosto de Wulfgar —, Deudermont e o pessoal vão ganhar. Sem sombra de dúvida!

De fato, Wulfgar não duvidava nem um pouco da vitória. Capitão Deudermont e sua tripulação sempre teve sucesso nas batalhas, desde antes de sua chegada. Mas não era isso que fraturava a alma de Wulfgar. Ele sabia qual era seu lugar, e não era ali, mas, graças à fraqueza de seu próprio coração, este era o único lugar em que Capitão Deudermont poderia deixá-lo.

Acima dele, as bolas de fogo continuavam explodindo e os relâmpagos continuavam crepitando, os arcos continuavam ressoando e as catapultas continuavam lançando seus projéteis flamejantes. A batalha continuou por quase uma hora, e, quando Grimsley repassou o comando de que poderiam reconectar o leme ao timão, o homem que estava trabalhando junto a Wulfgar correu ansioso para o convés na intenção de avaliar a vitória, logo depois de Grimsley.

Wulfgar ficou sozinho no porão da popa, sentado contra a parede, envergonhado demais para aparecer lá em cima, e com medo demais de que alguém tenha morrido em seu lugar.

Ele ouviu alguém na escada pouco tempo depois, e foi pego de surpresa quando viu que era Robillard quem estava descendo, com as vestes azuis escuras levantadas para que não se atrapalhasse no trajeto.

O leme já voltou ao controle — disse o mago. — Não acha que você seria mais útil tentando recuperar o que puder do navio pirata?

Wulfgar o encarou com firmeza. Mesmo sentado, o bárbaro parecia maior que o mago. Ele pesava três vezes o peso do homem, com braços mais grossos que as pernas finas de Robillard. Ao que parecia, Wulfgar conseguiria quebrar o homem em pedacinhos sem sequer se esforçar.

Se Robillard se sentia intimidado pelo bárbaro, ele jamais demonstrou.

— Você fez isso comigo — comentou Wulfgar.

— Fiz o quê?

— Suas palavras me puseram aqui, não as do Capitão Deudermont — explicou Wulfgar. — Foi você.

— Não, caro Wulfgar — respondeu Robillard de forma maliciosa. — Foi você.

Wulfgar elevou o queixo, mantendo seu olhar de forma desafiadora.

— Frente a uma batalha potencialmente difícil, o Capitão Deudermont não teve escolha a não ser delegá-lo para cá — explicou satisfeito o mago. — Sua própria insolência e individualismo exigiram que ele fizesse isso. Você acha que ele iria arriscar perder tripulantes só para satisfazer sua fúria e seu ego?

Wulfgar fez um impulso para a frente e se ergueu em um agachamento, como se planejasse saltar e estrangular o mago.

— Afinal, o que, além de um ego imenso, a não ser que seja uma burrice insuperável, poderia ter guiado suas ações nas últimas batalhas? — continuou Robillard, nada impressionado, nem nervoso. — Somos uma equipe bem disciplinada, cada um com um papel a seguir. Quando alguém não segue esse papel, nosso grupo como um todo fica mais fraco, trabalhando apesar do outro em vez de ser em uníssono. Isso não podemos tolerar. Nem vindo de você, nem de ninguém. Então me poupe de seus insultos, suas acusações e suas ameaças vazias, ou você pode acabar tendo que nadar.

Os olhos de Wulfgar se arregalaram, traindo sua postura e encarada intencionalmente estoicos.

— E eu garanto, estamos bem longe de terra — terminou Robillard antes de voltar a subir a escada. Ele fez uma pausa na metade para olhar para Wulfgar e acrescentar: — Se não gostou da batalha de hoje, talvez seja uma boa ideia ficar para trás quando aportarmos em Águas Profundas.

— É, talvez seja melhor — continuou Robillard após fazer uma pausa, assumindo uma postura pensativa. — Volte para a terra, Wulfgar. Seu lugar não é aqui.

O mago foi embora, mas Wulfgar não foi atrás dele. Em vez disso, o bárbaro se deixou cair contra a parede mais uma vez, escorregando até voltar a cair sentado, pensando em quem já fora um dia, em quem ele era agora — uma verdade terrível que ele não desejava contemplar.

Ele não conseguia sequer começar a olhar em frente, em cogitar quem ele desejaria ser.

Capítulo 9

Caminhos que se cruzam... ou quase

LE'LORINEL ANDAVA SILENCIOSAMENTE PELA RUA Dollemand em Luskan, com seus passos traindo sua ansiedade e sua avidez. Seu destino era um apartamento onde se encontraria com uma representante de Sheila Kree. Tudo parecia estar tomando forma, o caminho para Drizzt Do'Urden, o caminho para a justiça.

De repente, parou e deu meia-volta quando viu duas pessoas cobertas por capas saírem de um beco. Com as mãos indo na direção da espada e da adaga, Le'lorinel precisou fazer uma pausa e respirar fundo ao notar que os dois não eram uma ameaça. Eles nem prestaram atenção ao risco em potencial, e simplesmente continuaram a descer a rua na direção oposta.

— Ansiedade demais — Le'lorinel se repreendeu em voz baixa, devolvendo a espada e a adaga a suas respectivas bainhas.

Dando uma última olhada na direção da dupla que se afastava, o ser mascarado riu e voltou a ir na direção do apartamento, recomeçando sua marcha pela estrada em direção a Drizzt Do'Urden.

Seguindo na outra direção da Rua Dollemand, Drizzt e Cattibrie sequer perceberam quando Le'lorinel girou na direção deles, quando achou que seriam uma ameaça. Se Drizzt não estivesse vestindo o capuz de sua capa, sua espessa cabeleira branca o teria marcado como o alvo de sua vingança.

Os passos de ambos eram igualmente ávidos, os levando até uma reunião com Morik, o Renegado, que deveria ter notícias de Wulfgar. Eles o encontraram no lugar indicado, uma mesa de canto na Cutelo. Ele sorriu ao vê-los chegar e levantou sua caneca de cerveja em um brinde para saudá-los.

— Conseguiu a informação? — perguntou Cattibrie enquanto se sentava ao lado dele.

— O máximo que deu — respondeu Morik. O sorriso dele diminuiu e ele pôs a bolsa de moedas que recebera na mesa. — Acho que vocês vão querer pegar um pouco disso aqui de volta — admitiu o fora-da-lei enquanto a empurrava na direção dos dois.

— Vamos ver primeiro — respondeu Drizzt, empurrando a bolsa de volta.

Morik deu de ombros, mas não a pegou.

— Não tem muito o que descobrir sobre Sheila Kree — começou. — Vou ser honesto aqui e admitir que não gosto muito nem de perguntar sobre ela. As únicas pessoas que sabem mesmo alguma coisa são suas várias comandantes, todas mulheres, nenhuma muito fã de homens. Homens que fazem perguntas demais sobre Kree acabam mortos ou fugindo, e não quero acabar de nenhum desses jeitos.

— Mas você disse que descobriu alguma coisa — instigou Cattibrie.

Morik assentiu e deu um longo gole em sua cerveja.

— Existem boatos de que ela tem como base um porto secreto só dela em algum lugar ao norte de Luskan, provavelmente em alguma das várias baías perto do final da Espinha do Mundo. E faz sentido, já que ultimamente ela quase não tem aparecido por Luskan e ninguém nunca ficou sabendo nada sobre ela navegar no sul. Acho que nunca nem viram o navio dela em Águas Profundas.

Drizzt olhou para Cattibrie, e os dois concordaram em silêncio. Ambos passaram um bom tempo caçando piratas com Deudermont e nenhum jamais ouvira falar de Sheila Kree.

— Qual é o nome do navio dela? — perguntou Cattibrie.

— *Quilha Sangrenta* — respondeu Morik. — É um nome apropriado. Ela gosta muito da passagem pela quilha para se livrar de suas vítimas. — Ele estremeceu visivelmente e tomou outro gole. — E é tudo o que eu sei — terminou ele, empurrando mais uma vez a bolsa de moedas na direção de Drizzt.

— E é mais do que eu esperava — rebateu o drow, a empurrando mais uma vez. Desta vez, após uma pausa rápida e um olhar de confirmação, Morik a pegou e guardou.

— Mais uma coisa — acrescentou o fora-da-lei quando ambos se levantaram. — Todos dizem que Sheila ultimamente não tem aparecido muito. Ela pode estar se escondendo por saber que Deudermont está atrás dela.

— Com a reputação dela e o martelo de Wulfgar, ela não iria tentar enfrentar o *Fada do Mar*?

Morik já estava rindo antes mesmo de ela terminar a pergunta.

— Kree não é burra, e tem que ser muito burro para querer ir atrás do *Fada do Mar* em mar aberto. O *Fada do Mar* só tem um motivo para estar ali, e a tripulação é boa no que faz. Kree pode ter o martelo, mas Deudermont tem Robillard, e ele é terrível! E Deudermont também tem Wulfgar. Não, Kree decidiu ficar na dela, e é a decisão mais esperta que ela poderia tomar. Mas pode ser vantajoso para vocês.

Ele fez uma pausa para garantir que estavam prestando atenção — e eles certamente estavam.

— Kree conhece as águas do norte melhor do que ninguém — explicou Morik. — Com certeza, melhor que Deudermont, já que ele fica mais pelo sul. Se ela está mesmo escondida, não vai ser fácil para o capitão achar. Acho que o *Fada do Mar* ainda vai viajar muito antes de sequer verem o *Quilha Sangrenta*.

Mais uma vez, Drizzt e Cattibrie se entreolharam, curiosos.

— Então acho que é uma boa ideia ficarmos em Luskan se quisermos achar Wulfgar — sugeriu o drow.

— O *Fada do Mar* não fica mais em Luskan por muito tempo — interrompeu Morik. — O mago do navio não gosta muito da Torre Central do Arcano.

— E o Capitão Deudermont manchou a reputação dele também, não? — perguntou Cattibrie.

A expressão de Morik deixava clara sua surpresa.

— Deudermont e sua tripulação são os maiores caçadores de piratas que até os elfos mais velhos conseguem se lembrar — disse.

— No caso, ele manchou libertando você e Wulfgar — explicou Cattibrie, com um sorriso de lado. — Ouvimos falar que o que ele fez no Festival do Prisioneiro não deixou os juízes felizes.

— Um bando de idiotas — murmurou Morik. — Mas sim, a reputação de Deudermont foi abalada naquele dia. Um dia em que ele agiu em nome da justiça, e não da política. Ele teria se dado melhor se tivesse deixado eles nos matarem, mas…

— Em defesa dele, ele não deixou — Drizzt terminou por ele.

— Deudermont nunca gostou do festival — comentou Cattibrie.

— Então provavelmente o capitão achou um porto mais receptivo para o navio dele — continuou Morik. — Eu chuto Águas Profundas, já que é onde ele é mais conhecido, e onde dizem que tem uma casa bastante confortável.

Drizzt olhou para Cattibrie mais uma vez.

— Conseguimos chegar em uma semana — sugeriu, e Cattibrie assentiu, concordando.

— É um prazer, Morik, e obrigado por seu tempo — disse o drow. Ele fez uma reverência e se virou para sair.

— Te descrevem do mesmo jeito que descrevem paladinos, drow — comentou Morik, fazendo com que ambos se virassem na direção dele pela última uma vez. — Íntegro e beato. Não vai manchar a sua reputação se também for visto se misturando com gente da laia de Morik, o Renegado?

Drizzt sorriu de uma forma que conseguia ser gentil, humilde e mostrar o quanto a afirmação de Morik era ridícula, tudo ao mesmo tempo.

— Você era amigo de Wulfgar, pelo que ouvi. E Wulfgar é um dos meus melhores amigos.

— O Wulfgar que você conheceu, ou o que eu conheci? — perguntou Morik. — Talvez eles não sejam a mesma pessoa.

— Talvez sejam — respondeu Drizzt antes de fazer uma última reverência, assim como Cattibrie, e a dupla sair.

Le'lorinel entrou no quarto pequeno que ficava no fundo da taverna de forma hesitante, com as mãos na espada e na adaga. Uma mulher — a representante de Sheila Kree, pelo que Le'lorinel imaginava — estava sentada do outro lado do cômodo, não atrás de uma escrivaninha, mas contra a parede, com o espaço aberto à sua frente. Ao lado dela estavam dois guardas, seres brutos que Le'lorinel supôs ter mais do que sangue humano em suas veias — orc, ou talvez até ogro.

— Pode entrar — disse a mulher de forma amigável e casual. Ela levantou as mãos para mostrar que não estava armada. — Você pediu uma reunião, e conseguiu.

Le'lorinel relaxou, ainda que só um pouco, tirando uma das mãos do punho de sua arma. Um olhar para os lados mostrou que ninguém estava escondido no quarto pequeno e com pouca mobília, então deu um passo largo à frente.

O soco veio do nada, um golpe pesado que acertou o ser mascarado de surpresa na lateral da mandíbula.

Apenas a parede do outro lado evitou que, mal conseguindo continuar de pé, caísse no chão. Le'lorinel então se firmou contra as ondas de tontura e desorientação, tentando encontrar um ponto de equilíbrio.

O terceiro guarda, o maior dos três, apareceu, com sua magia de invisibilidade se desfazendo com o ataque. Com um sorriso cruel, mostrando os dentes amarelados e tortos, o brutamontes deu outro soco forte, desta vez direto nos pulmões da vítima paralisada, que ficou sem ar.

Le'lorinel levou as mãos na direção da espada e da adaga, mas o terceiro soco, de baixo para cima, acertou seu queixo, fazendo com que saísse do chão. A última coisa que Le'lorinel viu foi os outros dois se aproximando, um deles com correntes enroladas no punho.

Um golpe de baixo para cima acertou a lateral da sua cabeça, fazendo com que visse estrelas.

Tudo escureceu.

— A informação não é um preço tão alto — disse Val-Doussen de forma dramática, como tudo o que dizia, balançando os braços para fazer suas mangas volumosas parecerem mais as asas de um corvo. — É pedir demais?

Drizzt abaixou a cabeça e passou os dedos por seu cabelo branco, olhando discretamente para Cattibrie. Os dois foram até a Torre Central do Arcano, a guilda de magos de Luskan, em busca de um mago a caminho de Dez-Burgos que pudesse entregar uma mensagem a Bruenor. Eles sabiam que o anão estava terrivelmente preocupado, e as coisas que descobriram sobre Wulfgar, embora não confirmassem que ele ainda estava vivo, certamente traziam uma perspectiva positiva.

Indicaram a eles que fossem até este ser excêntrico de vestes negras, Val-Doussen, que estava há várias semanas planejando uma viagem a Vale do Vento Gélido. Eles não achavam que o pedido que fizeram ao mago era algo extraordinário, ainda que estivessem prontos para pagá-lo, se necessário, mas então o mago de cabelos e barbas brancas havia se interessado bastante em Drizzt, especialmente em suas origens.

Ele passaria a informação a Bruenor, conforme pedido, mas apenas se Drizzt oferecesse um relato completo sobre a sociedade drow em Mezoberranzan.

— Não tenho tempo para isso. Estou indo para o sul, para Águas Profundas.

— Se nosso amigo mago aqui pudesse nos levar de uma vez para Águas Profundas... — acrescentou Cattibrie após um momento de inspiração súbita quando Val-Doussen começou a puxar a própria barba em um gesto nervoso.

Do outro lado da sala, o outro mago do local, um dos líderes da Guilda, chamado Cannabere, começou a sacudir os braços de forma frenética, tentando afastar a sugestão com uma expressão de mais pura preocupação em suas feições enrugadas.

— Bom... — disse Val-Doussen, aceitando a sugestão de Cattibrie. — Sim, seria necessário um pouco de esforço, mas é possível. Por um preço, é claro, e um bastante alto. Sim, deixe eu pensar... Eu os levo a Águas Profundas em troca de duas mil moedas de ouro e dois dias de histórias sobre Menzoberranzan. Sim, acho que vai servir. E, é claro, irei até Dez-Burgos, como planejado, e falarei com Bruenor, mas por mais um dia de histórias sobre os drow.

Ele olhou para Drizzt com os olhos brilhando de avidez, mas o drow só sacudiu a cabeça.

— Não tenho nenhuma história — comentou Drizzt. — Fui embora antes de saber muito sobre lá. Na verdade, creio que muitos outros, incluindo você, sabem mais sobre Menzoberranzan do que eu.

A expressão de Val-Doussen se transformou em um bico.

— Então um dia de histórias e levo sua carta até Bruenor.

— Nada de histórias sobre Menzoberranzan — respondeu Drizzt com firmeza. Ele pôs uma mão sob as dobras de sua capa e pegou a carta que havia preparado para Bruenor. — Eu pago vinte moedas de ouro, e é um valor imenso para um favor tão pequeno, para você entregar essa carta a um conselheiro em Bryn Shander, para onde você já ia, com o pedido de que a entregue a Regis de Bosque Solitário.

— Um favor pequeno? — ecoou Val-Doussen de forma, mais uma vez, dramática.

— Já passamos mais tempo debatendo o assunto do que você passaria atendendo ao meu pedido.

— Eu vou ouvir minhas histórias! — insistiu o mago.

— Da boca de outra pessoa — respondeu Drizzt. Ele se levantou para ir embora, com Cattibrie o seguindo.

Os dois quase chegaram à porta quando Cannabere gritou.

— Ele aceita!

Drizzt se virou e olhou para o mestre da guilda, então para Val-Doussen, que estava praticamente bufando.

Cannabere também olhou para o mago aflito, então assentiu na direção de Drizzt. Com um suspiro profundo, Val-Doussen pegou a carta. Quando ele estendeu a mão para receber o pagamento, Cannabere acrescentou.

— Como um favor para você, Drizzt Do'Urden, e com nosso agradecimento pelo seu trabalho com o *Fada do Mar*.

Val-Doussen resmungou mais uma vez, mas levantou a mão que segurava a carta e se afastou.

— Talvez eu conte uma ou outra história quando nos reencontrarmos — disse Drizzt para acalmá-lo enquanto o mago saía a passos largos da sala.

O drow só olhou para o mestre da guilda, que apenas fez uma reverência educada, e então saiu junto a Cattibrie, na direção do portão sul de Luskan e da estrada que levava a Águas Profundas.

Cordas apertadas se afundavam nos pulsos de Le'lorinel, agora em uma cadeira alta e dura. Uma faixa de couro estava enrolada em seu pescoço, mantendo sua cabeça, que forçava uma careta, presa no mesmo lugar.

Um dos olhos não se abria por completo, inchado pela surra, e os dois ombros doíam e estavam cobertos de hematomas, já que não estava mais usando uma túnica — não estava mais usando muitas roupas, na verdade.

À medida que seus olhos se ajustavam, Le'lorinel viu que os mesmos quatro — os três guardas brutos e a mulher de cabelo castanho e estatura mediana — continuavam no local. Os guardas estavam ao lado, com a mulher logo à sua frente, encarando Le'lorinel com intensidade.

— Minha chefe não gosta que as pessoas saiam perguntando sobre ela — comentou a mulher, observando o corpo torneado de Le'lorinel.

— Então sua chefe não sabe a diferença entre quem quer se aliar a ela e quem quer arrumar problema — respondeu Le'lorinel, nunca recuando diante de um desafio.

— Algumas coisas são difíceis de se diferenciar — concordou a mulher, sorrindo em meio a sua observação.

Le'lorinel deu uma risada de desdém, e a mulher assentiu para alguém ao lado. Um dos guardas se aproximou em um instante, respondendo à risada com um tapa doloroso.

— Sua atitude ainda vai te matar — afirmou calmamente a mulher.

Agora era a vez de Le'lorinel a encarar com fúria.

— Você revirou Luskan inteira fazendo perguntas sobre Sheila Kree — continuou a mulher por alguns instantes. — Por quê? Está com alguma autoridade? Talvez com aquele maldito Deudermont?

— Não estou com ninguém, nem conheço ninguém a oeste de Lua Argêntea — respondeu Le'lorinel de forma igualmente calma.

— Mas sabe o nome de um contato que você só saiu espalhando para todo mundo sem um pingo de cuidado.

— Não todo mundo — veio a resposta. — Só falei de Kree para um grupo, e só porque achei que me levariam até ela.

— *Sheila* Kree — corrigiu a mulher.

Le'lorinel não respondeu em voz alta, mas assentiu de forma sutil e cortês.

— Então você deveria explicar, aqui e agora, e é bom escolher suas palavras com cuidado — explicou a mulher. — Por que você está atrás da minha chefe?

— Por instruções de um vidente — admitiu Le'lorinel. — Foi ele quem me entregou a imagem.

Ao ouvir o fim da explicação, a mulher levantou o pergaminho com o símbolo de Presa de Égide, o símbolo que havia se tornado a marca do bando de piratas de Sheila Kree.

— Vim atrás de outro inimigo, um muito poderoso, e alguém que irá atrás de Kr... Sheila Kree — explicou. — Não sei onde nem quando, mas, pelo que o vidente disse, vou conseguir cumprir minha missão de lutar contra este oponente quando estivar ao lado de Sheila Kree, se for ela mesmo que tem a arma com a insígnia no pergaminho.

— Um inimigo perigoso? — perguntou ela de forma estuda. — Capitão Deudermont, talvez?

— Drizzt Do'Urden. — A resposta foi instantânea, já que Le'lorinel não via motivo algum para esconder seu objetivo, especialmente porque qualquer palavra mal pensada poderia ser um desastre tanto para sua missão quanto para sua sobrevivência. — Um drow, e amigo do antigo dono da arma.

— Um drow? — perguntou ela de forma cética, não parecendo reconhecer o nome.

— Exatamente — respondeu Le'lorinel, bufando. — Herói das terras do norte. Amado por muitos em Vale do Vento Gélido, além de outros lugares.

A expressão da mulher deixou clara sua curiosidade, como se ela talvez tivesse ouvido falar do drow, mas apenas deu de ombros.

— E ele está atrás de Sheila Kree? — perguntou.

Era a vez de Le'lorinel dar de ombros — se fosse possível com tantas cordas apertadas.

— Só sei o que ouvi do vidente e viajei centenas de quilômetros para tornar a visão possível. Minha intenção é matar aquele drow.

— E o que tudo isso tem a ver com minha chefe? — perguntou a mulher. — Ela é só um peão na sua missão?

— Ela... A casa dela, fortaleza, navio, ou seja lá onde ela fica, é sim apenas meu destino — admitiu. — No momento, não tenho relação alguma com sua capitã. Se isso vai ou não mudar provavelmente depende dela, já que... — A frase foi interrompida por um olhar para as próprias amarras.

Ela passou um bom tempo pensando na história estranha que havia acabado de ouvir, então assentiu mais uma vez para seus guardas, em um sinal sutil, mas claro.

Le'lorinel viu um deles se aproximar sacando uma longa faca serrilhada, e achou que este era seu fim, mas, em vez disso, se viu livre quanto o brutamontes cortou suas amarras. Outro dos guardas saiu das sombras do outro lado do cômodo, com as roupas e pertences de Le'lorinel, exceto pelas armas e pelo anel encantado.

Tentando ignorar as caretas de decepção dos três brutamontes, Le'lorinel olhou para a mulher e viu que ela usava o anel, aquele anel do qual precisava desesperadamente para derrotar Drizzt Do'Urden.

— Podem devolver as armas também — instruiu a mulher aos guardas, que pararam e olharam para ela de forma incrédula, ou talvez apenas estúpida.

— O caminho até Sheila Kree é repleto de perigos — explicou. — Você provavelmente vai precisar de suas armas. Não me decepcione em sua jornada, e talvez você viva o suficiente para contar sua história a Sheila Kree, mas, se ela vai ouvir ou só te matar porque sim, só o futuro dirá.

Le'lorinel, percebendo que o que viesse seria lucro, pegou as roupas e se vestiu, se esforçando ao máximo para não correr, se esforçando ao máximo para mostrar sua indignação para com os guardas o tempo todo.

E, em pouco tempo, os cinco estavam na estrada, saindo pelo portão norte de Luskan.

Capítulo 10

Maldito inverno

— De Drizzt — explicou Cassius, entregando o pergaminho para Regis. — Entregue por um sujeito nada agradável vindo de Luskan. Segundo ele, um mago de grande importância.

Regis pegou a carta enrolada e desfez o laço que a prendia.

— Acho que vai gostar do que está aí — comentou Cassius.

O halfling olhou de forma cética para ele.

— Você leu?

— O mago de Luskan, Val-Doussen, aquele autoproclamado de grande intelecto, se esqueceu o nome de quem deveria receber a carta — explicou Cassius de forma mal-humorada. — Então, sim, eu dei uma olhada, e ao que parece, ela era endereçada ou a você ou a Bruenor Martelo de Batalha. Ou aos dois.

Regis assentiu, como se estivesse satisfeito, embora imaginasse que Cassius poderia ter adivinhado sem ler a carta. A quem mais Drizzt e Cattibrie enviaria mensagens? O halfling resolveu deixar para lá, mais preocupado com o que estava escrito. Ele abriu a carta, correndo os olhos por ela.

Um sorriso cobriu seu rosto.

— Talvez o bárbaro esteja vivo — comentou Cassius.

— É o que parece — disse o halfling. — Ou, pelo menos, a marca na mulher não tem relação com isso.

Cassius assentiu, mas Regis não deixou passar a forma como a expressão de Cassius havia ficado um tanto sombria.

— O que foi? — perguntou Regis.

— Nada.

— Não parece ser nada — rebateu Regis, pensando no que havia dito antes da expressão de Cassius se fechar. — A mulher — raciocinou ele. — Como está ela?

— Ela se foi — admitiu Cassius.

— Ela morreu?!

— Fugiu — corrigiu o ancião. — Tem uma semana. O Conselheiro Targos fez com que servisse em um navio de pesca, um diferente do navio dos outros rufiões, porque ele sabia que ela era de longe a mais perigosa do grupo. Ela saltou do convés assim que o navio zarpou.

— Então ela morreu. Morreu congelada em Maer Dualdon — raciocinou Regis, porque ele conhecia bem o lago e sabia ser impossível alguém sobreviver naquelas águas por muito tempo no meio do verão, e com certeza por muito menos tempo naquela época do ano.

— Foi o que a tripulação imaginou — disse Cassius. — Mas devia ter alguma magia nela, porque a viram sair da água logo além dos canais a oeste de Targos.

— Então está morta de hipotermia perto da margem sul do lago — disse o halfling — ou perdida e quase morta perto das margens.

Cassius estava sacudindo a cabeça em negativa durante toda a fala.

— Jule Pimenta é bem esperta, ao que parece — disse. — Ela não está em lugar nenhum, e algumas roupas foram roubadas em uma fazenda a oeste da cidade. Ela deve estar na estrada, saindo de Vale do Vento Gélido, e já foi tarde, na verdade.

Regis não pensava da mesma forma. Ele se perguntou se Jule Pimenta seria uma ameaça a seus amigos. Jule sabia sobre Drizzt, obviamente, e era possível ter guardado algum rancor contra ele. Se ela estivesse voltando ao seu antigo bando, talvez ela e o drow pudessem se reencontrar.

Regis se forçou a se acalmar, lembrando que as pessoas com quem ele estava preocupado eram Drizzt e Cattibrie. Se Jule Pimenta se reencontrasse com os dois, seria ruim para ela, concluiu, e sua preocupação sumiu.

— Preciso encontrar Bruenor — disse ele a Cassius. Regis segurou firme o pergaminho e saiu da casa do conselheiro, correndo por toda a

Bryn Shander na esperança de alcançar uma caravana de mercadores que ele sabia que iria na direção das minas anãs naquela manhã.

Ele deu sorte, e conseguiu convencê-los a dar-lhe uma carona em uma carroça cheia de sacos de grãos. O halfling dormiu praticamente a viagem inteira.

Bruenor estava de péssimo humor quando Regis finalmente o encontrou, mais tarde naquela noite, o que havia se tornado algo comum desde que Drizzt e Cattibrie saíram de Dez-Burgos.

— Essa pedra é fraca! — berrou o anão de barba ruiva para dois jovens mineradores, com os rostos e pescoços cobertos de poeira. Bruenor levantou uma das amostras das pedras do carrinho deles e a esmagou com uma de suas mãos. — Vocês acham que alguém consegue achar metal que vale alguma coisa aí? — perguntou ele, incrédulo.

— Não é fácil cavar ali — comentou um dos anões mais jovens, com sua barba negra mal chegando à metade de seu pescoço. — É lá no buraco mais fundo, tivemos que nos pendurar de cabeça para baixo...

— Ah, vocês estão me confundindo com alguma outra pessoa que liga para essa choradeira de vocês! — bradou Bruenor. O rei anão cerrou os punhos e rosnou, tremendo, como se fosse a única forma de colocar toda a sua fúria para fora.

— Meu rei! — exclamou o anão de barba negra. — Vamos arrumar umas pedras melhores!

— Ah! — Bruenor bufou com desdém.

Ele se virou e se chocou com força contra o carrinho cheio, o virando. Como se a explosão de raiva finalmente houvesse esgotado, Bruenor ficou parado ali, olhando para o carrinho virado e as pedras espalhadas pelo corredor, com as mãos nos quadris. Ele fechou os olhos.

— Vocês não precisam voltar — desse ele, agora de forma calma, à dupla. — Vão se limpar e comer alguma coisa. Não tem nada errado com a maior parte das coisas aqui, e a única coisa que precisa ficar mais forte por aqui é o rei de vocês, pelo visto.

— Sim, meu rei — disseram ambos os anões em uníssono.

Regis surgiu então do outro lado e cumprimentou os dois, que já estavam saindo em uma corrida lenta e murmurando entre si, com um balançar de cabeça.

O halfling foi até Bruenor e pousou uma mão em seu ombro. O rei anão deu um pulo com o susto, se virando com a fúria evidente em seu rosto.

— Não faz isso! — berrou ele, mesmo se acalmando um pouco após ver que era apenas Regis. — Você não devia estar em uma reunião do conselho?

— Eles sobrevivem sem mim — respondeu o halfling, conseguindo sorrir. — Achei que você precisava mais de mim que eles.

Bruenor olhou curioso para ele, então Regis se virou, fazendo com que Bruenor acompanhasse seu olhar até o corredor, onde ainda era possível ver a dupla saindo.

— Criminosos? — perguntou o halfling de forma sarcástica.

Bruenor chutou uma pedra, fazendo com que batesse em uma parede, mais uma vez parecendo furioso ao ponto de estar prestes a explodir. Assim que o anão voltou a olhar para seu amigo, Regis abriu um sorriso largo e mostrou a ele o pergaminho.

— Drizzt mandou — explicou.

Regis mal havia terminado de falar quando Bruenor, arrancou o pergaminho de sua mão e o abriu.

— Eles acharam meu garoto! — gritou Bruenor, mas ficou silêncio enquanto lia.

— Não, mas descobriram como Wulfgar se separou de Presa de Égide — acrescentou Regis imediatamente, afinal, este era a maior fonte do medo de que o bárbaro estivesse morto.

— E nós também vamos — declarou Bruenor.

— Vamos? — ecoou Regis. — Fazer o quê?

— Encontrar Drizzt e Cattibrie. Vamos achar meu garoto! — berrou o anão. Ele desceu o corredor, andando a toda velocidade. — Vamos sair ainda hoje, Pança Furada. É bom se arrumar logo.

— Mas… — Regis começou a responder. Ele gaguejou, tentando achar o melhor de uma série de argumentos, especialmente o fato de que o outono estava avançado demais para se sair de Dez-Burgos. A estação havia chegado há bastante tempo, e Vale do Vento Gélido não era um lugar conhecido por ter outonos longos, já que o inverno estava sempre ansioso para cobrir a região.

— Vai dar para chegar em Luskan, não tem por que se preocupar, Pança-Furada! — proclamou Bruenor.

— É melhor levar alguns anões junto — titubeou Regis, correndo para alcançá-lo. — Isso. Anões fortes que aguentem as neves do inverno, e que saibam lutar...

— Não precisa — garantiu Bruenor. — Você vai comigo e sei que não vai ignorar a oportunidade de ajudar a achar meu garoto.

Não foram tanto as palavras que Bruenor usou, mas mais a forma como ele as disse, uma declaração de um fato que não dava sinal algum de que ele poderia ouvir qualquer argumento contrário.

Regis soltou uma série de sons indecifráveis, então soltou um suspiro resignado.

— Todo os meus suprimentos para a estrada estão em Bosque Solitário — ele ainda conseguiu reclamar.

— E nas minhas cavernas também tem tudo que você vai precisar — explicou Bruenor. — Vamos passar por Bryn Shander para você pedir desculpas a Cassius, e ele vai cuidar da sua casa e das suas coisas.

— Vai muito — murmurou Regis em voz baixa, em um tom sarcástico, porque da última vez em que ele saiu da região, assim como em todas as outras vezes em que saía de Vale do Vento Gélido, não havia nada esperando por ele quando voltara. O povo de Dez-Burgos era bastante honesto, mas parecia um bando de carniceiros em relação a tirar o que pudesse de casas abandonadas, ainda que a ideia fosse de ficar abandonadas por pouco tempo.

E, de acordo com o previsto por Bruenor, ambos estavam na estrada naquela mesma noite, sob céu cristalino e vento frio, seguindo as luzes distantes na direção de Bryn Shander. Eles chegaram logo antes do nascer do sol, e, embora Regis tenha implorado ao anão que fosse paciente, Bruenor os levou diretamente até a casa de Cassius e bateu com força na porta, o chamando alto o suficiente para acordar não apenas Cassius, mas também grande parte da vizinhança.

Quando Cassius, ainda visivelmente sonolento, finalmente abriu a porta, o anão berrou.

— Você tem alguns segundos! — Depois disso, Bruenor empurrou Regis para dentro.

E quando o anão decidiu que o tempo necessário havia se passado, o anão entrou a toda velocidade, pegou o halfling pela nuca, disse um pedido de desculpas nada sincero para Cassius e puxou Regis porta afora. O pobre halfling foi praticamente arrastado pela cidade inteira até saírem pelo portão a oeste.

— Cassius me informou que os pescadores acham que teremos um vendaval — disse Regis por diversas vezes, mas, se Bruenor o ouvia, não demonstrava. — O vento e a chuva já vão ser difíceis o suficiente por si só, mas se vier neve e granizo junto...

— Só uma tempestade — disse Bruenor com uma risada zombeteira. — Não tem tempestade que me pare, Pança-Furada, nem que te pare.

— E os yetis também estão por aqui nessa época do ano — advertiu Regis.

— Que bom que deixo o machado afiado — rebateu Bruenor. — São uns bichos cabeça-dura.

A tempestade chegou naquela noite, com uma chuva gelada constante, os atingindo mais na horizontal do que na vertical, graças ao vento. Terrivelmente infeliz e encharcado, Regis não parou de reclamar por um segundo, mesmo sabendo que Bruenor não conseguiria ouvi-lo em meio ao barulho do vendaval. Pelo menos estavam a favor do vento, que os empurrava em direção ao destino em um ritmo mais acelerado, o que Bruenor fazia questão de apontar, sorrindo, com bastante frequência.

Mas Regis sabia o que viria, assim como o anão. A tempestade chegava do sudoeste, além das montanhas, uma direção bastante improvável e, normalmente, a mais agourenta. Em Vale do Vento Gélido, caso essas tempestades seguissem o curso esperado, eram chamadas de Noroesteiras. Se ela atravessasse o vale e chegasse ao mar, o vento noroeste gelado ficaria por ali, sobre o gelo flutuante, às vezes por dias a fio.

Ambos pararam em uma fazenda para passar a noite e foram recebidos, embora tenham recebido permissão apenas para dormir no celeiro com os animais, em vez de na casa em si. Próximo a uma pequena fogueira, nu e com as roupas secando em uma viga, Regis tentou mais uma vez apelar para o bom senso de Bruenor.

E logo percebeu que esse bom senso estava bem difícil de se achar.

— Noroesteira — explicou Regis. — Pode durar uma semana e ficar ainda mais fria.

— Ainda não é uma Noroesteira — respondeu o anão, já de mau-humor.

— Podemos esperar ela passar. Ficamos aqui, ou talvez vamos para Bremen. Mas atravessar o vale no meio dessa tempestade pode nos matar!

— Ah, é só uma chuvinha — resmungou Bruenor. Ele deu uma mordida bem dada no pedaço de carneiro que os anfitriões deram para eles. — Já vi piores. Até já brinquei em chuvas piores quando era criança no Salão de Mitral. Você tinha que ver como nevava nas montanhas de lá, Pança-Furada. Ficava o dobro da altura de um anão de uma vez só.

— E um quarto disso já é o suficiente para não podermos seguir caminho — respondeu Regis. — E aí vamos morrer congelados em algum lugar onde só os yetis vão nos achar.

— Há! — riu Bruenor. — Não tem neve que vai me impedir de achar meu garoto, ou eu sou um gnomo barbudo! Você pode ir embora se quiser, e nem vai ser difícil chegar em Targos, de lá eles te ajudam a travessar o lago até chegar em casa. Mas eu vou continuar assim que acordar, e não vou parar até chegar no portão de Luskan e a taverna de que o Drizzt falou, aquela tal Cutelo.

Regis tentou segurar a careta e assentiu.

— Não vou guardar rancor por causa do que você escolher — disse Bruenor. — Se você não aguenta, pode ir.

— Mas você vai continuar? — perguntou Regis.

— Até o fim.

O que Regis não aguentaria fazer, apesar do que seu bom senso gritava para ele, era abandonar seu amigo aos perigos da estrada. Quando Bruenor partiu no dia seguinte, Regis estava ao seu lado.

A única coisa que mudou nos dias seguintes foi que o vento havia passado a vir do noroeste em vez do sudoeste, fazendo a chuva bater direto nos rostos deles, o que os deixava muito mais infelizes e tornava o progresso deles consideravelmente mais lento. Bruenor não reclamou, sequer disse uma palavra, só se inclinou na direção do vendaval e continuou a andar.

E Regis seguiu com ele, de forma estoica, embora houvesse se posicionado logo atrás do anão, um pouco para a esquerda, usando o corpo largo de Bruenor para bloquear um pouco da chuva e do vento.

O anão de fato cedeu o suficiente para seguir uma rota um pouco mais voltada para o norte naquele dia, uma que os levaria a outra fazenda, com pessoas já acostumadas a receber visitantes. Na verdade, quando o anão e o halfling chegaram, se encontraram com outro grupo que havia começado a seguir na direção de Luskan. Eles pararam dois dias antes, temendo que a lama fosse travar as rodas de suas carroças.

— Ainda está cedo — explicou o condutor chefe para os dois. — O chão ainda não congelou, então não temos como atravessar.

— Parece que vamos passar o inverno em Bremen — resmungou outro membro do grupo.

— Já aconteceu antes e vai acontecer de novo — respondeu o condutor chefe. — Podemos levar vocês dois para Bremen, se quiserem.

— Não vamos para Bremen — explicou Bruenor entre mordidas na carne de carneiro que estava comendo. — Vamos para Luskan.

Todos os membros do outro grupo se entreolharam, incrédulos, e tanto Bruenor quanto Regis ouviram a palavra "Noroesteira" sendo murmurada mais de uma vez.

— Não estamos com carroça nenhuma, então não precisamos nos preocupar com elas ficando presas na lama — explicou Bruenor.

— É, a lama só vai chegar na metade das suas pernas curtas — disse outro, com uma risada que sumiu assim que viu a carranca ameaçadora de Bruenor.

O outro grupo, incluindo o condutor chefe, suplicou para que tivessem mais bom senso, mas foi Regis, não Bruenor, quem finalmente disse.

— Nos vemos na estrada. Próxima primavera. Vamos estar de volta quando estiverem saindo.

Isso fez Bruenor gargalhar alto e, naturalmente, antes do sol nascer no dia seguinte, antes de qualquer habitante da fazenda ou qualquer membro do outro grupo sequer abrir os olhos, o anão e o halfling estavam na estrada, abrindo caminho contra o vento frio. Eles sabiam que aquela era a última noite confortável que passariam em bastante tempo, sabiam que seria bastante difícil até mesmo conseguir algum tipo de abrigo onde fosse possível acender uma fogueira, sabiam que a lama funda os aguardava, provavelmente coberta por bastante neve.

Mas também sabiam que Drizzt e Cattibrie esperavam por eles, e talvez até Wulfgar.

Regis não reclamou uma única vez naquele terceiro dia, nem no quarto, nem no quinto, mesmo que não houvesse sobrado mais nenhuma roupa seca e a chuva agora viesse misturada a granizo e neve. Eles seguiram em frente, um atrás do outro, com a força bruta e determinação de Bruenor cavando uma trilha para Regis, mesmo com os pequenos pés do halfling afinando na lama e a cada passo e a neve chegando a sua cintura.

Na quinta noite, eles usaram neve para construir uma estrutura em forma de cúpula na intenção de usar como abrigo e Bruenor conseguiu acender uma fogueira, mas nenhum dos dois conseguia mais sentir os pés. Levando em conta o ritmo da neve, eles imaginavam que, quando acordassem, a neve estaria chegando à altura do chifre no elmo de Bruenor.

— Eu não devia ter te convencido a vir comigo — admitiu Bruenor de forma solene, no que era o mais próximo de uma admissão de derrota que Regis já ouvira do anão indomável. — Eu devia ter confiado em Drizzt e Cattibrie para trazerem meu garoto de volta na primavera.

— Mas já estamos quase fora do vale — respondeu Regis com o máximo de entusiasmo que conseguia reunir. E era verdade. Apesar do tempo, eles fizeram um bom progresso, e já conseguiam ver o Passo do Vento Gélido, ainda que estivesse a um dia de caminhada. — E a tempestade está afastando os yetis.

— E só porque essas desgraças são mais inteligentes que nós — resmungou Bruenor. Ele praticamente enfiou os dedos do pé na fogueira, tentando esquentá-los.

Ambos tiveram dificuldades para dormir naquela noite, temendo que o vento e a tempestade fizessem seu abrigo despencar sobre eles. Na verdade, quando Regis acordou na escuridão, tudo parecia perfeitamente imóvel — imóvel demais! Ele tinha certeza de que estava morto.

Eles se deixaram ficar ali pelo que pareceu dias, quando finalmente a neve sobre a cúpula começou a clarear, e até mesmo brilhar.

Regis suspirou de alívio, mas onde estava Bruenor? O halfling se reclinou, se apoiando nos cotovelos e olhando ao redor. Graças à luz, ainda que fraca, ele finalmente conseguiu distinguir o saco de dormir de Bruenor, jogado de qualquer jeito. Antes que pudesse sequer começar a questionar a cena, ele ouviu um alvoroço próximo ao túnel baixo que levava ao iglu e prendeu a respiração.

Era Bruenor, usando menos roupas que Regis o vira vestindo em dias.

— O sol nasceu — disse o anão com um sorriso aberto. — E a neve está derretendo rápido. É melhor arrumar tudo e sair o mais rápido possível, antes do teto derreter!

Eles não chegaram muito longe naquele dia, porque o tempo mais quente fazia a neve derreter depressa, deixando a lama quase intransponível. Pelo menos eles não estavam mais congelando, então não se desanimaram com o ritmo mais lento. Bruenor conseguiu encontrar um local seco para acamparem, fizeram uma boa refeição e tiveram uma noite inquietante repleta de uivos dos lobos e rosnados de yetis.

Mesmo assim, conseguiram dormir um pouco, embora, ao acordar, foi impossível não se perguntar se dormir havia sido uma boa ideia, porque, durante a noite, um lobo, pelos rastros, havia entrado no acampamento e acabado com boa parte de seus suprimentos.

Apesar da perda e da exaustão, os dois atravessaram o Passo de bom humor. Não havia neve ali, e o chão estava firme e seco. Eles montaram acampamento sob a proteção dos paredões de pedra naquela noite e se viram surpresos ao notar mais luzes em meio à escuridão. Havia algum tipo de acampamento acima da parede oeste do desfiladeiro.

— Vai ver o que é aquilo ali — pediu Bruenor a Regis.

Regis olhou para ele de forma cética.

— Você que é o furtivo aqui, não é? — insistiu Bruenor.

Com uma risada baixa e impotente, Regis se levantou da pedra onde estava sentado com sua comida, soltou uma série de arrotos e esfregou sua barriga cheia.

— Bote tudo isso para fora antes de tentar se esgueirar até nossos amigos lá em cima — aconselhou o anão.

Regis arrotou mais uma vez e deu tapinhas na barriga e, com um suspiro resignado que ele sempre parecia dar perto de Bruenor, se virou e sumiu na noite escura, deixando o anão sozinho para arrumar tudo após o jantar.

O cheiro de carne de veado sendo cozinhada enquanto se aproximava do acampamento, escalando uma face rochosa íngreme, fez o halfling admitir para si mesmo que talvez Bruenor estivesse certo ao mandá-lo até lá. Talvez fosse algum grupo de rangers dispostos a dividir o resultado da última caçada, ou um grupo de mercadores que saíra do vale antes deles e aceitaria contratá-los como guardas até chegarem a Luskan.

Dominado por suas fantasias de conforto e ansioso para comer um pouco daquela carne cheirosa, Regis quase saltou para fora do penhasco com um sorriso. A cautela o fez pensar duas vezes, e ainda bem que ele se interrompeu. Enquanto se levantava lentamente, subindo apenas o suficiente para enxergar o acampamento, ele viu que o grupo não era de rangers nem mercadores, mas sim orcs. Orcs grandes, malcheirosos, feios e cruéis. Orcs da montanha ferozes, vestindo peles de yetis, comendo as pernas do veado com abandono, esmagando osso e cartilagem, xingando uns aos outros e brigando por cada pedaço que arrancavam da carcaça no fogo.

Regis quase percebeu que perdera as forças nos braços tarde demais, mas conseguiu se segurar antes que caísse nove metros penhasco abaixo. Lentamente, fazendo de tudo para não gritar, fazendo de tudo para sequer respirar alto demais, ele desceu alguns centímetros.

No passado, isso seria o suficiente. Regis escalaria para baixo o mais rapidamente possível e informaria a Bruenor que ir até lá não os levaria a nada. Mas agora, apoiado na confiança que surgira com seus esforços na estrada nos últimos meses, em que fizera o possível para ter um papel relevante nos feitos heroicos de seus amigos, e ainda chateado com a forma com que era praticamente ignorado constantemente pelos outros quando falavam sobre os Companheiros do Salão, Regis decidiu que ainda não era hora de voltar. Longe disso.

O halfling pegaria um pouco de carne para ele e para Bruenor. Mas como?

Ainda escalando, o halfling chegou um pouco para o lado. Assim que saiu da área iluminada pela fogueira, ele tornou a olhar além da borda. Os orcs continuavam comendo, distraídos. Dois quase saíram no soco ao irem pegar o mesmo pedaço de carne, com o primeiro até tentando morder o braço do segundo.

Em meio ao tumulto que começou, Regis subiu mais uma vez até chegar à parte plana, ficando de barriga para baixo e se arrastando até atrás de uma pedra. Alguns instantes depois, quando outra briga começou, o halfling escolheu uma rota e foi se aproximando aos poucos.

— Pronto, agora eu consegui — articulou Regis em silêncio. — Eu vou morrer, com certeza. Ou pior, vão me prender e Bruenor vai acabar morrendo vindo atrás de mim!

A ideia dessa consequência em potencial abalou o pequeno halfling. O anão era um inimigo brutal, Regis sabia, e os orcs iam levar uma surra, mas eles eram grandes e durões, e ainda eram seis.

A imagem de seu amigo acabando morto quase foi o suficiente para o halfling dar meia-volta.

Quase.

Eventualmente, ele chegou tão perto que conseguia sentir o fedor dos brutamontes e principalmente perceber algumas características em particular neles. Como o fato de que um deles estava usando um bracelete de ouro um tanto caro, com um fecho que Regis sabia que conseguiria abrir sem maiores problemas.

Ele começou a bolar um plano.

O orc com o bracelete estava com um pedaço grande do cervo, uma perna traseira, naquela mão. A criatura levava a peça de carne até a boca, a mordia, depois a abaixava, deixando ao seu lado, então subia e descia em um ciclo repetitivo e previsível.

Regis esperou pacientemente até aquele orc começar a brigar com o outro à sua esquerda, como ele sabia que aconteceria, levando em conta a quantidade de brigas que começaram desde que ele havia chegado. Quando o brutamontes com o bracelete estendeu a sua comida para a direita de forma defensiva, para interromper o avanço de seu oponente, uma mão pequena surgiu das sombras, pegando o bracelete com um movimento simples de seus dedos rechonchudos.

O halfling abaixou a mão, mas não a trouxe para si, e sim para a direita, deixando o ornamento no bolso do orc sentado à direita de sua vítima. Ele caiu dentro do bolso, em silêncio, e Regis garantiu que parte da corrente ficasse à mostra.

O halfling voltou rapidamente para trás de sua pedra e esperou.

Ele ouviu o grito de surpresa de sua vítima logo depois.

— Quem pegou? — perguntou o orc em sua própria língua, que Regis entendia um pouco.

— Pegou o quê? — berrou o orc à direita. — Você pegou a melhor parte, seu guloso!

— Você pegou minha pulseira! — rosnou o orc que fora roubado. Ele usou a perna como arma e bateu na cabeça do outro orc com força.

— E como é que Tuko ia pegar? — perguntou outro membro do grupo — Você ficou afastando a mão de Tuko a noite toda!

Tudo se acalmou por um instante. Regis prendeu a respiração.

— Tem razão, não é, Ginick? — perguntou a vítima de Regis e, pelo seu tom de voz desconfiado, Regis sabia que a criatura nada inteligente vira algo.

Uma pancadaria generalizada começou quando o orc dono do bracelete saltou, sacudindo a perna do cervo com ambas as mãos como se fosse um tacape, mirando na cabeça de Ginick. Seu alvo bloqueou com um braço e contra-atacou, agarrando o outro pela cintura e jogando na direção do pobre Tuko. Logo, todos os seis estavam envolvidos na briga — puxando cabelos, socando, dando pauladas e mordendo.

Regis se arrastou para longe logo depois, com carne o suficiente para satisfazer um anão faminto e um halfling ainda mais.

E, em seu pulso esquerdo, estava seu mais novo bracelete de ouro, um que convenientemente caíra do bolso de um orc falsamente acusado de roubo.

Capítulo 11

Caminhos divergentes

— ACHAMOS UM CAMINHO MAIS RÁPIDO COM um pouco de magia — comentou Cattibrie. Não era a primeira vez que Cattibrie, com bom humor, alfinetava Drizzt por ele ter recusado a oferta de Val-Doussen. — Acho que já estaríamos voltando junto com Wulfgar a essa altura.

— Você soa cada vez mais como uma anã — rebateu Drizzt, usando um graveto para cutucar a fogueira na qual cozinhava uma bela refeição. — Acho que você deveria se preocupar se começasse a criar uma aversão a espaços abertos, como a estrada que estamos seguindo. Não, espera! — exclamou o drow de forma sarcástica, como se houvesse acabado de ter uma epifania. — Você não está mostrando exatamente essa aversão?

— Vai tagarelando, Drizzt — murmurou Cattibrie baixinho. — Você pode ser muito bom com essas cimitarras, mas será que já consegue parar algumas flechas?

— Já cortei a corda do seu arco — respondeu o drow de forma casual, se inclinando para a frente e provando o cozido.

Cattibrie acabou se virando em busca de Taulmaril, sem corda alguma, ao lado do tronco caído onde estava sentada. Mesmo assim, abriu um sorriso e tornou a se virar para seu amigo sarcástico.

— Só estava pensando que é capaz de termos nos desencontrado do *Fada do Mar* e ele já ter zarpado pela última vez na estação — explicou Cattibrie, dessa vez sem intenção de fazer piadas.

De fato, o vento estava mais frio nos últimos dias, e o fim do outono estava cada vez mais próximo. Deudermont frequentemente zarpava com o *Fada do Mar* nessa época do ano para patrulhar a área ao redor de Águas Profundas por algumas semanas antes de se voltar para o sul em busca de um clima mais quente e piratas mais ativos.

Drizzt também sabia disso, a julgar pela expressão de desagrado em seu rosto. Esta pequena possibilidade o estava incomodando desde que a dupla saíra da Torre Central do Arcano, e ele vinha se perguntando se sua recusa à oferta de Val-Doussen não fora egoísta demais.

— Tudo o que aquele mago idiota queria era bater papo — continuou a mulher. — Algumas horas de seu tempo deixaria ele feliz e nos economizaria uma semana de caminhada. E não, não tenho medo da estrada, e nem me incomodo com ela, e você sabe! Não existe nenhum lugar no mundo que eu mais goste de estar do que na estrada com você, mas preciso pensar em outras pessoas, e seria bem melhor para Bruenor, e para Wulfgar, se o encontrássemos antes que ele se metesse em mais alguma confusão.

Drizzt se preparou para responder com um lembrete de que Wulfgar, se realmente estava com Deudermont e a tripulação do *Fada do Mar*, estava em boas mãos, entre aliados pelo menos tão poderosos quanto os Companheiros do Salão. Mas ele se impediu de dizer as palavras, e analisou o argumento de Cattibrie com mais cuidado, ouvindo de fato o que ela tinha a dizer em vez de formular uma defesa por reflexo.

Ele sabia que ela estava certa e que seria melhor para Wulfgar, para todos, na verdade, que se reencontrassem logo. Talvez ele realmente devesse ter passado algumas horas falando com Val-Doussen.

— Então só me diz por que você recusou — incentivou Cattibrie com gentileza. — Você poderia nos fazer chegar a Águas Profundas num piscar de olhos daquele mago, e eu sei que você acha que seria algo bom. E, mesmo assim, você recusou, então poderia por favor me dizer por quê?

— Val-Doussen não é um estudioso — respondeu Drizzt.

Cattibrie se inclinou mais para perto e pegou a colher da mão dele, então a mergulhou no cozido e, afastando seu cabelo castanho-avermelhado do rosto, o provou. Ela ficou encarando Drizzt o tempo todo, com sua expressão curiosa o incentivando a dar mais detalhes.

— O interesse dele em Menzoberranzan é focado em seu ganho pessoal, nada além disso — comentou Drizzt. — Ele não tinha desejo algum de tornar o mundo um lugar melhor, ele só esperava que algo que eu o dissesse fosse dar a ele alguma vantagem para ele explorar.

Cattibrie continuou o encarando, obviamente sem entender onde ele queria chegar. Mesmo se o que Drizzt dizia era verdade, por que, dada a relação de Drizzt com seu povo maligno, isso sequer importava?

— Ele esperava que eu fosse revelar alguns dos mistérios dos drow — continuou Drizzt, nada afetado pela expressão de sua companheira.

— E, mesmo se você revelasse, pelo que sei sobre Menzoberranzan, se Val-Doussen fizesse uso dessa informação não conseguiria nada além da própria destruição — comentou Cattibrie, porque, quando havia visitado aquela cidade drow exótica, ela vira bem o poder imenso de lá.

Drizzt deu de ombros e estendeu a mão para pegar a colher, mas, Cattibrie, com um sorriso aberto, a puxou para além do alcance dele.

Drizzt se reclinou, a encarando, sem compartilhar de seu sorriso. Ele estava completamente concentrado, porque precisava se fazer entender.

— Val-Doussen desejava obter lucro pessoal com minhas palavras, e usar minhas histórias para um objetivo nefasto, à custa daqueles que minhas informações deixariam à mercê dele. Fosse meu povo em Menzoberranzan ou o de Bruenor, no Salão de Mitral, minhas ações não seriam menos malignas.

— Não compare o Clã Martelo de Batalha com…

— Não estou comparando — garantiu Drizzt. — Só estou explicando meus princípios. Se Val-Doussen quisesse saber sobre um acampamento de goblins para liderar um ataque preventivo contra eles, eu falaria tudo o que soubesse, porque tenho certeza de que eles logo trariam tragédia a todos que vivessem ali por perto.

— E o seu povo não atacou o Salão de Mitral? — perguntou Cattibrie, seguindo a lógica.

— Uma vez — admitiu Drizzt. — Mas, até onde sei, o meu povo não está a caminho da superfície para pilhar e causar caos.

— Até onde você sabe.

— Além disso, nada que eu dissesse a Val-Doussen poderia evitar qualquer ataque drow, de qualquer forma — continuou Drizzt, a interrompendo de leve para que Cattibrie não pudesse distraí-lo com algum argumento. — Não. O provável é que o tolo fosse a Menzoberranzan, sozinho ou não, para tentar organizar algum roubo grandioso. Isso provavelmente só provocaria os drow e causaria um banho de sangue motivado por vingança.

Cattibrie fez menção de fazer mais uma pergunta, mas, em vez disso, se recostou, olhando para seu amigo. Finalmente, ela assentiu.

— Você está supondo muita coisa.

Drizzt não deu nenhum sinal de que discordava, seja verbalmente ou por meio de sua linguagem corporal.

— Mas — continuou ela — entendo seu argumento de que você não deveria se misturar àqueles com más intenções.

— Você respeita essa decisão? — perguntou Drizzt.

Cattibrie assentiu, parecendo concordar.

— Então me passa essa colher — disse o drow de forma mais autoritária. — Ou eu vou morrer de fome!

Em resposta, Cattibrie chegou para a frente e mergulhou a colher na panela, então a levou aos lábios de Drizzt. No último instante, quando o drow fechou os olhos graças ao vapor, a mulher puxou a colher de volta e levou aos próprios lábios.

Os olhos de Drizzt se abriram, e sua expressão surpresa e furiosa se desfez ao notar o olhar brincalhão de Cattibrie. Ele se lançou para a frente de forma súbita, caindo sobre a mulher e a derrubando de costas no tronco, então se engalfinhando com ela para pegar a colher.

Nem Drizzt nem Cattibrie podiam negar que realmente não havia nenhum outro lugar no mundo onde eles mais gostariam de estar.

As paredes cercavam o pequeno grupo, em uma combinação de paredes de penhascos marrom-escuras e áreas de colinas cobertas de grama verdejante. Algumas árvores pontilhavam as extremidades do desfiladeiro, bem pequenas e finas, por não conseguirem se enraizar bem.

Era um lugar perfeito para uma emboscada, Le'lorinel entendia, mas nenhum dos membros do grupo estava sequer levemente preocupado. Sheila Kree e seus rufiões eram os donos do desfiladeiro. Le'lorinel havia notado a líder do grupo, uma mulher de cabelos castanhos chamada Genny, fazendo alguns sinais na direção do topo. Obviamente havia sentinelas por ali.

Mas a comunicação verbal com ditos sentinelas seria impossível, porque não havia maneira alguma de ouvir qualquer coisa além de algumas dezenas de passos. À distância, Le'lorinel conseguia ouvir o correr constante do rio que seguia este desfiladeiro, agora subterrâneo, sob a parede à sua esquerda enquanto seguiam para o sul. O vento soprava em suas costas, sibilando em suas orelhas. O vento gelado de Vale do Vento Gélido escapava da tundra por esse estreito montanhoso.

Le'lorinel se sentia estranhamente confortável neste ambiente inóspito e isolado. Havia uma sensação de liberdade em estar longe daquela bagunça da sociedade que nunca fora muito interessante. Talvez houvesse mais a se ganhar nessa relação com Sheila Kree, refletiu Le'lorinel. Talvez, após resolver seus problemas com Drizzt Do'Urden, fosse possível continuar com o bando de Kree, atuando como sentinela neste mesmo desfiladeiro.

Naturalmente, tudo dependia de sua sobrevivência após o encontro com o drow mortal, e, na verdade, a não ser que Le'lorinel conseguisse recuperar seu anel, atualmente com Genny, essa possibilidade parecia mínima.

Sem o anel, como Le'lorinel poderia sequer ousar ir atrás do drow?

Um calafrio subiu por suas costas, um trazido por seus pensamentos em vez de pelo vento.

O grupo seguiu por várias aberturas menores, espaços naturais de ventilação para as cavernas que serviam como a casa de Kree naquela montanha de noventa metros de altura à esquerda, uma série de câmaras acima do atual rio. Mais abaixo, após uma curva no desfiladeiro, havia uma grande alcova natural, e uma entrada ainda maior, um local onde o rio um dia passara pelo calcário.

Um trio de guardas estava entre os rochedos na parede interna à direita, ocultos pelas sombras, jogando ossos e comendo pedaços de carne quase crua de carneiro, com suas armas pesadas ao alcance. Assim como os três que acompanharam Le'lorinel àquele lugar, os guardas eram imensos, obviamente um produto de uma herança mista, provavelmente humana e ogra, com mais traços ogros.

Eles se agitaram ao ver a chegada do bando, mas não pareciam muito preocupados, e Le'lorinel entendeu que as sentinelas ao longo do desfiladeiro já deveriam tê-los avisado sobre os recém-chegados.

— Cadê a chefe? — perguntou Genny.

— Chogurugga? No quarto dela — resmungou um soldado.

— Não — explicou Genny. — Sheila Kree. A chefe de verdade.

Le'lorinel não ignorou as expressões furiosas em resposta à afirmação da mulher. Era fácil entender que havia alguma disputa por poder ali, provavelmente entre os piratas e os ogros.

Um dos guardas rosnou e mostrou seus dentes amarelos, então fez um movimento na direção dos fundos da caverna.

Os três soldados do grupo recém-chegado acenderam tochas. Os viajantes então avançaram, seguindo caminho em meio a uma miríade de formações espetaculares. A princípio, Le'lorinel achou que havia água corrente por todos os lados, descendo pelas laterais do túnel em cascatas largas e graciosas, mas, ao olhar mais de perto, a verdade ficou mais evidente. Não era água, e sim formações rochosas deixadas para trás pelo antigo rio, calcário solidificado em imagens de cascatas, ainda úmido pelas goteiras que surgiam a cada chuva.

Diversos túneis saiam do principal, muitos traçando um caminho tortuoso, ou se espiralando e levando mais para dentro da montanha, outros se dividindo neste nível e frequentemente formando câmaras imensas, cheias de pedregulhos. Tantas formas sobrecarregaram as percepções mais ajustadas à área externa de Le'lorinel! Imagens de animais e armas, de amantes entrelaçados e florestas imensas, imagens de seja lá o que sua imaginação permitisse ver! Le'lorinel era uma criatura da floresta, uma criatura da lua, e nunca esteve antes em uma área subterrânea. Pela primeira vez na vida, sentia alguma apreciação pelos anões, halflings e gnomos, além de qualquer outra herança que escolheu territórios subterrâneos em detrimento do céu aberto.

Não. Não *qualquer* outra herança, Le'lorinel imediatamente se repreendeu. Não os drow, aqueles demônios de pele de ébano que habitavam as câmaras sem iluminação. Certamente havia beleza ali, mas a beleza só se refletia à luz das tochas.

O grupo seguiu sem emitir quase som algum, salvo pelo crepitar suave das tochas, já que o chão era de barro, macio e suave. Todos passaram um tempo descendo pela câmara principal, o antigo leito do rio há tantas eras, e viram diversas outras estações de guarda, algumas vezes ocupadas por meio-ogros, uma vez por dois ogros e uma por homens humanos — piratas, a julgar pelas vestimentas e onde estavam.

Le'lorinel não prestou muita atenção, tamanha sua preocupação com o encontro que estava para acontecer, o apelo importantíssimo que estava para fazer a Sheila Kree. Com a ajuda de Kree, Le'lorinel poderia chegar ao fim de uma estrada longa e desoladora. Sem Kree, provavelmente seu futuro seria como um cadáver descartado em uma dessas passagens afluentes.

E, pior ainda, em seu ponto de vista: Drizzt Do'Urden continuaria vivo.

Genny se virou de forma súbita, seguindo por uma passagem estreita. Tanto Genny quanto Le'lorinel tiveram que ficar de quatro para seguir em frente, se arrastando sob uma formação rochosa proeminente. Do outro lado estava uma câmara ampla em um formato impressionante, com o teto repleto de estalactites, já bastante alto em seu ponto mais baixo, subindo e sua extensão se alargando ainda mais à esquerda.

Mas Genny nem parou para olhar, com toda a sua atenção voltada para um buraco pequeno no chão e indo até uma escada que estava apoiada contra a parede. Por ela, a mulher desceu, seguida por um guarda, Le'lorinel e, na retaguarda, os outros dois.

Muito mais abaixo, talvez após uns cem metros, chegaram a outro corredor, que os levava a outra caverna. Ela era imensa, aberta a sudoeste, com visão para a baía rochosa e o mar além. A água corria pelas várias aberturas nas paredes e no teto, e o rio desembocava no mar.

Dentro daquela caverna estava o *Quilha Sangrenta*, atracado à parede a oeste, com marinheiros por todos os lados, consertando os danos ao massame e ao casco.

— Agora que você sabe demais, é bom rezar para a divindade de sua preferência e pedir para Sheila Kree te aceitar — sussurrou Genny. — Só existem duas formas de sair daqui, ou se aliando a Sheila ou tendo o cadáver carregado.

Ao olhar para a tripulação de rufiões andando pelo navio, todos assassinos, Le'lorinel não duvidou nem por um segundo do que ouvira.

Genny conduziu o grupo até outra saída que levava até a montanha, saindo por trás da baía de ancoragem. As passagens cheiravam a fumaça e eram iluminadas por tochas por todo o trajeto, o que fez os guardas apagarem e guardarem as próprias tochas. O grupo continuou subindo a montanha, passando por depósitos e dormitórios, atravessando uma área que parecia reservadas aos piratas e outro espaço terrivelmente malcheiroso que abrigava o clã de ogros.

Vários olhares famintos se lançaram na direção de Le'lorinel enquanto passavam pelos ogros, mas nenhum chegou perto de causar qualquer incômodo. O respeito dos ogros por Kree era tremendo, pelo que podia notar, simplesmente por não estarem causando nenhuma dor de cabeça. Pelas experiências anteriores com ogros, Le'lorinel sabia que eles normalmente eram indomáveis e sempre prontos para transformar qualquer humanoide menor à sua frente em sua próxima refeição.

O grupo chegou aos níveis mais altos da montanha logo depois, parando em uma câmara repleta de portas. Genny fez sinal para que os outros quatro aguardassem, bateu na porta central e entrou. Ela voltou pouco tempo depois.

— Vem.

Quando os três guardas fizeram menção de seguir como escolta, Genny os fez parar estendendo uma mão.

— Vão comer alguma coisa — disse a mulher de cabelos castanhos para os meio-ogros.

Le'lorinel os observou se afastando com curiosidade, sem saber se isso significava que Sheila Kree confiava na palavra de Genny ou se a pirata só era confiante e protegida demais para se preocupar.

Sua aposta era na segunda opção.

Sheila Kree, vestindo nada além de calças leves e uma camiseta fina sem mangas, estava no cômodo, entre pilhas de peles, olhando pela janela, para o mar aberto. Ela se virou quando Genny anunciou a chegada de Le'lorinel, com um sorriso aberto em seu rosto coberto por sardas e os olhos verdes brilhando sob seu cabelo ruivo preso.

— Me disseram que alguém tem se preocupado comigo — comentou a líder pirata. — Sua preocupação é comovente.

Le'lorinel olhou para ela com curiosidade.

— Você veio me avisar sobre um drow, pelo que Genny disse — explicou a pirata.

— Eu vim matar um drow — corrigiu Le'lorinel. — O fato de que minhas ações serão úteis para você é uma mera coincidência feliz.

Sheila Kree deu uma gargalhada genuína e foi andando a passos largos até estar à frente de Le'lorinel, deixando ainda mais clara a diferença de altura. Seus olhos percorreram aquela forma menor, esguia e delicada, de cima a baixo.

— Feliz para você ou para mim?

— Acho que é igual — respondeu Le'lorinel.

— Você deve odiar muito esse drow para vir até aqui — comentou a pirata.

— Mais do que você seria capaz de imaginar.

— E vai dizer o motivo?

— É uma longa história.

— Bom, como o inverno logo vai chegar e o *Quilha Sangrenta* continua atracado, parece que tenho tempo de sobra — disse Sheila Kree com outra gargalhada. Ela estendeu o braço na direção de outra pilha de peles, sinalizando para que Le'lorinel se juntasse a ela.

O grupo conversou pelo resto da tarde, com Le'lorinel fazendo um relato honesto, ainda que parcial, dos erros de Drizzt Do'Urden. Sheila Kree ouvira a tudo atentamente, assim como Genny e mais uma terceira pirata, Bellany, que chegara logo após o começo da história. Todas as três pareciam bastante entretidas e interessadas, e, à medida que o tempo passava, Le'lorinel relaxava cada vez mais.

Após o fim da história, Bellany e Genny aplaudiram, mas só por um instante, antes de olhar para Sheila em busca de orientação.

— É uma boa história — decidiu a líder pirata. — E eu acredito no que disse. Você entende que temos muito a verificar antes de você poder ficar à vontade.

— Naturalmente — concordou Le'lorinel, com uma reverência leve.

— Você vai nos entregar suas armas, e vamos te deixar em um quarto — explicou Sheila. — Não temos trabalho nenhum para você no momento, então pode descansar da estrada. — Ao terminar, a pirata estendeu a mão.

Le'lorinel analisou a situação por um instante, então decidiu que Kree e suas aliadas — especialmente aquela chamada Bellany, que parecia ser uma conjuradora, provavelmente uma feiticeira — na verdade faziam o ato de abrir mão das armas ser mais simbólico. Sorrindo para a pirata intensa, entregou suas armas.

— Suponho que isso seja engraçado para você — disse Drizzt de forma mal-humorada, com sua voz sendo interrompida por um ou outro arquejo quando tentava respirar.

Ele estava deitado no chão, com o rosto na terra e trezentos quilos de pantera sobre si. Ele havia chamado Guenhwyvar para caçar enquanto ele e Cattibrie continuavam sua suposta luta pelo cozido, mas então a mulher sussurrara algo no ouvido de Guen e ela, obviamente inspirada pela sororidade, havia derrubado Drizzt com uma investida poderosa.

A poucos metros de distância, Cattibrie estava calmamente fazendo sua refeição.

— A cena é mesmo um pouco ridícula — admitiu ela entre colheradas.

Drizzt se debateu e quase conseguiu sair de debaixo da pantera. Guenhwyvar apoiou então uma pata imensa em seu ombro, estendendo suas garras e o prendendo.

— Se você continuar se debatendo, vai virar lanchinho da Guen — comentou Cattibrie.

Os olhos cor de lavanda de Drizzt se estreitaram.

— O que deixa em aberto essa pequena questão do "vai ter volta" — disse ele em voz baixa.

Cattibrie deu uma risada, então foi de joelhos até perto dele. Ela levantou a colher, novamente cheia de cozido, e a soprou com gentileza. Depois disso, lentamente, a aproximou de Drizzt. Ela estava quase na boca do drow quando a mulher subitamente a puxou e levou a colher à própria boca.

Mas o sorriso dela desapareceu quase imediatamente, no instante em que viu Guenhwyvar se dissipando em uma névoa cinzenta. A gata reclamou, mas a dispensa de seu mestre, Drizzt, era impossível de se ignorar.

Cattibrie correu para o meio do bosque, com Drizzt imediatamente a seguindo.

O drow a derrubou com uma investida logo depois, a jogando no chão sob o próprio corpo, e, em seguida, usando sua agilidade e força impressionantes para fazê-la girar, até ficarem frente a frente, e a segurar firme. A luz da fogueira havia desaparecido por trás das árvores e arbustos e o belo rosto da mulher era iluminado apenas pela luz da meia-lua e das estrelas.

— Isso que é ter volta? — brincou a mulher quando Drizzt estava montado sobre ela, segurando seus braços sobre sua cabeça.

— É só o começo — prometeu.

Cattibrie começou a rir, mas parou de forma inesperada, e seu olhar para Drizzt ficou sério, até mesmo preocupado.

— O que foi? — perguntou o drow, sempre atento. Ele recuou um pouco, soltando os braços da mulher.

— Se dermos sorte, vamos encontrar Wulfgar — perguntou Cattibrie.

— Isso. É o plano — concordou o drow.

— E como você se sente em relação a isso? — perguntou a mulher de forma direta.

Drizzt ajeitou sua postura, a olhando com firmeza.

— Como eu deveria me sentir?

— Você está com ciúmes? — perguntou Cattibrie. — Ou preocupado que o retorno de Wulfgar, se ele quiser voltar, é claro, vai mudar coisas na sua vida que você não queria que mudassem?

Drizzt deu uma risada baixa e impotente, desorientado pela forma direta e honesta de Cattibrie. Havia alguma coisa começando a arder entre eles, e o drow sabia, algo que estava se arrastando a tempo demais, mas que, ao mesmo tempo, era incrível e inesperado. Cattibrie já amara Wulfgar e eles estiveram prestes a se casar antes da suposta morte dele no Salão de Mitral. Sendo assim, o que aconteceria se Wulfgar voltasse agora — não o Wulfgar que fugira, o Wulfgar que havia agredido Cattibrie —, mas o homem que haviam conhecido, o homem que ganhara o coração de Cattibrie?

— Você acha que eu tenho esperanças de que o retorno de Wulfgar não afete nossa relação de nenhuma forma negativa? — perguntou. — Claro que tenho. E, sabendo disto, você acha que eu tenho esperança de que Wulfgar volte conosco? É claro que tenho. E rezo para ele ter escapado da escuridão e tenha voltado a ser o homem que conhecemos e amamos.

Cattibrie se acomodou e não o interrompeu, com uma expressão interessada o incentivando a continuar.

Drizzt deu de ombros.

— Não quero ser governado por ciúmes — explicou. — E, acima de tudo, não posso pensar assim dos meus amigos. Meu interesse no retorno de Wulfgar não é menor do que o seu. Vou ficar muito mais feliz quando aquele bárbaro, nobre e orgulhoso, ao lado de quem me aventurei, voltar para minha vida.

— Quanto a nossa amizade e o que ela pode se tornar... — continuou Drizzt em voz baixa, mas com a mesma autoconfiança, aquela voz da consciência que guiara o drow até longe da terrível Menzoberranzan e o ajudara a se manter de pé em meio a tantas aventuras e decisões difíceis desde então.

Ele abriu um sorriso melancólico e deu de ombros mais uma vez antes de continuar.

— Eu vivo da melhor forma possível — disse. — Ajo de forma honesta e de boa fé, na esperança de cultivar boas amizades, e só posso ter esperanças de que tudo acabe bem. Eu só consigo ser esse drow que está na sua frente, independentemente de se Wulfgar vai ou não voltar conosco. Se no seu coração, ou no meu, não puder haver mais nada entre nós, que assim seja. Mas, se puder… — ele se interrompeu, sorrindo e dando de ombros uma terceira vez.

— E lá vai você, tagarelando de novo — disse Cattibrie. — Já pensou em calar a boca e me beijar de uma vez?

Capítulo 12

A estátua com olhos violetas

— EM SILÊNCIO, SEU BANDO DE IMBECIS — repreendeu Gayselle em voz baixa quando o pequeno esquife se aproximou das luzes imponentes do porto de Águas Profundas. — Quero atracar sem ninguém perceber.

Os três remadores, meio-ogros musculosos, sem um pingo de sutileza, resmungaram entre si, mas tentaram, ainda que sem sucesso, evitar que os remos fizessem muito barulho contra as águas. Gayselle decidiu apenas suportar, sabendo que estavam fazendo o seu melhor. Ela ficaria muito mais feliz quando terminasse sua tarefa e pudesse estar longe de sua companhia atual, cujos nomes ela não sabia, mas a quem decidira chamar de Feioso, Ranzinza e Pateta.

Ela se manteve à frente dentro do esquife, tentando encontrar alguns marcos ao longo da costa que pudessem guiá-la. Gayselle havia aportado em Águas Profundas várias vezes nos últimos anos e conhecia bem a cidade. Acima de tudo, desejava evitar os portos e os navios maiores, indo para os menores e menos vigiados, onde um ancoradouro temporário poderia ser comprado por algumas moedas.

Para seu alívio, ela notou que havia poucos guardas pelo píer naquela noite. O esquife, mesmo com o barulho dos remos dos meio-ogros, não teve dificuldades para chegar ao aglomerado de píeres menores ao sul de onde ficava o ancoradouro maior.

Gayselle se virou e estendeu para o brutamontes mais próximo, Ranzinza, uma bolsa com três pequenos frascos.

— Os três têm que beber isso aqui para parecerem humanos — explicou. Quando Ranzinza abriu um sorriso lascivo ao pegar a bolsa, ela acrescentou. — Homens humanos. Sheila Kree jamais admitiria vocês assumindo a forma de mulheres.

Isso fez os brutamontes resmungarem, mas, apesar disso, cada um pegou uma das garrafas e bebeu o líquido nelas de uma vez. Em pouco tempo, os três já estavam iguais a homens humanos.

Gayselle assentiu, satisfeita, e respirou fundo algumas vezes, refletindo sobre o que estava por vir. Naturalmente, ela sabia onde ficava a casa do alvo. Não era longe das docas, e ficava sobre uma colina com vista para uma enseada rochosa. Eles precisavam terminar a missão de forma rápida, porque o efeito das poções de transfiguração não duraria muito tempo, e a última coisa que Gayselle queria era caminhar pelas ruas de Águas Profundas junto a um trio de meio ogros.

Ela decidiu naquele instante que, se o efeito das poções acabasse e ficasse óbvio que seus companheiros eram intrusos, ela os abandonaria e iria por si só para as entranhas da cidade, onde poderia encontrar alguns amigos que conseguiriam levá-la a Sheila Kree.

O barco foi ancorado em uma das docas menores e amarrado junto a uma dezena de barcos semelhantes, batendo contra o píer a cada leve inclinação causada pela flutuação da maré. Sem mais ninguém por perto, Gayselle e seus três acompanhantes "humanos" foram a toda velocidade para o norte, além das docas e passando pelas avenidas que os levaria à casa do Capitão Deudermont.

Não muito longe dali Drizzt e Cattibrie atravessavam juntos o portão norte de Águas Profundas, enquanto o drow ignorava com facilidade cada sentinela que o encarava com hostilidade. Um ou outro até o reconhecia e informava a seus companheiros nervosos, mas era preciso mais que algumas palavras para aliviar a inquietação que um habitante comum da superfície sentia em relação aos drow.

Mas Drizzt não se incomodava mais, por essa ser uma situação pela qual já passara inúmeras vezes.

— Eles te conhecem. Não precisa se preocupar — sussurrou Cattibrie a ele.

— Alguns — concordou ele.

— O suficiente — respondeu a mulher. — Não tem como esperar que todos saibam seu nome.

Drizzt deu uma risada baixa e sacudiu a cabeça, concordando.

— E sei bem que não importa o que eu fizer da minha vida, vou continuar sofrendo esses olhares. — Ele deu um sorriso sincero, dando de ombros. — Sofrer não é a palavra certa — corrigiu. — Não mais.

Cattibrie começou a responder, mas seu tom de desafio desapareceu ao ver o sorriso de Drizzt. Ela havia lutado esta batalha por aceitação ao lado de seu amigo por todos esses anos, em Vale do Vento Gélido, no Salão de Mitral e em Lua Argêntea. Até mesmo aqui, em Águas Profundas, além de em todas as cidades pelas quais passaram enquanto navegavam com Deudermont. De várias formas, Cattibrie entendeu naquele momento que estava mais incomodada com os olhares que Drizzt. Ela se forçou a seguir o exemplo dele desta vez e apenas ignorar os olhares, porque era com certeza o que Drizzt estava fazendo. Ela podia notar pela sinceridade do sorriso em seu rosto.

Drizzt parou e girou, olhando para os guardas, e os dois mais próximos quase pularam de surpresa.

— O *Fada do Mar* está por aqui? — perguntou o drow.

— *F-Fada do mar*? — gaguejou um em resposta. — Aqui onde? Quê?

Um soldado mais velho parou ao lado da dupla desconcertada.

— O Capitão Deudermont ainda não chegou — explicou. — Mas esperamos que ele pare aqui antes do inverno chegar.

Drizzt tocou a própria testa em uma saudação de agradecimento, então deu meia-volta e se afastou junto a Cattibrie.

Delly Curtie estava de excelente humor naquela noite. Ela tinha a sensação de que Wulfgar logo voltaria com Presa de Égide e ela e seu marido finalmente poderiam seguir com suas vidas.

A mulher não tinha certeza do que isso significava. Será que voltariam para Luskan e para Cutelo com Arumn Gardbico? Ela achava que não. Não, Delly entendia que essa busca por Presa de Égide tinha a ver com muito mais do que recuperar um martelo — se fosse o caso, Delly teria convencido Wulfgar a sequer tentar ir atrás da arma.

A busca era principalmente para que Wulfgar achasse a si mesmo, seu passado e seu ânimo, e, quando isso acontecesse, Delly imaginava, ele também voltaria para casa — a casa dele de verdade, em Vale do Vento Gélido.

— E nós duas vamos com ele — disse ela a Colson, segurando o bebê na altura de seu próprio rosto.

A ideia de ir para Vale do Vento Gélido agradava Delly. Ela sabia que não era um lugar fácil de se viver, sabia sobre as nevascas impressionantes e ventos fortes, sabia sobre os goblins e os yetis e os outros perigos. Mas, para Delly, que crescera nas ruas de Luskan, Vale do Vento Gélido parecia um lugar muito mais limpo, mais puro e honesto e, além de tudo, ela estaria ao lado do homem que amava, o homem que amava mais a cada dia. Ela sabia que, quando Wulfgar se encontrasse, o relacionamento dos dois só iria se fortalecer.

Então ela começou a cantar, dançando de forma graciosa pelo quarto, balançando Colson enquanto se virava e saltitava de um lado para o outro.

— Logo logo papai vai voltar — prometeu ela à sua filha e, como se entendesse, Colson ria.

E Delly dançava.

E o mundo inteiro parecia maravilhoso e repleto de possibilidades.

A casa do Capitão Deudermont era realmente palaciana, até mesmo para os padrões aquoprofundenses. Ela possuía dois andares e mais de uma dezena de cômodos. Uma escadaria imensa dominava o saguão, que também exibia uma alcova abobadada com portas duplas de madeira, cada uma entalhada com metade de uma escuna de três mastros. Quando as portas estavam fechadas, a imagem do *Fada do Mar* ficava evidente. Uma segunda escadaria levava a uma sala com vista para a enseada rochosa e o mar.

Esta era Águas Profundas, a Cidade dos Esplendores, uma cidade com leis. Mas, apesar das várias patrulhas da lendária Guarda Aquoprofundense e do comportamento em geral da população, a maioria das casas maiores, incluindo a de Deudermont, possuía também guardas particulares.

Deudermont havia contratado dois, ambos ex-soldados e ex-marinheiros, que já haviam servido anteriormente no *Fada do Mar*. Eles eram amigos além de prestadores de serviço, convidados além de sentinelas. Apesar de levarem seu trabalho a sério, era impossível evitar que estivessem um pouco relaxados demais. Todos os dias eram inevitavelmente parados. Logo, ambos ajudavam com as tarefas diárias, trabalhando ao lado de Delly no conserto das telhas levadas pelo vento ou com a pintura quase constante da fachada. Eles cozinhavam e limpavam. Às vezes levavam suas armas consigo, e às vezes, não, porque entendiam, assim como Deudermont, que eram mais uma medida preventiva do que qualquer outra coisa. Os ladrões de Águas Profundas evitavam as casas conhecidas pelos guardas.

Sendo assim, os dois estavam perfeitamente despreparados para o que aconteceu à Casa de Deudermont naquela noite terrível.

Gayselle foi a primeira a chegar à porta da frente de Deudermont, acompanhada por um dos brutamontes que, usando a poção de transfiguração, estava bastante parecido com o Capitão Deudermont, ainda que não idêntico. A semelhança era tão incrível que Gayselle chegou a se perguntar se havia cometido um erro ao apelidá-lo de Pateta. Com um olhar ao redor para garantir que as ruas estavam vazias, Gayselle assentiu para Feioso, do outro lado da rua, entre dois arbustos. Imediatamente, o brutamontes começou a esfregar os pés nas pedras, ganhando tração e abrindo um sorriso cruel.

Uma das portas duplas se abriu com a batida. Apenas alguns centímetros, pois estava, conforme esperado, presa a uma corrente. Um homem grande e bem barbeado, com um cabelo escuro curto e uma sobrancelha tão franzida que parecia estar olhando diretamente para o sol de meio-dia, era quem a havia atendido.

— Posso ajudar...?

Sua voz sumiu no meio da pergunta quando viu o homem ao lado da mulher, alguém que com toda a certeza se parecia com o Capitão Deudermont.

— Este é o irmão do Capitão Deudermont — respondeu Gayselle. — Ele veio falar com seu irmão há muito perdido.

Os olhos do guarda se arregalaram por um segundo, antes que voltassem à sua expressão profissional.

— Saudações — disse —, mas temo que seu irmão não esteja em Águas Profundas no momento. Me diga onde está se hospedando e o informaremos assim que ele voltar.

— Nossas reservas financeiras estão baixas — respondeu Gayselle imediatamente. — Estamos há tempo demais na estrada. Esperávamos conseguir hospedagem aqui.

O guarda pensou por um instante, mas então sacudiu a cabeça. Suas ordens quanto a situações assim não davam margem para discussão, mesmo com esta reviravolta, especialmente com uma mulher e uma criança como hóspedes. Ele começou a explicar e dizer que sentia muito e que conseguiriam abrigo em alguma das várias estalagens por um preço razoável.

Gayselle sequer o ouvira. Ela olhou para trás de forma casual, para o meio-ogro ansioso. A pirata assentiu de leve, dando a deixa de que Feioso precisava para atacar.

— Talvez você abra a porta para o terceiro membro do meu grupo — disse a mulher de forma suave.

O guarda sacudiu a cabeça novamente.

— Eu duvido... — ele começou a dizer, mas então suas palavras e seu fôlego sumiram quando o meio-ogro o atingiu em meio à corrida, arrebentando a madeira e soltando as correntes da porta. O guarda caiu para trás, direto no chão, e o meio-ogro caiu sobre ele.

Gayselle e o falso irmão do capitão entraram, sacando suas armas. O meio-ogro desfez a magia da poção, se livrando da fachada humana.

O guarda no chão começou a gritar enquanto tentava sair de baixo do meio-ogro, mas logo Gayselle o alcançou, com sua adaga em uma mão. Em um movimento rápido e certeiro, ela cortou a garganta do homem.

O segundo guarda surgiu pela porta na lateral do saguão. Então, com a expressão de completo horror, se afastou correndo o mais rápido possível.

A adaga de Gayselle o pegou na parte de trás da perna, rompendo seu tendão. Ele continuou por pura determinação, mancando escada acima enquanto gritava. Pateta o alcançou e, com sua força aterrorizante, o arrancou das escadas e o fez voar até o chão. O outro meio-ogro estava a sua espera ali.

Ranzinza, ainda em sua forma humana, entrou naquele momento. Ele fechou as portas calmamente, mesmo que uma não estivesse mais completamente presa às dobradiças.

Delly ouvira claramente o grito que a fez interromper sua canção. Tendo crescido entre rufiões, e tendo visto e se envolvido em inúmeras brigas, ela conseguia ter uma ideia do que estava acontecendo naquele instante.

— Deuses — murmurou ela, segurando o choro antes que pudesse revelar sua posição e a de Colson.

Ela abraçou o bebê e correu até a porta e a abriu alguns centímetros, espiou do lado de fora e então terminou de abrir. Delly parou por tempo o suficiente para tirar os sapatos barulhentos, sabendo que o som alertaria a quem quer que fosse à sua presença, então atravessou em silêncio o corredor entre a parede e o corrimão. Ela ficou o mais perto possível da parede, para que não a vissem do saguão abaixo, já que era ali, pelo que podia ouvir — com os rosnados e socos —, onde estavam os invasores. Se estivesse sozinha, ela teria descido as escadas e se juntado à luta, mas, com Colson em seus braços, a mulher só conseguia pensar na segurança de sua filha.

Ao passar pelas escadas da frente, Delly virou uma passagem lateral e correu o mais rápido que pôde, atravessando a suíte de Deudermont até chegar na escadaria dos fundos. E foi por onde desceu, segurando a respiração a cada passo, já que não havia como saber se havia mais alguém na casa, talvez até mesmo no cômodo que ficava ao fim daquelas escadas.

Ela ouviu um barulho vindo de cima e entendeu que não estava com muitas opções, então abriu a porta e entrou na sala com vista para o mar. Uma das janelas, do outro lado da sala, estava aberta. Uma brisa gelada entrava por ali, balançando apenas a ponta da cortina aberta, se sacudindo suavemente sob a amarra.

Delly considerou a possibilidade de usar aquela rota. Aquelas janelas amplas davam para uma queda em meio às rochas da enseada.

Naquele momento, ela se repreendeu por ter se livrado dos sapatos, mas, no fundo, sabia que não faria muita diferença. A descida era íngreme e traiçoeira demais — duvidava que os intrusos tenham chegado por ali — e não ousava tentar aquela saída com Colson em seus braços.

Mas para onde ir?

Ela se virou para as portas principais da sala, que levava a um corredor e que, por sua vez, levava ao saguão. Havia vários cômodos laterais ao longo do corredor, incluindo a cozinha, que possuía uma caçamba com um duto para o descarte de lixo. Na intenção de se esconder com Colson ali, ela abriu de leve as portas — mas as fechou imediatamente, as trancando com a barricada, quando viu silhuetas imensas se aproximando. Ela ouviu alguém correndo do outro lado, e o som foi seguido por um barulho tremendo de impacto quando alguém se jogou contra as portas trancadas.

Delly olhou ao redor e viu as escadas e a janela aberta, sem saber para onde correr. Ela estava tão desconcertada que não viu outra forma se esgueirando para dentro da sala.

As portas foram atingidas mais uma vez e começaram a se quebrar. Delly ouviu alguém bem forte batendo na madeira. A mulher recuou.

Então, pôde ouvir mais passos em corrida e outro impacto contra as portas. Elas se abriram, com uma forma imensa caindo sobre os restos da madeira. Uma mulher entrou, com um — e depois dois, quando quem havia quebrado a porta se levantou — dos brutamontes mais horrorosos que Delly já vira ao seu lado. Ela não sabia o que eram, não tendo visto muita coisa fora de Luskan, mas, pela pele esverdeada e manchada e por todo aquele tamanho, ela supôs que fossem aparentados com algum tipo de gigante.

— Olha só, bonitinha — disse a mulher desconhecida com um sorriso cruel. — Você não quer ir embora antes da festa acabar, não é?

Delly se virou na direção das escadas, mas nem chegou a andar naquela direção, ao ver mais um dos brutamontes lentamente descendo por lá, a olhando de forma lasciva a cada passo.

Delly pensou na janela atrás dela, a janela junto à qual passara tantas horas com Wulfgar, vendo o pôr do sol ou a as estrelas se refletindo nas águas escuras. Ela não conseguiria fugir sem ser pega, mas considerou aquela rota mesmo assim. Pensou em correr a toda a velocidade e se jogar, junto com Colson, diretamente nas pedras, acabando com tudo de forma rápida e misericordiosa.

Delly Curtie conhecia esse tipo de rufião e sabia que o destino dela seria pior.

A mulher e seus dois companheiros deram um passo em sua direção.

A janela, decidiu Delly. Ela se virou e correu, determinada a dar o salto mais longo que pudesse para garantir uma morte rápida e indolor.

Mas o terceiro homem-gigante já havia descido as escadas e a hesitação de Delly custou sua fuga suicida. O brutamontes a segurou sem dificuldade alguma, a prendendo contra o peito.

Ele se virou, rindo, e seus dois companheiros ogros se juntaram a ele. Mas a mulher não achou graça. Ela se aproximou lentamente de Delly, analisando cada pedaço da mulher indefesa.

— Você é mulher de Deudermont, não é? — perguntou.

— Não — respondeu Delly, mas sua sinceridade não estava à mostra, graças ao medo que a fazia tremer tanto.

Ela temia mais por Colson do que por si, por mais que estivesse ciente de que os próximos momentos de sua vida, provavelmente os últimos, seriam piores do que qualquer coisa que já vivera até então.

A mulher continuou se aproximando calmamente.

— Deudermont é seu homem?

— Não — repetiu Delly com um pouco mais de confiança.

A mulher a esbofeteou com força, em um golpe que fez Delly se desequilibrar. Um dos bandidos a segurou mais firme, ao alcance da mulher, imediatamente.

— Ela é macia — disse o brutamontes com uma risada ainda mais lasciva enquanto apertava seu braço. — A gente vai brincar com ela antes de comer.

Os outros dois começaram a rir, com um deles mexendo os quadris.

Delly sentiu a força de suas pernas sumindo, mas respirou fundo e reforçou sua determinação, percebendo que tinha um dever que ia além do sacrifício que estava prestes a sofrer.

— Façam o que quiser comigo — disse. — E vou fazer ser bom para vocês, desde que não machuquem o bebê.

Os olhos da mulher se estreitaram enquanto observava Delly, visivelmente nem um pouco feliz de Delly ter qualquer controle na situação atual.

— Vocês vão se divertir depois — disse ela aos três companheiros, observando um de cada vez. — Agora vão procurar alguma coisa cara. Vocês não querem chegar na chefe sem nada de valor, não é?

O brutamontes segurando Delly ficou tenso, mas não a soltou. Já seus companheiros começaram a correr imediatamente, tropeçando um no outro para obedecer às ordens de sua chefe.

— Por favor — disse Delly à mulher. — Eu não sou uma ameaça e não vou causar problema nenhum. Só não machuca minha menininha. Você também é mulher, você entende.

— Cala a boca — interrompeu a desconhecida de forma grosseira.

— Vou comer as duas! — gritou o gigante que segurava Delly, pegando a deixa pelo tom de voz da mulher.

A mulher se aproximou um passo a mais, com uma mão erguida, e Delly se encolheu. Mas o tapa não chegou nela, acertando o brutamontes, agora surpreso. A mulher recuou, olhando mais uma vez para Delly.

— Vou ver o que posso fazer com o bebê — disse ela calmamente.

— Por favor — implorou Delly.

— Você sabe que você já era — continuou a mulher. — Mas vai nos dizer onde achar o melhor tesouro e talvez o bebê saia vivo. Talvez até eu acabe adotando a garota.

Delly tentou não se encolher mais uma vez só de pensar naquilo.

O sorriso da desconhecida se abriu ainda mais quando ela se inclinou mais para perto, olhando o bebê.

— Afinal, ela não tem como nos dedurar para a guarda, não é?

Delly sabia que precisava dizer algo construtivo naquele momento, sabia que deveria ultrapassar a barreira de seu pavor e da loucura da situação toda e levar a mulher na melhor direção possível, pelo bem de Colson. Mas aquilo foi demais para ela, a percepção paralisante de que estava prestes a morrer, que sua filha estava em risco de vida e que não poderia fazer nada a respeito. Ela se atrapalhou, gaguejou, e acabou não conseguindo dizer uma palavra.

A mulher fechou o punho e socou Delly com força, bem no rosto. Quando Delly caiu, a estranha arrancou Colson de seus braços.

Delly estendeu as mãos enquanto caía, tentando pegar a menina de volta, mas o bandido enorme a empurrou com o antebraço, a fazendo cair ainda mais rápido. Ela caiu com as costas no chão, e ele não perdeu tempo em ficar sobre ela.

Um barulho de algo se quebrando ao lado ofereceu um alívio temporário quando todos se viraram na direção de um dos brutamontes em meio a uma pilha de cacos do que um dia foi parte de um aparelho de jantar — um aparelho de jantar muito caro.

— Acha logo alguma coisa para carregar tudo, seu idiota! — a mulher gritou para ele. Ela olhou ao redor, para toda a sala, finalmente vendo uma das cortinas, longa e pesada, então gesticulou para a criatura agir rápido.

Ela deu um suspiro enojado, então deu um passo à frente e chutou o brutamontes, ainda sobre Delly, nas costelas.

— Só mata essa desgraçada e acabe logo com isso — disse.

O brutamontes olhou para ela da forma mais desafiadora que já olhara até aquele momento e sacudiu a cabeça.

Para o desespero de Delly, a mulher só mexeu a mão de forma desdenhosa, cedendo.

Delly fechou os olhos e tentou fazer sua mente se desligar do corpo.

Aquele que havia derrubado o aparelho de jantar correu até a cortina ao lado da janela aberta e, com um puxão, a arrancou. Ele começou a voltar até o que sobrou do jogo de jantar, mas parou, observando uma escultura peculiar revelada ao remover a cortina. Era uma estátua em tamanho real de um elfo, usando trajes de aventureiro e aparentemente feita de algum material escuro, provavelmente um tipo de madeira ou pedra. Ela estava com os olhos fechados e duas cimitarras decoradas cruzadas sobre o peito.

— Hein? — disse o brutamontes.

— Hein? — repetiu ele, estendendo lentamente a mão para sentir o material suave da pele.

Os olhos de cor violeta se abriram, penetrantes, fazendo o grandalhão ficar congelado, parecendo dizer ao brutamontes que sua vida estava próxima ao fim.

Em um borrão de movimento que a criatura mal conseguiu processar, a "estátua" entrou em movimento, com as cimitarras cortando de todos os lados. O drow girou, ganhando impulso para cortes ainda mais poderosos. Um corte duplo, com uma cimitarra seguindo a outra, abriram o meio-ogro do ombro ao quadril. Um único passo deixou o drow ao lado do brutamontes enquanto caía. Ele inverteu a pegada da mão direita e enfiou uma das lâminas mágicas nas costas do meio-ogro, então, se jogando para o lado, cortou os tendões de seu oponente, em ambas as pernas, em um movimento preciso e devastador.

Drizzt deu mais um passo ao lado para desviar do meio-ogro desabando no chão.

— É uma boa ideia sair de cima dela — disse o drow casualmente para o próximo brutamontes ainda deitado sobre Delly, que olhava incrédulo para Drizzt.

Antes que a pirata pudesse sequer rosnar as ordens para matá-lo, o terceiro meio-ogro atravessou a sala correndo, o que o faria cair pela janela aberta. Mas, no meio do caminho, uma forma escura surgiu pelo ar, interceptando o brutamontes. Trezentos quilos de dentes e garras afiados interrompeu o progresso do meio-ogro até Drizzt, o lançando no centro da sala.

O rufião se debateu desesperadamente, mas a pantera tinha armas naturais e força bruta demais. Guenhwyvar mordeu um antebraço, sacudindo a cabeça, estilhaçando os ossos e rasgando a carne. O tempo todo, as patas frontais da pantera arranhavam o rosto do brutamontes desesperado, rápida demais para que se defendesse com o outro braço. As pernas traseiras poderosas de Guen fizeram as pernas e tronco do meio-ogro de apoio, com suas garras se afundando e então rasgando ainda mais.

O meio-ogro restante saiu de cima de Delly e se levantou. Ele ergueu sua arma, uma espada larga bastante pesada e correu na direção ao drow, na intenção de partir Drizzt ao meio com um golpe.

A espada acertou apenas o ar quando o drow ágil se desviou do golpe sem nenhuma dificuldade, então espetou a barriga de seu oponente com Fulgor e se afastou mais uma vez.

O meio-ogro se segurou no ferimento, mas só por um instante. Ele devolveu rápido o ataque com uma estocada direta.

A cimitarra Morte Gélida, na mão esquerda de Drizzt, desviou sem problemas a espada larga. Drizzt avançou, chegando ao lado do brutamontes e mais uma vez o estocou com Fulgor, desta vez fazendo a ponta da cimitarra raspar uma de suas costelas.

O meio-ogro rugiu e se virou, fazendo um corte poderoso no processo, mais uma vez na esperança de partir Drizzt ao meio. E, mais uma vez, acertou apenas o ar.

— Forte, mas lento — veio a voz do drow por trás dele. — Uma combinação terrível.

O meio-ogro gritou de medo e saltou para o lado, mas Morte Gélida foi mais rápida, cortando a lateral do seu pescoço. O meio-ogro correu três passos, com uma mão cobrindo seu pescoço rasgado, então caiu sobre um joelho, e então no chão. Se contorcendo em agonia.

Drizzt foi terminar o serviço, mas mudou a direção e congelou, encarando firmemente a mulher que havia recuado contra a parede ao lado das portas quebradas da sala. O bebê estava em seus braços e ela segurava uma adaga estreita contra a garganta da garotinha.

— O que um drow está fazendo em Águas Profundas? — perguntou a mulher, tentando soar calma e confiante, mas obviamente abalada. — Se a casa for seu alvo, ela é toda sua. Pode acreditar, não tenho interesse em falar com as autoridades.

Ela então parou e olhou com mais cuidado para Drizzt, abrindo um sorriso de reconhecimento.

— Ah, você não é um drow que saiu do Subterrâneo para invadir — comentou a mulher. — Você já navegou com Deudermont.

Drizzt fez uma reverência e nem perdeu tempo em tentar parar o último meio-ogro que ferira gravemente enquanto se arrastava na direção da mulher. Do outro lado da sala, Guenhwyvar se esgueirava ao longo da parede, flanqueando a mulher, deixando o corpo mutilado do outro meio-ogro em uma poça do próprio sangue.

— E quem é você que veio sem ser convidada à Casa de Deudermont? — perguntou Drizzt. — Junto com companheiros fora dos limites do aceitável.

— Me devolve a Colson! — implorou a segunda mulher, provavelmente Delly Curtie. Ela ainda estava no chão, apoiada nos cotovelos. — Por favor. Ela não fez nada.

— Silêncio! — gritou a pirata para ela, antes de olhar de volta para Drizzt, virando constantemente a adaga contra o pescoço da criança. — Ela vai ter a criança de volta, ainda viva — explicou a mulher. — Assim que eu estiver livre e longe daqui.

— Você está negociando com o que você só acha quem tem — comentou Drizzt, avançando um passo.

O meio-ogro chegou à sua chefe naquele momento. Com muito esforço, ele conseguiu se ajoelhar, apoiando os braços contra a parede.

Gayselle olhou rapidamente para ele, então moveu rapidamente uma mão, afundando a adaga na garganta do brutamontes. Ele caiu arquejando, moribundo.

A mulher, obviamente acostumada a batalhas, já estava com a adaga de volta à garganta do bebê em um instante, um movimento que fez Delly gritar e com que Drizzt e Guenhwyvar se aproximassem um pouco dela. Mas só um pouco, uma vez que a adaga voltara para lá rápido demais, e não havia dúvidas de que ela iria usá-la.

— Não tinha como levar ele comigo nem deixar essa ponta solta para trás — explicou ela quando o drow olhou para o cadáver.

— E eu não posso deixar você levar o bebê.

— Ah, você pode sim. Você não tem muita escolha — anunciou ela. — Eu vou embora daqui, e depois aviso onde vocês vão poder pegar a criança ilesa de volta.

— Não — corrigiu Drizzt. — Você vai devolver o bebê para a mãe, e depois vai embora e nunca mais vai voltar.

A mulher riu do absurdo.

— Sua pantera ia me pegar e derrubar antes mesmo de eu chegar na rua — disse.

— Eu dou minha palavra — ofereceu Drizzt.

Mais uma vez, ela riu.

— E eu lá vou acreditar na palavra de um elfo drow?

— E eu vou aceitar a palavra de uma ladra e uma assassina?

— Mas você não tem escolha, drow — explicou a mulher levando o bebê para mais perto de seu rosto e o olhando com uma expressão estranha, fria, enquanto passava a adaga de leve de um lado para o outro no pescoço de Colson.

Delly Curtie choramingou e afundou o rosto nas mãos.

— E como você vai me parar, drow? — provocou a mulher.

Assim que as palavras saíram de sua boca, um raio azulado atravessou a sala, sobre a forma caída de Delly Curtie, passando perigosamente perto da carne macia de Colson e acertando a pirata bem entre os olhos, fazendo com que batesse contra a parede e ficasse presa ali.

Os braços dela se abriram, se sacudindo em espasmos, e o bebê caiu de seus braços.

Mas não no chão, já que, assim que ouviu o som familiar do arco, Drizzt se jogou em um rolamento, parando logo em frente à mulher presa à parede e pegando Colson em suas mãos estendidas. Ele se levantou e olhou para a pirata.

Ela já estava morta. Os braços dela ainda repetiram os espasmos algumas vezes e ela finalmente parou de se mexer, e continuou pendurada ali, com o crânio espetado na parede. A pirata não conseguiria ver ou ouvir mais nada neste plano.

— Desse jeito aí — Drizzt respondeu mesmo assim.

Capítulo 13

A chegada do inverno

— Eu nunca gostei muito daqui — resmungou Bruenor quando ele e Regis estavam diante do portão para Luskan. Os guardas, suspeitando deles, os estavam fazendo esperar há tempo demais.

— Logo vão nos deixar entrar — respondeu Regis. — Eles sempre ficam assim na virada das estações, já que é quando a escória desce as montanhas. E é quando os bandidos de estrada entram na cidade, fingindo que sempre pertenceram ao lugar.

Bruenor cuspiu no chão.

Finalmente, o guarda que os havia parado voltou, junto a outro soldado mais velho.

— Meu amigo aqui disse que vocês vieram de Vale do Vento Gélido — comentou o homem mais velho. — E o que vocês trouxeram para vender no meio do inverno?

— Eu me trouxe e vai ter que servir — resmungou Bruenor. O soldado o olhou com uma expressão que dizia que não havia gostado nada do comentário.

— Viemos encontrar com alguns amigos que estão na estrada — Regis imediatamente interferiu em um tom de voz mais calmo.

Ele se posicionou entre Bruenor e o soldado, tentando aliviar uma situação potencialmente volátil — porque ultimamente qualquer situação envolvendo Bruenor Martelo de Batalha era volátil! O anão estava ansioso para encontrar seu filho perdido, e ai do ser que entrasse em seu caminho.

— Sou um conselheiro em Dez-Burgos — explicou o halfling. — Regis de Bosque Solitário. Talvez você já tenha ouvido falar de mim?

O soldado, já irritado com a atitude de Bruenor, cuspiu aos pés do halfling.

— Não.

— E meu companheiro é o próprio Bruenor Martelo de Batalha — disse Regis, de forma um tanto dramática. — Líder do Clã Martelo de Batalha em Dez-Burgos. Ele já foi, e logo voltará a ser, o Rei do Salão de Mitral.

— Também nunca ouvi falar.

— Ah, mas você vai — murmurou Bruenor. Ele fez menção de dar a volta em Regis, que correu para continuar em seu caminho.

— Você é durão, não é?

— Por favor, senhor, pare com essa bobagem — implorou Regis. — Bruenor não está nada bem, porque perdeu seu filho, que dizem estar navegando com o Capitão Deudermont.

Isso fez uma expressão confusa aparecer no rosto do soldado mais velho.

— Não ouvi falar de nenhum anão no *Fada do Mar* — disse.

— O filho dele não é um anão, mas é um guerreiro, forte e orgulhoso — explicou Regis. — O nome dele é Wulfgar.

O halfling achava que estava fazendo algum progresso, mas, ao mencionar o nome de Wulfgar, o soldado reagiu com uma expressão horrorizada e furiosa.

— Se aquele imbecil é seu filho, então você é tudo menos bem-vindo em Luskan! — declarou o soldado.

Regis suspirou, porque sabia o que iria acontecer. O machado, repleto de ranhuras, caiu no chão aos seus pés. Pelo menos Bruenor não cortaria o homem ao meio. O halfling tentou prever os movimentos do anão para continuar no caminho, mas Bruenor casualmente o pegou, se virou e pousou Regis atrás de si.

— Você vai ficar aqui — instruiu o anão, colocando um dedo calejado e torto na frente do rosto do seu amigo.

Quando ele voltou a olhar para o soldado, ele já havia sacado sua espada.

Bruenor olhou a cena e riu.

— Então, o que você estava falando sobre meu garoto?

— Eu disse que ele é um imbecil — disse o homem após olhar ao redor e garantir que haveria reforços por perto. — E tem um milhão de outros insultos que esse homem chamado Wulfgar merece, incluindo assassino e bandido!

Ele quase conseguiu terminar sua frase.

E a espada dele quase entrou em posição a tempo de bloquear o projétil de Bruenor — tal projétil sendo o corpo inteiro do anão.

Drizzt se virou e viu Cattibrie, suja e esfarrapada, de pé no lado de fora da janela, apoiada na vidraça com uma expressão sombria e Taulmaril na mão.

— Você demorou — comentou o Drow, mas sua piada não afetou Cattibrie, não tão perto do momento em que ela havia acabado de matar alguém.

Ela olhava além de Drizzt, sequer processando suas palavras. Será que algum dia essas ações deixariam de perturbá-la tanto?

Uma parte considerável da mulher que era Cattibrie esperava que não.

Delly Curtie quase saltou do chão e foi o mais rápido possível até Drizzt, correndo para atender ao chamado da criança, que chorava. A mulher ia se acalmando à medida que se aproximava, já que o drow, sorridente, estava com a criança ilesa, apesar de obviamente abalada, e a estendia na direção dela, entregando Colson sem nenhuma resistência.

— Seria bem mais fácil se você tivesse vindo logo atrás de mim — disse Drizzt a Cattibrie. — Teria evitado bastante dor de cabeça.

— Eu tenho cara de elfa? — rosnou a mulher em resposta, apontando para seus olhos, com sua visão bem menos apurada no escuro da noite de Águas Profundas. — Você acha que foi fácil escalar aquilo tudo?

Drizzt deu de ombros, ainda sorrindo. Afinal de contas, ele não teve dificuldade alguma em sua escalada.

— Então pode descer — insistiu Cattibrie. Ela jogou uma perna sobre a janela para entrar na sala, com movimentos lentos, porque a perna de sua calça estava rasgada e sua perna, sangrando. — Suba de novo com os olhos fechados e então você pode dizer que foi fácil escalar um monte de pedras molhadas.

Ela tropeçou para dentro, avançando alguns passos antes de recuperar o equilíbrio — o que a deixou cara a cara com Delly Curtie e o bebê.

— Cattibrie — disse a mulher. O tom de voz dela, ainda que suficientemente amistoso e grato, mostrava que estava um pouco desconfortável por ver Cattibrie ali.

A mulher de Vale do Vento Gélido fez uma reverência sutil.

— E você é Delly Curtie, a não ser que eu tenha me enganado — respondeu. — Eu e meu amigo acabamos de chegar de Luskan, da taverna de Arumn Gardbico.

Delly deu uma risada baixa e se permitiu respirar com calma pela primeira vez desde o começo da luta. Ela olhou de Cattibrie para Drizzt, já os conhecendo das histórias de Wulfgar.

— Nunca vi um drow antes — disse. — Mas já sei muito sobre você pelo que meu homem contou.

Sem conseguir evitar, Cattibrie se assustou com o comentário dela, arregalando os olhos azuis. Ela olhou para Drizzt e notou que ele a observava, já esperando sua reação. Ela apenas sorriu, sacudiu a cabeça e voltou a olhar para Delly.

— De Wulfgar — explicou Delly de forma inexpressiva.

— Wulfgar é seu homem? — perguntou Cattibrie sem rodeios.

— Costumava ser — admitiu Delly, mordendo o lábio inferior.

Cattibrie leu perfeitamente a mulher na sua frente. Ela entendeu que Delly estava com medo — não de sofrer qualquer dano físico, mas de que o retorno de Cattibrie à vida de Wulfgar fosse de alguma forma prejudicar seu relacionamento. Mas Delly parecia dividida porque, pelo que Cattibrie concluíra, ela não se sentia no direito de estar chateada pela chegada de Cattibrie e Drizzt, especialmente porque a dupla salvara seu bebê da morte certa.

— Viemos atrás dele — explicou Drizzt — para ver se não seria hora dele voltar para casa, para Vale do Vento Gélido.

— Ele não está mais sozinho, sabia? — disse Delly ao drow. — Agora ele tem... — ela ia falar de si, mas se interrompeu e falou de Colson em vez disso. — Ele tem essa pequenininha para cuidar.

— Ouvimos falar, mas parece uma história confusa — disse Cattibrie, chegando mais perto. — Posso segurar?

Delly puxou o bebê, que ainda estava chorando, mais para perto.

— Ela ainda está assustada — explicou. — É melhor ficar com a mãe.

Cattibrie sorriu para ela com gentileza genuína.

A alegria pelo resgate diminuiu drasticamente quando Drizzt deixou Delly e Cattibrie na sala e confirmou o quanto o bando havia sido sanguinário. Ele viu os corpos dos dois guardas no saguão, um perto da porta e outro nas escadas. Ele saiu pela porta da frente e gritou insistentemente até finalmente obter uma resposta.

— Chame a guarda — pediu Drizzt à pessoa da casa ao lado. — Um assassinato terrível acabou de acontecer!

O drow voltou para Delly e Cattibrie. Ele viu Delly sentada com a criança, tentando fazê-la parar de chorar e Cattibrie de pé perto da janela, olhando para fora, com Guenhwyvar deitada no chão ao lado dela.

— Ela tem histórias interessante sobre nosso Wulfgar para nos contar — disse Cattibrie a Drizzt.

— Ele vive falando de vocês — respondeu Delly. — Vocês deveriam saber os caminhos que ele trilhou.

— Então logo — respondeu Drizzt. — Mas agora não. As autoridades devem chegar em breve. — O drow olhou ao redor assim que terminou de falar, com seu olhar pousando alternadamente nos corpos dos intrusos. — Alguma ideia do que causou esse ataque? — perguntou ele a Delly.

— Deudermont tem muitos inimigos — lembrou Cattibrie de seu posto à janela, sem sequer se virar.

— Mas nada além dos de sempre — concordou Delly. — Muita gente ficaria feliz com a cabeça de Deudermont, mas não fiquei sabendo de nada novo.

Drizzt fez uma pausa antes de responder, na intenção de perguntar a Delly o que ela sabia sobre a pirata que teoricamente estava com o martelo de Wulfgar. Ele olhou mais uma vez para os intrusos mortos, prestando mais atenção na mulher.

O padrão se encaixava, ele percebeu, dado o que aprendera do encontro com Jule Pimenta em Vale do Vento Gélido e pelo que ouvira de Morik, o Renegado. Ele atravessou a sala, ignorando o som das autoridades entrando pela porta da frente e foi para perto da mulher morta, ainda presa à parede pela flecha de Cattibrie.

— O que você está fazendo? — perguntou Cattibrie a Drizzt quando ele puxou o colarinho da túnica ensanguentada do cadáver. — Só puxa esse raio dessa flecha para ela cair de uma vez.

Cattibrie estava obviamente desconfortável por ver a mulher morta, por ver sua última vítima, mas Drizzt não estava tentando tirá-la de lá. Longe disso: na verdade, o ângulo no qual ela estava era até melhor para o que ele queria ver.

Ele puxou uma cimitarra e usou o fio para cortar parte das roupas, o suficiente apenas para abaixar um pouco o tecido atrás do ombro da mulher.

O drow assentiu, nem um pouco surpreso.

— O que foi? — perguntou Delly de onde estava, onde ela havia pelo menos conseguido acalmar Colson.

A expressão de Cattibrie revelava que estava prestes a fazer a mesma pergunta, mas mudou quase imediatamente quando notou o ângulo pelo qual Drizzt estava olhando a mulher e a expressão que surgiu em seu rosto élfico.

— Ela foi marcada — respondeu Cattibrie, mesmo sem sair do lugar.

— A marca de Presa de Égide — confirmou Drizzt. — A marca de Sheila Kree.

— O que isso quer dizer? — perguntou Delly, preocupada, se levantando e indo até o drow, abraçando o bebê como se fosse uma armadura emocional viva. — Será que isso significa que Wulfgar e o Capitão Deudermont pegaram Sheila Kree e o pessoal dela quer vingança? — perguntou ela, olhando nervosa do drow para a mulher à janela. — Ou será que Sheila Kree afundou o *Fada do Mar* e agora está vindo acabar o serviço eliminando tudo relacionado ao Capitão Deudermont e a tripulação? — A voz dela foi ficando mais alta a cada palavra, sendo aos poucos tomada por uma onda de ansiedade.

— Ou talvez signifique que ela descobriu que Capitão Deudermont está atrás dela e então quis dar o primeiro golpe — respondeu Drizzt, ainda que não fosse muito convincente.

— Ou não significa nada — acrescentou Cattibrie — e é só uma coincidência.

Os outros dois olharam para ela, mas nenhum dos três, incluindo Cattibrie, acreditou nessas palavras.

A porta se abriu logo depois e um grupo de soldados entrou na sala. Alguns se viraram imediatamente para o drow, gritando ao ver um de seu povo ali, mas os outros reconheceram Drizzt, ou pelo menos reconheceram Delly Curtie e perceberam pela postura dela que o perigo havia passado. Foram eles quem contiveram seus companheiros.

Cattibrie conduziu Delly Curtie, com o bebê no colo, para fora da sala, chamando Guenhwyvar para que a seguisse, enquanto Drizzt relatava às autoridades o que havia acontecido naquela noite. O drow inclusive foi além, explicando os motivos prováveis de Sheila Kree para encomendar aquele ataque.

Após garantir que um grupo de soldados guardaria a casa, Drizzt subiu para se juntar às mulheres.

Elas pareciam estar em melhor humor, com Cattibrie embalando Colson e Delly descansando na cama, segurando uma taça de vinho.

Cattibrie assentiu para a mulher e, sem precisar de outra deixa, Delly começou a contar a história de Wulfgar, contando tudo sobre a derrocada de Wulfgar em Luskan, seu julgamento no Festival do Prisioneiro, sua fuga para o norte com Morik e as circunstâncias que o levaram à criança.

— Fiquei muito surpresa quando Wulfgar voltou para a Cutelo terminou Delly. — E atrás de mim!

Ela não conseguiu evitar um olhar na direção de Cattibrie ao dizer isso, de forma meio nervosa, meio superior. Mas a expressão da mulher de cabelos escuros não mudou.

— Ele veio pedir desculpas, mas ele devia desculpas a todo mundo ali — continuou Delly. — E então, fomos embora, todos os três: eu, ele e o bebê, e fomos atrás do Capitão Deudermont para ajudar Wulfgar a achar Presa de Égide. E eles estão navegando agora — terminou Delly, olhando para a janela que dava para o oeste. — Pelo menos é o que eu espero.

— Sheila Kree ainda não encontrou o *Fada do Mar* — disse Drizzt. — Ou, se encontrou, então o navio dela está no fundo do oceano e Wulfgar está voltando para Águas Profundas.

— Você não tem como ter certeza — disse Delly.

— Mas vamos descobrir — respondeu Cattibrie, determinada.

— Logo o inverno vai chegar — comentou o Capitão Deudermont para Wulfgar quando os dois estavam apoiados na balaustrada do *Fada do Mar* enquanto o navio navegava a toda velocidade. Eles não haviam encontrado nenhum pirata nas últimas semanas, e poucos navios mercantes, exceto pelos últimos grupos seguindo a rota para o sul de Luskan.

Wulfgar, que crescera em Vale do Vento Gélido e conhecia bem a mudança das estações — uma mudança bem drástica tão a norte — não discordava. Ele também tinha notado os sinais, a forma como o vento havia resfriado e mudado de direção, vindo mais do noroeste agora, além das águas geladas do Mar de Gelo Móvel.

— Não vamos parar em Luskan. Vamos direto para Águas Profundas — explicou Deudermont. — Lá, vamos preparar o navio para navegar no inverno.

— Então você não tem a intenção de parar nesse meio tempo — concluiu Wulfgar.

— Não. Mas vamos seguir para o sul do porto de Águas Profundas, não para o norte — explicou Deudermont. — Talvez passemos até de Portão de Baldur e sigamos ainda mais para o sul. Robillard já deixou claro que ele prefere um inverno agitado e falou várias vezes das Ilhas Piratas.

Wulfgar assentiu de forma sombria, entendendo o que Deudermont queria dizer nas entrelinhas pelo seu tom de voz. O capitão estava, de forma educada, o convidando a desembarcar em Águas Profundas e ficar com Delly e Colson.

— Você vai precisar da minha força — comentou Wulfgar, de forma não muito convincente.

— Não acho que Sheila Kree vá aparecer ao sul de Águas Profundas — disse Deudermont de forma mais clara. — Nunca falaram do *Quilha Sangrenta* ir para o sul da Cidade dos Esplendores. Ela tem a reputação de ancorar, seja lá onde for o ancoradouro dela, durante os meses de inverno.

E lá estava afirmação direta e sem rodeios. Wulfgar olhou para ele, tentando ao máximo não se ofender. Em nível lógico, ele entendia o raciocínio do capitão. Não fora muito útil no *Fada do Mar* ultimamente, e precisava admitir isso. Embora isso só o fizesse querer mais voltar à batalha, ele entendia que Deudermont tinha mais coisas para se preocupar além dos sentimentos de um guerreiro.

Wulfgar teve dificuldades em falar, mas, graciosamente, disse:

— Vou passar o inverno com minha família. Caso permita que passemos a estação em sua casa.

— É claro — disse Deudermont. Ele conseguiu sorrir e deu um tapinha gentil no ombro de Wulfgar, o que o fez esticar bastante o braço. — Aproveite estes momentos com sua família — disse ele em uma voz baixa e repleta de compaixão. — Vamos atrás de Sheila Kree na primavera, você tem minha palavra, e Presa de Égide vai voltar às mãos de seu verdadeiro dono.

Toda a alma de Wulfgar queria recusar toda essa ideia, queria gritar para Deudermont que ele não era um guerreiro quebrado, que conseguiria voltar à batalha, com toda a fúria e, ainda mais importante, com toda a disciplina necessária a uma tripulação experiente. Ele queria explicar ao capitão que reencontraria seu caminho, garantir a ele que o guerreiro Wulfgar, filho de Beornegar, estava esperando ser liberto de sua prisão emocional para retornar ao mundo.

Mas o bárbaro conteve seus pensamentos. Sob a luz de suas falhas recentes em combate, não tinha o direito de discutir com Deudermont, mas sim de aceitar graciosamente a desculpa do capitão de tirá-lo de seu navio.

O *Fada do Mar* chegaria a Águas Profundas em uma semana e Wulfgar ficaria por lá.

Delly Curtie viu Drizzt e Cattibrie arrumando suas coisas e se preparando para sair da casa de Deudermont de manhã bem cedo.

— O *Fada do Mar* deve chegar logo — explicou ela aos dois.

— É provável — concordou Drizzt. — Mas temo que, se houver notícias de um confronto entre Kree e o *Fada do Mar*, elas virão mais do norte. Vamos para Luskan encontrar alguns amigos e seguir o rastro até Kree ou Wulfgar.

Delly pensou por um instante.

— Tudo bem. Só me deixe arrumar minhas coisas e preparar Colson.

Cattibrie já estava sacudindo a cabeça antes mesmo que Delly terminasse de falar.

— Vocês vão diminuir nosso ritmo — disse.

— Se vocês vão atrás de Wulfgar, então eu vou junto — respondeu a mulher com firmeza.

— Não sabemos se vamos até Wulfgar — respondeu Cattibrie por sua vez, com honestidade e uma calma controlada. — Pode ser que logo

Wulfgar esteja aqui com o *Fada do Mar*. Se for o caso, é melhor que você esteja aqui para recebê-lo, até onde sei.

— Se vocês forem conosco e o *Fada do Mar* aportar em Águas Profundas, Wulfgar vai estar terrivelmente preocupado — explicou Drizzt. — É melhor vocês ficarem aqui. A guarda vai cuidar da proteção de vocês duas.

Delly ficou olhando para os dois por uns instantes, com a hesitação evidente em seu rosto. Cattibrie percebeu, e com toda a certeza entendia o que passava em sua cabeça.

— Se encontrarmos Wulfgar primeiro, vamos voltar com ele para cá — disse, e Delly relaxou visivelmente.

Após alguns segundos, a mulher assentiu, concordando.

Drizzt e Cattibrie saíram logo depois, após garantir com as autoridades a segurança da casa de Deudermont, tranquilos de que Delly e Colson estariam protegidas dia e noite.

— Estamos viajando de um lado para o outro — comentou Cattibrie para o drow enquanto saíam pelo portão ao norte da cidade. — E, enquanto isso, Wulfgar está navegando de um lado para o outro. Eu espero que nossos caminhos se cruzem, mas acho que ele vai chegar em Águas Profundas quando estivermos chegando em Luskan.

Drizzt não sorriu em resposta ao tom brincalhão dela. Ele apenas a encarou intensamente, dando a ela tempo o suficiente para refletir sobre o ataque da noite anterior e das suposições perigosas que poderiam fazer, então disse de forma sombria.

— Só podemos esperar que o *Fada do Mar* ainda esteja navegando e que Wulfgar ainda esteja vivo.

Parte 3
O rastro de sangue

Mais uma vez Cattibrie me mostra que me conhece melhor do que conheço a mim mesmo. Quando entendemos que Wulfgar estava escalando o fundo do poço, e estava realmente emergindo como o guerreiro que fora um dia, eu preciso admitir que senti um pouco de medo, um pouco de ciúmes. Será que ele voltaria a ser o homem que conquistara o coração de Cattibrie? Ou será que ele de fato já chegou a conquistá-lo em algum momento? Será que o casamento deles, que estava sendo planejado, era mais uma questão de conveniência para ambos, uma união lógica para os únicos dois humanos, com a mesma idade e beleza, de nosso pequeno grupo?

Acho que foi um pouco das duas coisas, e por isso senti ciúmes. Porque, ainda que eu entenda que me tornei alguém especial para Cattibrie de forma que jamais imaginaria, há uma parte de mim que deseja que mais ninguém houvesse sido tão especial. Porque, apesar de ter certeza de que nós dois tenhamos sentimentos novos e empolgantes para ambos, não gosto de pensar na possibilidade de que ela já tenha sentido essas mesmas emoções com outra pessoa, mesmo que seja com um amigo tão querido.

Talvez especialmente se for com um amigo tão querido!

Mas mesmo admitindo tudo isso, eu sei que preciso respirar fundo e afastar meus medos e ciúmes. Eu preciso lembrar que amo Cattibrie, e que esta mulher só é a pessoa que chegou a ser graças a uma combinação de todas as experiências que a trouxeram até aqui. Se eu preferiria que sua família humana jamais tivesse morrido? Por um lado, é óbvio que sim! Mas, se essa tragédia não houvesse acontecido, Cattibrie não teria se tornado a filha adotiva de Bruenor e nem teria sequer começado a viver em Vale do Vento Gélido. Dito isto, é improvável que sequer houvéssemos nos conhecido. Se ela fosse criada de uma forma tradicional para os humanos, ela jamais seria a guerreira que é hoje em dia, a pessoa que entende melhor meu senso de aventura, que aceita as dificuldades da estrada com bom humor e sempre pronta para os riscos, permitindo que eu arrisque — a tudo! — ao enfrentar os elementos e monstros do mundo.

Ficar questionando o passado, eu acho, não é nada útil. Cada um de nós chegamos aos pontos atuais de nossas vidas por causa de inúmeras circunstâncias e nós, cada um de nós, temos a responsabilidade de, caso não gostemos de onde estamos, seguirmos em frente na estrada da vida e encontrarmos um caminho melhor caso o atual não nos sirva ou de seguirmos felizes pelo atual se for esse o caminho que desejamos para nossas existências. Se mudarmos as coisas ruins que aconteceram no passado, isso mudaria fundamentalmente quem somos agora e, se isso é algo bom ou não, é impossível dizer.

Então eu aceito minhas experiências passadas e dou espaço para Cattibrie lidar com as dela, tentando não sofrer pelas experiências de nenhum dos dois. Eu só tento unir nossa existência atual em algo que é maior e mais bonito em conjunto.

Mas e Wulfgar? Ele tem uma nova esposa e uma filha que não veio dele nem dela. Ainda assim, era óbvio pela expressão de Delly Curtie e pela disposição dela de se sacrificar para evitar que a criança fosse ferida que ela ama o bebê como se houvesse saído de seu ventre. Acho que o mesmo vale para Wulfgar porque, apesar de tudo pelo que ele passou e seu comportamento mais recente, eu sei quem ele é no fundo, debaixo da barreira emocional alta e firme.

Eu sei, pelo que ela mesma disse, que ele ama essa mulher, Delly Curtie, e também sei que ele já amou Cattibrie.

O que é essa coisa misteriosa? Esse amor? O que traz essa magia mais difícil de se definir? Por tantas vezes já ouvi pessoas afirmando que seus parceiros são seu único amor, a única forma possível de completar a própria alma, e de fato me sinto assim quanto a Cattibrie e espero que ela se sinta da mesma forma. Mas, a nível lógico, será que isso é possível? Existe alguma outra pessoa capaz de completar a alma de outra? Sempre há alguém destinado a você ou é uma questão de circunstâncias?

Ou será que os seres racionais têm a capacidade de amar mais de uma pessoa e são situações, em vez de destino, que os unem?

A nível lógico, eu sei que a resposta é a última. Ou sei que se Wulfgar, ou Cattibrie, ou mesmo eu, vivêssemos em outra parte do mundo, provavelmente encontraríamos esta conexão especial de almas com outra pessoa. A nível lógico, em um mundo tão diverso, só pode ser assim, caso contrário, como as almas gêmeas se encontrariam? Eu sou um ser racional e eu sei que esta é a verdade.

Então por que, ao olhar para Cattibrie, nenhum destes argumentos lógicos fazem sentido? Eu me lembro de quando nos conhecemos, quando ela mal era uma jovem — uma garota, na verdade — e eu a vi na face do Sepulcro de Kelvin. Eu me lembro de olhar naqueles olhos azuis naquele instante, ver aquele sorriso gentil e notar seu coração aberto — algo que não vira antes desde minha chegada à superfície, e sentir um vínculo ali, uma magia que não consigo explicar. À medida que ela crescia, o vínculo apenas se fortalecia.

Então foram as circunstâncias ou foi o destino? Eu sei o que a lógica diz.

Mas também sei o que meu coração me diz.

Foi o destino. Eu fui destinado a ela.

Talvez as circunstâncias permitam que algumas, talvez a maioria das pessoas, encontrem alguém, mas a realidade vai muito além disso. Talvez algumas pessoas apenas tenham mais sorte que as outras.

Quando olho nos olhos azuis de Cattibrie, quando vejo seu sorriso gentil ou sinto seu coração aberto, eu sei que eu tenho.

— Drizzt Do'Urden

Capítulo 14

Confirmação

— Você está de olho em Le'lorinel? — perguntou Sheila Kree a Bellany quando a mulher chegou em seu quarto sob o som do vendaval naquele dia de outono.

— Da última vez que vi estava trabalhando, no *Quilha Sangrenta*, em qualquer tarefa sem discutir ou reclamar.

— É o que eu espero dc alguém que veio nos espionar.

Bellany deu de ombros, afastando seus cabelos escuros, com uma expressão que discordava das suspeitas de Sheila Kree.

— Eu visitei Le'lorinel em particular, sem permissão. De forma mágica, para que achasse que o quarto estava vazio. Não vi nem ouvi nada que me fizesse duvidar daquela história.

— Um drow — comentou Sheila Kree, indo para a janela que dava para alto mar, com seus cabelos vermelhos voando para trás de si graças ao vendaval salgado que entrava. — Um drow vem atrás de nós, pelo que Le'lorinel disse. — Ela parou então para observar Bellany, que parecia capaz de acreditar em qualquer coisa naquele momento.

— Se esse drow, se esse Drizzt Do'Urden, vier atrás de nós, então vai ser útil não termos descartado ninguém — argumentou a feiticeira.

Sheila Kree se virou novamente para o mar, sacudindo a cabeça como se parecesse impossível.

— E por quanto tempo devemos esperar até decidirmos se temos ou não um caso de espionagem aqui? — perguntou.

— Não podemos fazer Le'lorinel passar pela quilha com o *Quilha Sangrenta* ancorado mesmo — disse Bellany com uma risada baixa, com um argumento que melhorou o humor de Sheila. — E acho que o inverno não vai ser tão longo.

Não foi a primeira vez que as duas debateram o mesmo assunto. Desde a chegada de Le'lorinel com sua história terrível de um drow e um rei anão em busca do martelo que Sheila acreditava ter comprado de forma honesta daquele idiota do Josi Poças, a capitã e sua conselheira feiticeira passaram incontáveis dias e horas debatendo o novo acréscimo ao seu bando. E, em vários destes dias, Bellany fazia Sheila acreditar que Le'lorinel não sobreviveria para ver o dia seguinte.

E, ainda assim, continuava sobrevivendo.

— Uma visitante, chefa — veio um grito gutural da porta. Um guarda meio-ogro entrou, acompanhando uma mulher alta e esguia de cabelos pretos, ladeada por dois outros meio-ogros. Tanto Sheila quando Bellany ficaram boquiabertas ao notar a recém-chegada.

— Jule Pimenta — disse Sheila, incrédula. — Achei que você já era dona de metade de Dez-Burgos a essa altura!

A recém-chegada, encontrando conforto no tom receptivo de sua antiga chefe, soltou os braços das mãos dos dois brutamontes e atravessou o quarto para abraçar Sheila e Bellany.

— Eu estava me saindo bem — ronronou a ladra de estradas. — Eu estava comandando um bando com força razoável com um plano bastante seguro. Ou ao menos foi o que eu pensei, até um drow miserável ter aparecido com os amigos dele e acabado com a festa.

Sheila Kree e Bellany se entreolharam, surpresas, com a capitã pirata dando uma risada chocada.

— Um drow? — perguntou ela a Jule. — Por acaso ele se chama Drizzt Do'Urden?

Mesmo sem a ajuda de magos e clérigos, sem magias de adivinhação e comunicação, as notícias voavam pelas margens a norte da Costa da Espada, especialmente quando tinham relação com as pessoas que viviam fora das restrições legais, e ainda mais quando o dia fora salvo por alguém de uma herança que não era conhecida por tais ações. De taverna a taverna, rua a rua, barco a barco e porto a porto correram as histórias sobre os eventos na casa do Capitão Deudermont, sobre a noite em que um drow misterioso e suas duas companheiras, uma delas uma gata gigante, impediram um roubo e uma chacina na casa do bom capitão. Poucos notaram a conexão entre Drizzt e Wulfgar, ou mesmo Drizzt e Deudermont, mesmo que alguns soubessem que um drow já fizera parte da tripulação do *Fada do Mar*. Era uma história interessantíssima por si só, mas, para os habitantes das áreas periféricas da cidade, aqueles que entendiam que atentados assim, contra um cidadão nobre e heroico, raramente eram casos isolados, o interesse era ainda maior. Havia, com toda a certeza, algo maior por trás dos eventos na casa do famoso capitão.

E, assim, a história se alastrou pela Costa da Espada e, em algum momento, de fato conseguiu ajuda mágica para ir ainda além, e, assim, as notícias sobre os acontecimentos naquela casa chegaram antes mesmo de Drizzt e Cattibrie em Luskan, e continuou seguindo para cada vez mais ao norte.

Sheila Kree estava sabendo sobre a morte de Gayselle antes mesmo do drow passar pelo portão ao sul de Luskan.

A pirata descontava seu acesso de raiva no quarto, virando as mesas e xingando ininterruptamente. Ela chamou dois guardas meio-ogros apenas para gritar com eles e esbofeteá-los, descarregando suas frustrações por bastante tempo.

Finalmente, quando estava exausta demais para continuar, a pirata ruiva dispensou os guardas e pegou uma cadeira para se sentar, ainda xingando em voz baixa.

Não fazia sentido para ela. Quem era este drow imbecil — o mesmo que estragara a empreitada de Jule Pimenta em busca de criar um bando poderoso em Dez-Burgos — e como ele acabou na casa do Capitão Deudermont no momento certo para interceptar o bando de Gayselle? Sheila Kree fechou os olhos para tentar pensar melhor.

— Mudando a mobília de lugar? — Veio uma pergunta da porta, e Sheila abriu os olhos para encontrar Bellany, com um sorriso confuso no rosto, de pé na entrada.

— Ficou sabendo de Gayselle? — perguntou Sheila.

A feiticeira deu de ombros, como se não fosse importante.

— Não vai ser a última que vamos perder.

— Acho que estão falando demais de um certo elfo drow ultimamente — comentou Sheila.

— Parece que temos um inimigo — concordou Bellany. — Que bom que nos avisaram antes.

— Cadê Le'lorinel?

— Trabalhando no navio, como sempre. Ainda não ouvi uma reclamação.

— Dá para ver que existe um foco absurdo ali.

— Foco em um certo elfo drow — concordou Bellany. — Acha que é hora de oferecer uma pequena promoção a Le'lorinel?

— Acho que é hora de conversar, pelo menos — respondeu Sheila. Bellany começou a agir imediatamente: ela assentiu, se virou e foi buscar quem trouxera a história que havia ficado ainda mais intrigante após o retorno de Jule Pimenta e as notícias do desastre em Águas Profundas.

— Quando você chegou, achei que só iria te matar e acabar logo com isso — comentou Sheila Kree sem rodeios. A pirata assentiu para seus guardas, que agarraram Le'lorinel pelos braços.

— Eu não menti para você. Não fiz nada para merecer…

— Ah, mas você vai ter o que merece — garantiu Sheila Kree. Ela se aproximou e agarrou um punhado da camisa de sua vítima, e, com um sorriso cruel e um movimento brusco, rasgou a camisa, despindo Le'lorinel até a cintura.

Os dois meio-ogros soltaram risadinhas. Sheila Kree acenou na direção da porta que ficava nos fundos do quarto e foi para lá que arrastaram Le'lorinel, para dentro de uma sala menor, sem decorações exceto por uma fogueira perto de uma parede e uma bancada de pedra na altura da cintura no centro.

— O que vocês estão fazendo? — Veio a pergunta em um tom de voz que parecia calmo demais para alguém em uma situação tão complicada.

— Vai doer — avisou Sheila Kree quando os meio-ogros empurraram Le'lorinel contra a bancada, segurando firme, por mais que sua carga continuasse se debatendo com todas as forças.

— Agora, fale mais sobre o drow, Drizzt Do'Urden — comentou Sheila.

— Eu já falei tudo, de verdade!

— Então fale de novo — ordenou Sheila.

— Isso. Fale. — Veio outra voz, a de Bellany, que acabara de entrar no lugar. — Fale mais sobre esta criatura fascinante que acabou se tornando tão importante para nós.

— Eu fiquei sabendo do que aconteceu na casa de Deudermont. — Veio o comentário contra a bancada, marcado por rosnados quando os meio-ogros exageravam no aperto. — Eu avisei que Drizzt Do'Urden era um inimigo poderoso.

— Mas é um que você acha que pode derrotar — acrescentou Sheila.

— Me preparei para isso por anos.

— E se preparou para a dor? — perguntou Sheila de forma perversa. Le'lorinel sentiu um calor intenso.

— Eu não mereço isso! — O grito de protesto foi substituído por um de agonia quando o metal em brasa tocou nas costas de Le'lorinel.

O cheiro nauseante de pele queimada se espalhou pelo cômodo.

— Agora, fale tudo sobre Drizzt Do'Urden mais uma vez — exigiu Sheila Kree mais tarde, após Le'lorinel voltar a si. — Tudo mesmo, incluindo o motivo de toda essa determinação em vê-lo morto.

Ainda contra a bancada de pedra, Le'lorinel encarou a pirata.

— Chega, já podem soltar! — disse Sheila aos meio-ogros. — E vão os dois embora!

Os guardas correram para seguir as ordens recebidas. Com muito esforço, Le'lorinel se levantou.

Bellany jogou uma camisa em suas mãos.

— É melhor esperar um pouco antes de vestir isso — explicou a feiticeira.

Le'lorinel assentiu e começou a se alongar, tentando afrouxar as novas cicatrizes.

— E eu quero ouvir tudo — explicou Sheila. — Você me deve a história toda agora.

Le'lorinel olhou para a pirata por um instante, então se esticou tentando ver sua nova marca, o símbolo de Presa de Égide, a marca de aceitação e hierarquia no bando de Sheila.

Com os olhos estreitos em ameaça e os dentes trincados na fúria que abafava a dor da queimadura, Le'lorinel começou:

— Tudo. E você vai acreditar que nunca vou descansar até Drizzt Do'Urden estar morto e pelas minhas mãos.

Mais tarde, Sheila, Bellany e Jule Pimenta estavam juntas no quarto de Sheila, absorvendo tudo o que acabaram de ouvir sobre Drizzt Do'Urden e seus companheiros, que aparentemente estavam caçando Sheila para recuperar o martelo.

— Demos sorte de Le'lorinel ter vindo para cá — admitiu Bellany.

— E vocês acham que vai dar conta do drow? — perguntou Sheila com uma risada que deixava claro o quanto duvidava. — Malditos drow. Nunca vi um. E nunca quis ver.

— Não faço ideia se Le'lorinel tem ou não qualquer chance contra esse drow — respondeu Bellany de forma honesta. — Mas sei que o ódio que sente por Drizzt é imenso e genuíno, e, seja lá o tamanho das chances, é Le'lorinel quem deve liderar o ataque se Drizzt Do'Urden vier até nós. Isso já é um benefício. — Quando terminou, ela se virou para Jule Pimenta, a única dentre as três que já vira Drizzt e seus amigos.

— Eu pensaria duas vezes antes de apostar contra aquele grupo — disse Jule. — A sinergia deles é impecável, vinda de anos de batalhas lutadas lado a lado, e cada um deles, até o halfling, é formidável.

— E os outros? — perguntou a capitã, obviamente nervosa. — E esse rei anão, Bruenor? Acha que ele vai trazer um exército com ele?

— Quando os encontrei em Vale do Vento Gélido, o anão estava com o resto do grupo, mas sem nenhum apoio extra do clã — respondeu Jule. — Mas, se Bruenor souber da força de nosso bando, ele pode decidir juntar o Clã Martelo de Batalha.

— E? — perguntou Sheila.

— Então vamos para o mar, com ou sem tempestade de inverno — interferiu Bellany imediatamente. Sheila se virou para repreendê-la, mas percebeu que Jule estava concordando com a cabeça, e, na verdade, as águas geladas ao norte da Costa da Espada parecia o menor dos males se comparado contra um exército de anões hostis.

— Dizem que, quando Wulfgar estava em Luskan, ele estava trabalhando para Arumn Gardbico na Cutelo — informou Jule, que estivera em Luskan naquela época.

— Foi aquele amigo imbecil de Arumn que me vendeu o martelo — comentou Sheila.

— Mas o companheiro de exílio dele é um velho amigo meu — continuou Jule. — Um ladrão bem escorregadio conhecido como Morik, o Renegado.

Sheila e Bellany se entreolharam e assentiram. Sheila ouvira falar de Morik, mas não a fundo. Bellany, porém, conhecia muito bem o homem, ou ao menos conhecera, quando era uma aprendiz na Torre Central do Arcano. Ela olhou para Jule, levando em consideração o que sabia sobre o lado mais carnal de Morik e entendeu o que a mulher, linda e atraente, provavelmente quis dizer ao chamá-lo de "velho amigo".

— Ah, pelos deuses! — bufou Sheila Kree logo depois, deixando a cabeça baixar após várias coisas ficarem claras ao mesmo tempo.

As duas companheiras olhando para ela.

— Deudermont está nos caçando — explicou Sheila Kree. — Do que vocês acham que ele está atrás?

— E sabemos se ele está atrás de alguma coisa específica? — respondeu Bellany, com suas sílabas desacelerando ao terminar a frase, como se começando a entender.

— E agora Drizzt e a namorada estão nos esperando na casa de Deudermont — continuou Sheila.

— Então Deudermont também está atrás de Presa de Égide — concluiu Jule Pimenta. — Tudo está conectado. Mas Wulfgar não está, ou pelo menos não estava, com Drizzt e os outros em Vale do Vento Gélido, então...

— Wulfgar deve estar com Deudermont — terminou Bellany.

— Vou fazer Josi Poças pagar por isso, podem ter certeza — afirmou Sheila de forma sombria, se reclinando em seu assento.

— Não sabemos onde Wulfgar está — interferiu Jule Pimenta. — Mas sabemos que Deudermont provavelmente não vai para o norte de Águas Profundas na próxima estação, então, se Wulfgar estiver com Deudermont...

Ela parou quando Sheila rosnou e se levantou de um salto, batendo um punho na palma aberta.

— Não sabemos o suficiente para tomar qualquer decisão — resmungou. — Precisamos descobrir mais.

Um silêncio desconfortável tomou conta do lugar, finalmente quebrado por Jule Pimenta.

— Morik — Bellany e Sheila olharam para ela.

— Morik, o Renegado, é uma das pessoas com mais conhecimento nas ruas de Luskan — explicou Bellany, entendendo. — E que já foi próximo de Wulfgar, como você acabou de dizer. Talvez ele tenha algumas respostas.

Sheila pensou por uns instantes.

— Podem trazer ele para cá — ordenou ela a Bellany, que possuía poderes mágicos que podiam levá-la rapidamente a Luskan, apesar da estação. Bellany assentiu e, sem mais uma palavra, se levantou e saiu.

— Drow e martelos — comentou Sheila Kree quando ela e Jule estavam sozinhas. — E uma aparição élfica misteriosa e bela…

— Uma aparição no mínimo exótica, se não for bela — concordou Jule. — E eu admito que gostei do que vi. Especialmente aquela máscara preta.

Sheila Kree riu da loucura da situação e sacudiu a cabeça com força.

— Se Le'lorinel sobreviver a isso, então talvez haja alguém da raça élfica no comando — explicou.

— Uma aparição élfica das mais misteriosas, belas e exóticas — concordou Jule com uma risada. — Que talvez tenha exagerado um pouco na loucura.

Sheila olhou para ela com uma expressão incrédula.

— E quem aqui não exagerou na loucura?

Capítulo 15

Bebendo com um anão rabugento

— Eu deveria saber que vocês dois iam sair correndo sozinhos. — Uma voz escandalosa os cumprimentou alto quando Drizzt e Cattibrie entraram na Cutelo em Luskan. Bruenor e Regis estavam sentados no balcão, de frente para Arumn Gardbico, ambos parecendo ainda bastante sofridos graças à sua jornada extenuante.

— Não achei que vocês viriam — comentou Drizzt, puxando uma cadeira para se sentar ao lado de seus amigos. — Levando em conta a época do ano.

— E é pior do que você imagina — murmurou Regis, fazendo tanto Drizzt quanto Cattibrie olhar para Bruenor em busca de uma explicação.

— Ah, só uma tempestadezinha, nada demais — berrou o anão.

— Tempestade*zinha*? Só se você for um gigante da montanha — balbuciou Regis em voz baixa, fazendo Bruenor bufar.

— Traz um vinho para o meu amigo e a minha garota aqui — disse Bruenor a Arumn, que já estava providenciando a bebida. Assim que as bebidas foram entregues e Arumn, assentindo para a dupla, começou a se afastar, a expressão do anão de barba ruiva ficou mais séria.

— E cadê o meu garoto? — perguntou.

— Com Deudermont, navegando no *Fada do Mar*, até onde sabemos — respondeu Cattibrie.

— E não estão ancorados aqui — comentou Regis.

— Nem em Águas Profundas, apesar de que devem chegar antes do inverno — explicou Drizzt. — É o que o Capitão Deudermont normalmente faz, com o objetivo de abastecer bem o navio para o inverno.

— Depois disso, devem ir para o sul — acrescentou Cattibrie — e não voltar para Águas Profundas até a primavera.

Bruenor bufou mais uma vez, desta vez com a boca cheia de cerveja, e acabou cuspindo metade dela em Regis.

— Então o que estamos fazendo aqui? — exigiu ele. — Se meu garoto vai chegar em Águas Profundas e só vai voltar depois de meses, por que não estamos na estrada para encontrar com ele?

— Deixamos um recado — explicou Drizzt.

— Recado? — ecoou o anão, incrédulo. — E que recado foi esse? Oi? Tudo bem? Bota um casaco no inverno? Seu elfo idiota, eu estava contando com você para trazer nosso garoto de volta!

— É complicado — respondeu Drizzt.

Só então Cattibrie notou que tanto Arumn Gardbico quanto Josi Poças estavam se aproximando lentamente, de ouvido em pé na direção dos quatro amigos. Ela não os repreendeu, porque entendia bem a preocupação deles.

— Encontramos Delly — disse, se virando na direção dos dois. — E a criança, Colson.

— E como vai minha Delly? — perguntou Arumn, e Cattibrie não deixou passar o fato de que Josi Poças estava mordendo o lábio em expectativa. Provavelmente ele gostava da moça, Cattibrie percebeu.

— Ela está bem, assim como a garotinha — interrompeu Drizzt —, embora elas estivessem em perigo quando chegamos.

Todos os quatro da audiência se assustaram com as palavras agourentas.

— Foi Sheila Kree, a pirata. Pelo menos é o que achamos — explicou Drizzt. — Por algum motivo, ainda não sei ao certo qual, ela decidiu mandar um grupo atacar Águas Profundas.

— Ela estava atrás do meu garoto? — perguntou Bruenor.

— Ou querendo assustar Deudermont, que está atrás dela tem meses — comentou Arumn, sempre bem-informado, já que ouvia às fofocas dos vários marinheiros que frequentavam sua taverna.

— Uma coisa ou outra. Por isso voltamos: para descobrir a verdade — respondeu Drizzt.

— E sabemos se o *Fada do Mar* não afundou?

Os olhos do halfling se arregalaram e ele mordeu o lábio inferior assim que ouviu o que havia acabado de dizer, com a forma como se encolheu mostrando que ele havia percebido, tarde demais, o tamanho do impacto que a destruição daquele navio teria em Bruenor.

Mas ainda era uma pergunta válida, e uma que Drizzt e Cattibrie haviam planejado fazer para Arumn antes mesmo de chegarem em Luskan. Os dois olharam para o taverneiro, com a pergunta em suas expressões.

— Não ouvi nada dele afundando — respondeu Arumn. — No entanto, se Sheila Kree pegou o *Fada do Mar*, pode passar meses até a notícia chegar aqui. Mas acho que não. O pessoal no cais fala que ninguém é páreo ao *Fada do Mar* em alto mar.

— Tente descobrir alguma coisa, eu imploro — disse Drizzt a ele.

O taverneiro assentiu e fez sinal para Josi sair perguntando.

— Eu duvido muito de que Sheila tenha conseguido chegar perto do *Fada do Mar* — ecoou Drizzt, para acalmar Bruenor, ainda que com bastante convicção. — Ou, se chegou, quem chegou na casa de Deudermont foi o que sobrou do bando, tentando conseguir alguma vingança pela destruição do navio de Sheila e a perda da tripulação. Passamos cinco anos com Deudermont, e não vimos um único navio capaz de vencer o *Fada do Mar*.

— Ou o mago de lá, Robillard — acrescentou Cattibrie.

Bruenor continuou a encarar os dois firmemente, visivelmente à beira de um colapso nervoso causado pela preocupação com seu filho sumido.

— Então vamos esperar? — perguntou ele algum tempo depois. Era óbvio por seu tom de voz que não estava nem um pouco feliz.

— O inverno vai interromper a caçada ao navio de Sheila Kree explicou Drizzt, baixando a voz para que apenas os companheiros o ouvissem. — E provavelmente Sheila não vai navegar nesse período. Ela tem que estar ancorada em algum lugar.

Isso pareceu fazer Bruenor se acalmar um pouco.

— Então vamos atrás dela — disse, determinado. — E pegamos meu martelo de volta.

— E, com sorte, Wulfgar se junta a nós — acrescentou Cattibrie. — Assim, ele empunha Presa de Égide mais uma vez. Assim, ele descobre o lugar dele e o lugar do martelo.

Bruenor levantou a caneca de cerveja em um brinde àquela sensação de esperança, e todos os outros se juntaram a ele, cada um entendendo que os desejos de Cattibrie eram o cenário mais otimista e que havia uma estrada bem mais sombria a espera de todos.

Na discussão que se seguiu, os companheiros decidiram passar os próximos dias revirando as áreas mais próximas de Luskan, incluindo o cais. Arumn e Josi, e Morik, o Renegado, assim que conseguissem encontrá-lo, perguntariam o que pudessem sobre o *Fada do Mar* e Sheila Kree. O plano daria a Wulfgar uma oportunidade de alcançá-los, talvez, se recebesse as notícias em Águas Profundas e essa fosse sua intenção. Também era possível que o *Fada do Mar* passasse por Luskan a caminho de Águas Profundas. Se isso acontecesse, seria em breve, Drizzt sabia, porque estava cada vez mais frio.

Drizzt pediu mais uma rodada para os quatro, então fez os outros esperarem antes de começarem a beber. Ele levantou sua própria taça em mais um brinde, uma reafirmação do brinde de Bruenor.

— As notícias são melhores do que esperávamos quando saímos de Dez-Burgos — lembrou ele a todos. — Até onde sabemos, nosso amigo está vivo, bem e em boa companhia.

— A Wulfgar! — disse Regis quando Drizzt terminou de falar.

— E a Delly Curtie e a Colson — acrescentou Cattibrie com um sorriso para Bruenor e, principalmente, para Drizzt. — Nosso amigo arrumou uma excelente esposa e uma filha que será forte sob a tutela de Wulfgar.

— Ele aprendeu a ser pai com o melhor, eu diria — comentou Drizzt, sorrindo alegre para Bruenor.

— É uma pena que ele não é muito bom em criar uma garota — acrescentou Cattibrie, esperando exatamente o momento que Bruenor começasse a engolir a cerveja para fazer sua piada.

Previsivelmente, Bruenor acabou cuspindo, e o pobre Regis ficou encharcado mais uma vez.

Morik, o Renegado, fez uma expressão curiosa, apesar de não haver um traço de desagrado, quando abriu a porta de seu apartamento e viu uma mulher baixa e esguia de cabelos escuros à sua espera.

— Acho que você entrou no lugar errado — sugeriu Morik com gentileza, enquanto seus olhos escuros observavam a mulher com bastante interesse. Ela era bonita, e tinha uma compostura perfeita com um toque de inteligência que Morik sempre havia achado atraente.

— Muitas pessoas diriam que a casa de Morik, o Renegado, é o lugar errado para se estar — respondeu a mulher. — Mas não, aqui é exatamente o lugar que eu estava procurando. — Ela deu um sorriso evasivo e examinou Morik com tanta atenção quanto ele estava olhando para ela. — O tempo te fez bem. — disse ela por fim.

A ideia de que esta mulher atraente o houvesse conhecido quando era jovem atiçou a curiosidade do fora-da-lei. Ele a encarou com atenção, tentando se lembrar.

— Acho que ia ser mais fácil lembrar se eu usasse magia para sacudir sua cama — comentou a mulher. — Ou luzes multicoloridas, para que fiquem flutuando enquanto estivermos nela.

— Bellany! — gritou Morik de repente. — Bellany Tundash! Já faz quantos anos?

E realmente fazia anos que Morik não via a feiticeira. Da última vez, ela ainda era uma aprendiz de baixo escalão na Torre Central do Arcano. E ela era indomável! Fugia da guilda quase toda noite para se divertir nas ruas de Luskan. E, como várias moças bonitas que saíam para se divertir, Bellany inevitavelmente se viu ao lado de Morik — e em sua cama — algumas vezes.

Todas elas incríveis, pelo que Morik se lembrava.

— Não foram tantos anos assim, Morik — respondeu Bellany. — E eu aqui achando que era um pouco mais especial. — Ela fez uma expressão amuada, levando o lábio inferior mais para a frente de uma forma que fez Morik perder a força nas pernas. — Eu achei mesmo que você iria me reconhecer imediatamente e me puxar em seus braços para me beijar.

— Um deslize que preciso corrigir — disse Morik, avançando de braços abertos, com uma expressão animada e ansiosa.

Regis e Cattibrie decidiram ir dormir cedo naquela noite, mas Drizzt continuou na taverna, imaginando que o anão precisasse conversar.

— Quando isso acabar, temos que ir a Águas Profundas — comentou o drow. — Eu ficaria muito feliz ouvindo Colson falar de seu avô.

— Ela já sabe falar? — perguntou Bruenor.

— Não. Ainda não — respondeu Drizzt com uma risada. — Mas logo vai.

Bruenor apenas assentiu, não parecendo tão interessado.

— Ela tem uma boa mãe — disse Drizzt depois de um tempo. — E sabemos como o pai dela é. Colson vai ser uma moça incrível.

— Colson — murmurou Bruenor antes de tomar mais um gole de cerveja. — Nome mais besta.

— Vem do élfico — explicou Drizzt. — Tem mais de um significado, e ambos são igualmente apropriados. "Col" significa "não". Junto a "son", teria uma tradução literal de "não-filho" ou "filha". Mas, como uma palavra só, o nome Colson significa algo como "vindo, ou vinda, do vilarejo sombrio". Um nome apropriado, levando em conta o que Delly Curtie disse sobre como Wulfgar acabou cuidando dessa criança.

Bruenor bufou mais uma vez e terminou a caneca.

— Eu achei que você ficaria animado com a notícia. — O drow ousou dizer. — Ainda mais porque você sabe como ninguém como é encontrar uma criança perdida e amá-la como se houvesse vindo de você.

— Ah! — bufou Bruenor mais uma vez.

— E tenho certeza de que logo Wulfgar vai te arrumar mais netos, desta vez vindos diretamente dele — comentou Drizzt, deslizando outra caneca de cerveja na direção de Bruenor.

— Netos? — ecoou Bruenor como quem duvidava, se virando para encarar diretamente o drow. — E você acha que o garoto é meu filho?

— Ele é.

— É? — perguntou Bruenor. — Você acha que alguns anos de distância vão me fazer esquecer o que ele fez com Cattibrie? — O anão bufou mais outra vez, jogou uma mão para o alto em desagrado e então voltou a se virar para o balcão, segurando sua bebida e murmurando. — Eu posso estar indo atrás dele só para socar aquele idiota pelo jeito que ele tratou minha garota.

— Sua preocupação era evidente e genuína — comentou Drizzt. — Você perdoou Wulfgar, quer você admita ou não.

— Assim como eu — continuou Drizzt imediatamente quando Bruenor o encarou, estreitando os olhos de forma ameaçadora. — E assim como Cattibrie. Wulfgar estava no fundo do poço, mas, pelo que descobrimos, ele começou sua escalada e logo vai voltar à luz da superfície.

Essas palavras desfizeram um pouco a careta de Bruenor, e a bufada que se seguiu não pareceu tão definitiva desta vez.

— Você vai gostar de Colson — disse Drizzt com uma risada. — E de Delly Curtie.

— Colson — repetiu Bruenor, ouvindo o nome com cuidado enquanto o falava. Ele olhou para Drizzt e sacudiu a cabeça, mas, se queria mostrar desagrado, estava falhando miseravelmente.

— Então agora tenho uma neta por um filho que não veio de mim, sendo que ela também não veio dele — Bruenor quebrou o silêncio que havia se seguido quando ambos voltaram para suas respectivas bebidas por alguns instantes. — A essa altura algum de nós teria descoberto que a parte mais divertida da coisa era fazer esses pirralhos!

— E Bruenor pretende conceber um filho? — perguntou Drizzt. — Um bebê anão?

O anão olhou incrédulo para Drizzt, mas parou para pensar por um momento e deu de ombros.

— Se bobear, vou mesmo — disse. Ele voltou a olhar para a caneca de cerveja, com a expressão mais séria e um tanto triste, pelo que Drizzt percebeu. — Eu não sou mais um garoto, sabe, elfo? Vi séculos passando, e lembro de quando os pais dos pais dos pais dos pais de Wulfgar e Cattibrie nem tinham visto o primeiro nascer do sol. E já me sinto velho, pode acreditar! Sinto nos meus ossos.

— Séculos martelando pedra fazem isso com a pessoa — disse Drizzt de uma forma falsamente seca, mas a brincadeira do elfo não afetou o humor do anão naquele momento.

— E minha garota já é adulta, e meu garoto também. Agora ele tem uma garotinha... — A voz de Bruenor sumiu e ele suspirou profundamente antes de virar o resto da cerveja, se virando ao terminar para ficar frente a frente com Drizzt. — E a garotinha vai envelhecer e vou continuar aqui, com dores nos ossos.

Drizzt entendeu, porque, como uma criatura de vida longa, ele também sofria do dilema de Bruenor. Quando os elfos, independentemente do tipo, ou os anões, se aproximavam de seres das raças de vida mais curta — humanos, halflings e gnomos — eles já sabiam que veriam seus entes queridos envelheceram e morrerem. Drizzt sabia que um dos motivos que levavam os elfos e anões a se isolarem entre seus pares, queiram eles admitir ou não, era justamente por isso: todos estavam se protegendo da dor.

— Vai ver é por isso que ficamos só entre nós, não é, elfo? — terminou Bruenor, olhando de forma astuta para Drizzt, de canto de olho.

A expressão de Drizzt foi de empatia a curiosidade. Será que Bruenor havia acabado de falar para ele ficar longe de Cattibrie? Aquilo realmente pegou o drow de surpresa! E fez com que voltasse a se sentar, olhando firme para Bruenor. Será que ele finalmente havia se permitido admitir seus sentimentos por Cattibrie apenas para acabar de frente a este obstáculo anão? Ou será que Bruenor tinha razão e Drizzt estava sendo um tolo?

O drow levou bastante tempo para recuperar a compostura e reorganizar seus pensamentos.

— Ou talvez aqueles de nós que fogem da dor nunca venham descobrir a felicidade que leva a uma dor tão grande — Drizzt finalmente disse. — É melhor…

— Melhor o quê? — interrompeu Bruenor. — Se apaixonar por uma? Se casar com uma, elfo?

Drizzt ainda não sabia onde Bruenor queria chegar. Ele estava querendo dizer que Drizzt deveria desistir, chamando o drow de tolo por sequer pensar em se apaixonar por Cattibrie?

Mas então o próprio Bruenor balançou uma mão.

— É, se apaixone por uma — disse ele com uma bufada zombeteira, mas uma que Drizzt percebeu ser direcionada aos dois. — Ou adota um deles. Se bobear até mais de um!

Bruenor olhou para Drizzt, com seu sorriso aberto aparecendo sob seus bigodes vermelhos. Ele levantou a caneca na direção de Drizzt em um brinde.

— A nós dois, elfo! — gritou. — A dois tolos felizes!

Drizzt respondeu animadamente ao brinde erguendo a própria taça. Naquele momento, ele entendeu que Bruenor não estava tentando afastá-lo de um jeito sutil — sutil à maneira dos anões —, mas sim tendo certeza de que Drizzt entendia o tamanho da importância do que tinha.

Eles voltaram para suas bebidas. Bruenor ia esvaziando uma caneca após a outra, mas Drizzt se manteve firme àquela taça de vinho.

Muitos minutos se passaram antes de um deles falar de novo, e foi Bruenor, em uma voz que parecia extremamente séria, o que tornava o que ele disse ainda mais engraçado.

— Ei, elfo. Meu próximo neto não vai sair listrado, não é?

— Desde que não tenha uma barba ruiva — respondeu Drizzt sem hesitar.

— Ouvi dizer que você estava viajando com um bárbaro chamado Wulfgar — disse Bellany a Morik quando ele finalmente acordou bem depois do nascer do sol.

— Wulfgar? — repetiu Morik, esfregando os olhos escuros e passando uma mão pelos cabelos pretos. — Não vejo Wulfgar tem meses.

Ele não havia notado a forma como Bellany o estava interrogando.

— Acho que ele foi para o sul atrás de Deudermont — continuou Morik, olhando com curiosidade para Bellany. — Eu não sirvo? — comentou.

A feiticeira sorriu de uma forma neutra, claramente não respondendo à pergunta.

— Só estou perguntando por uma amiga — disse.

O sorriso de Morik era completamente devasso.

— Duas, hein? — perguntou. — Eu não sirvo?

Bellany suspirou e rolou para o lado na cama, se livrando das roupas de cama que a envolviam para se levantar.

Só então, na parte de trás de seu ombro nu, Morik percebeu a marca incomum.

— Então você não fala com Wulfgar há meses? — perguntou a mulher, indo até suas roupas.

— Por que a pergunta?

O tom de suspeita da pergunta fez a feiticeira se virar e olhar para Morik, ainda recostado na cama, apoiado em um cotovelo.

— Uma amiga minha quer notícias dele — disse Bellany de forma um tanto brusca.

— Muita gente parece estar interessada em Wulfgar ultimamente — comentou Morik. Ele se deixou cair de costas e jogou um braço sobre os olhos.

— Gente feito um drow? — perguntou Bellany.

Morik olhou para ela sob o braço, com uma expressão que deixava a resposta clara.

Os olhos dele se arregalaram ainda mais quando a feiticeira levantou as vestes que estavam sobre uma cadeira e puxou de baixo dela uma varinha. Bellany não a apontou para ele, mas a ameaça era óbvia.

— Pode ir se vestindo, e rápido — disse Bellany. — Minha superior vai falar com você.

— Sua superior?

— Não tenho tempo para explicar agora — respondeu Bellany. — A estrada é longa e, mesmo eu tendo magias que vão fazer nossa viagem mais rápida, é melhor sairmos de Luskan em menos de uma hora.

Morik riu.

— E ir para onde? — perguntou. — Não tenho plano nenhum de sair…

A voz dele sumiu quando Bellany voltou para a beirada da cama, apoiando um joelho em uma pose sedutora e abaixou o rosto, pousando um dedo sobre os próprios lábios.

— Podemos viajar de dois jeitos, Morik — explicou ela em voz baixa, em um tom calmo. Calmo demais para o pobre homem, pego de surpresa. — Um vai ser muito prazeroso para você, com toda a certeza, e eu garanto que vai voltar em segurança para Luskan, onde sem dúvida seus amigos não vão deixar de comentar do quanto você vai estar sorrindo.

Morik passou alguns instantes olhando para a mulher atraente.

— Nem precisa me explicar o outro jeito.

— Arumn Gardbico não tem notícia dele — relatou Cattibrie. — Nem nenhum dos clientes de sempre da Cutelo. E eles veem Morik quase todo dia.

Drizzt pensou com cuidado sobre o que havia acabado de ouvir. Era possível, é claro, que o sumiço de Morik — ele não estava em seu apartamento, nem nos locais de sempre — fosse apenas uma coincidência. Um homem como Morik estava sempre por aí, indo de um serviço a outro, de um roubo a outro.

Mas os quatro amigos vinham procurando por ele há mais de um dia, usando todos os recursos à sua disposição, incluindo a guarda de Luskan, mas sem sinal do homem. Levando em conta o que havia acontecido em Águas Profundas com os agentes de Sheila Kree, e ciente de que as pessoas sabiam de seu envolvimento com Wulfgar, Drizzt não estava nada feliz com este desaparecimento.

— Já falou com a Torre Central do Arcano? — perguntou Drizzt a Regis.

— Foi um roubo — respondeu o halfling. — Mas sim, eles vão entrar em contato com o mago do *Fada do Mar*, Robillard, assim que o encontrarem. Eu gastei mais de meia algibeira de ouro para convencer aqueles magos sovinas.

— Eu dei uma algibeira cheia — comentou Bruenor de forma mal-humorada.

Mesmo com o pingente de rubi, eu gastei mais de meia algibeira de ouro para convencer aqueles magos sovinas — repetiu Regis de forma mais clara.

Bruenor apenas abaixou a cabeça um pouco e disse.

— Isso quer dizer que você tem quase meia algibeira do meu ouro com você. Ele fez questão de falar em voz alta e na frente de testemunhas.

— E os magos deram alguma notícia sobre o *Fada do Mar*? — perguntou Cattibrie. — Eles sabem se ele afundou ou não?

— Eles disseram que não viram nada que indicasse alguma mudança — respondeu Regis. — Eles têm contatos no cais, incluindo muitos piratas. Se o *Fada do Mar* afundasse perto de Luskan, a comemoração seria imediata, e com toda a certeza, barulhenta.

Não era exatamente uma confirmação, mas os outros três receberam a informação com otimismo.

— E com isso voltamos a Morik — disse Drizzt. — Se essa pirata Kree quer dar o primeiro golpe e desencorajar Deudermont e Wulfgar, talvez Morik tenha virado um alvo.

— E o que Deudermont teria a ver com um ladrão de rua? — perguntou Cattibrie. Uma pergunta perfeitamente lógica e que Drizzt não saberia responder.

— Talvez Morik esteja trabalhando com Sheila Kree — sugeriu Regis. — Um informante, talvez?

Drizzt já estava sacudindo a cabeça em negação antes mesmo do halfling terminar. Pelo que vira de seu encontro com Morik, ele não imaginava que o homem fosse capaz de algo assim. Ao mesmo tempo, ele precisava admitir que a lealdade de Morik não parecia ser difícil de se comprar.

— E o que descobrimos sobre Kree? — perguntou o drow.

— Descobrimos que ela não está por aqui, nem perto — respondeu Bruenor, impaciente. — E também que, se não está mesmo, estamos é perdendo tempo!

— Pois é — concordou Cattibrie.

— Mas está cada vez mais frio no norte — interferiu Regis. — Talvez seja uma boa ideia começar a procurar pelo sul.

— Tudo indica que Sheila Kree está no norte — respondeu Drizzt imediatamente. — Os boatos que Morik e Josi Poças contaram dão a entender que ela está por lá.

— Tem muito chão entre aqui e o Mar de Gelo Móvel — comentou Bruenor.

— Então esperamos? — perguntou Regis.

— Então avançamos! — rebateu Bruenor na mesma hora, e, como tanto Drizzt quanto Cattibrie concordaram com o anão, os quatro amigos saíram de Luskan no mesmo dia, poucas horas depois de Morik e Bellany saírem da cidade. Mas a dupla, contando com aprimoramentos de várias magias, e sabendo para onde iam, logo estavam bem longe de alcance.

Capítulo 16

Amizade inesperada

COMO SEMPRE, WULFGAR FOI O PRIMEIRO A DESEMbarcar do *Fada do Mar* quando a escuna chegou ao cais em uma das várias docas de Águas Profundas. O bárbaro não estava muito animado naquele dia, apesar de estar ansioso para rever Delly e Colson. A última conversa séria que tivera com Deudermont, há mais de uma semana, havia posto muito em perspectiva e o forçara a encarar o próprio reflexo.

Ele não gostou do que viu.

Ele sabia que o Capitão Deudermont era seu amigo, um amigo de verdade que salvara sua vida apesar das evidências de que ele, junto a Morik, havia tentado assassiná-lo. Deudermont havia acreditado em Wulfgar quando ninguém mais acreditaria. Havia regatado Wulfgar do Festival do Prisioneiro sem sequer perguntar ao bárbaro se ele estava ou não envolvido em uma trama para matá-lo. Deudermont havia recebido Wulfgar a bordo do *Fada do Mar* e alterado sua rota várias vezes para tentar encontrar Sheila Kree. Mesmo com a fúria borbulhando dentro de si vinda do reflexo que Deudermont o fizera enxergar antes de voltarem ao porto, Wulfgar não podia negar a verdade daquela imagem.

Deudermont havia mostrado a Wulfgar quem ele realmente era, com o máximo de delicadeza possível.

Era um fato que Wulfgar não podia mais ignorar. Ele sabia que seus dias a bordo do *Fada do Mar* chegaram ao fim, pelo menos por enquanto. Se o *Fada do Mar* estava indo para o sul, a rota que normalmente seguiam no inverno, e, na verdade, a única rota possível no inverno, a possibilidade de encontrarem Kree era mínima. E, se o navio não iria atrás de Kree, então por que manter Wulfgar a bordo, especialmente se o guerreiro bárbaro e suas táticas impulsivas atrapalhavam a tripulação?

Este era o ponto crucial, Wulfgar sabia. Era isso o que via no reflexo. Nunca antes o filho orgulhoso de Beornegar se vira como qualquer coisa menos que um guerreiro. Por diversas vezes em sua vida, Wulfgar fizera coisas das quais não se orgulhava — e nada pior do que o momento em que agredira Cattibrie. Mas, mesmo naquela época, Wulfgar tinha algo em que se segurar. Ele era um combatente, um dos melhores em Vale do Vento Gélido, um dos mais lendários vindos da Tribo do Alce, ou qualquer outra tribo. Ele havia sido o guerreiro a unificar as tribos com sua força e convicção, o bárbaro que havia empunhado seu martelo e quebrado aquela imensa estalactite de gelo, derrubando a lança natural no grande dragão Morte Gélida. Ele fora o guerreiro a enfrentar o sol de Porto Calim e os assassinos de lá, invadindo a casa da guilda de um rufião poderoso para salvar seu amigo halfling. E ele fora, acima de tudo, um companheiro de Drizzt Do'Urden, um dos Companheiros do Salão, parte do grupo que inflamava os burburinhos das lendas aonde quer que fossem.

Mas não agora. Agora ele não tinha mais o direito de se declarar um guerreiro poderoso, não após seu desempenho desastroso nas batalhas contra os piratas a bordo do *Fada do Mar*. Agora seu amigo Deudermont — um amigo honesto e compassivo — havia olhado em seus olhos e mostrado a verdade, e que verdade vexaminosa! Será que Wulfgar recuperaria sua coragem, aquela que o guiara durante suas crises emocionais? Será que algum dia ele voltaria a ser o herói orgulhoso que unificara as tribos de Dez-Burgos, que ajudara a recuperar o Salão de Mitral e perseguira um assassino infame através de Toril para resgatar seu amigo halfling?

Ou será que Errtu havia conseguido tirar até isso dele para sempre? Será que o demônio conseguira quebrar de vez a alma do filho de Beornegar? Será que o demônio havia alterado sua identidade para sempre?

Enquanto andava pelas ruas de Águas Profundas, indo até a colina onde ficava a casa de Deudermont, Wulfgar não podia negar a possibilidade de que o homem que costumava ser, o guerreiro que costumava ser, estava perdido para sempre. Mas ele não sabia o que exatamente isso queria dizer.

Quem era ele agora?

O bárbaro ainda estava refletindo até o momento que se aproximara das portas da mansão do Capitão Deudermont, quando uma voz firme e desconhecida ordenou a ele que parasse e se apresentasse.

Wulfgar olhou para o alto, com seus olhos azuis claros varrendo os arredores e percebendo os diversos soldados ao longo do perímetro da casa e as cores mais claras da madeira quebrada perto das fechaduras das portas de entrada.

Wulfgar sentiu um aperto no estômago, com seus instintos de guerreiro deixando claro que alguma coisa estava muito errada e seu coração dizendo que o perigo havia alcançado Delly e Colson. Com um rosnado que era meio fúria e meio pavor, Wulfgar correu a toda a velocidade na direção da casa, ignorando os três soldados que corriam para barrar a entrada com suas grandes alabardas.

— Abram caminho! — Veio um grito no último instante, logo antes que Wulfgar pudesse atropelar os soldados. — É Wulfgar! O *Fada do Mar* chegou!

Os soldados se afastaram, e o que estava mais atrás foi esperto o bastante para abrir a porta antes que Wulfgar a quebrasse mais uma vez. O bárbaro continuou correndo porta adentro.

Mas ele parou assim que entrou no saguão, ao ver Delly descendo a escadaria principal com Colson nos braços.

Ela o encarou e conseguiu dar um pequeno sorriso até chegar no final da escadaria e, ao pisar no chão, caiu em prantos, com as lágrimas vertendo sem parar, e se jogou nos braços de Wulfgar, já a espera para um abraço cheio de afeto.

O tempo pareceu parar para o casal enquanto estavam ali, abraçados, precisando do apoio um do outro. Wulfgar poderia ficar ali por horas, mas então ouviu a voz de surpresa do Capitão Deudermont vinda por trás dele, seguida por uma sequência de palavrões solta por Robillard.

Wulfgar gentilmente afastou Delly e se virou quando os dois entraram. Os três ficaram ali, olhando ao redor em choque, e a incredulidade em seus olhares não diminuiu quando Delly ofereceu alguma explicação para a cena surreal ao dizer apenas.

— Sheila Kree.

Deudermont se encontrou com Wulfgar, sozinho, mais tarde, vendo o bárbaro olhando para as ondas ao longe pela janela. Foi a mesma janela por onde Drizzt e Cattibrie entraram para salvar Delly e Colson.

— Você deixou excelentes amigos em Vale do Vento Gélido — comentou o capitão, indo até o lado de Wulfgar e olhando para a janela em vez de para o homem imenso. Quando Wulfgar não respondeu, Deudermont finalmente olhou em sua direção e percebeu a dor na expressão do bárbaro.

— Você acha que deveria estar aqui para proteger Delly e o bebê? — perguntou o capitão sem rodeios. Ele levantou o olhar, até os olhos de Wulfgar, que o olhava de volta, com uma expressão que não era hostil, mas também não era feliz.

— Aparentemente é o que você acha — provocou o bárbaro.

— E por que você acha isso? — perguntou o capitão. — Foi porque eu insinuei que talvez você não devesse se juntar a nós na próxima viagem do *Fada do Mar*? Por que você faria isso? Você se juntou a nós para caçar Sheila Kree e ela não vai estar no sul, para onde com toda a certeza vamos.

— Mesmo agora? — perguntou Wulfgar, parecendo um tanto surpreso. — Mesmo depois de Kree mandar atacarem sua casa? Depois de dois amigos seus estarem mortos pelas mãos dos assassinos que ela enviou?

— Não é possível navegar ao norte com os ventos gelados do inverno — respondeu Deudermont. — Por isso vamos para o sul, procurar vários piratas como Sheila Kree, que também matam e destroem. Mas não pense que vou me esquecer do ataque à minha casa — acrescentou o capitão com uma expressão que prometia perigo. — Assim que chegar a primavera, o *Fada do Mar* vai voltar e ir diretamente ao Mar de Gelo Móvel, se for necessário, para acharmos Kree e fazermos ela pagar.

Deudermont fez uma pausa e encarou Wulfgar, mantendo o olhar até o bárbaro olhá-lo de volta.

— A não ser que nosso amigo drow chegue primeiro, é claro — comentou o capitão.

Mais uma vez Wulfgar se encolheu e voltou a olhar para o mar.

— O ataque foi há quase um mês — continuou Deudermont. — A essa altura Drizzt já deve estar bem ao norte de Luskan, procurando por ela.

Wulfgar assentiu, mas nem piscou com a afirmação, e o capitão viu que ele estava realmente dividido.

— Eu imagino que Drizzt e Cattibrie apreciariam a presença de seu velho amigo nesta batalha — ele ousou dizer.

— Você detesta Drizzt tanto assim para desejar isso para ele? — perguntou Wulfgar, sério. Ele olhou Deudermont de forma fria, em uma expressão que misturava sarcasmo, raiva e um toque de resignação.

Deudermont respondeu o olhar por alguns segundos, analisando o homem. Depois disso, deu de ombros e disse.

— Como quiser. Mas devo avisar, Wulfgar de Vale do Vento Gélido, que a autopiedade não combina com você.

Dito isto, o capitão deu meia-volta e saiu da sala, deixando Wulfgar sozinho com pensamentos perturbadores.

— O capitão disse que podemos ficar o quanto quisermos — explicou Wulfgar a Delly naquela mesma noite. — Por todo o inverno e primavera. Vou procurar trabalho, eu sou familiarizado com forjas, por exemplo, e talvez já tenhamos nossa própria casa no ano que vem.

— Em Águas Profundas? — perguntou a mulher, parecendo um pouco preocupada.

— Talvez. Ou Luskan, ou onde quer que você ache melhor para Colson crescer.

— Vale do Vento Gélido? — perguntou a mulher sem hesitar e Wulfgar pareceu murchar.

— É um lugar perigoso, cheio de dificuldades — respondeu Wulfgar, tentando parecer lógico.

— Cheio de gente forte — acrescentou Delly. — Cheio de heróis.

A expressão de Wulfgar deixava claro que ele estava cansado da conversa.

— Cheio de gente traiçoeira e cheio de ladrões — rebateu ele com um ar severo. — Cheio de gente foragida das terras honestas. Não é um lugar para criar uma garotinha.

Eu conheço uma garota que cresceu lá e é bastante forte e honesta — pressionou Delly Curtie, indomável.

Wulfgar olhou ao redor, e parecia tenso e com raiva. Delly percebeu então que o havia posto contra a parede. Dada sua expressão progressivamente irritada, ela se perguntou se havia feito a coisa certa e estava prestes a sugerir que continuassem em Águas Profundas por enquanto só para oferecer a ele uma saída.

Mas então Wulfgar foi direto e decidiu admitir a verdade.

— Não vou voltar para Vale do Vento Gélido. Lá é o lugar de quem eu era, não de quem eu sou, e nunca mais quero ver aquele lugar. Deixe as tribos de meu povo se virarem sem mim.

— E devemos deixar seus amigos se virarem sem você, mesmo que estejam fazendo de tudo para te ajudar também?

Wulfgar a encarou por bastante tempo, furioso com as palavras de acusação dela. Ele se virou e tirou a camisa, como se a conversa houvesse acabado, mas Delly não seria ignorada tão fácil.

— E você fala em encontrar um trabalho honesto — disse ela atrás dele e, embora não houvesse se virado, ele parou de se afastar. — Trabalho honesto como caçar piratas com o Capitão Deudermont? Ele pagaria bem, sem dúvidas, e você ainda ia encontrar seu martelo no processo.

Wulfgar se virou lentamente, de um jeito quase agourento.

— Presa de Égide não é meu — anunciou ele e Delly mordeu o lábio inferior para não gritar com ele. — Ele pertencia a um homem que está morto, a um guerreiro que não existe mais.

— Você não pode estar falando sério! — exclamou Delly logo antes de puxá-lo para um abraço.

Mas Wulfgar a afastou e a segurou com os braços estendidos, respondendo a sua negação com um olhar que não dava margem para discussão.

— Você não quer nem encontrar Drizzt e Cattibrie para agradecer por salvarem a mim e sua filha? — perguntou a mulher, obviamente magoada. — Ou não somos importantes o suficiente para você?

A expressão de Wulfgar ficou mais amigável e ele puxou Delly para um abraço apertado.

— Vocês são tudo para mim — sussurrou ele. — Tudo. E se algum dia meu caminho se cruzar com o deles novamente, eu vou agradecer. Mas não vou atrás deles. Não preciso ir. Eles sabem como me sinto.

Delly Curtie decidiu aproveitar o abraço e deixou a conversa acabar ali. Mas ela sabia que Wulfgar estava se enganando. Drizzt e Cattibrie não tinham como saber como ele realmente se sentia.

Como poderiam, se nem o próprio Wulfgar sabia?

Delly não sabia o que deveria fazer, se era forçar o guerreiro de volta a suas origens ou permitir que ele assumisse essa nova identidade que ele aparentemente desejava testar. Será que voltar a ser quem era o quebraria no processo? Será que ele seria assombrado para sempre por seu passado intimidador e heroico se decidisse seguir uma vida mais mundana como ferreiro?

Delly Curtie não sabia dizer.

Wulfgar passou os próximos dias de péssimo humor. Seu único conforto eram as presenças de Delly e Colson, e ele as usava como armadura para protegê-lo do turbilhão emocional dentro de si, mas estava evidente que até Delly estava começando a ficar frustrada com ele. A mulher tinha sugerido mais de uma vez que ele deveria convencer Deudermont a levá-lo para o *Fada do Mar* quando zarpassem para o sul, algo que estava prestes a acontecer.

Wulfgar entendia que as sugestões eram apenas reflexo da frustração por parte de Delly, que era forçada a ouvir suas reclamações constantes, que era forçada a se sentar e vê-lo se desfazer graças às emoções que não podiam controlar.

Ele saía com frequência nos últimos dias e até mesmo conseguiu trabalho com um dos ferreiros de Águas Profundas.

Ele estava trabalhando quando o *Fada do Mar* zarpou.

Ele estava trabalhando no dia seguinte, quando um visitante inesperado entrou para vê-lo.

— Está usando esses seus músculos imensos, pelo visto — disse Robillard, o mago.

Wulfgar olhou para o homem de forma incrédula, e sua expressão foi de surpresa a suspeita. Ele segurou com mais firmeza o martelo que estava usando, se levantou, e olhou para o visitante, pronto para jogar a ferramenta diretamente no rosto dele caso ele começasse a conjurar qualquer magia. Afinal, Wulfgar sabia que o *Fada do Mar* já não estava mais no cais, e sabia também que Robillard era conhecido o suficiente entre os piratas para alguém poder se passar por ele. Dado o último ataque na casa de Deudermont, o bárbaro não queria correr nenhum risco.

— Sou eu, Wulfgar — disse Robillard com uma risada baixa, obviamente percebendo a desconfiança do bárbaro. — Vou voltar para o navio em alguns dias. É uma magia simples, na verdade, se teletransportar para um lugar específico do navio que preparei justamente para isso.

— Nunca vi você fazendo isso antes — comentou Wulfgar, com suas suspeitas aumentando e se segurando com ainda mais firmeza no martelo.

— É porque nunca precisei ser babá de um bárbaro confuso antes — rebateu Robillard.

— Ei. — Surgiu uma voz rouca. Um homem grisalho entrou, coberto de pelos, sujeira e com uma barba cheia. Sua pele estava da cor de seu cabelo graças à fuligem. — O que você veio comprar ou consertar?

— Só desejo falar com Wulfgar, nada além disso — disse Robillard sem rodeios.

O ferreiro cuspiu no chão, então passou um trapo sujo na boca.

— Ele não recebe para conversar. Ele recebe para trabalhar.

— Veremos — respondeu o mago. Ele se virou para Wulfgar, mas o ferreiro andou a passos rápidos até ele, com o dedo erguido, e repetiu seu argumento.

A expressão entediada de Robillard se voltou para Wulfgar mais uma vez e o bárbaro entendeu que, se não acalmasse seu chefe, frequentemente de mau humor, iria acabar ficando sem trabalho. Ele deu um tapinha gentil no ombro do ferreiro e, com uma força infinitamente superior à do homem, que fora um ferreiro a vida inteira, Wulfgar conduziu o homem para longe.

Quando Wulfgar voltou para onde estava Robillard, sua expressão era de pura raiva.

— O que você quer, mago? — perguntou ele, mal-humorado. — Você veio aqui só para me provocar? Para me informar de como o *Fada do Mar* está muito melhor comigo em terra?

— Bom — disse Robillard, coçando o queixo —, não é bem mentira, eu acho.

Os olhos azuis-claros de Wulfgar se estreitaram em ameaça.

— Mas não, meu caro, grande e tolo… seja lá o que você for — comentou Robillard que, se estava ao menos ligeiramente nervoso com a postura ameaçadora de Wulfgar, não demonstrou. — Eu vim aqui, acho, porque possuo um coração mole.

— Se você tem, então esconde bem.

— Escondo de propósito — respondeu o mago sem hesitação. — Então, diga: você pretende passar o inverno inteiro na casa de Deudermont, trabalhando... aqui? — ele terminou a pergunta com uma leve risada zombeteira.

— Você quer que eu saia da casa do capitão? — Wulfgar respondeu com outra pergunta. — Você tem planos para a casa? Porque, se for isso, eu posso sair agora, se você quiser.

— Calma, gigante raivoso — respondeu Robillard em um tom completamente condescendente. — Não tenho plano nenhum para aquela casa, até porque já disse que logo vou voltar ao *Fada do Mar* e não tenho família nenhuma em terra. É melhor prestar um pouco mais de atenção.

— Então você só quer que eu saia — concluiu Wulfgar. — Tanto da casa quanto da vida de Deudermont.

— Essa é uma questão completamente diferente — rebateu Robillard de forma seca. — Por acaso eu disse para você ir embora ou só perguntei se pretende ficar?

Cansado desse jogo de palavras, cansado de Robillard como um todo, Wulfgar rosnou baixo e voltou ao trabalho, golpeando forte o metal.

— O capitão disse que eu podia ficar — disse. — Então planejo ficar até poder pagar por um lugar próprio para morar. Eu iria embora agora, porque não quero dever mais nada a ele, mas preciso cuidar de Delly e Colson.

— Ele entendeu tudo errado — murmurou Robillard em voz baixa, mas alto o suficiente, e Wulfgar sabia que em um volume intencional, para que Wulfgar o ouvisse. — Um plano maravilhoso — continuou o mago, agora em voz alta. — E você vai seguir com ele enquanto seus antigos amigos estão por aí, e provavelmente vão morrer, tentando recuperar aquele martelo mágico que você foi idiota o suficiente para perder. Brilhante, jovem Wulfgar!

Wulfgar se empertigou, esquecendo o trabalho e deixando o martelo cair, com a boca aberta de choque.

— É verdade, não é? — perguntou o mago, inabalável.

O bárbaro fez menção de responder, mas se viu sem palavras para usar como armadura contra um ataque tão direto e brutal. Independentemente de como ele escolhesse as palavras, independentemente do que dissesse para se sentir melhor, a verdade é que Robillard estava certo.

— Não tenho como mudar o passado — respondeu, derrotado, enquanto pegava o martelo que deixara cair.

— Mas você pode dar um jeito de compensar pelos seus erros — lembrou Robillard. — Quem é você, Wulfgar de Vale do Vento Gélido? E, mais importante que isso: quem você quer ser?

Não havia nada de amigável no tom de voz firme de Robillard, nem em sua postura tensa e hostil, com os braços cruzados em desafio e uma expressão de superioridade. Mesmo assim, apenas o fato de o mago estar mostrando qualquer interesse no sofrimento de Wulfgar já havia pegado o bárbaro de surpresa. Ele acreditava, e com motivos de sobra para isso, que a única coisa que Robillard desejava dele é que ficasse longe do *Fada do Mar*.

O olhar furioso de Wulfgar para Robillard foi dando lugar a uma risada baixa e autodepreciativa.

— Eu sou quem está na sua frente — disse, abrindo os braços e exibindo seu avental de couro. — Nada mais, nada menos.

— Um homem que vive uma mentira e logo vai ser consumido por ela — concluiu Robillard.

O sorriso de Wulfgar deu lugar a uma careta.

— Wulfgar, o ferreiro? — perguntou Robillard de forma cética, com uma risada baixa. — Você não é um artesão e é burrice achar que essa sua mudança de carreira vai te ajudar a se esconder da verdade. Você nasceu para ser um guerreiro, treinou para ser um guerreiro, e sempre atendeu com prazer esse chamado. Quantas vezes Wulfgar correu para a batalha, com a canção para Tempus nos lábios?

— Tempus — disse Wulfgar com desdém. — Tempus me desertou.

— Tempus estava com você, e foi sua fé em seu código que o sustentou durante suas provações — rebateu Robillard. — *Todas* as suas provações.

— Você não sabe pelo que eu passei.

— Eu não me importo com o que você passou — respondeu Robillard. A afirmação, junto ao puro poder em sua voz, pegou Wulfgar de surpresa. — Eu só me importo com o que estou vendo na minha frente nesse momento, um homem que está vivendo uma mentira e absorvendo toda a dor ao seu redor porque não tem coragem de encarar a realidade.

— Um guerreiro? — perguntou Wulfgar em tom de negação. — E, ainda assim, foi você quem me afastou disso. Foi você quem pediu ao Capitão Deudermont que me tirasse do *Fada do Mar*.

— Seu lugar não é no *Fada do Mar*, disso eu tenho certeza — respondeu o mago com calma. — Pelo menos não por enquanto. O *Fada do*

Mar não é lugar para alguém que sai correndo na frente de todos os outros para atacar seus demônios pessoais. Mas eu também sei que seu lugar não é aqui, trabalhando como ferreiro em uma loja aquoprofundense. Preste atenção no que vou dizer, Wulfgar de Vale do Vento Gélido. Seus amigos estão indo na direção de um perigo imenso, e, quer você admita, quer não, eles estão fazendo isso por você. Se não for encontrar com eles agora, ou pelo menos falar com eles para que mudem de ideia, haverá consequências. Se Drizzt Do'Urden e Cattibrie correrem risco de vida na busca por Presa de Égide, independentemente do resultado, você vai se culpar pelo resto da vida. Não por ser idiota o suficiente para perder o martelo, mas por ser covarde demais para ir até eles.

O mago subitamente silenciou, apenas encarando o bárbaro, cuja expressão estava vazia enquanto digeria a verdade do que acabara de ser dito.

— Eles saíram daqui há mais de um mês — disse Wulfgar, com a voz perdendo convicção. — Podem estar em qualquer lugar.

— Eles passaram em Luskan, com certeza — respondeu Robillard. — Eu posso te fazer chegar lá ainda hoje e, de lá, tenho alguns contatos que podem ajudar na nossa busca.

— Você vai junto?

— Atrás dos seus antigos amigos? Sim — respondeu Robillard. — Atrás de Presa de Égide? Isso veremos, mas não parece ser problema meu.

Wulfgar parecia tão instável em sua postura que uma brisa poderia derrubá-lo. Ele se balançava para a frente e para trás, apoiando o peso do corpo em um pé e no outro, com um olhar perdido.

— Nem pense em recusar esta oportunidade — avisou Robillard. — É sua única chance de responder às perguntas que vêm te assombrando e também de evitar a culpa que pode pesar para sempre nos seus ombros. Eu estou oferecendo essa chance agora, mas a estrada da vida é cheia demais de curvas inesperadas para você sequer ousar esperar que ela vá aparecer de novo.

— Por quê? — perguntou Wulfgar em voz baixa.

— Já expliquei bem minha visão do seu estado atual, assim como quais passos acredito que você deva dar para corrigir esse seu curso errante — respondeu Robillard, ainda que Wulfgar já estivesse sacudindo a cabeça antes mesmo que terminasse de falar.

— Não — explicou o bárbaro. — Por que você? — Como Robillard não respondeu imediatamente, Wulfgar continuou. — Você está me oferecendo ajuda, mas nunca foi amistoso comigo, assim como também não tentei começar amizade alguma. Mesmo assim, você está aqui, oferecendo sua ajuda. É por causa de sua antiga amizade com Drizzt e Cattibrie? Ou é porque você quer se livrar de mim e me deixar o mais longe possível do seu precioso *Fada do Mar*?

Robillard olhou para ele de forma astuta.

— Sim — respondeu.

Capítulo 17

A visão de Morik

— Ele é bem tagarela para um prisioneiro — comentou Sheila Kree para Bellany após um interrogatório exaustivo de três horas durante o qual Morik, o Renegado, dissera sem precisar de coerção tudo o que sabia sobre Wulfgar, Drizzt e Cattibrie. Sheila ouviu a tudo com cuidado a cada palavra, especialmente sobre o drow.

— A prioridade de Morik é a sobrevivência — explicou Bellany. — E nada além disso. Ele mesmo cravaria uma adaga no coração de Wulfgar se a própria vida estivesse em jogo. Morik não vai ficar feliz se esses três vierem atrás de nós. Ele pode inclusive encontrar alguma forma de ficar de fora da luta e não nos ajudar a destruir seu antigo companheiro, mas não vai arriscar a própria vida nos desafiando diretamente. Ele também não vai desperdiçar a promessa de um futuro melhor que fizemos a ele. Ele simplesmente não é assim.

Sheila conseguia entender a ideia de colocar o ganho pessoal acima da lealdade comunal. Certamente era dali que vinha a lealdade de seu bando traiçoeira para com ela. Era uma tripulação que se mantinha unida usando apenas ameaças e promessas — e apenas porque sabiam que teriam muito mais a ganhar sob o comando de Sheila Kree. A tripulação também sabia que, caso desejassem sair, provavelmente enfrentariam a ira da pirata mortal e seu grupo de elite de comandantes.

Em um canto do quarto, Jule Pimenta tinha ainda mais certeza de que Morik falara a verdade, principalmente graças às suas ações desde que chegara à Baía Dourada com Bellany. Tudo que havia sido dito por Morik se encaixava perfeitamente com o que ouvira durante sua curta estadia em Dez-Burgos.

— Se o drow e Cattibrie planejam vir atrás do martelo, então é provável que o anão, Bruenor, e o halfling, Regis, se juntem a eles — disse ela. — E não podemos esquecer da pantera que Drizzt sempre tem por perto.

— Não vou esquecer — garantiu Sheila. — Fico feliz que Le'lorinel tenha aparecido.

— A chegada de Le'lorinel foi nosso maior golpe de sorte — concordou Bellany.

— Morik vai lutar como nossa nova aquisição para a equipe agora? — perguntou a líder pirata, já que Le'lorinel, em sua obsessão com Drizzt, havia pedido para ficar um tempo a sós com o recém-chegado ao esconderijo, por ser alguém que interagiu diretamente com o drow a quem tanto odiava.

Jule Pimenta riu alto da pergunta. Pouco depois da chegada de Jule na Baía Dourada, Le'lorinel passara horas em sua companhia, fazendo com que ela imitasse cada movimento que vira Drizzt fazer, mesmo os não relacionados ao combate. Ela precisou responder perguntas sobre a extensão dos passos de Drizzt, a forma como ele inclinava a cabeça ao falar, qualquer coisa. Jule sabia que Morik não tinha nada de útil a oferecer, mas também sabia que seria obrigado a repetir os movimentos incessantemente. Jule jamais vira tamanha obsessão antes.

— Morik deve estar com Le'lorinel a essa altura, provavelmente reconstruindo a sequência que fez com que fosse capturado por Drizzt e Cattibrie — respondeu Bellany, olhando para Jule, que ainda ria.

— Você vai vigiar aqueles dois com magia — instruiu Sheila à feiticeira. — E preste atenção a tudo o que Le'lorinel disser e em cada movimento na direção de Morik.

— Você ainda suspeita de espionagem? — perguntou Bellany.

— Foi uma chegada conveniente demais — comentou Jule.

— Eu suspeito na verdade é que esse poço idiota de obsessão vá atrás de Drizzt e seus amigos antes de eles chegarem até nós — explicou Sheila. — Aqueles lá devem passar semanas nas montanhas sem nem sinal do Estreito do Monastério ou da Baía Dourada, e prefiro enfrentar inimigos poderosos como eles aqui dentro.

— Por mim eu faria um farol para atrair aqueles lá — disse Jule em voz baixa. — Eles me devem, e é bom que paguem com juros.

— Sem contar os recursos mágicos com eles — concordou Bellany. — Eu poderia me acostumar a ter Guenhwyvar como companheira, e você não acha, Sheila, que as cimitarras do drow, que dizem serem fabulosas, ficariam lindas na sua cintura?

Sheila Kree assentiu e abriu um sorriso cruel.

— Mas temos que enfrentar aquele grupo nos nossos termos, não nos deles — explicou. — Vamos guiar esse pessoal até aqui quando tudo estiver pronto, depois que apanharem um pouco do inverno. Le'lorinel vai conseguir a luta que vive naquela cabeça há tantos anos e espero que o drow morra ali. Se não for o caso, vamos ter menos gente para dividir o tesouro.

— Falando nisso — interferiu Jule. — Eu vi que muitos dos nossos amigos ogros tem saído por aí para caçar. Acho que seria uma boa ideia eles ficarem mais por perto, pelo menos até resolvermos essa situação com Drizzt Do'Urden.

— Só alguns de cada vez — respondeu Sheila Kree. — Já falei com Chogurugga sobre isso.

Bellany saiu logo depois de lá, e não conseguia segurar seu sorriso ao pensar em como tudo estava ocorrendo. Normalmente, os invernos eram terrivelmente parados, mas este prometia pelo menos uma boa briga, um tesouro melhor ainda e Morik, o Renegado, a quem não via desde que era uma jovem aprendiz em Luskan, estava por perto.

Seria um ótimo inverno.

Mas Bellany sabia que Sheila Kree tinha razão quanto a Le'lorinel. Se não tomassem cuidado, aquela obsessão maluca acabaria em desastre.

Bellany foi direto para seus aposentos e juntou os componentes de que precisava para algumas magias de adivinhação, focando na câmara ampla que Sheila Kree havia oferecido a Le'lorinel, observando o treino com Morik, que recebia instruções incessantes de falar tudo o que sabia sobre este drow incomum.

— Quantas vezes eu preciso dizer que não teve luta nenhuma? — perguntou Morik, entre irritado e aflito, com os braços esticados e ligeiramente afastados, cada mão segurando uma adaga. — Eu não quis continuar a partir do momento que percebi o nível de habilidade dele e da amiga.

— Não quis continuar — repetiu Le'lorinel. — O que significa que você começou. E você acabou de admitir que percebeu a habilidade do drow. Então me mostre, agora, senão eu vou mostrar *minha* habilidade!

Morik inclinou a cabeça e sorriu, ignorando a ameaça. Ou, pelo menos, parecendo ignorar. Na verdade, Le'lorinel havia conseguido perturbar Morik. Ele havia sobrevivido por tantos anos nas ruas com base em perceber com quem poderia futuramente se aliar ou quem seria um provável problema. Ele sabia instintivamente quando lutar, quando mentir e quando fugir.

E esta situação estava rapidamente entrando na terceira categoria, porque ele não conseguia ler Le'lorinel. Aquela obsessão era além do que podia analisar, chegando à beira da insanidade. Dava para ver na intensidade daqueles olhos azuis e dourados por trás daquela máscara preta ridícula. Será que ele seria atacado quando ficasse claro que ele não possuía a informação necessária e, principalmente, de uma forma que Le'lorinel aceitaria? Ele não duvidou por um segundo, assim como não duvidava que poderia perder a luta. Drizzt Do'Urden havia tornado sua melhor rotina de ataque inútil, e sem maiores dificuldades, com um contra-ataque que o mataria em segundos se o drow desejasse, e, se Le'lorinel pudesse mesmo ser um desafio para Drizzt...

— Você quer matar esse drow, mas por quê? — perguntou o humano.

— Isso é problema meu. — A resposta veio de forma curta e grossa.

— Você fala comigo com essa raiva toda, como se eu não pudesse, ou não quisesse, ajudar — respondeu Morik, forçando sua voz a continuar calma. — Talvez tenha algum jeito...

— Essa luta é minha, não sua. — Veio a resposta tão afiada quanto as adagas de Morik.

— Mas você vai encarar Drizzt e o grupo inteiro sem apoio? — argumentou ele. — Você pode lançar um ataque brilhante e infalível contra o drow e acabar morrendo por uma flecha de Cattibrie, que estaria bem calma, em prontidão em um canto. O arco dela...

— Eu já sei sobre Taulmaril, e sobre Guenhwyvar, e todo o resto — garantiu Le'lorinel. — Vou achar Drizzt nos meus termos e derrotá-lo cara a cara, vou fazer justiça do jeito certo.

Morik gargalhou.

— Ele não é tão ruim — começou a dizer, mas a expressão selvagem nos olhos à sua frente deixou claro que era hora de mudar de argumento. — Talvez seja uma boa ideia ir atrás de alguma mulher — acrescentou ele. — Elfa ou humana, não importa. Tem muitas beldades por aí. Faça amor, não faça guerra, meu amigo. *Isso* é justiça!

A expressão em resposta dos olhos que o fitavam, apesar de que Morik jamais esperasse que sua ideia fosse aceita, conseguiu pegar Morik de surpresa, de tão incrédula que era.

— Quantos anos você tem? — insistiu Morik. — Setenta? Cinquenta? Menos? É difícil adivinhar a idade dos elfos, e sim, tenho inveja disso. Mas você com toda a certeza é um cara bonito, deve ter aquela beleza delicada que deixam as mulheres interessadas. Então vai atrás de uma amante, meu amigo. Ou duas! E deixe de arriscar os séculos que você tem pela frente nessa batalha contra Drizzt Do'Urden.

Le'lorinel avançou um passo e Morik recuou imediatamente, mexendo sutilmente as mãos em preparação para lançar uma adaga no rosto mascarado de seu oponente caso Le'lorinel continuasse.

— Eu não posso viver! — Veio o grito furioso em resposta. — Eu vou ver a justiça ser feita! A ideia de um drow caminhando na superfície, fingindo ser bom e amigável ofende a tudo o que eu sou e no que eu acredito. Essa farsa que é Drizzt Do'Urden é um insulto a todos os meus ancestrais, que expulsaram os drow da superfície até as profundezas escuras, onde é o lugar deles!

— E se Drizzt recuasse para as profundezas escuras você iria atrás dele? — perguntou Morik, achando ter encontrado uma falha no meio daquela enxurrada de argumentos.

— Eu mataria todos os drow se conseguisse — desdenhou Le'lorinel em resposta. — Eu massacraria a raça inteira e com orgulho. Eu mataria as matriarcas e os invasores assassinos deles. Eu enfiaria a minha adaga no coração de cada uma das crianças drow.

A cada frase, Le'lorinel avançava um passo e Morik era inteligente o suficiente para recuar, ficando longe do alcance daquelas armas perigosas, com as mãos erguidas e se mexendo à sua frente, e as adagas preparadas, em uma tentativa de acalmar a explosão.

Finalmente, Le'lorinel parou e ficou o encarando furiosamente.

— E então, Morik, você vai me mostrar exatamente o que aconteceu entre você e Drizzt Do'Urden, ou vou ter que testar pessoalmente sua habilidade em batalha para poder usar de comparativo com Drizzt Do'Urden com base no que já me contou?

Morik suspirou e assentiu, concordando. Em seguida, moveu Le'lorinel para ficar da mesma maneira que Drizzt naquela noite quando tentara surpreendê-lo em Luskan, encenando a sequência de ataque e defesa.

E assim ele o fez por diversas vezes, obedecendo à insistência previsível de Le'lorinel.

Bellany se divertiu um bocado vendo a interação. Ela gostou de ver os movimentos fluidos de Morik, mesmo sem poder negar que a beleza de Le'lorinel em batalha era ainda maior que a dele, por possuir mais graça e habilidade. Bellany riu em voz alta daquilo, dada as conclusões erradas de Morik.

Quando os dois finalizaram as múltiplas sequências, Bellany ouviu que Morik ousou discutir:

— Você é um ótimo guerreiro, um combatente maravilhoso. Não estou questionando sua habilidade, meu amigo. Mas aviso que Drizzt Do'Urden é bom, muito bom. Talvez o melhor do norte. Eu sei disso não só por meu encontro curto com ele, mas também pelas histórias que Wulfgar me contou no tempo que passamos juntos. Vejo que sua fúria é honesta, mas imploro que pense duas vezes. Drizzt Do'Urden é muito bom, e seus amigos são realmente poderosos. Se você insistir nisso, ele vai te matar. E vai ser um desperdício imenso dos séculos que você teria pela frente!

Morik fez uma reverência, se virou e se afastou imediatamente, indo, pelo que Bellany imaginava, para o quarto dela. Ela gostava da ideia, uma vez que assistir àquele combate certamente a havia inflamado e havia decidido que não corrigiria seu amante. Pelo menos não tão cedo.

A confusão era muito mais divertida.

Morik de fato pensou em visitar Bellany no momento em que saiu dos aposentos de Le'lorinel. Ele havia achado aquela obsessão mais engraçada do que perturbadora, no fim das contas — Morik achava que só era burrice e um desperdício de uma vida agradável decidir largar tudo para cumprir um voto de vingança contra um drow que era melhor só deixar em paz. A questão não era nem o caráter de Drizzt, pelo ponto de vista de Morik. A única forma de medir o valor do objetivo de Le'lorinel era a questão de se Drizzt estava ou não em sua procura. Se estivesse, então seria mesmo uma boa ideia Le'lorinel dar o primeiro golpe. Caso contrário, era apenas burrice.

E Drizzt não estava atrás de Le'lorinel. Morik sabia disso. Drizzt estava atrás de informações sobre Wulfgar e Presa de Égide, mas não perguntara mais nada sobre isso ou sobre ninguém. O drow não estava atrás de quem o caçava e provavelmente nem fazia ideia dessa caçada.

Morik virou em um corredor, chegando a uma porta de madeira posicionada de um jeito estranho. Com bastante esforço, ele conseguiu abri-la e chegar a uma área externa numa face do penhasco a, provavelmente, uns sessenta metros das ondas lá embaixo.

Morik analisou o caminho que levava até o pé da afloração rochosa que o levaria à base do desfiladeiro do outro lado da montanha e até as trilhas que o levariam para longe de Sheila Kree. Ele provavelmente conseguiria passar pelas sentinelas do desfiladeiro de forma relativamente fácil e conseguiria chegar bem longe sem se esforçar muito.

Naturalmente, havia uma tempestade se aproximando a noroeste, sobre o Mar de Gelo Móvel, e o vento estava gelado. Seria difícil para ele chegar em Luskan antes de ser derrotado pelo inverno e, mesmo se sobrevivesse, não seria uma viagem agradável. Além disso, Bellany já mostrou a ele que conseguiria achá-lo em Luskan.

Morik sorriu ao pensar em rotas alternativas. Ele não tinha muita certeza de onde estava — Bellany havia usado magia para levá-los de um ponto a outro, repetidamente, até chegarem —, mas imaginava não estarem muito longe de um abrigo em potencial durante o inverno.

— Ah, Lorde Feringal, estava esperando algum visitante? — sussurrou ele, mas rindo a cada palavra dita, nem considerando a possibilidade de fugir para Auckney, mesmo se conseguisse descobrir como chegar até lá a partir da Baía Dourada. Sem a vestimenta adequada, não seria fácil assumir mais uma vez a identidade de Lorde Brandeburgo de Águas Profundas que usara antes para enganar o Lorde Feringal de Auckney.

Morik estava apenas fazendo piada com a ideia de sair andando pelas montanhas no meio do inverno e não estava considerando as rotas a sério. Só lhe trazia conforto saber que poderia escapar, se assim quisesse.

Tendo isso em mente, Morik não estava surpreso que o bando pirata tenha oferecido passe livre. Se oferecessem devolvê-lo a Luskan e nunca mais o incomodarem, ele sequer sabia se iria aceitar. A vida ali era difícil, mesmo para alguém com a inteligência e reputação de Morik, mas a vida na Baía parecia ser bem mais simples e, com toda a certeza, Bellany estava se esforçando bastante para deixá-la agradável.

Mas e quanto a Wulfgar? E quanto a Drizzt Do'Urden e Cattibrie?

Morik olhou para o mar, pensando no quanto poderia dever ao seu antigo companheiro de viagem. Sim, ele se importava com Wulfgar e então decidiu naquele instante que, se o bárbaro viesse à Baía Dourada para recuperar Presa de Égide, ele faria tudo o que pudesse para convencer Sheila Kree, e principalmente Bellany, a capturar o homem em vez de matá-lo.

Seria muito mais difícil convencê-las a poupar Drizzt, Morik sabia, por causa dessa situação louca envolvendo Le'lorinel, mas o ladrão conseguiu parar de pensar na possibilidade sem maiores problemas.

Na verdade, o que ele devia a Drizzt Do'Urden? Ou a Cattibrie?

Morik se alongou e então se abraçou para se proteger do vento frio. Ele lembrou de Bellany e sua cama quente e começou a andar naquela direção imediatamente.

Le'lorinel era a própria definição de mal-humor depois da saída de Morik, pensando nas últimas palavras que ouvira.

Morik estava errado em sua cabeça. Não em relação à avaliação que fizera das habilidades do drow, já que havia escutado várias histórias das façanhas de Drizzt. Mas Morik não conseguia entender os anos de preparação para esta luta, os extremos aos quais fora para chegar a um ponto em que pudesse derrotar Drizzt Do'Urden.

No entanto, Le'lorinel não podia ignorar o aviso de Morik. A luta contra Drizzt aconteceria, pensou, mexendo no anel com as magias necessárias — que conseguira roubar de volta de Genny. Mesmo se tudo corresse bem, o combate acabaria com duas mortes, não com uma.

E que assim seja.

Capítulo 18

Onde os rastros e a fumaça se encontram

Os quatro companheiros, agasalhados com várias camadas de pele e preparados pelos anos vivendo em Vale do Vento Gélido, não estavam muito incomodados pelo tempo frio que tomava conta dessa região tão ao norte de Luskan. A neve estava alta em alguns lugares, as trilhas, congeladas em outros, mas o grupo seguia em frente. Bruenor conduzia Cattibrie e Regis, abrindo caminho com seu corpo resistente, com Drizzt os guiando enquanto caminhava ao lado.

O progresso era incrível, levando em consideração a época e o terreno difícil, mas, naturalmente, Bruenor achou algum motivo para reclamar.

— Esse raio desse elfo nem afunda! — murmurou, atravessando um monte de neve que passava da sua cintura, enquanto Drizzt passeava pela superfície da neve, meio deslizando, meio correndo. — Tem que dar alguma coisa para ele comer, um pouco de carne para ver se engrossa esses braços e pernas magrelos!

Atrás do anão, Cattibrie apenas sorriu. Ela sabia, assim como Bruenor, que a graciosidade de Drizzt tinha mais a ver com equilíbrio do que com peso. O drow sabia como distribuir seu peso com perfeição e, por estar sempre equilibrado, ele podia apoiar o peso no outro pé imediatamente se sentisse a neve se desfazendo abaixo de si. Cattibrie tinha aproximadamente a mesma altura de Drizzt e era um pouco mais leve, mas nunca iria conseguir se mexer da mesma forma que ele.

Por estar acima da neve em vez de afundado nela, Drizzt tinha um bom ponto de vista do terreno à sua frente. Ele percebeu uma trilha não muito longe, uma que parecia recente, onde algo, ou alguém, havia atravessado a neve da mesma maneira que Bruenor.

— Esperem! — disse o drow. Enquanto falava, Drizzt percebeu outra coisa curiosa: havia fumaça à frente, um pouco mais ao longe, subindo em uma linha fina, como se saída de uma chaminé. Ele a observou por um momento e depois olhou de soslaio para a trilha, que parecia seguir mais ou menos naquela direção. Ele se perguntou se havia alguma conexão entre as duas imagens. A casa de algum caçador, talvez, ou de um eremita.

Supondo que seus amigos precisavam descansar, Drizzt foi imediatamente até a trilha. Eles haviam saído de Luskan há quase uma semana e só conseguiram um bom abrigo duas vezes desde então, uma vez em uma fazenda na primeira noite e a outra, em uma caverna.

Drizzt tinha esperança de achar um abrigo quando chegou na linha cavada na neve e viu pegadas com duas vezes o tamanho da sua.

Drizzt sinalizou para o grupo fazer silêncio e ir até ele.

— Alguns orcs grandes, talvez — comentou ele quando todos chegaram. — Ou ogros pequenos.

— Ou bárbaros — supôs Bruenor. — Aqueles lá têm os maiores pés que já vi num humano.

Drizzt examinou uma pegada com mais cuidado, chegando a se abaixar para ficar com o rosto a centímetros dela. Ele sacudiu a cabeça.

— Seja quem for, é pesado demais, e essas pegadas são de botas duras, não as feitas de pele de cervo que o povo de Wulfgar usaria.

— Então são ogros — concluiu Cattibrie. — Ou orcs grandes.

— Tem um monte nas montanhas — acrescentou Regis.

— E estão indo na direção daquela coluna de fumaça — explicou Drizzt, apontando para o ponto por onde subia.

— Pode ser mais deles fazendo a fumaça — supôs Bruenor. Com um sorriso cauteloso, o anão se virou para Regis. — É com você, Pança-Furada.

Regis empalideceu, imaginando que talvez tenha se saído bem até demais naquele último acampamento orc quando ele e Bruenor estavam a caminho de Luskan. O halfling não iria fugir de suas responsabilidades, mas, se fossem mesmo ogros, ele não teria o que fazer caso fosse pego. E Regis sabia que os ogros consideravam os halflings uma iguaria.

Quando Regis se permitiu ver além de sua contemplação, Drizzt estava olhando para ele, com um sorriso de reconhecimento, como se houvesse acabado de ler cada pensamento seu.

— Esse não é um trabalho para Regis — disse o drow.

— Ele fez isso no caminho para Luskan — reclamou Bruenor. — E muito bem.

— Mas não nessa neve — respondeu Drizzt. — Nenhum ladrão acharia sombras úteis nessa branquidão. Não, vamos todos juntos e ver que amigos ou inimigos podemos achar.

— E se forem ogros? — perguntou Cattibrie. — Você quer uma luta tanto assim?

A expressão de Drizzt mostrava que ele não achava uma má ideia, mas ele sacudiu a cabeça.

— Se eles não forem problema nosso, então é bom não sermos problema deles — disse. — Mas primeiro vamos descobrir o que for possível. Com sorte, até conseguimos abrigo e comida hoje.

Drizzt deu um passo ao lado e avançou um pouco, abrindo espaço para Bruenor ir à frente do grupo pela trilha cavada na neve. O anão sacou seu machado, batendo o cabo na mão que usava para carregar o escudo e ajeitou seu elmo de um só chifre para ficar mais firme, mais do que pronto para o combate. Atrás dele, Cattibrie pôs uma flecha em Taulmaril e testou a corda.

Se fossem ogros ou orcs e, por acaso, eles tivessem um abrigo decente construído, Cattibrie já esperava que estariam ocupando o lugar antes de anoitecer. Ela conhecia Bruenor Martelo de Batalha bem demais para se iludir com a ideia de que ele abriria mão de uma luta contra qualquer uma dessas criaturas.

— É sua vez de pegar lenha — rosnou Donbago para seu irmão mais novo, Jeddith. Ele empurrou o jovem na direção da porta da torre. — Se não tiver mais lenha logo, vamos morrer de frio no meio da noite!

Os outros dois soldados na torre de pedra resmungaram, concordando. O inverno havia chegado mais cedo, e com intensidade, na Espinha do Mundo, trazendo consigo um vento congelante que corria entre as pedras da fortaleza simples de pedra e incomodava os soldados.

A lareira estava acesa, mas a lenha estava acabando e não haveria o suficiente para durar a noite toda. Mas tinha muita lenha ao redor, então nenhum deles estava exatamente preocupado.

— Se você me ajudar, o fogo vai ficar mais forte — mencionou Jeddith, mas Donbago resmungou alguma coisa sobre ser o turno dele na vigia do alto da torre e foi até as escadas enquanto Jeddith saía.

A ventania que soprou pela porta aberta serviu de incentivo a Donbago enquanto ele chegava ao segundo andar, onde estavam os outros dois soldados do posto avançado.

— E quem ficou lá em cima? — repreendeu Donbago.

— Ninguém — respondeu um deles, subindo a escada que levava do centro do andar até o centro do teto. — O alçapão congelou e não quer abrir.

Donbago resmungou e foi até o pé da escada, observando enquanto seu companheiro na rota de vigia batia no alçapão de metal. Levou um bom tempo para quebrarem o gelo, e por isso Donbago não chegou a ver, impotente, quando Jeddith, a menos de dez metros da porta da torre, se abaixou para pegar um graveto, sem notar o ogro que surgiu de trás de uma árvore e acertou seu crânio em um golpe de seu tacape.

Jeddith caiu sem fazer nenhum som e o agressor o arrastou para longe.

O brutamontes nos fundos da torre não foi tão silencioso e jogou um gancho preso a uma corda na extremidade da torre, mas o som foi abafado pelas batidas no alçapão de metal.

Antes que Donbago e seu companheiro conseguissem soltar a porta, o meio-ogro pegou a corda e começou a escalar os quase dez metros da parede da torre, conseguindo chegar ao topo.

O brutamontes olhou ao redor e pegou um machado que carregava preso a suas costas enquanto a porta abria e Donbago surgia por ela.

Com um rugido, o meio-ogro saltou até ele, mas acabou apenas derrubando o homem de lado. Donbago havia dado sorte, porque o machado do meio-ogro estava preso às suas amarras. Mesmo assim, o homem fora jogado com força contra a ameia da torre, perdendo o fôlego.

No susto, Donbago sequer teve tempo de recuperar o ar para gritar um aviso a seu companheiro quando ele também surgiu pelo alçapão. Donbago se encolheu e fez uma careta quando o brutamontes praticamente partiu seu companheiro ao meio. Donbago desembainhou sua espada e se forçou a ficar de pé e atacar o invasor. Ele se deixou guiar pela fúria ao se aproximar do brutamontes, vendo seu companheiro, seu amigo, com metade do corpo ainda para fora do alçapão, agonizando nos últimos instantes de vida. Sendo um guerreiro experiente, Donbago não deixou que a imagem o forçasse a tomar decisões imprudentes. Ele golpeou com velocidade e fúria, mas de forma contida, fazendo o que parecia um arco largo e então recuando sua espada o suficiente para que o bloqueio poderoso de seu oponente passasse direto, sem atingir nada.

Então Donbago avançou em uma estocada seguida de outra, fazendo o brutamontes recuar após ser acertado na barriga.

O meio-ogro uivou de dor e tentou recuar, mas perdeu o equilíbrio na pedra escorregadia e caiu com um baque.

Donbago avançou para um corte poderoso, mas, enquanto sua espada descia, o meio-ogro subiu a perna em um chute, o acertando com força e fazendo com que caísse em uma cambalhota. Mas o golpe ainda acertou e o meio-ogro precisou se esforçar para conseguir se levantar de novo.

Donbago estava de pé antes que seu invasor conseguisse, lançando estocadas e cortes. Ele continuava olhando de seu alvo para o corpo de seu amigo, deixando sua fúria alimentá-lo. Mesmo durante um ataque do meio-ogro ele conseguiu fazer um corte profundo. Ainda assim, em sua postura ofensiva, não conseguiu evitar por completo o ataque e acabou sendo atingido de raspão por aquele machado imenso. Em seguida, recebeu um soco na face, que estilhaçou seu nariz, rachou os ossos das suas maçãs do rosto e o faz tropeçar até se chocar contra a ameia novamente.

Ele perdeu as forças naquele momento, repetindo para si mesmo que deveria afastar a escuridão em seus olhos, se levantar e assumir uma postura defensiva, repetindo para si mesmo que o brutamontes estava indo até ele naquele instante e acabaria esmagado e feito em pedaços.

Com um rosnado que veio de seu âmago, Donbago, tonto e ensanguentado, se forçou a ficar de pé, com sua espada à sua frente em uma tentativa risível de defender o que seria um golpe fatal.

Mas o meio-ogro não estava ali. Ele estava parado, sobre um joelho perto do alçapão aberto, com as duas mãos na barriga e segurando suas entranhas, com uma expressão em um misto de puro pânico e choque.

Nem um pouco disposto a esperar a criatura decidir se o ferimento era ou não letal, Donbago avançou o mais rápido que conseguia pelo topo da torre e golpeou repetidamente o braço levantado do meio-ogro com sua espada. Após remover aquele braço, o homem continuou a golpeá-lo até suas últimas forças e energia, mas uma vez incitado pela visão de seu companheiro morto e pelo súbito medo de que seu irmão…

Seu irmão!

Donbago gritou e golpeou com mais força, rachando o crânio de seu oponente, que finalmente caiu sobre a pedra. Ele o acertou mais algumas vezes, mesmo após o meio-ogro parar de se mover, transformando a cabeça em uma massa irreconhecível.

Então, se levantou e cambaleou até a escotilha aberta, tentando puxar o corpo de seu amigo para fora. Quando não conseguiu, Donbago empurrou o cadáver, o segurando o máximo que conseguisse para a queda não danificar demais o corpo já mutilado.

Contendo seu terror e suas lágrimas, Donbago gritou para que os outros garantissem a segurança da torre, para que alguém fosse atrás de seu irmão.

Mas ele ouviu os sons de luta vindo do térreo e sabia que ninguém poderia ouvi-lo.

Sem forças para se juntar a eles, Donbago analisou suas outras opções e percebeu que outros brutamontes poderiam estar escalando logo atrás dele.

Ele começou a se afastar do alçapão e do espetáculo de seu amigo morto logo abaixo de si, mas parou quando viu outro soldado surgindo nas escadas que levavam ao segundo andar.

— Ogros! — gritou o homem, tropeçando na direção das escadas que levavam ao alçapão. Ele quase chegou à base, mas um meio-ogro apareceu por trás dele e lançou um gancho preso a uma corrente, que se prendeu ao ombro do homem assim que segurou as barras da escada.

Donbago gritou e fez menção de descer até ele, mas, com um único puxão, o meio-ogro arrancou o homem da escada, de forma tão rápida e brutal que Donbago levou uma fração de segundo para entender que o homem não havia simplesmente desaparecido.

Ou ao menos parte dele, porque, ainda preso a uma das barras da escada, estava um braço do homem.

Donbago olhou para o andar abaixo a tempo de ver os últimos momentos do soldado quando o meio-ogro bateu sua cabeça contra o chão de pedra. Então, o brutamontes olhou para Donbago com um sorriso perverso.

Donbago, ferido e cansado, rolou para fora da entrada do alçapão e imediatamente fechou a porta de metal, depois rolou mais uma vez até ficar por cima dela, usando o próprio corpo como barricada.

Um olhar para o meio-ogro morto no topo da torre o lembrou do quanto estava vulnerável lá em cima. Sem ouvir mais nenhum barulho vindo de baixo além do combate, Donbago se levantou e foi até a extremidade da torre, soltando o gancho. Ele o carregou consigo quando correu para cobrir mais uma vez o alçapão, tirando a corda que descia pela lateral da torre de alcance.

Logo depois, ele sentiu o primeiro golpe violento sob si, um barulho estrondoso que o fez trincar os dentes.

Drizzt percebeu a porta escancarada, assim como a mancha vermelha na neve perto de algumas árvores relativamente perto dela. Foi então que ouviu os gritos vindos do alto da torre.

Ele sinalizou para que seus amigos ficassem atentos e em prontidão, então correu para o lado, flanqueando a torre e tentando avaliar o que estava acontecendo e como poderia contribuir melhor na batalha que estava acontecendo.

Cattibrie e Bruenor continuaram seguindo a trilha dos ogros, mas agora seguiam com mais cuidado, sinalizando para Drizzt. Para a surpresa do drow, Regis não ficou com os outros dois. O halfling correu para a esquerda, flanqueando a torre pelo lado oposto. Ele abriu caminho pela neve até chegar uma área repleta de pedras varridas pelo vento e ia correndo de sombra a sombra, se mantendo abaixado e se movendo rapidamente, indo até os fundos.

Drizzt não conseguiu segurar o sorriso, achando que Regis estava mais uma vez procurando um esconderijo seguro.

Mas seu sorriso desapareceu quase imediatamente quando entendeu que a ameaça era iminente, que havia de fato uma batalha acontecendo. Ele viu um homem, com o rosto e a túnica cobertos de sangue, sair correndo da torre, gritando por ajuda.

Um ogro imenso corria logo atrás dele, erguendo seu tacape, já ensanguentado, em ameaça.

O homem tinha alguns passos de vantagem, mas Drizzt sabia que não duraria muito naquela neve alta. As pernas mais fortes e mais compridas do ogro fariam com que se aproximasse rapidamente, e o tacape...

Drizzt se afastou da torre para alcançar os dois. Ele conseguiu sinalizar rapidamente para Bruenor e Cattibrie sua intenção e que deveriam continuar a ir até a torre. Então, ele correu, com seus passos leves evitando que afundasse na neve.

A princípio, Drizzt temia que o ogro chegasse antes ao homem em fuga, mas ele conseguiu um último impulso de velocidade e mergulhou de cabeça da lateral de um pico, rolando pela neve.

O ogro parou antes da queda e Drizzt gritou. O brutamontes parecia bastante satisfeito em se virar para encarar esse novo desafiante. Naturalmente, o brilho ansioso nos olhos do ogro desapareceu e o sorriso besta deu lugar a uma expressão de surpresa quando o ogro percebeu que o tal desafiante não era um humano, mas um elfo drow.

Drizzt avançou violentamente, com as cimitarras já rodopiando, na esperança de acabar logo com isso para poder prestar socorro ao homem ferido e então voltar à torre para ajudar seus amigos.

Mas este brutamontes não era um ogro comum. Ele era um combatente experiente com quase três metros de altura, puro músculo e agilidade o suficiente para empunhar seu tacape com cravos com uma destreza surpreendente.

A pressa de Drizzt quase teve um custo alto, porque, assim que avançou com as cimitarras fazendo arcos em direções opostas, o ogro ágil deu um passo atrás, saindo de seu alcance e deu um golpe lateral com seu tacape com uma força tremenda, acertando uma cimitarra. Drizzt mal conseguiu mantê-la em sua mão. Se a deixasse cair, talvez nunca a encontrasse de novo em meio a tanta neve.

Drizzt conseguiu não apenas tirar sua outra cimitarra, a da mão direita, do alcance do golpe como também conseguiu dar uma estocada que fez sangrar o antebraço do ogro. O brutamontes aceitou a dor em troca de fazer seu ataque de verdade. Levantando sua perna pesada e seguindo o movimento do tacape com um chute, ele acertou Drizzt no ombro e o lançou no ar, girando, até cair sobre a neve.

O drow então entendeu seu erro e só pôde ficar feliz por ter errado em campo aberto, onde poderia se recuperar logo. Se recebesse um chute daqueles dentro da torre, provavelmente ele teria se tornado pouco mais que uma mancha vermelha na parede de pedra.

Eles viram o sinal do drow, mas nem Bruenor nem Cattibrie estavam dispostos a abandonar Drizzt enquanto ele perseguia o ogro — até ouvirem o grito por ajuda, um lamento mais digno de pena que já ouviram, vindo de dentro da torre.

— Vê se só atira por cima da minha cabeça! — gritou Bruenor a sua filha antes de se inclinar e correr a toda velocidade para dentro da torre, ganhando velocidade, impulso e fúria.

Cattibrie teve que se esforçar para alcançá-lo e se manteve poucos metros atrás, segurando Taulmaril e em prontidão.

Não havia nada de sutil ou discreto na investida do anão, e, previsivelmente, Bruenor foi recebido à porta por outra forma imensa. O anão usou seu machado em um golpe poderoso e a flecha de Cattibrie atingiu o brutamontes no peito. Os dois golpes, somados ao impulso do anão, fez com que entrasse com tudo na área principal do térreo da torre.

Este oponente, um meio-ogro particularmente durão, ainda estava vivo. Ele conseguiu contra-atacar com seu tacape, acertando o ombro de Bruenor com força.

— Bateu fraco! — berrou o anão, ainda que, na verdade, o golpe tenha doído.

Com um sorriso no rosto apesar da dor, Bruenor levou seu machado em um arco horizontal. O meio-ogro tropeçou para sair de alcance, mas voltou a avançar cedo demais. O retorno da mão de Bruenor o acertou nas costelas, interrompendo seu impulso e, consequentemente, o ataque pretendido.

O meio-ogro vacilou, dando a Bruenor a oportunidade de firmar sua base e começar de novo. O próximo golpe não foi com a parte de trás do machado, mas com a lâmina endentada e cheia de ranhuras, fazendo abrir um corte vertical no peito do brutamontes já ferido.

Antes que Bruenor pudesse comemorar a aparente vitória, um segundo meio-ogro saltou da escadaria, acertando seu companheiro mortalmente ferido e fazendo os dois caírem sobre Bruenor, enterrando o anão sob quase uma tonelada de carne e ossos.

O anão precisava desesperadamente de Cattibrie a essa altura, mas um grito vindo de cima disse a ele que, talvez, outra pessoa também precisasse.

Nos fundos da torre, perto da base da parede e ouvindo a tudo com atenção, Regis havia escutado quando Bruenor atacou. Mas não estava muito interessado em seguir o anão, porque sabia que as táticas de Bruenor eram diretas, músculo contra músculo, trocando soco por soco. Se seguisse essa estratégia contra os ogros, Regis não sobreviveria nem ao primeiro golpe.

Um grito vindo de cima fez o halfling estremecer. Ele começou a escalar as paredes, procurando reentrâncias nas rachaduras da pedra fria. Quando estava na metade do caminho, seus pobres dedos já estavam sangrando. Ainda assim, continuou a escalar, procurando os apoios de forma hábil e se aproximando cada vez mais do topo.

Ele ouviu outro grito e o som de algo se quebrando, seguido dos sons de uma briga violenta. Então começou a subir ainda mais rápido, a toda a velocidade, chegando ao ponto de quase escorregar e cair, se segurando no último instante, e só porque havia dado muita sorte.

Finalmente alcançou o topo e espiou o que estava acontecendo. O que ele viu quase o fez querer saltar de volta.

O pobre Donbago, gritando incessantemente, só queria manter a porta fechada, fechar os olhos e desejar que toda aquela situação monstruosa acabasse. Ele já havia passado por muitas batalhas e perdido muitos amigos.

Mas seu irmão, não.

No fundo, ele sabia que seu irmão fora derrotado e provavelmente estava morto. No fundo, sabia que a torre já estava perdida e que não conseguiria escapar. Talvez, se só ficasse deitado por tempo o suficiente, usando seu corpo para bloquear o alçapão, os brutamontes iriam embora. Afinal, ele sabia que os ogros não eram famosos por serem persistentes ou espertos.

Pelo menos não a maioria deles.

Donbago sequer notou o calor a princípio, ainda que tenha sentido o cheio de couro queimado. Ele não entendia o que estava acontecendo, até uma dor aguda tomar conta de suas costas. Por reflexo, o homem rolou para o lado, mas parou assim que lembrou que deveria manter a porta fechada.

Ele tentou voltar, mas o metal estava quente — quente demais!

Os ogros abaixo dele deveriam estar usando tochas para aquecer a porta.

Donbago pulou sobre a porta, esperando que suas botas o isolassem do calor. Ele ouviu um grito quando um de seus companheiros saiu da torre e, pouco depois, um rugido vindo de debaixo, na direção da porta de entrada.

Ele estava saltando, com fumaça saindo de suas botas. Olhou ao redor desesperadamente, procurando por alguma coisa que pudesse colocar acima da porta. Talvez uma pedra solta de uma das ameias.

Donbago foi lançado para longe quando um ogro deu um golpe tremendo na porta. O próximo, antes que pudesse voltar à sua posição, fez o alçapão se escancarar. Um brutamontes saiu de lá em velocidade chocante, obviamente recebendo um empurrão de algum comparsa.

Donbago, ainda sentindo as ondas de dor em seu rosto quebrado, entrou imediatamente em combate, com toda a sua fúria, pensando em seu irmão a cada ataque enfurecido. Acertou o ogro, que parecia genuinamente surpreso com sua ferocidade, algumas vezes, mas então seu comparsa apareceu ao seu lado. Dois tacapes pesados tentavam atingi-lo agora.

Ele se abaixava e desviava, sequer tentando bloquear os golpes poderosos demais, e sua postura ofensiva e desesperada o ajudou a acertar mais uma estocada séria no brutamontes, fazendo com que caísse esparramado sobre a pedra.

Donbago foi atingido, caiu de costas e sua espada voou para longe. Antes que tivesse tempo para entender o que havia acontecido, o soldado valente sentiu uma mão forte agarrar seu tornozelo.

Em um instante, ele foi puxado para o alto e ficou pendurado pelo tornozelo, preso pela mão de um ogro poderoso.

Drizzt rolou sobre a neve, sem tentar evitar o impulso, mas sim o aumentando e permitindo que o chute do ogro o levasse o mais longe do seu oponente quanto fosse possível. Ele queria se levantar e encarar o ogro diretamente, fazer uma avaliação melhor para ter mais informações antes de voltar à luta. Entendia que fora o fato de ter subestimado o oponente que o levou a receber o golpe e que havia cometido um erro grave.

E ele foi mais uma vez pego de surpresa quando, finalmente ao se levantar, viu que o ogro o havia acompanhado e já estava preparando mais um ataque.

O brutamontes era rápido demais — muito além do que Drizzt, que já havia batalhado contra muitos ogros, esperaria de um.

Mais uma vez o tacape veio em sua direção, chegando mais pela direita, o que forçou o drow a desviar para a esquerda. O ogro imediatamente parou o movimento e subiu o tacape, o levantando com ambas as mãos como alguém faria para cortar lenha, e descendo com força na direção onde Drizzt estava se posicionando, com força demais para alguém da estatura de Drizzt bloquear ou mesmo desviar.

O drow se jogou em um rolamento para a esquerda, se levantando de costas para a lateral do ogro e recuando o mais rápido possível, abrindo espaço entre ele e o brutamontes. Ele se virou em prontidão, quase esperando que o inimigo surpreendente estaria de novo junto a ele.

Mas, desta vez, o ogro não saiu do lugar. Ele estava sorrindo enquanto olhava para Drizzt, então puxou um frasco de cerâmica de seu cinto — um que parecia ter vários espaços vazios, pelo que Drizzt notou — e o jogou inteiro na boca, o mastigando para acessar a poção.

Quase imediatamente, os braços do ogro começaram a inchar com a força intensificada, a força de um gigante.

Drizzt na verdade se sentiu melhor ao entender a situação. O ogro havia tomado uma poção de velocidade, e agora uma de força, e provavelmente mais outras. Agora entendia, então poderia prever melhor.

O drow lamentou ter chamado Guenhwyvar na noite anterior e não poder se juntar a ele naquele momento. Não poderia chamá-la e agora parecia que ela seria de grande ajuda.

E então o ogro avançou, sacudindo o tacape para todos os lados, gritando de fúria e de ânsia por sua próxima morte. Drizzt teve que cair de joelhos imediatamente, caso contrário, a vitória chegaria rápido para o brutamontes.

Mas agora tinha um plano. O ogro estava se movendo mais rápido do que estava acostumado e sua força imensa faria seu tacape se mexer com um impulso tremendo, provavelmente impossível de ser interrompido. Talvez Drizzt pudesse usar isso contra a criatura, fintando de forma a fazer o ogro perder o equilíbrio e deixar alguma abertura evidente.

E então o drow se levantou, deslizando para o lado — ou ao menos parecendo deslizar — e então recuando e, em seguida, correndo para a frente, acertando em cheio a perna do ogro enquanto passava por ele.

Continuou correndo e mergulhou à frente, então Drizzt se virou para encarar seu oponente, na expectativa de ver o sangue escorrendo pela perna ferida.

O ogro quase não sangrava, como se alguma coisa além de sua pele houvesse absorvido a maior parte daquele golpe de cimitarra.

A mente de Drizzt fervilhava pensando nas possibilidades. Havia poções, pelo que ouvira, que tinham efeitos assim, poções que forneciam graus diferentes de um heroísmo a mais.

— Ah, Guen — lamentou o drow, ciente de que a batalha não seria fácil.

O anão se perguntou se simplesmente sufocaria sob os dois corpos pesados, especialmente o peso morto daquele que tinha acabado de derrotar. Remexeu-se até conseguir encolher as pernas, então se esforçou até conseguir uma base mais sólida e empurrou com toda a sua força.

Bruenor conseguiu tirar a cabeça de baixo do quadril do brutamontes derrotado, mas precisou voltar para baixo quando o segundo, ainda deitado em cima do moribundo, tentou acertá-lo com um tapa de sua mão imensa.

Um dedo do ogro apareceu em seu esconderijo em busca do anão, e, com seus braços presos ao seu lado, ele não conseguiria ser mais forte que o grandalhão.

Então, em vez disso, mordeu a mão, sacudindo a cabeça como um cão raivoso, rangendo os dentes e esmagando os nós dos dedos do oponente.

O meio-ogro gritou e puxou a mão, mas a mandíbula poderosa do anão continuou fechada. Bruenor se segurou com toda a ferocidade. O brutamontes saiu de cima do companheiro ainda à beira da morte, se virando para ganhar mais apoio, então levantou o quadril do ogro caído logo antes de puxar com força, trazendo o anão consigo.

O grandalhão levantou o outro braço para acertar o anão, mas assim que se viu livre, Bruenor não hesitou. Ele agarrou o antebraço do inimigo com as duas mãos e, sem soltar a mordida, se mexeu imediatamente, se virando e torcendo o braço enquanto ia para trás do meio-ogro.

— Presente para você! — gritou o anão, finalmente soltando a mordida, já que havia conseguido desequilibrar o ogro e o deixado momentaneamente indefeso e bem de frente para a porta aberta. Bruenor se abaixou com toda sua força, criando o máximo de impulso possível, forçando o brutamontes a sapatear. Em um arremesso poderoso, o anão fez o meio-ogro ir para além da porta.

Onde a flecha de Cattibrie o acertou em cheio no peito.

O meio-ogro cambaleou para trás, ou pelo menos começou, porque, assim que o soltara, Bruenor havia recuado alguns passos, esfregado as botas na pedra para aumentar o atrito e corrido para a frente, saltando quando o brutamontes cambaleou e, em seguida, se chocando contra a lombar de seu oponente.

O brutamontes tropeçou porta afora e foi recebido com outra flecha no peito.

Ele caiu de joelhos agarrado às duas hastes, com as mãos trêmulas.

Cattibrie lançou um terceiro disparo, desta vez no rosto.

— Tem mais nas escadas! — gritou Bruenor. — Vem, garota. Preciso de você!

Cattibrie começou a avançar, pronta para correr para dentro, saltando o corpo do brutamontes que acabara de derrubar, mas então surgiu outro grito vindo do alto. Ela olhou para cima e viu um homem se debatendo, pendurado além da extremidade da torre, com um meio-ogro imenso o segurando pelo tornozelo.

E ela ergueu Taulmaril, mirando no rosto do brutamontes, porque Cattibrie imaginou que o homem até poderia sobreviver à queda na neve, que estava bem alta naquele lado da torre, mas tinha certeza de que não teria chance contra seu algoz atual.

Porém o meio-ogro também a viu e, com um sorriso cruel, levantou sua única arma — um tacape imenso — e preparou para um golpe que, com toda a certeza, acabaria com o pobre homem.

Por reflexo, Cattibrie gritou.

Do outro lado do topo da torre, Regis ouviu o grito. De onde estava olhando, ele entendia que o soldado estava em uma situação terrível. Mas o halfling não conseguiria chegar no brutamontes a tempo e, mesmo que conseguisse, que dano sua maça minúscula causaria naquele monstro enorme?

O segundo meio-ogro, ferido pelo soldado, mas ainda capaz de lutar, já estava a caminho de seu comparsa. Ele correu além do alto da torre, sem notar o halfling que ainda o espiava.

Agindo apenas por instinto — já que, se fosse parar para pensar na ação, seria mais provável que o halfling desmaiasse de medo do que fizesse alguma coisa —, Regis finalmente se forçou a subir o final da torre, se jogou no topo e avançou, meio correndo, meio mergulhando, derrapando entre os pés do meio-ogro que estava a toda a velocidade.

O brutamontes tropeçou e seus pés acertaram o pobre halfling e o arremessaram a uma curta distância.

Fora de controle, o meio-ogro ganhou mais impulso e caiu de cabeça nas costas de seu comparsa.

Cattibrie não teve escolha além de tentar o disparo mesmo assim, como fizera com a pirata que estava segurando Colson na casa do Capitão Deudermont.

O meio-ogro aparentemente havia previsto isso e, em vez de acertar o homem, se abaixou, fazendo a flecha passar, inofensiva, acima dele.

Cattibrie se encolheu, achando que não haveria salvação para o homem. Mas, antes que pudesse tentar outra flechada, o meio-ogro avançou de repente, bem além da extremidade da torre. Ele soltou o homem, que caiu, gritando, na neve. Em seguida, também caiu, enquanto, impotente, sacudia os braços.

Tentando recuperar o fôlego, com as costelas extremamente doloridas, o halfling se levantou e viu o meio-ogro que havia feito tropeçar no instante em que o brutamontes estava se virando para encará-lo com ódio. Era uma expressão de pura ameaça e que prometia uma morte horrível.

Com um rosnado, ele deu um passo longo na direção do halfling.

Regis olhou para sua pequena maça, uma arma completamente inútil contra um brutamontes daquele tamanho, então suspirou e a jogou no chão. Puxando o capuz, o halfling deu meia-volta e correu para até o outro lado da torre, gritando a cada passo. Era uma queda de, no mínimo, uns nove metros, e a parte de trás da torre, ao contrário da parte da frente, era cercada por pedras sem neve alguma.

Mesmo assim, o halfling nem desacelerou. Ele saltou e se jogou da torre. Sem sequer hesitar, berrando de fúria a cada passo, o meio-ogro mergulhou logo atrás dele.

O posicionamento mais baixo de Bruenor se provou vantajoso quando ele investiu na direção do meio-ogro de pé na escadaria circular. O brutamontes bateu com seu tacape para baixo, na intenção de acertar o anão, mas Bruenor levantou seu escudo — com o emblema da caneca repleta de espuma do Clã Martelo de Batalha — acima da cabeça e preparou o ângulo perfeito. O anão tinha força o suficiente em seu braço para aceitar e desviar o golpe.

Mas o meio-ogro não se saiu tão bem ao receber o contra-ataque, um arco poderoso do machado de Bruenor que quebrou o tornozelo do brutamontes, partindo os ossos e fazendo um corte profundo. O meio--ogro uivou de dor e, por reflexo, se abaixou para segurar o tornozelo ferido. Bruenor se pôs contra a parede e subiu três degraus de um salto, ficando acima do meio-ogro. Ele se virou e se preparou, firmando o escudo contra o brutamontes no momento que se virava para encará-lo. Bruenor então empurrou com toda a força, usando os músculos das pernas como apoio extra.

O meio-ogro rolou escada abaixo. Não foi uma queda longa, mas foi desastrosa, porque o brutamontes tentou se equilibrar se apoiando no tornozelo quebrado. Ele caiu de lado com outro uivo de dor.

Sua visão embaçada recuperou a nitidez pouco tempo depois, e ele olhou para trás a tempo de ver um anão de barba ruiva voando em sua direção, com a boca aberta em um rugido primordial, o rosto retorcido em fúria e o machado em ambas as mãos.

O anão fez um movimento brusco enquanto caía, afundando o machado e partindo a cabeça do meio-ogro em duas partes.

— Acho que doeu — resmungou Bruenor enquanto se levantava. Ele olhou para a sanguinolência no machado e estremeceu, então apenas deu de ombros e o limpou na túnica suja da criatura morta.

Drizzt correu, chegando até uma árvore, então se abaixou e rolou para trás dela para poder evitar uma pancada estrondosa.

O tacape do ogro bateu com força na árvore, ainda nova, e se mostrou mais resistente, quebrando o tronco.

Drizzt gemeu em voz alta de frustração enquanto via a árvore cair, imaginando como ele teria ficado caso não desviasse. Mas não havia tempo a perder com essa reflexão, porque o ogro, com sua velocidade aprimorada e empunhando o tacape com sua nova força de gigante, estava mais uma vez indo em sua direção. Ele saltou a árvore caída e moveu mais uma vez sua arma.

Drizzt se jogou para a frente, caindo deitado na neve, e o tacape passou por cima dele. Com uma velocidade e graça surpreendentes, o drow se levantou com um salto que o levou acima do golpe do ogro, vindo diagonalmente da lateral para se chocar com o lugar onde o drow estava deitado. No ar, o drow não tinha muito apoio para dar impulso entre seus golpes, mas alternava suas cimitarras em estocadas rápidas, espetando suas pontas no peito do ogro.

O drow pousou com leveza e saltou mais uma vez, girando no meio do salto para rolar por cima do tacape, que vinha de lado. Ao pousar novamente, ele reverteu o impulso de seu salto e afundou uma lâmina com força na barriga do ogro. Mais uma vez, ele não o feriu tão seriamente quanto esperava, mas não parou para se lamentar. Em vez disso, girou ao redor do quadril do ogro, mudou a pegada na lâmina da mão direita e a afundou na parte de trás da perna imensa do seu oponente.

Drizzt então saiu correndo, saltando outra árvore caída e indo para trás de dois carvalhos, se virando mais uma vez para olhar para seu inimigo, que estava, previsivelmente, em investida.

O ogro também contornou os carvalhos, mas Drizzt tinha uma vantagem, porque conseguia passar pelas duas árvores, muito próximas entre si, enquanto o brutamontes precisava dar a volta. Ele deu algumas voltas na dupla de árvores, até o ogro assumir um ritmo previsível, então passou entre as árvores e deu a volta, já atacando antes que o brutamontes pudesse se virar e levantar suas defesas.

Mais uma vez o drow acertou dois golpes: uma estocada e um corte. Após um movimento cruzado da mão direita, ele continuou o movimento, girando em um círculo completo, e avançou correndo mais uma vez, com o ogro furioso logo atrás.

E assim se seguiu por vários minutos, com Drizzt usando uma estratégia de acertar e recuar, na esperança de cansar o ogro e de o efeito das poções, provavelmente temporários, passar logo.

Drizzt o acertou repetidamente com acertos menos graves, mas sabia que essa não era uma disputa de destreza, na qual o melhor combatente receberia a vitória concedida por juízes neutros. Era uma batalha até a morte, e, mesmo com a beleza de seus movimentos precisos, o único golpe importante era o último. Dada a força bruta do ogro e as imagens mentais do drow quando outra árvore se quebrou e caiu sob o peso do golpe de seu oponente, Drizzt entendia que o primeiro golpe direto que recebesse da criatura seria provavelmente o último golpe da batalha.

O drow foi a toda velocidade até um cume coberto de neve, se lançando em um rolamento e deslizando até a parte de baixo. Ele se levantou imediatamente, se virando para encarar seu oponente. O drow queria talvez acertar outro golpe ou, mais provavelmente, em uma posição tão desfavorável, simplesmente escapar.

Mas o ogro não estava ali e Drizzt entendeu que ele havia usado sua força e velocidade aprimoradas de uma forma diferente quando ouviu o som do brutamontes caindo de pé atrás de si.

O ogro havia saltado do topo do cume, passando por cima do drow enquanto deslizava e se virado.

Drizzt percebeu o tamanho do erro que havia cometido.

O meio-ogro, surpreso, caiu de costas no chão a alguns metros de distância da torre e da vítima que havia soltado, mas já estava se mexendo, sem parecer ter se ferido muito, e se levantou.

Cattibrie iniciou seu ataque com outra flechada, direto na barriga, então largou o arco e sacou Khazid'hea. A espada, ansiosa, pediu telepaticamente que fizesse a criatura em pedaços.

O brutamontes estava segurando o ferimento na barriga com uma mão e estendeu a outra na direção dela, na intenção de forçá-la a parar. Um movimento de Khazid'hea acabou com a possibilidade, fazendo seus dedos se espalharem para todos os lados.

Cattibrie avançou furiosamente, aproveitando a vantagem e não oferecendo nenhuma em troca, com cortes ininterruptos de sua espada, sem sequer desacelerar o suficiente para perder seu tempo em ajustar os golpes.

Ela não precisava. Não com essa espada.

As roupas pesadas e a armadura de pele do meio-ogro se abriam como se fossem feitas de papel e traços vermelhos cobriram a pele da criatura em instantes.

O meio-ogro conseguiu lançar um soco na direção dela, mas Khazid'hea logo estava ali, interrompendo o soco com seu fio impressionante, partindo a mão do brutamontes e seguindo até o pulso.

Como foi alto o grito da criatura!

Mas ele foi silenciado em menos de um segundo, quando Cattibrie moveu Khazid'hea em um corte alto horizontal, cortando a garganta do meio-ogro. E então ele caiu, e Cattibrie saltou logo ao seu lado, com sua espada fazendo ainda mais cortes.

— Garota! — gritou Bruenor, em parte por pânico e em parte por surpresa quando saiu da torre e viu sua filha adotiva coberta de sangue. Ele correu até ela e quase foi partido ao meio quando ela o recebeu com outro golpe de Khazid'hea.

— É essa maldita espada! — gritou Bruenor para ela, recuando e levantando os braços.

Cattibrie parou na mesma hora, olhando em choque para sua arma.

Bruenor tinha razão. Em seu momento de raiva e pavor ao ver o homem cair da torre, em seu momento de ser consumida pela culpa que sentia pelo homem ter caído após errar seu disparo, a espada senciente Khazid'hea havia mais uma vez alcançado seus pensamentos, a levando a um frenesi.

Ela riu alto, impotente. Seus dentes brancos pareciam ridículos em contraste com seu rosto ensanguentado. Cattibrie cravou a lâmina da espada na neve.

— Garota? — perguntou Bruenor de forma cautelosa.

— Acho que nós dois precisamos de um banho — respondeu Cattibrie, visivelmente de volta ao controle.

Regis, pendurado na beirada do alto da torre, perguntou a si mesmo se o meio-ogro teve tempo de entender o que havia feito de errado quando passou voando sobre ele, se debatendo enquanto caía no chão de pedra. O brutamontes atingiu o chão com um gemido de dor abafado e quicou uma ou duas vezes.

O halfling se puxou de volta ao topo e olhou para baixo, vendo o ogro tentando se levantar. Ele tropeçou uma vez e caiu novamente, mas então voltou a tentar se levantar.

Regis foi atrás de sua pequena maça e mirou. Ele assoviou para o meio-ogro quando a lançou, ajustando o momento do assovio para que o brutamontes olhasse em sua direção a tempo de receber a arma direto em seu rosto. Em seguida, ouviu-se o som agudo do metal se chocando contra a pedra e o meio-ogro ficou um bom tempo de pé, olhando para Regis.

O halfling prendeu a respiração incrédulo ao achar que nem com a queda a maça tenha conseguido feri-lo o suficiente.

Mas ela tinha. O brutamontes caiu logo depois e não se levantou mais.

Um calafrio tomou conta de Regis e ele parou por tempo o suficiente para pensar em suas ações na batalha e perceber o quanto havia se envolvido mesmo sem precisar. O halfling tentou ao máximo não olhar para as coisas por esse ângulo, tentou se lembrar incessantemente de que agira de acordo com os princípios de seus amigos, seus companheiros tão queridos e em quem confiavam tanto, que arriscariam suas vidas sem pensar duas vezes para ajudar a quem quer que precisasse.

Não pela primeira vez, nem pela última, Regis se perguntou se não seria melhor para ele encontrar um novo grupo de amigos.

Drizzt não conseguia prever de onde viria a próxima pancada, e sabia que, se errasse seu palpite, se jogaria direto na rota do golpe. Na fração de segundo que possuía para reagir, tudo se resolveu, já que seus instintos de combate já entendiam o estilo de luta do ogro e diziam claramente que todos as sequências de ataque do ogro começavam com um golpe da direita para a esquerda.

Então Drizzt foi para a esquerda, com suas tornozeleiras mágicas o ajudando na sua corrida desesperada.

E o tacape veio logo atrás dele, o acertando de raspão enquanto se virava e saltava, o derrubando de forma desajeitada. A neve amorteceu sua queda, mas, ao se levantar, percebeu que segurava apenas uma cimitarra. Seu braço direito estava completamente dormente e seu ombro e costelas doíam terrivelmente. O drow olhou para baixo e se encolheu ao notar que seu ombro claramente havia sido deslocado.

Drizzt não tinha muito tempo, porque o ogro estava novamente indo em sua direção — embora, percebeu o drow, ousando ter esperança, não se movesse mais tão rápido.

Drizzt mais uma vez correu para longe, se virando enquanto corria e literalmente se jogou de costas contra uma árvore, usando a superfície firme para forçar o ombro de volta ao lugar. A onda de agonia fez seu estômago se revirar e sua visão escurecer. Ele quase desmaiou, mas sabia que, se cedesse a essa fraqueza temporária, o ogro acabaria com ele.

Forçou-se a ir para trás da árvore e, cambaleando, recuou, na intenção de ganhar um pouco mais de tempo. Pela maior facilidade com que conseguia se distanciar, ele teve certeza de que o efeito de pelo menos uma das poções havia acabado.

Cada passo oferecia um pouco mais de alívio a Drizzt, a dor em seu ombro já havia diminuído e ele já conseguia sentir seus dedos novamente. Sendo assim, seguiu um trajeto circular que o levaria de volta a sua cimitarra caída enquanto o ogro, que acreditava já ter vencido a batalha, continuava o seguindo.

Drizzt parou e se virou, com seus olhos cor de lavanda penetrando o brutamontes que se aproximava. Logo antes dos combatentes se chocarem, seus olhares se encontraram e a confiança do ogro se esvaiu.

O drow não subestimaria seu oponente desta vez.

Drizzt avançou em fúria, ainda mantendo o olhar do ogro. Suas cimitarras se moviam praticamente por si só, em harmonia perfeita e velocidade aterradora, rápidas demais para o ogro, agora sem sua velocidade mágica e com sua força de gigante diminuindo, conseguir acompanhar. O brutamontes tentou assumir uma postura ofensiva, sacudindo seu tacape, mas Drizzt logo parou atrás dele antes mesmo que pudesse completar o ataque. A outra poção, a que parecia tornar o ogro resistente aos golpes do drow, também estava perdendo o efeito.

Desta vez, tanto Fulgor quanto Morte Gélida afundaram, com uma delas destruindo um rim e a outra rompendo um tendão do brutamontes.

Drizzt continuou a se mexer de forma intensa, mas precisa, correndo ao redor de seu oponente, estocando e cortando, sempre em algum ponto vital.

O drow, vitorioso, embainhou suas cimitarras logo depois, sentindo seu braço direito voltando a ficar dormente assim que a adrenalina da batalha começou a se esvair. Cambaleando a cada passo, e xingando a si mesmo por subestimar um inimigo como aqueles, ele voltou à torre. Lá, encontrou Regis e Bruenor sentados perto da porta aberta, ambos parecendo bastante feridos, e Cattibrie, coberta da cabeça aos pés de sangue, cuidando de um homem ferido e desorientado.

— Vai ser muito bom se morrermos em combate antes mesmo de conseguirmos chegar até aquela pirata Kree — resmungou Bruenor.

Capítulo 19

A escolha de Wulfgar

JEDDITH NÃO ESTAVA MORTO. SEGUINDO AS INSTRUÇÕES de Donbago após ele recuperar a consciência, Cattibrie e Regis encontraram seu irmão em um arbusto não muito longe da torre. Ele estava ensanguentado e dolorido. O grupo chegou a enfaixar o ferimento, e tentou deixá-lo o mais confortável possível, mas ficou claro que o homem, desorientado e delirante, precisava ir até alguém especializado em cura, e o mais rápido possível.

— Ele está vivo — anunciou Cattibrie assim que ela e Regis o levaram até onde Donbago estava sentado, com as costas apoiadas na torre.

As lágrimas começaram a correr pelo rosto de Donbago.

— Obrigado — dizia ele repetidamente. — Não sei quem são vocês, mas obrigado por salvarem a vida do meu irmão e a minha.

— Tem mais um vivo dentro da torre — anunciou Bruenor enquanto saía. — Finalmente você acordou, né? — perguntou ele a Donbago, que assentia em gratidão.

— E um dos meio-ogros imbecis também sobreviveu — acrescentou Bruenor. — Coisa mais feia.

— Temos que levar esse aqui até algum curandeiro, e logo — explicou Cattibrie enquanto, junto a Regis, deitava Jeddith, ainda semiconsciente, ao lado de seu irmão.

— Auckney — insistiu Donbago. — Temos que ir para Auckney.

Drizzt surgiu naquele momento, a tempo de ouvir o homem. Ele e Cattibrie trocaram olhares curiosos, conhecendo bem o nome pela história que Delly Curtie havia contado sobre Wulfgar e o bebê.

— Qual é a distância daqui até Auckney? — perguntou o drow a Donbago.

O homem se virou para olhar para Drizzt e seus olhos se arregalaram. Ele parecia prestes a cair de novo.

— É uma reação bem comum — brincou Regis, dando tapinhas de leve no ombro de Donbago. — Ele vai te perdoar.

— Drow? — perguntou Donbago, tentando se virar para olhar para Regis, mas incapaz de afastar seus olhos do recém-chegado.

— É um drow bondoso — explicou Regis. — Não dá para não gostar dele depois de conhecer.

— Ah, um elfo é um elfo — bufou Bruenor.

— Me perdoe, bom drow — gaguejou Donbago, obviamente sem saber o que fazer, com as emoções divididas entre o fato de que este grupo havia acabado de salvar sua vida e a de seu irmão e tudo que ele sabia sobre a raça maligna dos drow.

— Não há nada a perdoar — respondeu Drizzt —, mas eu ficaria feliz se me respondesse.

Donbago absorveu a afirmação por alguns instantes, depois assentiu repetidamente.

— Auckney — repetiu. — Não mais que alguns dias, se o tempo estiver bom.

— E mais alguns dias se não estiver — acrescentou Bruenor. — Por mim, ótimo. Temos duas pessoas para carregar e um meio-ogro para sair arrastando.

— Acho que o meio-ogro pode andar — comentou Drizzt. — Ele é pesado demais para se arrastar.

Drizzt improvisou duas macas com cobertores e pedaços de madeira coletados dos arredores, e o grupo partiu logo em seguida. No fim das contas, o meio-ogro não estava tão ferido. E isso era bom, porque, embora Bruenor pudesse arrastar Jeddith, o ombro ferido do drow não o deixava ter forças o suficiente para puxar a outra maca. Então, decidiram forçar o prisioneiro a levá-la, com Cattibrie o seguindo logo atrás, mantendo Taulmaril em prontidão com uma flecha já a postos na corda.

O tempo se manteve bom, e o grupo abatido, por mais ferido que estivesse, fez um progresso rápido, chegando aos arredores de Auckney em menos de três dias.

Wulfgar piscou repetidamente enquanto as bolhas multicoloridas estouravam e se dissipavam ao seu redor. Nunca tendo gostado muito, ou entendido muito, de magia, o bárbaro precisou passar um bom tempo para se reorientar ao ambiente novo, já que não estava mais na cidade de Águas Profundas. Uma estrutura, uma torre de projeto peculiar cujos braços afluentes faziam com que se parecesse com uma árvore, confirmaram a Wulfgar que, conforme Robillard prometera, agora estavam em Luskan.

— Eu vejo a dúvida clara em seu rosto — comentou o mago, de mau humor. — Achei que houvéssemos combinado...

— Você combinou — interrompeu Wulfgar — consigo mesmo.

— Então você acha que não é o melhor a se fazer? — perguntou Robillard de forma cética. — Você prefere a companhia de Delly Curtie sob a segurança de Águas Profundas, sob a segurança da loja do ferreiro?

As palavras certamente feriram o bárbaro, mas foi o tom condescendente de Robillard que fez Wulfgar querer esganar o homem magricela. Ele evitou olhar para o mago, temendo acabar simplesmente cuspindo no rosto de Robillard. Não temia lutar contra o mago poderoso, não a essa distância, mas, se uma luta de fato começasse e ele acabasse quebrando Robillard ao meio, ele teria que andar bastante para voltar a Águas Profundas.

— Eu não vou me repetir, Wulfgar de Vale do Vento Gélido — comentou Robillard. — Ou Wulfgar de Águas Profundas, ou Wulfgar de onde quer que você ache que Wulfgar deve ser. Já ofereci bem mais do que você merece e bem mais do que ofereceria a alguém como você. Eu devo estar de excelente humor e com tendências bastante generosas hoje.

Wulfgar o encarou, furioso, mas a única reação de Robillard foi gargalhar alto.

— Você está bem no centro da cidade — continuou Robillard. — Além do portão sul, está a estrada que vai te levar até Águas Profundas e Delly, além de seu trabalho como ferreiro. Além do portão norte, a estrada que leva a seus amigos e ao que eu acredito ser seu verdadeiro lar.

Eu imagino que você vai achar a jornada pela estrada ao sul bem mais fácil do que a jornada pela estrada norte, Wulfgar, filho de Beornegar.

O bárbaro não respondeu, sequer devolveu o olhar avaliador que Robillard agora lançava sobre si. Ele sabia qual estrada o mago acreditava que ele deveria seguir.

— Eu sempre achei que aqueles que seguem o caminho mais fácil quando sabem que deveriam seguir pelo mais difícil são covardes — comentou Robillard. — Não acha?

— Não é tão fácil quanto você acha.

— É provavelmente bem mais difícil do que eu sequer consiga imaginar — afirmou o mago. Pela primeira vez, Wulfgar percebeu um pouco de simpatia em sua voz. — Eu não sei de absolutamente nada sobre suas provações e sobre as dores que enfraqueceram seu coração. Mas eu sei quem você costumava ser, e eu sei quem você é, e posso falar com bastante certeza que é melhor para você caminhar até a escuridão e perecer do que tentar se esconder atrás das brasas de uma forja.

— Bom, essas são suas opções — terminou o mago. — Adeus, seja lá para onde for!

Dito isto, Robillard começou a gesticular, conjurando outra magia.

Wulfgar, distraído olhando para o norte, não percebeu até ser tarde demais. Ele se virou e viu as bolhas multicoloridas já ocupando o espaço onde o mago havia desaparecido. Uma sacola surgiu onde o mago estivera, junto a uma berdiche grande. Era uma arma um tanto desajeitada, mas uma que, apesar de ter lâminas similares às de um machado, ainda lembrava seu antigo martelo em seu formato e estilo de combate, além de ter o potencial de causar um dano imenso. Ele sabia sem nem precisar conferir que a sacola provavelmente continha provisões para a estrada.

Wulfgar estava sozinho, como frequentemente se sentia, de pé exatamente no centro de Luskan, e só então se lembrou de que não deveria estar ali. Ele era procurado em Luskan, ou ao menos já fora. Tudo o que poderia fazer era esperar que os juízes e os guardas não tivessem uma memória tão boa.

Para onde ir, o bárbaro se perguntou. Ele se virou várias vezes. Tudo era confuso demais, assustador demais, e as palavras terríveis de Robillard o assombravam a cada vez que se virava.

Wulfgar de Vale de Vento Gélido saiu pelo portão norte de Luskan logo depois, caminhando sozinho pelos ermos gelados.

Foi sob o olhar de uma expressão surpresa e horrorizada atrás da outra que os amigos chegaram ao pequeno vilarejo de Auckney e no castelo de Lorde Feringal e Lady Meralda. Donbago, já recuperado o suficiente para caminhar, os guiou e afastou a qualquer um que pegasse em armas ao ver o meio-ogro, sem contar o drow.

Donbago conversou com uma multidão de soldados liderados por um guarda gnomo à porta. O gnomo delegou atividades aos soldados de forma eficiente, ajudando Donbago a levar o pobre e delirante Jeddith até alguém que pudesse curá-lo e arrastando o meio-ogro para as masmorras, batendo no brutamontes a cada passo.

O gnomo feroz, Liam Porteira, levou então os cinco a uma sala e os apresentou a um velho de nariz aquilino chamado Temigast.

— Drizzt Do'Urden — afirmou Temigast, assentindo em reconhecimento ao dizer o nome. — O ranger de Dez-Burgos, pelo que ouvi falar. E você, bom anão, não é o Rei do Salão de Mitral?

— Já fui e serei novamente, se meus amigos aqui não acabarem me fazendo morrer — respondeu Bruenor.

— Poderíamos nos reunir com seus senhores? — perguntou Cattibrie. Embora Regis e Bruenor olhassem para ela com curiosidade, Drizzt, que também queria ver a mulher que dera à luz a criança que Wulfgar agora criava como se fosse sua, apenas sorriu.

— Liam irá levá-los a um lugar para poderem se lavar e se vestir apropriadamente para o encontro — explicou Temigast. — Quando estiverem prontos, providenciaremos a reunião com os senhores de Auckney.

Enquanto Bruenor mal se molhou, resmungando que já era naturalmente bom o suficiente para encontrar qualquer um, Drizzt e Regis se banharam profundamente. Em outro quarto, Cattibrie não apenas tomou mais do que bem-vindo banho de espuma como também passou um bom tempo experimentando vários dos vestidos maravilhosos que Lady Meralda havia mandado deixar para ela.

Logo depois, os quatro estavam no grande salão de reuniões do Castelo Auck, diante de Lorde Feringal, um homem na faixa dos trinta anos de idade, com cabelos negros cacheados e um cavanhaque cheio e escuro, e Lady Meralda, uma mulher mais jovem e inegavelmente linda, com cabelos da cor das penas de um corvo, uma pele macia e um sorriso que iluminava todo o salão imenso.

E, embora Lorde Feringal estivesse com uma carranca quase contínua, o sorriso de Meralda não desapareceu por um instante.

— Imagino que queiram uma recompensa — disse a terceira pessoa presente, uma mulher corpulenta e rabugenta sentada à esquerda de Feringal, ligeiramente mais atrás, o que, pela tradição da região, indicava que era irmã de Feringal.

Por trás dos quatro companheiros exaustos pela viagem, Intendente Temigast pigarreou.

— Você acha que aqui tem ouro o suficiente para chamar a atenção? — rosnou Bruenor de volta a ela.

— Não precisamos de dinheiro — interrompeu Drizzt, tentando manter a paz. Bruenor havia acabado de sofrer um banho, afinal, o que sempre deixava o anão mal-humorado ainda mais ranzinza. — Viemos apenas para trazer Donbago e os outros dois homens feridos de volta, assim como entregar o prisioneiro. Mas pedimos que, caso consigam alguma informação do brutamontes que tenha relação com uma certa pirata infame chamada Sheila Kree, dividam conosco. É de Kree que estamos atrás.

— É claro que vamos dividir tudo que ficarmos sabendo — respondeu Lady Meralda, interrompendo seu marido, seja lá o que ele estivesse prestes a dizer. — Até mais. Seja lá o que vocês precisarem, temos uma dívida com vocês.

Drizzt não ignorou a carranca no rosto da mulher ao lado, e soube imediatamente que era um misto de seu azedume natural com o incômodo pela maneira mais coloquial com que a Lady de Auckney falava.

— Se quiserem, podem até passar o inverno aqui — continuou Meralda.

Feringal olhou para ela, a princípio surpreso, mas logo pareceu concordar.

— É viável encontrar uma casa vazia para eles na cidade para... — a mulher mais atrás começou a dizer.

— Eles vão ficar no castelo, Priscilla — declarou a Lady de Auckney.

— Não creio que... — Priscilla começou a discutir.

— E vai ser no seu quarto se você não parar de reclamar — disse Meralda, dando uma piscadela para os quatro amigos.

— Feri! — berrou Priscilla.

— Cale a boca, minha irmã — disse Feringal em um tom aflito e irritado que deixava claro para os amigos que sua irmã frequentemente o fazia se sentir desta forma. — Não nos envergonhe na frente dos nossos honoráveis convidados, estes que resgataram três dos meus soldados leais e vingaram nossas perdas pelas mãos dos ogros.

— Convidados que trazem histórias de terras distantes e tesouros de dragões — acrescentou Meralda com um brilho em seus olhos verdes.

— Mas apenas nesta noite, temo eu — disse Drizzt. — Nossa estrada será longa e tortuosa, sem sombra de dúvidas. Nossa intenção é encontrar e punir Kree antes do degelo da primavera, antes dela levar o navio até a segurança do mar aberto e levar mais destruição para as águas além de Luskan.

A decepção de Meralda era evidente, mas Feringal apenas assentiu, não parecendo se importar muito se eles ficariam ou iriam embora.

O Lorde e a Lady de Auckney organizaram um banquete esplêndido em honra aos heróis naquela noite e Donbago também pôde se juntar a eles, levando consigo as boas novas de que tanto seu irmão quanto o outro soldado estavam se sentindo melhores e pareciam que iriam se recuperar.

Eles comeram — Bruenor e Regis, mais do que todos os outros juntos — e riram. Os companheiros, que viajaram por tantos lugares, contaram as histórias de terras distantes que Lady Meralda tanto queria ouvir.

Um bom tempo depois, Cattibrie piscou e assentiu para Drizzt, o levando até uma pequena sala próxima, onde podiam ficar a sós. Eles se sentaram em um sofá, lado a lado, abaixo de uma tapeçaria com um desenho desajeitado, mas cores ricas.

— Você acha que deveríamos falar sobre o bebê? — perguntou Cattibrie enquanto pousava a mão no antebraço esguio, mas forte, de Drizzt.

— Temo que só traria tristeza. Ao menos depois do alívio inicial — respondeu o drow. — Talvez um dia. Mas não agora.

— Ah, vocês precisam voltar — interrompeu Meralda, entrando na sala e parando próxima aos dois. — O Rei Bruenor está contando a melhor das histórias, uma sobre um dragão que roubou o reino dele.

— Essa história nós conhecemos bem demais — respondeu Cattibrie com um sorriso.

— Mas não seria educado não ouvir mais uma vez — disse Drizzt, se levantando. Ele pegou a mão de Cattibrie e a ajudou a se levantar. Em seguida, os dois passaram por Meralda.

— Vocês acham que vão conseguir encontrar ele? — perguntou a Lady de Auckney enquanto passavam.

A dupla parou e a encarou em sincronia.

— O outro membro de seu grupo — explicou Meralda. — Aquele que recuperou o Salão de Mitral com vocês, pelas palavras do anão. — Ela fez uma pausa e olhou bem para eles. — Aquele que vocês chamam de Wulfgar.

Drizzt e Cattibrie ficaram em silêncio por uns segundos, com a mulher visivelmente a ponto de quebrar, mordendo o lábio e olhando para o drow em busca de pistas.

— Eu tenho motivos...

— Já sabemos — interrompeu Cattibrie.

Lady Meralda se empertigou, visivelmente tentando não perder as forças.

— Ela está forte e segura — garantiu Drizzt.

— Qual nome deram a ela?

— Colson.

Meralda suspirou e recuperou a compostura. A tristeza se mostrou em seus olhos, mas ela conseguiu sorrir logo depois.

— Venham — disse ela em voz baixa. — Vamos ouvir a história do anão.

— O prisioneiro será enforcado assim que acharmos alguma corda forte o suficiente para aguentar o peso dele — garantiu Lorde Feringal ao grupo bem cedo na manhã seguinte quando se reuniram no saguão do Castelo Auck durante os preparativos para sua saída.

— A criatura se acha forte — continuou o homem com uma risada —, mas como choramingou ontem à noite!

Drizzt estremeceu, assim como Cattibrie e Regis, mas Bruenor apenas assentiu.

— O brutamontes era parte de um bando maior — explicou Feringal. — Talvez piratas, mas aquela criatura burra não parecia entender a palavra.

— Talvez Kree — disse o drow. — Você tem alguma ideia de onde o grupo pode ter saído?

— Da costa ao sul do esporão da montanha — respondeu Feringal. — Não conseguimos fazer o ogro admitir em voz alta, mas acreditamos que ele saiba alguma coisa a respeito do Estreito do Monastério. Será uma jornada difícil de se fazer no inverno, porque os passos provavelmente estarão cheios de neve.

— Difícil, sim, mas ainda é uma jornada que vale a pena.

Foi naquele momento que Lady Meralda entrou no saguão, tão bela sob a luz do começo da manhã quanto na noite anterior. Ela olhou com cuidado para Drizzt e Cattibrie, um de cada vez, com um sorriso de gratidão no rosto.

E ambos também notaram que Feringal não conseguiu esconder a careta ao notar a interação silenciosa entre os três. Os eventos ainda eram recentes demais e Feringal obviamente reconhecera o nome de Wulfgar na história de Bruenor contada na noite anterior, e o reconhecimento do nome ainda lhe causava sofrimento demais.

Sem dúvidas, a frustração do Lorde de Auckney fora descontada no prisioneiro meio-ogro.

Os quatro amigos saíram do Castelo Auck e do reino naquela mesma manhã, mesmo com as nuvens acumuladas a leste. Não houve fanfarra ou celebração alguma para os heróis que partiam.

Apenas Lady Meralda, de pé no parapeito entre as torres do portão, coberta por um casaco de peles, os via se afastar.

Mesmo àquela distância, Drizzt e Cattibrie conseguiam ver o misto de dor e esperança naqueles olhos verdes.

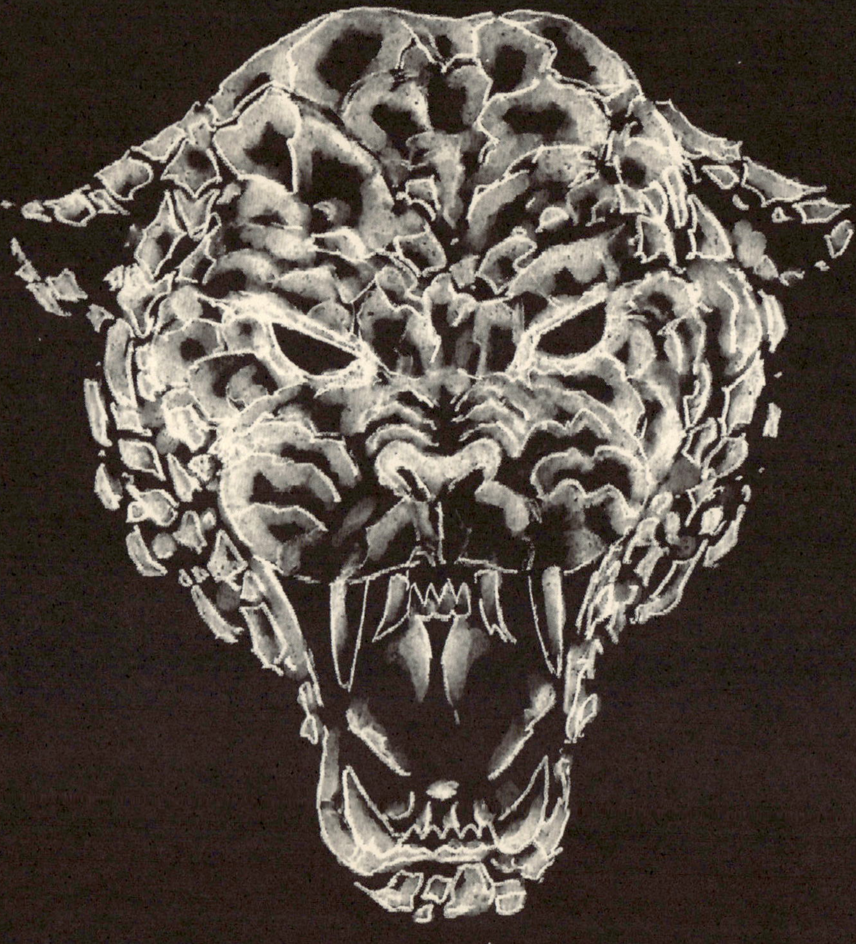

PARTE 4
Caça ao sentido

O tempo estava terrível, o frio adormecia meus dedos e o gelo cobria meus olhos até o ato de enxergar ser doloroso demais. Cada estreito estava repleto de perigos — uma avalanche prestes a acontecer, um monstro à espreita. Cada noite se passava com a ciência de que poderíamos ser soterrados em qualquer abrigo que conseguíamos encontrar — quando tínhamos sorte de encontrar um abrigo —, incapazes de escapar e com a morte certa nos aguardando.

Não era apenas eu em perigo mortal, mas também meus melhores amigos.

E nunca em minha vida estive mais feliz.

E era porque havia um sentido em nossos passos, cada um deles afundando na neve profunda e que caía com intensidade. Nosso objetivo estava claro e nosso curso, traçado. Ao atravessar as montanhas cobertas de neve em busca da pirata Kree e do martelo Presa de Égide, estávamos agindo de acordo com o que acreditávamos, estávamos seguindo nossos corações e nossos espíritos.

Apesar de muitos buscarem atalhos para a verdade, não há como fugir deste simples princípio: a dificuldade leva à conquista e conquista leva à alegria, uma alegria verdadeira, e o senso de realização é o que nos define como seres racionais. Por várias vezes ouvi pessoas se lamentando, afirmando que, se fossem ricos como reis, poderiam finalmente ser felizes, e não chego a discutir, mas sei com toda a certeza que estão errados. Há uma verdade que direi, que é: para os mais pobres, um pouco de riqueza pode sim oferecer alguma felicidade, mas, além de lidar com as necessidades básicas, o caminho para a felicidade não é pavimentado com ouro, especialmente em ouro ao qual não se tem direito.

Longe disso! O caminho para a felicidade é pavimentado pelo senso de autoconfiança e amor-próprio, uma sensação de que tornamos o mundo um lugar um pouco melhor, talvez, ou que lutamos pelo que acreditamos apesar das adversidades. Durante minhas viagens com o Capitão Deudermont, cheguei a jantar junto às famílias mais abastadas de Águas Profundas, reparti o pão com muitos dos herdeiros mais ricos. O próprio Deudermont pertence a este grupo, já que seu pai era um latifundiário conhecido no distrito sul de Águas Profundas. A maioria dos jovens aristocratas atuais deveriam seguir o exemplo de Deudermont, uma vez que ele jamais desejou desfrutar dos louros da geração anterior. Desde muito jovem, ele já percebia as amarras da fortuna que não era merecida. Por isso, o bom capitão decidiu ainda na juventude que traçaria o curso de sua própria vida, basearia sua existência em seguir o próprio coração e tentaria ao máximo transformar as águas da Costa da Espada em um lugar melhor para os marinheiros honestos.

O Capitão Deudermont pode vir a morrer cedo graças a sua escolha em servir, assim como posso passar pelo mesmo graças à minha, como Cattibrie, ao meu lado, também pode. Mas a verdade simples era a de que, se eu continuasse em Menzoberranzan ou se, desta vez, desejasse ficar a salvo em Dez-Burgos ou no Salão de Mitral, já estaria morto de várias formas.

Não. Eu quero a estrada com seus perigos, eu quero a esperança de que estou seguindo aquilo que acho ser certo, eu quero a sensação de realização. Só assim estarei alegre.

Minha convicção era tão firme que mesmo se Cattibrie viesse a morrer na estrada ao meu lado eu não iria querer voltar a este lugar seguro. E é porque eu sei que ela se sente como eu em relação a isso. Eu sei que ela vai — que ela precisa — seguir estes caminhos, por mais perigosos que sejam, porque apontam na direção de seu coração e sua consciência.

Talvez seja o resultado de ter sido criada pelos anões, uma vez que não existe raça alguma em toda Toril que entenda melhor essa verdade simples sobre a felicidade do que este povo resmungão, reclamão e barbudo. Os reis anões são sempre os mais ativos do clã, os primeiros no combate e os primeiros no trabalho; os primeiros a visualizar uma fortaleza subterrânea poderosa e os primeiros a tirar o barro que cobre a caverna onde ela ficará. Os anões rústicos e trabalhadores aprenderam há muito tempo a pesar o valor da realização quando comparado com o luxo, e há muito tempo entenderam que há riquezas de espírito muito mais valiosas que o ouro — embora eles gostem mesmo de ouro!

Então me vejo em meio à neve fria e varrida pelo vento, atravessando os passos traiçoeiros cercado por inimigos, a caminho de uma batalha contra uma inimiga inegavelmente formidável.

Não dá para ficar melhor que isso.

— Drizzt Do'Urden

Capítulo 20

Nota de despejo

Os habitantes das cidades ao norte de Faerûn achavam que conheciam bem as tempestades de neve, mas, na realidade, ninguém que não tenha caminhado pela tundra de Vale do Vento Gélido ou pelos estreitos da Espinha do Mundo durante uma nevasca poderia sequer começar a compreender o poder da natureza quando à solta.

Uma tempestade destas encontrara os quatro amigos enquanto atravessavam um estreito a sudoeste de Auckney.

Impulsionada pelos ventos fortes e gelados que os faziam se inclinar para a frente apenas para evitar que fossem levados pelo vento, a neve gelada e cortante mais se chocava contra eles do que caía sobre suas cabeças. O vento virava constantemente entre as faces dos penhascos, girando e mudando de direção, negando a eles qualquer chance de encontrar algum abrigo em uma barricada, e sempre parecendo jogar a neve contra seus rostos, sem importar para onde se virassem. Cada um deles tentou bolar um plano e precisava gritar as sugestões a plenos pulmões, com os lábios próximos aos ouvidos da pessoa com quem estava tentando se comunicar.

No fim das contas, qualquer chance de um plano para acharem algum alívio deveria depender apenas da sorte — os companheiros precisariam encontrar alguma caverna, ou pelo menos uma formação rochosa proeminte mais profunda com paredes que pudessem protegê-los da maior parte do vento.

Drizzt se abaixou na trilha branca e pousou sua estatueta de ônix no chão à sua frente. Sentindo a mesma urgência que o tomava diante de uma batalha particularmente difícil, o drow chamou Guenhwyvar. Drizzt deu um passo curto para trás e esperou a névoa cinzenta aparecer, espiralando e gradualmente assumindo a forma da pantera antes de se tornar sólida como a própria criatura felina. O drow se abaixou e disse o que desejava. Então, a pantera saltou para longe, em meio à tempestade, procurando pelas paredes da montanha e os diversos estreitos menores que saíam da trilha principal.

Drizzt também voltou a andar, com o mesmo objetivo. Mas os outros três companheiros ficaram parados, próximos uns aos outros, amontoados como defesa contra o frio e os perigos em potencial. E foi essa proximidade que evitou um desastre maior quando um vendaval mais forte surgiu, fazendo Cattibrie cair sobre um joelho e o pobre halfling, de costas. Regis tropeçou e se debateu, tentando encontrar algum equilíbrio, ou pelo menos algo em que se segurar enquanto era arrastado pelo vento.

Bruenor, firme e imóvel, pegou sua filha pelo cotovelo e a puxou para cima, e então a empurrou na direção do halfling. Cattibrie reagiu imediatamente, mergulhando sobre o cume que ladeava a trilha, puxando Taulmaril, caindo de bruços e estendendo o arco na direção do halfling.

Regis se agarrou ao arco uma fração de segundo antes de cair pela lateral da trilha alta, o que o faria rolar por dezenas de metros até chegar a uma planície, e isso provavelmente ainda causaria uma avalanche que o soterraria. Levou alguns minutos para Cattibrie trazer o halfling para a segurança, mas, quando finalmente ela conseguir recuperar seu amiguinho, Regis estava coberto de neve e tremendo terrivelmente.

— Não dá para ficar aqui — gritou a mulher para Bruenor, que havia acabado de chegar a eles. — Essa tempestade vai acabar nos matando!

O elfo vai achar alguma coisa! — gritou o anão. — Ou ele ou aquela gata dele!

Cattibrie assentiu. Regis também tentou assentir, mas tremia tanto que o movimento parecia ridículo. Todos os três sabiam que estavam ficando sem opções. Todos os três entendiam que era melhor Drizzt e Guenhwyvar acharem um abrigo.

E logo.

O rugido de Guenhwyvar foi o melhor som que Drizzt ouvira em muito, muito tempo. Ele olhou em meio à cobertura branca da neve e viu a pantera sobre uma saliência de pedra, com as orelhas baixas e o rosto coberto pela neve branca.

Drizzt foi até ela, meio correndo, meio caindo, seguindo um trajeto diagonal que o deixava um tanto de costas para o vento.

— O que você achou? — perguntou o drow à gata quando chegou logo abaixo dela, com o rosto levantado.

Guenhwyvar rugiu mais uma vez e saltou. Drizzt foi logo atrás, e cerca de trinta metros após descer uma trilha lateral repleta de neve alta, os dois chegaram a uma formação rochosa particularmente proeminente. Drizzt assentiu, imaginando que seria ao menos algum abrigo, mas então Guenhwyvar o empurrou com sua cabeça e rosnou. Ele entrou no abrigo, indo até o fundo, que ainda estava coberto pelas sombras. A pantera estava se movendo e observando a área com bastante cuidado pelo que o drow havia percebido, porque ali, no fundo da área protegida, Drizzt viu uma rachadura de tamanho considerável na base da parede de pedra.

O drow se aproximou, rápido e silenciosamente, e se ajoelhou próximo à rachadura, sentindo uma pontada de esperança quando sua visão aguçada revelou a ele que havia de fato uma área ainda melhor protegida lá dentro — uma caverna ou passagem. Sem perder muita velocidade, e se lembrando de que seus amigos ainda estavam lá fora em meio à tempestade de neve, Drizzt se jogou imediatamente pela abertura, precisando se ajustar para cair de pé ao chegar em uma área mais plana logo abaixo.

Ele estava em uma caverna ampla, repleta de reentrâncias e pedregulhos. O chão era principalmente barro, e, quando deixou sua visão se ajustar para o espectro de visão de calor dos habitantes do Subterrâneo, ele de fato percebeu uma fonte de calor, uma fogueira recentemente apagada.

Então a caverna não estava vazia e, levando em consideração o local e a tempestade lá fora, Drizzt na verdade ficaria surpreso se estivesse.

Ele viu os habitantes logo depois, se movendo escondidos pelas sombras ao longo da parede oposta, com seus corpos quentes se destacando claramente. Ele soube imediatamente que eram goblins e podia muito bem imaginar que havia muitos nesta área protegida.

Drizzt até considerou sair, buscar seus amigos e ocupar a caverna. Com a eficiência de sempre, eles não teriam muita dificuldade em se livrar de um bando de goblins.

Mas o drow hesitou, e não por medo de seus amigos se ferirem no combate. E quanto à moralidade deste ato? Como os companheiros poderiam invadir a casa de outras criaturas e as expulsarem para enfrentarem sozinhas este clima mortal? Drizzt se lembrou de outro goblin que conhecera em suas viagens, há muito tempo e bem longe dali. Uma criatura que não era maligna. Estes goblins, tão isolados em uma área tão alta destas montanhas quase intransponíveis, podem jamais ter visto algum humano, elfo, anão ou qualquer outro ser racional pertencentes às raças tipicamente bondosas. Será que era aceitável que Drizzt e seus amigos entrassem em combate contra eles para roubar seu lar?

— Olá. Saudações — disse o drow na língua dos goblins, que aprendera em Menzoberranzan. Apesar do dialeto dos goblins do Subterrâneo ser bastante diferente dos seus parentes da superfície, a comunicação ainda era possível.

— Eu e meus amigos precisamos nos abrigar da tempestade — explicou Drizzt, calmo e confiante, tentando não demonstrar hostilidade nem medo. — Podemos nos juntar a vocês?

O goblin gaguejou tanto que não conseguiu sequer começar a responder. Ele se virou, em pânico, para um de seus companheiros. O segundo goblin, maior e provavelmente, pelo que Drizzt sabia sobre a cultura goblin, um líder do grupo, surgiu das sombras.

— Quantos? — perguntou ele a Drizzt.

Drizzt observou o goblin por alguns instantes e percebeu que ele se vestia melhor que seus companheiros, com um chapéu felpudo alto e adornos dourados em ambas as orelhas.

— Cinco — respondeu o drow.

— E tem ouro?

— Tem ouro.

O goblin maior deu uma risada coaxante, o que Drizzt entendeu como a forma de aceitar o acordo. O drow saiu da caverna, deixou Guenhwyvar de sentinela e correu até os outros.

Não foi difícil para Drizzt adivinhar a reação de Bruenor ao ouvir o que o drow havia combinado com seus novos senhorios.

— Ah! — bufou com força o anão. — Se você acha que vou dar uma moeda de ouro para um monte de goblin fedorento, você é burro feito uma porta, elfo! Pior ainda: você é burro feito um goblin fedorento!

— Eles não sabem o que é uma fortuna — respondeu Drizzt com confiança. Ele conduziu o grupo enquanto continuava a discussão, sem querer perder tempo naquele frio congelante. Regis, principalmente, parecia bastante abatido, tremendo constantemente e batendo os dentes. — Uma ou duas moedas vão ser o suficiente.

— Você pode botar umas moedas de cobre nos olhos deles depois que eu partir os desgraçados ao meio — rugiu Bruenor em resposta. — Tem gente que faz isso.

Drizzt parou e encarou firmemente o anão.

— Eu fiz um acordo, seja ele certo ou errado, mas ainda assim espero que você honre o combinado — explicou. — Nós não sabemos se esses goblins merecem nossa ira e, mesmo se merecerem, se apenas entrarmos e expulsarmos essas criaturas de sua própria casa, será que seremos melhores que eles?

Bruenor riu alto.

— Andou bebendo a água abençoada de novo, elfo? — perguntou.

Drizzt estreitou seus olhos cor de lavanda.

— Tá, eu deixo você mandar desta vez — concedeu o anão. — Mas já vou avisando que não vou soltar meu machado e que se algum goblin imbecil se mexer ou falar alguma coisa idiota, a caverna vai ganhar uma pintura nova. E *vermelha*!

Drizzt olhou para Cattibrie em busca de apoio, mas a expressão dela o surpreendeu. A mulher parecia concordar com Bruenor neste debate. Drizzt chegou a se perguntar se estava errado, se ele e seus amigos deveriam apenas entrar e colocar os goblins para fora.

O drow foi o primeiro a entrar na caverna, com Guenhwyvar logo atrás. Apesar da visão da pantera ter assustado alguns goblins, foi o próximo visitante — um anão de barba vermelha — que fez a maior parte dos goblinoides gritarem em reclamação, apontando com seus dedos retorcidos, balançando os punhos e pulando no mesmo lugar.

— Você é drow. Nada de anão! — reclamou o goblin maior.

— Duergar — respondeu Drizzt. — Anão das profundezas. — Ele deu um empurrão em Bruenor e sussurrou para ele. — Tente fingir que é um cinzento.

Bruenor o olhou com uma expressão de descrença.

— Anão! — reclamou mais uma vez o líder goblin.

— Duergar — rebateu Drizzt. — Vocês não conhecem os duergar? Os anões das profundezas, aliados dos drow e dos goblins do subterrâneo?

A fala de Drizzt continha fatos o suficiente para que o líder goblin baixasse a guarda. Os anões das profundezas de Faerûn, os duergar, frequentemente faziam comércio ou mesmo se aliavam aos drow. No subterrâneo, os duergar tinham mais ou menos a mesma relação com os goblins das profundezas que os drow: não exatamente amizade, mas pelo menos tolerância. Havia goblins em Menzoberranzan. Muitos goblins. Alguém precisava cuidar da limpeza, afinal de contas, ou servir de alvo para uma matriarca jovem para que praticasse com seu chicote de cabeças de cobras.

Regis foi o próximo, e o líder goblin gritou mais uma vez.

— É um duergar jovem. São úteis para se infiltrar em vilas.

— Ah — foi a resposta.

A última a entrar foi Cattibrie, e a aparição dela, uma humana, causou uma nova rodada de gritos, pés batendo, dedos apontando e punhos se sacudindo.

— Ah! Prisioneira! — disse o líder goblin de forma lasciva.

Os olhos de Drizzt se arregalaram com a palavra e o tom de voz, percebendo a intenção evidente. O drow notou que havia errado. Ele havia se recusado a aceitar que Nojheim, o goblin incrível que conhecera anos antes, era tão incomum entre seu povo cruel. Nojheim era uma anomalia, um ser único.

— O que ele disse? — perguntou Bruenor, que não entendia bem a língua goblin.

— Ele disse que não tem mais acordo — respondeu Drizzt. — Ele nos mandou sair.

Antes que Bruenor pudesse perguntar o que fariam, Drizzt havia sacado suas cimitarras e começado a caminhar lentamente pelo chão irregular.

— Drizzt? — Cattibrie chamou o drow. Ela olhou para Bruenor e mal conseguiu enxergá-lo na luz fraca.

— É, eles começaram! — gritou o anão, mas sua bravata terminou de forma brusca, e ele perguntou ao drow, já não tendo tanta certeza. — Não é?

— Ah, começaram — veio a resposta do drow.

— Acende uma tocha para minha garota, Pança-Furada! — disse Bruenor em um grito contente antes de bater seu machado contra a palma aberta e correr para a frente. — É só atirar para a esquerda até ter luz, garota! Vou ficar na direta!

Dois goblins correram até Drizzt, um vindo de cada lado. O drow deslizou para a direita, se virou, e se abaixou subitamente, estocando com ambas as cimitarras e depois as afastando. O goblin, com uma lança curta, fez uma boa manobra defensiva e quase conseguiu bloquear uma das lâminas.

Drizzt as puxou e se virou para o outro lado, indo além de seus amigos e mantendo sua mão direita à frente, formando uma cruz. Ele sentiu seu ombro ferido latejar, mas o comentário do líder goblin, a forma como havia dito "prisioneira", aquela insinuação de que adoraria passar um tempo se aproveitando de Cattibrie, lhe deu forças para ignorar a dor.

O goblin que ia em sua direção se abaixou para desviar da primeira lâmina e levantou sua lança em um bloqueio por instinto, para o caso de Drizzt decidir abaixar a cimitarra.

A segunda cimitarra, na horizontal, cortou sua garganta.

Uma terceira criatura estava atrás, e logo estava caída sobre seu companheiro morto, derrubado por um passo para o lado seguido de uma estocada, que levou a cimitarra coberta de sangue até seu coração, enquanto Drizzt movia a cimitarra da mão direita em círculos ao redor da espada que uma quarta criatura usava para dar suas próprias estocadas.

— Maldito elfo, ficando com toda a diversão! — bradou Bruenor.

Ele correu além de Drizzt, na intenção de afundar o machado no crânio do goblin que ainda bloqueava os golpes do drow. Mas uma forma negra voou além do anão, e jogou o goblin longe, o prendendo sob trezentos quilos de pelos pretos e garras afiadas.

A caverna se iluminou imediatamente, com uma luz azul, seguida de outra, quando Cattibrie começou a usar seu arco mortal, lançando uma saraivada de flechas que levavam raios consigo. Os primeiros disparos se afundaram na parede de pedra à esquerda da caverna, mas cada uma trazia luz o suficiente para que conseguisse enxergar um ou outro alvo.

No terceiro disparo, ela acertou um goblin, e cada disparo após aquele ou atingia mortalmente seu oponente ou passava perto o bastante para fazê-los se espalhar.

Os três amigos continuaram avançando, derrubando goblins e fazendo dezenas das criaturas fugirem deles.

Cattibrie manteve um fluxo constante de disparos. Ela não acertava mais, porque todos os goblins haviam encontrado alguma cobertura. Mas seus esforços não eram em vão, porque assim ela mantinha as criaturas longe do combate corpo a corpo no centro da caverna.

Enquanto isso, Regis dava a volta ao longo da outra parede, se mantendo contra pedregulhos, estalagmites e goblins escondidos. Ele percebeu que os goblins estavam sumindo esporadicamente por uma rachadura nos fundos da caverna, por onde o líder já havia passado.

Regis esperou por uma falha na fila de goblins, então os seguiu até a escuridão dos túneis mais profundos.

A batalha acabou rápido, porque, na verdade, fora o ataque inicial dos três goblins a Drizzt, aquilo sequer poderia ser chamado de batalha. Os goblins eram melhores em fugir do que em se defender de intrusos poderosos — alguns até empurravam os seus na frente do anão ou da pantera.

Acabou no momento que Drizzt estocou um goblin ao mesmo tempo que Bruenor o cortava quando ele havia tentado sair pelos fundos da caverna.

Bruenor puxou seu machado de volta, mas a lâmina não queria se soltar, e ele acabou carregando o goblin inerte preso ao machado sobre seu ombro.

— O maior fugiu — resmungou o anão, aparentemente sem notar que havia um goblin morto sobre seu ombro. — Você vai atrás dele?

— Cadê o Regis? — perguntou Cattibrie, próxima à entrada da caverna.

Os dois se viraram e viram a mulher abaixada próxima a inclinação da entrada, acendendo uma tocha.

— Pança-Furada não sabe seguir instruções — reclamou o anão. — Eu falei para acender!

— Eu não precisava dela com esse arco — explicou Cattibrie. — Mas ele saiu correndo. — Ela então chamou em voz alta. — Regis?

— Ele fugiu — sussurrou Bruenor a Drizzt, mas parecia estranho demais, pelo ponto de vista de ambos, levando em conta a coragem do halfling na estrada dos arredores de Dez-Burgos e seu desempenho surpreendentemente bom contra os ogros. — Acho que ele gastou a coragem toda com os ogros.

Drizzt sacudiu a cabeça, se virando lentamente para observar o perímetro da caverna e temendo mais que Regis tenha morrido do que fugido.

Eles ouviram seu amiguinho pouco depois, assoviando feliz enquanto saía pelo túnel de fuga dos goblins. Ele olhou para Drizzt e Bruenor, que o encaravam, chocados, então jogou algo para Drizzt.

O drow pegou o objeto e o olhou, então seu sorriso ficou maior.

Uma orelha de goblin, com um adorno dourado.

O elfo e o anão olharam para o halfling, ainda mais incrédulos.

— Eu ouvi o que ele disse — respondeu Regis ao notar os olhares. — E eu entendo goblin.

Ele estalou seus pequenos dedos diante da dupla em choque e começou a atravessar a caverna na direção de Cattibrie. Ele parou na metade do caminho, porém, e jogou a segunda orelha para Drizzt.

— O que deu nele? — perguntou Bruenor a Drizzt em voz baixa quando Regis terminou de se afastar.

— Ele tomou gosto pela aventura? — Drizzt perguntou mais do que afirmou.

— Pode ser — disse Bruenor. Ele cuspiu no chão. — Ele vai acabar fazendo todo mundo aqui morrer ou sou um gnomo barbudo.

Os cinco, já que Guenhwyvar continuou pelo resto da noite com eles, esperaram pelo fim da tempestade na caverna dos goblins. Eles acharam uma pilha de lenha em um canto, junto a alguma carne podre que não ousariam cozinhar, e Bruenor acendeu uma fogueira próxima à abertura externa. Guenhwyvar ficou de vigia enquanto Drizzt, Cattibrie e Regis moviam os corpos dos goblins mais para o fundo da passagem. Eles comeram e se amontoaram perto da fogueira. Então, fizeram turnos de vigia, em pares, embora não esperassem que os goblins voltassem tão cedo.

A muitos quilômetros a sudoeste dos companheiros, outro viajante exausto não tinha o mesmo luxo de ter camaradas que pudessem vigiar enquanto dormisse. Mesmo assim, por não imaginar que houvesse inimigos à solta durante a noite em uma tempestade como aquela, Wulfgar se reclinou contra a parede da reentrância coberta que escolhera como abrigo e fechou os olhos.

Ele havia cavado a reentrância e, por isso, estava protegido tanto à direita quanto à esquerda por paredes de neve sólida, com a rocha atrás de si e uma parede de neve cada vez mais alta à sua frente. Ele sabia que, mesmo se nenhum monstro ou animal selvagem o encontrasse, ainda seria preciso dormir em partes, porque, se não limpasse frequentemente um pouco da neve à sua frente, correria o risco de ser enterrado vivo, e, se não jogasse eventualmente outro pedaço de lenha na fogueira, provavelmente morreria congelado.

Mas eram apenas inconveniências para o bárbaro forte, criado desde bebê na tundra de Vale do Vento Gélido, que desmamara com o vento do norte soprando em seu rosto.

E que havia sido forjado ainda mais resistente nos poços ardentes do lar demoníaco de Errtu.

O vento soprava o lamento de sua canção pelas pequenas aberturas do abrigo de rocha e neve de Wulfgar, uma nota longa e melancólica que abria as portas do coração sofrido do bárbaro. Naquele nicho, em meio àquela tempestade, ouvindo aquela nota emitida pelo vento, o pensamento de Wulfgar voou por suas memórias ao longo do tempo.

Ele se lembrou de tantas coisas de sua infância na Tribo do Alce, correndo pela tundra e seguindo os passos de seus ancestrais nas caçadas e rituais que sobreviveram por centenas de anos.

O bárbaro relembrou a batalha que o levara a Dez-Burgos, um ataque agressivo de seu povo guerreiro aos habitantes dos vilarejos. E nela, um golpe mal-dado na cabeça de um anão com a cabeça particularmente dura havia roubado a vitória do jovem Wulfgar — e aquela derrota o pusera diretamente sob a tutela de Bruenor Martelo de Batalha, o anão rabugento, rude e com um coração de ouro que Wulfgar eventualmente passou a ver como pai. Aquela derrota o levara para o lado de Drizzt e Cattibrie, o pusera na estrada que o havia guiado no começo da sua idade adulta. A mesma estrada que o havia levado ao pior dos lugares, o covil do demônio Errtu.

Lá fora, o lamento do vento ressoava em sua alma, como se o pedisse para dar as costas naquele ponto da estrada de suas memórias e rejeitasse a todos os pensamentos do lar infernal de Errtu.

E ia avisando e avisando…

Mas Wulfgar, tão atormentado pela forma como se via quanto pelas torturas de Errtu, não voltaria atrás. Não desta vez. Ele acolheu as memórias terríveis. Ele as trouxe para seu consciente e as examinou por completo, de forma racional, repetindo para si mesmo que as coisas foram daquela forma. Não como deveriam ter sido, mas como a realidade simples de seu passado, uma memória que teria que levar consigo para sempre.

Um lugar com experiências que deveriam fazê-lo crescer, não um do qual deveria fugir.

O vento continuou uivando seus avisos agourentos, gritando que ele poderia se afogar naquele poço de horror, que ele iria a lugares sombrios que deveriam ser ignorados. Mas Wulfgar continuou se agarrando a seus pensamentos e os seguiu até a vitória final contra Errtu, lá no Mar de Gelo Móvel.

Com seus amigos ao seu lado.

Essa era a questão, o bárbaro desamparado sabia. *Com seus amigos ao seu lado!* Ele havia abandonado seus antigos companheiros porque acreditava que era o que deveria fazer. Havia fugido deles, especialmente de Cattibrie, porque não poderia deixar que vissem quem havia realmente se tornado, um miserável quebrado, um arremedo de sua antiga glória.

Wulfgar fez uma pausa em sua reflexão e jogou os últimos pedaços de lenha na fogueira. Ele ajustou as pedras que deixara sob o fogo, pedras que absorveriam o calor e o manteriam por mais tempo. Afastou uma pedra do fogo e se pôs em seu saco de dormir, então pôs a pedra sob o tecido para poder descansar confortavelmente sobre ela.

Após isso, sentiu o calor se espalhando vindo de baixo de si, mas o conforto que agora sentia não conseguia eliminar nem afastar a barragem de perguntas.

— E onde estou agora? — perguntou o bárbaro ao vento, que apenas continuou seu lamento.

O vento não sabia a resposta. Ele também não.

A manhã seguinte despontou clara e límpida e o sol brilhante se erguia a leste pelo céu sem nuvens, deixando a temperatura mais confortável e começando a derreter a nevasca da noite anterior.

Drizzt recebeu a visão e o calor com sentimentos conflitantes, porque, embora ele e os outros estivessem felizes por poder voltar a sentir seus dedos, eles sabiam bem o perigo que o sol poderia trazer a estreitos entre montanhas após uma tempestade. Eles deveriam se mover com ainda mais cuidado naquele dia e tomar cuidado com avalanches a cada passo.

O drow olhou mais uma vez para a caverna, onde seus três companheiros dormiam, finalmente descansando e com esperanças de seguir caminho. Com sorte, chegariam na Costa da Espada no mesmo dia e começariam a busca propriamente dita pelo Estreito do Monastério e Sheila Kree.

Drizzt olhou ao redor e percebeu que precisariam ter muita sorte. Ele já conseguia ouvir o trovejar distante da neve despencando.

Wulfgar saiu da protuberância rochosa que se transformara em uma caverna e depois em uma tumba de neve à base de chutes e empurrões, se arrastando para fora e se alongando sob a luz do sol da manhã.

O bárbaro estava na extremidade das montanhas, com o terreno se inclinando intensamente na direção sul, em direção a Luskan, e com picos altos e cobertos de neve no horizonte a norte. Ele também percebeu, com um riso amargo de resignação, que aparentemente estava na extremidade da precipitação entre chuva e neve, porque as inclinações pareciam mais molhadas que cobertas de neve, enquanto a região ao seu norte estava repleta de neve.

Era como se os próprios deuses estivessem mandando que fosse embora.

Wulfgar assentiu. Talvez realmente estivessem. Ou talvez a tempestade não fosse nada além de uma analogia às estradas que o aguardavam na vida. O caminho mais fácil para fora de Luskan seguia pelo sul. A estrada o chamava de forma clara, mostrando um caminho pelo qual poderia evitar o terreno mais difícil.

O bárbaro, forte e resistente, riu do simbolismo da situação e da forma como a própria natureza parecia querer levá-lo de volta àquela existência mais pacata e simples. Ele pegou sua mochila e a berdiche desajeitada que carregava em vez de Presa de Égide e seguiu para o norte.

Capítulo 21

Encantos desperdiçados

— Eu tenho assuntos para resolver em Luskan. Deixei tantas coisas organizadas, conexões e acordos, e agora, por sua causa e de seus amigos, tudo já era.

— Mas você vai poder aproveitar a noite longa do inverno — disse Bellany com um sorriso travesso. Ela se curvou de forma sedutora na pilha de peles.

— Isso não... Tudo bem, é verdade — admitiu Morik, sacudindo a cabeça. — E minha reclamação não tem a ver com você, e sabe disso.

— Você fala demais — respondeu a mulher enquanto estendia a mão na direção do homem.

— Eu... Então, não pode ser assim! Não agora! Eu tenho negócios...

— Depois.

— Agora!

Bellany abriu um sorriso largo, se virou e se espreguiçou. As reclamações de Morik teriam que esperar. Mais tarde, porém, o ladrão de Luskan já havia voltado a se queixar, dizendo a Bellany o quanto o passeio dela lhe custaria o tesouro de um rei, e talvez ainda mais.

— Inevitável — explicou a feiticeira. — Eu precisava te trazer aqui e o inverno acabou chegando mais cedo.

— E eu não posso ir embora?

— Pode ir — respondeu Bellany. — É uma estrada longa e gelada. Você acha que consegue sobreviver até chegar em Luskan?

— Você me trouxe aqui, então pode me levar de volta.

— Impossível — disse a feiticeira, calmamente. — Não consigo me teletransportar para tão longe. É uma magia fora da minha alçada. Eu até consigo conjurar um portal para distâncias menores, mas não o suficiente para chegar em Luskan. E eu não gosto de frio, Morik. Nem um pouco.

— Então Sheila Kree tem que achar um jeito de me levar para casa — declarou Morik, vestindo suas calças, ou pelo menos tentando. Quando as calças estavam na altura dos tornozelos, Bellany moveu a mão e conjurou uma magia simples para trazer uma brisa repentina. A rajada foi forte o suficiente para empurrar Morik, já desequilibrado, fazendo com que tropeçasse e caísse.

— Muito engraçado — disse ele de forma irritada, mas, assim que terminou de falar, ele olhou para o rosto de Bellany e viu que ela não parecia estar brincando.

— Você vai até Sheila Kree exigir que ela te leve para casa? — perguntou a feiticeira.

— E se eu for?

— Ela te mata — afirmou Bellany. — Sheila já não gosta muito de você, meu amigo, e na verdade ela quer que você vá embora tanto quanto você quer ir. Mas ela não vai gastar recurso algum para isso, a não ser que seja uma viagem curta de um dos ogros de estimação dela para jogar seu cadáver no mar.

— Não, Morik — continuou Bellany. — Entenda de uma vez que é melhor para você não se meter no caminho de Sheila. O *Quilha Sangrenta* vai sair na primavera, e provavelmente vai seguir a costa. Vamos te deixar perto de Luskan, talvez até no porto, se tivermos certeza de que Deudermont não vai estar nos esperando ali.

— E eu vou estar pobre a essa altura.

— Tudo bem. Se você ainda for rico e quiser morrer assim, então é só ir atrás de Sheila e fazer suas exigências — disse a feiticeira com uma risada. Ela rolou para o outro lado, se cobrindo com as peles, e até mesmo cobrindo a cabeça, para deixar bem claro para Morik que a conversa havia acabado.

Ele ficou ali, olhando por um bom tempo para sua amante. Precisaria tomar cuidado, preso em um lugar impossível de se escapar junto a pessoas tão formidáveis. Ele estaria em maus lençóis se irritasse Bellany tentando se insinuar para Jule. Estremeceu pensando na surra que essa feiticeira poderia dar nele. Morik nunca gostou de nenhum tipo de conjurador, porque podiam ver além de seus disfarces e sua furtividade, além do fato de que poderiam atingi-lo com magias poderosas antes mesmo que conseguisse se aproximar. Pelo ponto de vista de Morik, os conjuradores jogavam sujo.

Sim, ele teria que tomar cuidado para não causar ciúmes.

Ou talvez esta fosse a solução, pensou Morik, analisando o desdém evidente de Sheila. Talvez a pirata de gênio forte não aprovasse o companheiro de Bellany porque ela também estava presa ali, mas sem ninguém para esquentá-la à noite.

Um sorriso cauteloso surgiu no rosto de Morik enquanto observava o ritmo da respiração de Bellany, já adormecida.

— Ah, Sheila — sussurrou ele, se perguntando se chegaria a querer voltar para casa depois de passar um tempo com a capitã e se não teria mais prosperidade bem ali.

Chogurugga caminhava furiosa por seus aposentos, jogando longe tanto a mobília quanto qualquer um dos ogros ou meio-ogros menores que fossem lentos demais para sair do seu caminho.

— Bathunk! — gritava a ogra incessantemente. — Bathunk, cadê você?

O filho precioso da ogra havia saído de casa à frente de um grupo de ataque em uma expedição que deveria levar três ou quatro dias, mas já havia se passado quase uma semana sem notícias do jovem ogro.

— Debaixo da neve — disse Bloog calmamente em um canto do cômodo, deitado em uma rede imensa, um presente de Sheila Kree, com suas pernas imensas penduradas, uma de cada lado.

Chogurugga foi a passos largos até o outro lado do quarto, agarrou a lateral da rede e jogou Bloog no chão de pedra.

— Se eu descobrir que você machucou...

— Bathunk saiu — protestou Bloog, mantendo a calma, embora se era por não querer brigar com sua bela esposa ou por não querer rir da histeria dela, a ogra não sabia dizer. — Ou ele volta ou não volta. Não vou atrás de ninguém.

A lógica, que era simples o suficiente até para Chogurugga acompanhar, não acalmou a ogra, mas pelo menos desviou sua atenção de Bloog. Ela correu até o outro lado do quarto mais uma vez, gritando por Bathunk.

Na verdade, o filho dela já havia demorado a voltar com seus grupos de ataque por diversas vezes, mas desta vez era diferente. Não era só a tempestade violenta que havia chegado. Desta vez, Chogurugga sentia que algo estava terrivelmente errado. O desastre havia alcançado seu amado Bathunk.

Ele não voltaria para casa.

A ogra simplesmente sabia.

Morik abriu um sorriso e puxou outro cálice, mais uma peça linda de prata e vidro, da pequena algibeira presa a seu quadril direito, o deixando na frente de Sheila Kree, sobre a mesa entre eles.

Sheila o encarava com uma expressão divertida, assentindo e o incentivando a continuar.

Em seguida, surgiu da algibeira uma garrafa de Vinho Feérico, claramente grande demais para caber em um bolsa tão pequena, muito menos junto a dois cálices grandes.

— O que mais você tem nessa bolsa mágica, Morik, o Renegado? — perguntou Sheila, suspeita. — Bellany sabe que você está com itens mágicos?

— E por que seria motivo para ela se preocupar, cara e bela Sheila? — perguntou Morik, pondo uma quantidade generosa da bebida cara na taça de Sheila e um pouco menos para si. — Não sou uma ameaça para ninguém aqui. Sou um aliado, não um inimigo.

Sheila sorriu de lado, em seguida levantou a taça e deu um gole tão grande que um pouco de vinho escorreu pela lateral do cálice, molhando seu rosto corado. Sem se importar, ela bateu a bebida de volta à mesa e passou um braço pelo rosto.

— E que inimigo diria qualquer coisa diferente? — perguntou ela sem rodeios. — Não conheço muita gente que admite ser um inimigo depois que é pego.

Morik riu baixo.

— Você não aprova a decisão de Bellany me trazer aqui.

— E eu já passei impressão de que concordo?

— Você também não aprova o interesse de Bellany na minha companhia — Morik ousou dizer.

Quando Sheila estremeceu sutilmente e se remexeu na cadeira, Morik sabia que estava no caminho certo. Incentivado pela ideia de que o mau-humor que Sheila reservava a ele pudesse ser apenas ciúmes, e, na cabeça de Morik, sempre confiante, isso era apenas natural, o ladrão levantou seu cálice na direção da líder pirata em um brinde.

— A entender melhor o valor um do outro — disse ele, tocando a taça de Sheila com a sua.

— E a entender melhor o desejo um do outro — respondeu a pirata com um sorriso maior ainda.

Morik também sorriu, pensando em como poderia transformar a intensidade dela em prazeres ainda mais intensos.

Ele não teve o que queria.

Morik saiu tropeçando do quarto de Sheila pouco tempo depois, com a cabeça latejando pelo cruzado de direita que havia recebido da pirata enquanto ela ainda sorria. Confuso pela reação violenta de Sheila a sua tentativa de sedução — quando Morik se aproximou dela e passou as costas de sua mão na bochecha rósea dela —, o fora-da-lei murmurava dezenas de palavrões diferentes, cambaleando até o quarto de Bellany. Morik não estava acostumado a ser tratado assim pelas mulheres e a feiticeira notou que ele estava obviamente indignado no momento que abriu a porta e ficou parada ali, bloqueando o caminho.

— Andou fazendo amor com um texugo preso? — perguntou Bellany com um sorriso.

— Quem me dera — respondeu Morik antes de tentar entrar. Mas Bellany levantou o braço diante dele, bloqueando a entrada.

Morik olhou confuso para ela.

— Você não pode estar com ciúmes.

— Você parece saber bem seu valor para ter tanta certeza disso.

Morik fez menção de responder, mas então finalmente entendeu o insulto. Por isso, se interrompeu e fez uma pequena saudação para a mulher.

— Ciúmes? — perguntou Bellany, cética. — Longe disso. Eu achei que a essa altura você já teria levado pelo menos Jule Pimenta para a cama. Mas seu gosto me surpreende. Eu não achei que você fosse o tipo de Sheila, nem ela, o seu.

— Aparentemente suas suspeitas estão corretas — comentou ele, esfregando a têmpora dolorida. Ele ensaiou entrar mais uma vez e, desta vez, Bellany abriu caminho. — Acho que *você* teria mais chances em seduzir aquela lá do que eu.

— Demorou para você entender — respondeu Bellany, fechando a porta antes de segui-lo para dentro.

Morik se deixou cair sobre as peles macias e rolou até olhar para o sorriso da feiticeira.

— Só um aviso — disse. — Seria pedir demais?

— E perder o espetáculo?

— Você não perdeu muita coisa — disse Morik enquanto estendia os braços para ela.

— Precisa de uma massagem no machucado? — perguntou Bellany sem sair do lugar. — Ou só seu orgulho?

Morik parou para pensar por um instante.

— Os dois — admitiu ele, e, com um sorriso ainda maior, a feiticeira se aproximou.

— Esse é meu último aviso — disse ela ao se deitar ao lado de Morik. — Se você se meter com Sheila Kree ela vai matar você. Com sorte. Se não, ela pode só dizer para Chogurugga que você está apaixonado por ela.

— A ogra? — perguntou Morik, horrorizado.

— E, se passar a noite com ela não acabar te matando, então Bloog certamente te mata.

Bellany se aproximou na intenção de beijá-lo, mas Morik se afastou, com todos os pensamentos de paixão desaparecidos.

— Chogurugga — disse ele, com um calafrio percorrendo sua espinha.

Capítulo 22

Um passo de cada vez

Com o vento congelante o atacando pela direita, Wulfgar continuou se forçando a seguir em frente, abaixando a cabeça e o ombro para cortar mais fácil o empurrão gelado constante. Ele estava em um estreito alto, e, ainda que não gostasse de estar tão exposto em campo aberto, este trecho varrido pelo vento era a rota que tinha consideravelmente menos neve. Sabia que os inimigos em potencial poderiam vê-lo a quase dois quilômetros de distância, como um ponto escuro em meio àquele tapete branco, mas também sabia que, a não ser essas criaturas pudessem voar e fossem grandes o suficiente para compensar o vendaval de inverno, nunca conseguiriam chegar perto.

O que ele realmente estava esperando era que seus antigos companheiros pudessem vê-lo, afinal, de que outra forma poderia encontrá-los em um lugar tão grande e cheio de altos e baixos, em que a visão era bloqueada pela próxima montanha à frente e as distâncias eram tão confusas? Às vezes a próxima montanha, na qual era possível distinguir algumas árvores, parecia estar por perto, mas, na verdade, estava a vários quilômetros de distância. E frequentemente estes quilômetros eram interrompidos por obstáculos intransponíveis, como uma garganta íngreme ou uma parede impossível de se escalar, que impediam que Wulfgar chegasse até lá sem um desvio que levaria dias.

"Como eu consegui sequer imaginar que conseguiria encontrá-los?", o bárbaro se perguntou, nem pela primeira, nem pela centésima vez. Ele sacudiu a cabeça, se repreendendo pela própria tolice em atravessar o portão norte de Luskan naquela manhã fatídica, e mais uma vez por continuar a seguir pelas montanhas após aquela tempestade quando a estrada estava muito mais acessível na direção sul.

— E acho que seria ainda mais tolo se Drizzt e os outros foram atrás de algum abrigo, talvez uma cidade, para passar o inverno — comentou o bárbaro para si, pontuando com uma risada alta.

Sim, era uma tarefa tão fadada ao fracasso quanto parecia, a de encontrar seus amigos em ermos tão vastos e inóspitos, sob essas condições que tornava difícil notá-los mesmo se estivessem a poucos metros de distância. Mesmo assim, pensou o bárbaro, analisando a situação em seu contexto, não era uma tarefa tola, porque fizera o que precisava ser feito.

Wulfgar parou por um instante naquele local mais elevado e olhou ao redor: para os vales, o pico dominando a visão à sua frente e uma extensão coberta de árvores, em uma mancha verde escura contra o branco da montanha, na face direita.

Ele decidiu que era para lá que iria, em busca da cobertura das árvores, seguindo para o oeste até chegar ao estreito principal da montanha que o levaria de volta a Vale do Vento Gélido. Se encontrasse seus antigos companheiros no caminho, melhor ainda. Caso contrário, seguiria até Dez-Burgos e ficaria por lá até que Drizzt e os outros voltassem, ou até a primavera, se não aparecessem, quando poderia se juntar a uma caravana que estivesse indo em direção a Águas Profundas.

Wulfgar ergueu uma mão para proteger os olhos do reflexo do sol e da neve carregada pelo vento e, em seguida, seguiu seu caminho. Ele teria que continuar em campo aberto e então descer pelo lado oeste, que era bastante íngreme. Pelo menos havia árvores ao longo da descida, que ele poderia usar para apoiar seu peso e desacelerar a descida. Se tentasse descer pela área sem vegetação e acabasse escorregando, a queda seria longa.

Wulfgar abaixou a cabeça e continuou a andar, se inclinando para a frente, na direção do vento.

A inclinação teve uma consequência desagradável no momento que pisou em uma inclinação à direita mais íngreme do que parecia. Sua bota forrada de pelos não teve muito atrito contra a superfície congelada e Wulfgar, com o ponto de equilíbrio alterado, não conseguiu compensar rápido o suficiente para evitar que deslizasse. E então escorregou, começando pelas pernas, e caiu sentado. Depois disso, continuou sua descida, com os braços se sacudindo desesperadamente em um esforço de encontrar onde se segurar.

Ele soltou a berdiche, grande e desajeitada, a jogando um pouco mais para o lado para que não acabasse caindo sobre sua cabeça. Sem conseguir desacelerar, logo estava mais quicando que escorregando, dando cambalhotas e se chocando contra uma pedra grande que o virou de lado. As alças de sua mochila se soltaram — uma delas se desamarrou, a outra saiu de seu braço. Ele a deixou para trás, e ela se abriu, deixando um rastro de suprimentos enquanto também deslizava.

Wulfgar continuou a se contorcer e saltar em sua descida, com sua mochila e sua berdiche muito atrás de si.

— Ele está ferido! — disse Capitão Deudermont, com sua voz se alterando pela ansiedade enquanto via a queda brutal do bárbaro.

Ele e Robillard estavam em seus aposentos a bordo do *Fada do Mar*, olhando por uma bacia de água encantada que o mago estava usando para observar o bárbaro em suas andanças. Robillard não gostava muito deste tipo de magia, nem se saía tão bem nela, mas, secretamente, ele havia deixado um rastreador mágico sob as dobras das vestes de pele de lobo que Wulfgar vestia. Aquele rastreador, junto à bacia, permitiam que até mesmo Robillard, mais especializado em evocação do que adivinhação, conseguisse vê-lo.

— Imbecil — comentou Robillard em voz baixa.

Eles continuaram assistindo em silêncio, com Deudermont mordendo os lábios, quando Wulfgar se levantou ao final da descida. O bárbaro estava meio inclinado para um lado, deixando claro que estava com um ombro ferido. Enquanto andava ao redor, tentando visivelmente decidir por qual caminho seguir para recuperar seu equipamento, os dois notaram que ele mancava.

— Ele não vai subir sem ajuda — disse Deudermont.

— Imbecil — repetiu Robillard.

— Olha só para ele! — gritou o capitão. — Ele podia ter ido para o sul, e foi o que você achou que ele faria, mas ele não foi. Não. Foi para o norte enfrentar as montanhas congeladas, um lugar onde poucos ousariam ir, mesmo no verão, e ainda menos tentariam ir sozinhos.

— A natureza é assim — brincou o mago. — Quem tentaria atravessar essas montanhas sozinho provavelmente já tentou e morreu. Os tolos sabem se excluir das linhagens.

— Você queria que ele fosse para o norte — lembrou o capitão. — Você mesmo disse. Várias vezes. E não era para que ele caísse e morresse. Você mesmo insistiu que, se Wulfgar realmente merecesse ter a amizade de Cattibrie e Drizzt ele iria atrás deles independentemente das possibilidades. Agora veja, meu amigo ranheta — afirmou Deudermont, estendendo o braço na direção da bacia, para a imagem de Wulfgar.

Com a dor visível em sua careta, o homem se esforçava, centímetro a centímetro, para subir a encosta. O bárbaro não parou para gritar de raiva, não descontou sua fúria socando o chão ou sacudindo os punhos. Ele apenas seguiu seu caminho, escalando sem reclamar.

Deudermont olhava para Robillard tão atentamente quanto o mago olhava para a bacia de adivinhação. Finalmente, Robillard levantou os olhos.

— Talvez eu tenha subestimado Wulfgar — admitiu o mago.

— E vamos permitir que ele morra ali, sozinho e com frio?

Robillard suspirou e esfregou o rosto com as mãos a ponto de sua pele ficar vermelha.

— Ele só deu dor de cabeça desde que chegou no cais de Águas Profundas querendo falar com você! — rosnou Robillard, sacudindo a cabeça. — Aliás, até antes disso. Começou lá em Luskan, quando ele tentou te mat...

— Ele não tentou! — insistiu Deudermont, agora enraivecido por Robillard ter trazido de novo as lembranças daquele período doloroso. — Não foi Wulfgar nem aquele baixinho chamado Morik.

— É o que você diz.

— Ele passa pelas dificuldades sem reclamar — continuou o capitão, mais uma vez guiando o olhar do mago para a imagem na bacia. — Se bem que não acho que Wulfgar ache isso difícil se comparado ao que provavelmente passou quando estava preso por aquele demônio Errtu.

— Então não existe problema nenhum.

— Mas e agora? — insistiu o capitão. — Wulfgar nunca vai encontrar os amigos se continuar andando sem rumo por aquelas montanhas.

Deudermont percebeu pelo suspiro que recebeu em resposta que Robillard havia entendido bem o que ele queria dizer.

— Vimos um navio pirata ainda ontem — comentou o mago, mais para reclamar do que qualquer outra coisa. — É possível que aconteça uma batalha de manhã. Você não pode desperdiçar...

— Se vermos o navio pirata de novo e você não tiver voltado ou se não estiver preparado para o combate, então vamos apenas segui-lo. Da mesma forma que somos mais rápidos que qualquer navio quando estamos indo atrás dele, também somos quando estamos recuando.

— Eu não gosto de me teletransportar para lugares desconhecidos — resmungou Robillard. — Posso aparecer em algum lugar alto demais e acabar caindo.

— Então já faça uma magia de voo ou levitação antes de ir.

— Ou baixo demais — completou Robillard de forma sombria, porque a possibilidade sempre existia e qualquer mago que aparecesse em um ponto baixo demais acabaria em pedaços entre as pedras e a terra.

Deudermont não respondeu com nada além de um dar de ombros, mas não era exatamente um debate. Robillard estava apenas reclamando, e também tinha a intenção de ir ajudar o homem ferido.

— Não entre em nenhum combate até eu voltar — resmungou o mago, mexendo em todos os seus bolsos para buscar os componentes de que precisaria para chegar em segurança, ou com o máximo de segurança possível, até Wulfgar. — Se eu voltar, é claro.

— Eu acredito em você.

— É claro que acredita — disse Robillard.

Capitão Deudermont deu um passo para trás quando Robillard foi até um armário ao lado e o abriu, tirando um objeto pertencente a Deudermont, um cobertor pesado de lã. Sem parar de reclamar por um segundo, o mago começou sua conjuração. Primeiro, uma magia que o fazia levitar, logo acima do chão, e então outra que parecia rasgar o próprio tecido do ar. Várias bolhas multicoloridas cercaram o mago até sua silhueta ser completamente distorcida pela infinidade delas, e, então, ele não estava mais ali, apenas as bolhas continuavam, estourando uma a uma até o ar parecer completo mais uma vez.

Deudermont se apressou para olhar na bacia de adivinhação e ver as últimas imagens nela antes da magia se dissipar por completo.

Ele viu uma segunda silhueta aparecendo na neve.

Wulfgar estava escorregando mais uma vez, mas rosnou e se jogou para a frente, levantando o braço e se agarrando em uma protuberância na rara área de pedra nua que conseguiu encontrar. Ele puxou com toda a intensidade, se forçando a subir.

— Vamos ficar aqui a tarde inteira se você continuar nesse ritmo — surgiu uma voz familiar vinda de cima.

O bárbaro olhou para cima e viu Robillard no topo das paredes do estreito, enrolado em um cobertor marrom sobre suas vestes de sempre.

— Mas o quê...? — Wulfgar, chocado, começou a perguntar, mas a surpresa causou a distração que o fez escorregar para trás mais uma vez, desta vez por uns seis metros, e se chocar com força em um afloramento rochoso.

O bárbaro se levantou e olhou para cima mais uma vez, vendo Robillard com sua berdiche em uma mão, flutuando acima da encosta. O mago recolheu outros pertences de Wulfgar no caminho, os soltou na direção do bárbaro e então voltou a subir, voando de um lado para o outro até recuperar tudo o que havia sido perdido. Após terminar sua tarefa, ele pousou suavemente ao lado do homem imenso.

— Nunca imaginei que ia acabar te vendo aqui — disse Wulfgar.

— Eu também não — respondeu Robillard. — Achei mesmo que você ia viajar para o sul, não para o norte. Sua determinação surpreendente me fez perder uma aposta contra Donnark, o remador.

— E eu devo te reembolsar? — perguntou Wulfgar de forma seca.

Robillard deu de ombros e assentiu.

— Talvez na próxima. Não quero ficar nesse buraco um instante além do necessário.

— Já estou com minhas coisas e não estou muito ferido — declarou Wulfgar. Ele firmou seus ombros imensos e elevou o queixo em desafio, mais do que disposto a se despedir do mago.

— Mas você não achou seus amigos — explicou o mago — e não tem muita chance de achar sem minha ajuda. E por isso vim para cá.

— Por que você é meu amigo?

— Porque Capitão Deudermont é seu amigo — corrigiu Robillard, bufando para ignorar o sorriso no rosto corado e ferido do bárbaro.

— Você tem alguma magia que pode ajudar a encontrá-los? — perguntou.

— Tenho magias que podem nos fazer voar acima dos picos — corrigiu o mago mais uma vez — e outras que podem nos levar de um ponto a outro bem rápido. Logo vamos saber quais são todas as criaturas que andam pela região. Só temos que esperar que seus amigos estejam entre elas.

— E se não estiverem?

— Então eu sugiro que volte comigo para Águas Profundas.

— Para o *Fada do Mar*?

— Para Águas Profundas — repetiu Robillard de forma mais intensa.

Wulfgar deu de ombros sem querer discutir, especialmente em algo que esperava que concordassem. Ele achava que Drizzt e os outros vieram atrás de Presa de Égide, e, se fosse o caso, ele acreditava que ainda estavam por ali, sãos e salvos.

Ele ainda não tinha certeza se tinha feito a escolha certa em Luskan, e ainda não tinha certeza se estava pronto para isso, ou mesmo se era o que queria. Como reagiria ao vê-los de novo? O que diria a Bruenor, e o que faria se o anão, que sempre protegeu Cattibrie, simplesmente saltasse até ele, tentando estrangulá-lo? E o que diria a Cattibrie? Como poderia olhar novamente nos olhos azuis dela depois do que fez?

Estas perguntas foram forçadas em sua mente naquele momento, agora que parecia realmente possível reencontrar os companheiros.

Mas ele não sabia a resposta a essas perguntas, apenas sabia que não era possível prever o confronto, nem mesmo como ele próprio reagiria.

Wulfgar saiu de sua reflexão e viu Robillard o encarando, com a expressão chegando o mais perto de empatia do que Robillard jamais vira.

— Como você chegou aqui? — perguntou Robillard.

A expressão de Wulfgar deixava claro que ele não havia entendido.

— Um passo de cada vez — Robillard mesmo respondeu a sua própria pergunta. — E é assim que você vai continuar seguindo. Com um passo de cada vez, Wulfgar vai pisotear seus demônios.

Então Robillard fez algo que surpreendeu ao homem enorme ainda mais: ele levantou o braço e deu um tapinha em seu ombro.

Capítulo 23

E assim surgiram...

— ACHO MELHOR VOLTAR SE ARRASTANDO ATÉ aquele idiota do Lorde Feringal e aquele quintal que é Auckney — resmungou Bruenor ao se arrastar de volta para a pequena caverna que o grupo havia usado como abrigo naquela noite assim que a tempestade passou. O tempo estava melhor, é claro, mas Bruenor entendia bem o quanto as avalanches eram perigosas, e o volume de neve que havia caído durante a tempestade por si só já o havia deixado chocado. — A neve está mais funda que um cofrinho de gigante.

— É só andar por cima — comentou Drizzt com um sorriso.

Mas, na verdade, nenhum deles, nem mesmo o drow, estava sentindo vontade de sorrir. A neve havia se acumulado pelas montanhas, e o dia de viagem havia sido encurtado, como Drizzt temia, graças ao risco de avalanches. Dezenas se formavam ao redor deles, e muitas delas agora bloqueavam estreitos de forma a forçar os companheiros a fazerem desvios imensos, em jornadas que levariam horas, às vezes dias, para dar a volta em um estreito preenchido pela avalanche que, normalmente, seria atravessado em uma hora.

— Não vamos achar aquelas piratas, elfo — disse Bruenor sem rodeios. — Tenho certeza de que elas estão debaixo da terra e duvido que vão colocar aquelas cabeças fedorentas para fora antes da primavera. Não tem como achar ninguém desse jeito.

— Sempre soubemos que não ia ser fácil — lembrou Cattibrie ao anão.

— E achamos o grupo que atacou a torre e eles apontaram nessa direção — interferiu Regis. — Vamos precisar de um pouco de sorte, é claro, mas já não sabíamos o tempo todo?

— Ah! — bufou Bruenor. Ele chutou uma pedra relativamente grande, a fazendo rolar até se chocar a uma parede da caverna malcheirosa.

— Prefere deixar que elas fiquem com o martelo? — perguntou Drizzt a Bruenor de forma séria.

— Ou então acabar debaixo da neve antes de chegar lá? — respondeu o anão. — Só opção boa, elfo!

— Ou voltamos para Auckney e esperamos o inverno passar — ofereceu Regis. — E então tentamos de novo na primavera.

— Até lá o *Quilha Sangrenta* já vai estar em alto-mar — lembrou Cattibrie. — E Sheila Kree e o Presa de Égide vão estar bem longe daqui.

— Então voltamos para o sul — argumentou Bruenor. — Achamos Deudermont e vamos caçar piratas até acharmos essa Kree. Então pegamos meu martelo de volta e jogamos essa desgraçada no fundo do mar e isso é até bondade com ela!

Um silêncio se seguiu, longo, profundo e ininterrupto. Talvez Bruenor tivesse razão. Talvez ir atrás do martelo agora levasse apenas ao desastre. E, se havia alguém ali com direito a interromper a busca por Presa de Égide, esse alguém era Bruenor, afinal, o martelo havia sido feito por ele, que o dera a Wulfgar. Na verdade, nenhum deles, nem mesmo Regis, que era o menos envolvido na situação, estava disposto a abrir mão do martelo, o símbolo de quem Wulfgar havia sido para cada um eles.

Talvez fizesse sentido esperar até o inverno passar, mas Drizzt não podia aceitar essa conclusão, por mais lógica que fosse, de que o tempo havia deixado a jornada perigosa demais para poderem continuar. O drow queria acabar com isso, e logo. Ele queria finalmente se reencontrar com Wulfgar, recuperar tanto Presa de Égide quanto o símbolo perdido de tudo o que foram um dia e a ideia de passar vários meses sem fazer nada não o fazia se sentir nada bem. Ao olhar ao redor, o drow percebeu que os outros, incluindo Bruenor — talvez especialmente Bruenor, apesar de sua reclamação de sempre — se sentiam da mesma forma.

Drizzt saiu da caverna, derrubando a parede de neve que havia se acumulado na entrada. Ele foi até o ponto mais alto que conseguiu alcançar e, apesar da luz e do reflexo que agrediam seus olhos, olhou para todos os cantos, em busca de uma rota para o sul, para o mar, em busca de alguma maneira pela qual pudessem continuar.

O drow ouviu alguém se aproximando por trás pouco tempo depois, e, pelo som dos passos, ele já sabia que era Cattibrie. Ela tinha um passo que era um misto dos passos leves de Drizzt com a técnica que Bruenor usava para afastar a neve.

— Parece tão ruim para um lado quanto para o outro — disse a mulher ao parar ao lado de Drizzt. — Acho que é melhor continuar, então.

— E você acha que Bruenor vai concordar? Ou Regis?

— Pança-Furada está lá dentro falando a mesma coisa para Bruenor — comentou Cattibrie. Drizzt se virou na direção dela. Antes, Regis seria o primeiro a abandonar a estrada, o primeiro a achar um motivo para recuarem até um lugar quente e confortável.

— Você se lembra de quando Artemis Entreri se passou por Regis? — perguntou Drizzt em um tom que era claramente de suspeita.

Os olhos de Cattibrie se arregalaram de choque por um instante, até a expressão de Drizzt deixar bem claro que ele estava brincando. Ainda assim, o comentário sobre Regis estar muito diferente havia sido feito e entendido.

— Eu achei que aquela lança que o goblin jogou nele lá naquele rio do sul ia fazer com que fosse querer mais ainda ficar em algum lugar seguro e confortável.

— E sem a ajuda mágica vinda da fonte mais inesperada ele teria pelo menos perdido o braço — lembrou Drizzt. E era verdade.

Quando Regis havia sido perfurado no ombro, eles não conseguiam parar o sangramento. Drizzt e Cattibrie estavam na verdade no meio das preparações para amputar o braço de Regis, o que supunham ser a única forma de existir uma chance do halfling sobreviver, quando um subordinado de Jarlaxle, sob o disfarce de Cadderly, os abordara oferecendo curá-lo com magia.

Regis havia passado o resto da aventura bem mais quieto, tanto durante o caminho até a torre de cristal de Jarlaxle quanto durante a luta de Drizzt contra Entreri e a viagem longa e sombria de volta ao Vale do Vento Gélido. Os amigos passaram por várias aventuras lado a lado e, na verdade, aquela última tivera o pior resultado de todas. O Fragmento de Cristal fora levado pelo líder perigoso de Bregan D'aerthe. E também foi de longe a mais dolorosa e perigosa para Regis de todas as anteriores e, mesmo assim, por algum motivo que Drizzt e Cattibrie não conseguiam entender, havia despertado algo no halfling. Havia ficado evidente logo após chegarem a Dez-Burgos. Regis não havia tentado escapar das patrulhas constantes dos companheiros pelas estradas que levavam à região uma única vez, e, nas raras vezes que encontraram monstros ou bandidos, Regis havia se recusado a ficar para trás enquanto seus amigos lidavam com a situação.

E agora ele estava lá, tentando convencer Bruenor a atravessar as montanhas inóspitas e mortais, mesmo com o castelo aconchegante de Lorde Feringal relativamente perto deles.

— Bom, são três contra um — disse Cattibrie por fim. — Parece que vamos continuar.

— E Bruenor vai reclamar o caminho inteiro.

— Ele também iria reclamar o caminho inteiro se decidíssemos voltar.

— É um elemento de estabilidade.

— Um lembrete de tempos que se foram e um sinal de tempos que virão — respondeu Cattibrie sem hesitar e ambos compartilharam de uma gargalhada sincera e necessária.

Quando voltaram à caverna, Bruenor já estava levantando acampamento, enrolando os cobertores, enquanto Regis mexia a panela que estava sobre a fogueira.

— Tem algum caminho que dá para passar? — perguntou Bruenor.

— Tanto indo quanto voltando... ambas as direções estão igualmente difíceis — respondeu Drizzt.

— Mas, continuando, ainda vamos ter que voltar depois — argumentou Bruenor.

— Eu voto em continuar — informou Cattibrie. — Não tem nada em Auckney, muito menos respostas e eu quero essas respostas antes da primavera.

— E o que você acha, elfo? — perguntou Bruenor.

— Nós já sabíamos que o caminho seria perigoso e inóspito antes mesmo de sairmos de Luskan — respondeu Drizzt. — Já estávamos cientes do inverno e essa neve está longe de ser incomum ou inesperada.

— Mas seria mais fácil se aquela droga de pirata aparecesse antes — acrescentou o anão.

— Seria, mas não dava para contar com isso — respondeu Drizzt imediatamente. Ele olhou para Cattibrie. — Eu também não gosto da ideia de passar o inverno preocupado com Wulfgar.

— Então vamos continuar — concordou Bruenor. — E vamos morrer no meio da neve. E então Wulfgar que vai passar o inverno preocupado.

O anão encerrou sua fala com uma sequência de palavrões, reclamando em voz baixa como sempre fazia. Os outros três integrantes na caverna, conhecendo bem o anão, sorriam e piscavam uns para os outros.

Ainda assim, o som baixo dos resmungos de Bruenor deu lugar a um zumbido diferente, que tomou conta da caverna e chamou a atenção dos quatro.

No centro da caverna, apareceu uma linha vertical azul, brilhando em seus mais de dois metros de altura. Antes que os amigos tivessem tempo de reagir, a linha se dividiu em duas de mesma altura, e então se afastaram, com uma linha azul horizontal sobre elas.

— Porta mágica! — gritou Regis enquanto rolava para o lado, puxando a maça ao mesmo tempo que corria para as sombras.

Drizzt soltou a estatueta de Guenhwyvar, pronto para chamar a pantera. Ele sacou as cimitarras, indo para o lado de Bruenor, ficando diretamente de frente para o portal e Cattibrie recuou alguns passos, chegando um pouco para o lado, deixando o arco pronto para o disparo em um movimento fluido.

A porta se formou por completo e a área tracejada pelas três linhas tremeluzia em uma névoa azulada.

De lá, saiu uma silhueta com vestes azuis escuras. Bruenor gritou e levantou o machado e Cattibrie recuou o braço, pronta para soltar a flecha.

— Robillard! — gritou Drizzt, com Cattibrie ecoando o nome uma fração de segundo depois.

— O mago amigo de Deudermont? — perguntou Bruenor.

— O que você está fazendo aqui? — perguntou o drow, mas suas palavras sumiram quando uma segunda silhueta passou pelo portal mágico. Uma forma imensa.

Regis foi o primeiro a falar, porque os outros três, especialmente Bruenor, não conseguiam sequer achar a própria voz.

— Wulfgar?

Capítulo 24

Sinais do drow

O LAMENTO SOBRENATURAL, COM TONS PRIMORDIAIS de agonia, ecoou nas paredes de pedra do complexo de cavernas, reverberando até o coração da montanha.

As pontas da espada e da adaga de Le'lorinel foram abaixadas. A sessão de treinamento foi interrompida, e, por isso, só restava se virar para olhar na direção da porta aberta e do corredor além, de onde vinha aquele clamor terrível.

— O que foi? — perguntou Le'lorinel a quem se aproximava Jule Pimenta, se sua memória não estivesse enganada.

E então seguiram pelo caminho tortuoso, com Jule à frente, pelo complexo de câmaras amplas logo abaixo às que pertenciam a Sheila Kree e seu círculo pessoal de influência, chegando ao covil de Chogurugga e Bloog.

Le'lorinel mal chegou e teve que desviar de uma cadeira que fora lançada contra a parede. E mais uma vez ouviu-se o lamento — o grito de Chogurugga. Ao olhar além da ogra, Le'lorinel entendeu ser um grito de luto.

Porque no centro da caverna estava o corpo já inchado de outro ogro, um ogro jovem e forte. Sheila Kree e Bellany estavam ao lado de outro ogro que estava de joelhos, com sua cabeça imensa pousada sobre o corpo. A princípio, Le'lorinel imaginou que fosse Bloog, mas então viu que o líder ogro imenso observava a tudo apoiado na parede atrás delas. Não demorou para que notasse que a angústia que Bloog mostrava em seu rosto estava longe de ser genuína.

Le'lorinel suspeitou que talvez Bloog estivesse por trás disso.

— Bathunk! Meu bebê! — gritava Chogurugga, mostrando um apego fora do comum para mães ogras. — Bathunk! Bathunk!

Sheila Kree foi na direção da ogra, talvez na intenção de consolá-la, mas Chogurugga acabou tendo outra crise de fúria naquele momento, arrancando uma pedra da fogueira imensa e a lançando contra a parede. Que apenas não acertou Bloog porque o ogro se abaixou, como Le'lorinel havia notado.

— Acharam o corpo de Bathunk perto de um posto avançado ao norte — explicou Bellany a Jule e Le'lorinel enquanto se aproximava da dupla. — Parece que alguns deles foram mortos. Aquele ali, Pokker, achou que seria uma boa ideia trazer o corpo de Bathunk para cá.

Ao explicar, a feiticeira apontou para o ogro ajoelhado junto ao corpo.

— Falando assim parece que ele não devia ter feito isso — comentou Jule Pimenta.

Bellany deu de ombros, como se não importasse.

— Olha o estado dela — sussurrou ela, apontando para Chogurugga com o queixo. — Ela vai acabar matando metade dos ogros da Baía Dourada, se Bloog não matar ela antes.

— Ou Sheila — concluiu Jule, porque estava óbvio que Sheila Kree estava perdendo a paciência com a ogra.

— Essa possibilidade sempre existe — concordou Bellany.

— E como ele morreu? — perguntou Le'lorinel.

— Não é tão raro — respondeu Bellany. — Perdemos alguns ogros todos os anos, especialmente no inverno. Os idiotas nunca deixam o bom senso superar essa necessidade de esmagar gente. Os soldados das comunidades da Espinha do Mundo são todos veteranos e não são presas fáceis, mesmo para monstros fortes como os ogros de Chogurugga.

Enquanto Bellany explicava, Le'lorinel se aproximou discretamente do corpo de Bathunk. Ao notar que Sheila parecia estar mantendo Chogurugga sob controle naquele momento, acabou ousando chegar ainda mais perto, se abaixando para examinar o corpo.

E então, ficou mais difícil respirar. Eram vários os cortes no corpo, extremamente precisos e, em várias áreas diferentes, pareciam feitos por uma lâmina curva. Curva como uma cimitarra. Ao perceber um ferimento no quadril de Bathunk, decidiu então gentilmente virar o cadáver um pouco para o lado. A marca parecia o formato de uma lâmina que se curvava delicadamente, muito semelhantes às que havia providenciado para Tunevec para simular o estilo de um certo drow.

Le'lorinel olhou para cima de repente, tentando digerir a informação de que evidentemente este ogro poderoso não havia sido derrotado por um soldado comum.

Foi então que precisou segurar uma gargalhada — e a vontade de rir só aumentou ao ver que Bloog estava fungando e esfregando os olhos, como se lacrimejassem, embora com toda a certeza não estavam. Mas outro rugido se fez ouvir por trás de si, como um lembrete de que uma certa ogra não reagiria bem a qualquer ser que ousasse rir de sua tragédia.

Le'lorinel se levantou imediatamente e andou na direção de Jule e Bellany, mas continuou andando e saiu da região, correndo pelas passagens até a segurança dos níveis mais altos. Lá, finalmente, pôde gargalhar à vontade, em uma mistura de empolgação e medo.

Porque sabia que Drizzt Do'Urden era o responsável, que o drow estava na região, e estava perto o suficiente que o ogro pudesse carregar o corpo de Bathunk para lá mesmo durante o inverno.

— Eu agradeço, E'kressa — sussurrou.

Por instinto, suas mãos foram na direção da espada e da adaga e então se juntaram à sua frente, e os dedos da mão direita passaram a mexer no anel em um dedo da mão esquerda. Depois de todos estes anos, a hora estava chegando. Depois de planejar com tanto cuidado, estudar a técnica e o estilo de Drizzt, treinar, estudar sob os melhores espadachins ao norte de Faerûn para encontrar formas de compensar pelas manobras do drow. Depois de todos os sacrifícios, dos anos de trabalho para pagar pelo anel, pelas parcerias e pelas informações.

Era difícil respirar. Drizzt estava por perto. Só poderia ter sido aquele drow quem derrotou Bathunk.

Le'lorinel saiu de seus aposentos e chegou ao corredor, passando direto pelo quarto de Bellany e o de Sheila, chegando ao final do corredor, nos aposentos que Jule havia recebido para passar o inverno.

As três chegaram pouco tempo depois, sacudindo a cabeça e fazendo piadas inapropriadas sobre a reação de Chogurugga, com Sheila Kree imitando com bastante precisão a ogra desesperada.

— Você saiu com estilo — comentou Bellany. — Mas perdeu a melhor parte.

— Tadinha da Chogurugga.

— Tadinho do Bloog, no caso — corrigiu Sheila imediatamente, fazendo as três rirem.

— Tudo bem, é melhor você falar logo o que você sabe — disse Sheila a Le'lorinel ao notar que não estava rindo com elas, sem sequer sorrir, com seus olhos azuis e dourados firmes e intensos.

— Naturalmente, eu estava aqui quando Bathunk foi morto — lembrou Le'lorinel.

Bellany foi a primeira a rir.

— Então você sabe mesmo alguma coisa — disse a feiticeira. — Foi só você ver o corpo de Bathunk...

— Você acha que foi aquele maldito drow quem matou Bathunk — concluiu Sheila Kree.

A única resposta foi seu semblante firme e sombrio.

— Você acha!

— A área das montanhas é grande, e tem muitos adversários perigosos aqui — lembrou Jule Pimenta. — Há milhares de criaturas que poderiam ter feito isso com aquele ogro.

Antes que tivesse oportunidade de responder, Bellany interrompeu.

— Hum... — Ela andou para a frente da dupla, com uma de suas mãos delicadas sobre os lábios. — Mas você viu os ferimentos.

— E vieram de lâminas curvas, como uma cimitarra — confirmou.

— Uma espada pode fazer o mesmo tipo de corte. É só o alvo ser atingido enquanto cai — lembrou Sheila. — Esses ferimentos não têm tanta informação assim.

— Eles já me dizem tudo o que preciso saber — respondeu Le'lorinel.

— E foram bem-feitos — argumentou Jule. — Fora que nenhum guerreiro inexperiente poderia derrubar Bathunk. E eu sei que Chogurugga deu para ele muitas das poções que você entregou — ela dirigiu a última frase a Bellany.

Aquela afirmação fez até mesmo Sheila arregalar os olhos em surpresa. Bathunk não era um ogro comum. Ele era enorme, forte e bem treinado, e algumas daquelas poções forneciam aprimoramentos formidáveis.

— Foi Drizzt — afirmou Le'lorinel, confiante. — Ele está por perto, e provavelmente nos procurando.

— Como o mago que te guiou até aqui disse que faria — disse Bellany, que conhecia bem a história.

— E'kressa, o gnomo. Ele me mandou atrás da marca de Presa de Égide e disse que a marca me levaria a Drizzt Do'Urden.

Jule e Bellany se entreolharam e, juntas, viraram o olhar na direção de Sheila Kree, que estava com a cabeça baixa, pensando.

— Podem ter sido soldados da torre — disse a capitã pirata, por fim. — Podem ter sido reforços vindos dos vilarejos menores. Pode ter sido algum grupo errante de heróis, ou mesmo monstros querendo roubar a pilhagem dos ogros.

— E pode ter sido Drizzt Do'Urden — reforçou Jule, que já havia lidado em primeira mão com o drow e seus companheiros heroicos.

Sheila olhou para a mulher alta e esguia e assentiu, então olhou para Le'lorinel.

— Se for o drow e ele estiver vindo, você acha que dá conta?

De corpo empertigado, peito estufado e queixo erguido, Le'lorinel respondeu.

— Não me preparei para mais nada em anos.

— Se ele derrotou Bathunk, não vai ser uma luta fácil, sem dúvida — acrescentou a capitã.

— E todas nós vamos estar aqui para ajudar — comentou Bellany, mas notou que a criatura obcecada não parecia gostar da ideia.

— Eu o conheço tão bem quanto ele se conhece — explicou. — Se Drizzt Do'Urden chegar, ele vai morrer.

— Por sua lâmina — comentou Bellany com um sorriso.

— Ou pela própria — veio a resposta enigmática.

— Então vamos esperar que seja Drizzt — concordou Sheila. — Mas não temos como ter certeza. As torres nas montanhas são bem protegidas e muitos do povo de Chogurugga já caíram em ataques, ou mesmo por agirem nas estradas. Existem soldados demais por lá e aventureiros demais que são metidos a heróis. Não existe garantia de que é Drizzt ou que é qualquer outra pessoa.

Le'lorinel deixou passar. Sheila poderia pensar o que quisesse.

Mas as palavras de E'kressa continuavam vívidas em sua memória.

Não havia dúvidas de que era Drizzt e a hora havia chegado. Nada — nem Sheila, nem os amigos de Drizzt, nem os ogros — importavam.

Capítulo 25

Aceitação

— Wulfgar — repetiu Regis quando ninguém pareceu reagir.

O halfling olhou ao redor, para os outros, tentando compreender suas expressões. A de Cattibrie era fácil de entender. Ela parecia prestes a despencar se a brisa mais leve soprasse, congelada pelo choque de perceber que Wulfgar estava mais uma vez diante dela.

Drizzt parecia bem mais sob controle e Regis teve a impressão de que o drow estava conscientemente estudando cada movimento de Wulfgar, tentando avaliar corretamente quem era o homem à sua frente. Era o Wulfgar de antes ou aquele que havia agredido Cattibrie?

Quanto a Bruenor, Regis não sabia dizer se ele estava prestes a correr até o homem na intenção de abraçá-lo ou estrangulá-lo. Bruenor tremia, mas se era de surpresa, fúria ou apenas assombro, era difícil dizer.

Wulfgar também parecia estar tentando ler a expressão e a postura de Bruenor. O bárbaro, sem tirar seu olhar severo da aparência azeda e ríspida de Bruenor Martelo de Batalha, assentiu com deferência na direção do halfling.

— Passamos um bom tempo procurando por você — comentou Drizzt. — De Vale do Vento Gélido até Águas Profundas e de Águas Profundas para cá.

Wulfgar assentiu mais uma vez, sem alterar a expressão, como se temesse mudá-la.

— Talvez Wulfgar também estivesse procurando por Wulfgar — afirmou Robillard. O mago arqueou uma sobrancelha quando Drizzt o encarou diretamente.

— Bom, agora encontramos. Ou você nos encontrou — disse Regis.

— Mas será que você se encontrou? — perguntou Bruenor com uma dose saudável de ceticismo na voz.

Os lábios de Wulfgar se apertaram e sua mandíbula ficou mais tensa. Ele queria gritar que sim. Ele rezava para que sim. Em vez disso, olhou para cada um deles, querendo correr até juntar todos em seus braços.

Mas havia uma barreira, tão fluida e oscilante quanto a fumaça do Abismo de Errtu, mas que, apesar disso, suas emoções não conseguiam atravessá-la.

— E, mais uma vez, devo a vocês. — O bárbaro conseguiu dizer, em uma mudança de assunto perfeitamente tola.

— Delly contou sobre o heroísmo de vocês — acrescentou Robillard imediatamente. — Não preciso dizer o quanto todos estamos gratos. Ninguém nunca atacou a casa de Deudermont de forma tão ousada antes. Podem ter certeza de que os culpados atraíram a fúria dos senhores de Águas Profundas para com os responsáveis.

A afirmação grandiosa perdia força com o conhecimento que todos tinham de que os senhores de Águas Profundas dificilmente viriam para o norte atrás dos mandantes. Os senhores de Águas Profundas, como os senhores de qualquer cidade grande, se saíam melhor em fazer as afirmações do que em fazer algo a respeito delas.

— Talvez possamos nos vingar também pelos senhores de Águas Profundas, assim como pelo Capitão Deudermont — ofereceu Drizzt com uma expressão astuta voltada na direção de Robillard. — Estamos caçando Sheila Kree e ela foi a mandante do ataque à casa do capitão.

— E eu trouxe Wulfgar para ajudar nessa caçada.

Mais uma vez, todos olharam para o bárbaro, que estava mais uma vez com os lábios apertados em tensão. Drizzt notou a expressão e entendeu que não era o melhor momento para estourar a represa dos sentimentos de Wulfgar, e, consequentemente, os sentimentos de todos ali. O drow se virou para Cattibrie e o fato de ela passar vários segundos sem piscar deixava claro o quando seu estado mental estava fragilizado.

— Mas e Robillard? — perguntou o drow de repente, tentando evitar, ou pelo menos atrasar, a inundação vindoura. — Ele não vai usar seus talentos para nos ajudar?

A pergunta pegou o mago de surpresa e seus olhos se arregalaram.

— Ele já ajudou! — protestou ele, embora seu tom de voz traísse o quanto seu argumento era fraco.

Drizzt assentiu, aceitando a proclamação.

— E pode fazer muito mais, sem dificuldade nenhuma.

— Meu lugar é com o Capitão Deudermont e o *Fada do Mar*, que já estão no mar caçando piratas e, na verdade, estavam indo atrás de um navio no momento que vim para cá buscar Wulfgar — explicou Robillard, vendo o sorriso do drow se alargar.

— Seus talentos mágicos são úteis para se esquadrinhar uma área grande em pouco tempo — explicou Drizzt. — Sabemos a área de nossa presa, mas, com as subidas e descidas destas montanhas cobertas de neve, elas poderiam estar do outro lado do próximo pico sem que soubéssemos.

— Minhas habilidades foram forjadas para batalhas navais, Mestre Do'Urden — respondeu Robillard.

— Só pedimos ajuda para encontrarmos o grupo de piratas, se estiver, como imaginamos, enfurnado na área a sudoeste das montanhas. Tenho certeza de que, se aportaram o navio para o inverno, estão perto da água. Qual é a área em que você consegue procurar e qual é o maior ponto de vantagem, com suas magias, e voo e coisas assim?

Robillard pensou por uns instantes, levantou uma mão e esfregou a própria nuca.

— As montanhas são uma área grande.

— Nós acreditamos ter uma ideia da direção.

Robillard parou por mais tempo, então assentiu.

— Vou esquadrinhar uma região bem específica, o que significa que vocês só têm a tarde de hoje — disse. — Depois disso, preciso voltar para meu trabalho no *Fada do Mar*. Estamos indo atrás de um pirata que não vou deixar fugir.

— Justo — disse Drizzt, assentindo.

— E um de vocês vem comigo — disse o mago. Ele olhou ao redor e seu olhar logo parou em Regis, de longe o mais leve do grupo. — Você — disse ele, apontando para o halfling. — Você vem comigo, para memorizar o que puder e depois levar seus amigos até os piratas.

Regis concordou sem hesitar, e Drizzt e Cattibrie se entreolharam, ainda surpresos.

Os preparativos foram bastante rápidos, com Robillard juntando as bolsas vazias e pedindo que Regis o seguisse até o lado de fora. Ele avisou ao halfling para que vestisse mais camadas de roupa para poder suportar o frio e o vento daquela altura e então conjurou uma magia em si mesmo.

— Você sabe qual é a região da qual Drizzt falou? — perguntou.

Regis assentiu e o mago conjurou uma segunda magia, desta vez no halfling, fazendo com que encolhesse consideravelmente. Robillard pegou o halfling e o pôs dentro da mochila aberta logo antes de subirem na direção do céu claro.

— Mini halfling? — perguntou Bruenor com uma risada baixa.

— Parece mais um micro halfling — respondeu Cattibrie, e os dois caíram na risada.

O humor não ressoou em Wulfgar nem em Drizzt que, agora que tudo havia se resolvido com Robillard, entendia ser a hora de lidarem com uma questão muito mais séria, uma que com toda a certeza não poderiam ignorar se fossem marchar juntos em direção ao perigo e quisessem ter alguma chance de sucesso.

Ele viu o mundo pelo ponto de vista de um pássaro e a neve corria sob ele à medida que o mago subia cada vez mais em busca das correntes que os levariam com mais facilidade para a direção desejada: o mar ao sul.

No começo, Regis se preocupou com o quanto pareciam vulneráveis ali em cima, como pontos escuros contra o céu azul, mas, quanto mais tempo passavam voando, mais o halfling se deixava levar pelo momento. Ele observou cada detalhe da paisagem, sobrevoando o cume de uma montanha, com uma descida tão íngreme que tirou o fôlego do halfling. Então, a visão de uma manada de cervos foi o que acalmou, quanto notou o quanto pareciam minúsculos. Afinal, se os cervos pareciam tão pequenos, pontos quase indistinguíveis, então ele e Robillard também estariam quase imperceptíveis para quem estivesse no chão. Foi então que Regis percebeu o quanto seria fácil para qualquer pessoa ao olhar para cima os confundir com um pássaro, especialmente com a capa do mago tremulando em seu rastro.

Naturalmente, assim que percebeu de fato a altura em que estavam, Regis sentiu aflorarem outros medos e agarrou com força os ombros dos magos.

— Menos força nessa mão! — gritou Robillard contra o vento. Regis obedeceu, ainda que parcialmente.

E logo ambos estavam sobrevoando as águas, e Robillard fez com que diminuíssem um pouco a altitude, sobrevoando logo abaixo da linha dos topos das montanhas. Sob eles, a espuma das águas se chocava contra as várias pedras e as ondas quebravam na costa rochosa, em uma batalha que durava milênios. Apesar de estarem em uma altitude reduzida, Regis não conseguiu evitar que suas mãos novamente se apertassem com mais força.

Uma linha fina de fumaça vinda da frente chamou a atenção da dupla para uma fogueira e Robillard imediatamente voltou para a costa, contornando os montes mais próximos em busca de uma cobertura contra sentinelas em potencial. Para a surpresa — e alívio — do halfling, o mago pousou em uma superfície de pedra.

— Preciso refazer a magia de voo — explicou Robillard. — E lançar algumas outras.

O mago revirou sua bolsa por alguns instantes, em busca de vários componentes, e então começou sua conjuração. Alguns segundos depois, desapareceu.

Regis deu um gritinho de susto.

— Eu ainda estou aqui — explicou a voz de Robillard.

O halfling ouviu a conjuração do mago mais uma vez. De acordo com o que Regis notou, parecia a mesma magia. Logo depois, Regis também estava invisível.

— Você vai ter que se guiar até a mochila pelo tato quando eu terminar de refazer a magia de voo — explicou a voz do mago logo antes de voltar a sua conjuração.

Em pouco tempo os dois estavam de volta ao ar e, embora a nível racional soubesse que estariam mais seguros graças à invisibilidade, Regis estava com ainda mais medo por não conseguir ver o mago em quem se apoiava. Ele se agarrou com toda a força enquanto Robillard os levava ao redor das montanhas, em busca de estreitos mais baixos que levariam a uma direção aproximada da fumaça que haviam visto. Em pouco tempo, a fumaça foi vista novamente, mas a diferença é que a dupla estava a noroeste em vez de a sudoeste dela.

Quando se aproximaram, notaram que de fato havia dois sentinelas. Um deles era um humano de aparência bruta, e o outro, um brutamontes imenso e musculoso, talvez um ogro mais baixo ou alguém com sangue ogro nas veias. Os dois estavam perto de uma pequena fogueira próxima a uma ravina alta, esfregando as mãos e não muito atentos ao que evidentemente era sua função naquele posto, que era observar um caminho sinuoso seguindo um estreito logo além.

— O prisioneiro que capturamos falou de um desfiladeiro — disse Regis ao mago, alto o bastante para que Robillard ouvisse.

A resposta de Robillard foi virar para o norte e seguir a parede natural de pedra até o fim do desfiladeiro. Lá ele deu a volta e levou o halfling até o fundo da ravina. Aquele lugar evidentemente já foi o leito de um rio que desaguava no mar entre dois paredões de pedra que tinham mais de cinquenta metros de altura. Talvez chegasse perto de cem. A base, no ponto mais largo, não chegava a mais de trinta metros de largura e o espaço entre elas aumentava à medida que as paredes subiam, de forma que, entre o topo de um penhasco ao outro, havia dezenas de metros de distância.

Eles passaram por duas sentinelas e perceberam outra dupla no caminho, mas o mago não desacelerou o suficiente para que Regis conseguisse olhar bem para os outros dois.

E então o mago e seu passageiro assustado continuaram seu voo, vendo as paredes do desfiladeiro correrem aos seus lados em uma velocidade que desorientava o pobre halfling. Robillard viu mais uma sentinela, aparentemente um ogro, mas o halfling, a essa altura tonto demais graças ao voo, sequer conseguiu olhar para cima e conferir.

O trecho durou mais de trezentos metros e, assim, que viraram a última curva, ambos foram recebidos pela vista do mar. À direita, o chão estava coberto por diversos pedregulhos e afloramentos rochosos. Era um terreno irregular e acidentado. À esquerda, no fundo do desfiladeiro, uma montanha de quase cento e cinquenta metros de altura estava à vista. Havia várias aberturas ao longo da superfície rochosa, incluindo uma caverna relativamente grande na base.

Robillard passou direto pela montanha, até flutuar sobre o mar, então virou bruscamente para a esquerda, na intenção de contornar a face sul do monte. Várias rochas imensas pontilhavam o horizonte, um verdadeiro labirinto de pedra, perigoso demais para qualquer navio que ousasse desbravá-lo. Outros montes se projetavam ainda mais do que o anterior por toda a costa, o escondendo ainda mais de qualquer pessoa que estivesse olhando naquela direção a partir do mar.

E lá, na face ao sul que dava para o mar, havia uma caverna grande o suficiente para que um navio passasse.

Robillard passou direto pela entrada, subindo enquanto circulava o monte. Tanto ele quanto Regis notaram um caminho, começando na caverna ao nível do oceano e então circundando a lateral, indo na direção leste. Subindo pela face leste, ambos viram uma porta e supuseram que haveria muitas outras ao longo da trilha, que estava oculta em vários pontos.

Robillard voou mais alto, acompanhando a face leste, depois seguindo para o norte e voltando a descer o desfiladeiro. Para a surpresa — e receio — do halfling, o mago pousou na base do monte, ao lado da abertura da caverna, tão grande que duas carroças poderiam atravessá-la lado a lado.

O mago se segurou no halfling invisível, o puxando consigo para dentro da caverna. Eles ouviram as vozes ásperas de três ogros assim que entraram.

— Deve haver uma entrada melhor para vocês — sussurrou o mago.

Regis quase deu um salto tamanho o susto que levou com a voz ao seu lado, mas conseguiu se recompor a tempo de não gritar e alertar os guardas.

— Nem pense em sair daqui — sussurrou Robillard. Então, ele se foi.

E então o halfling estava sozinho e, embora estivesse invisível, ainda se sentia muito pequeno e vulnerável.

— E você quase me matou da primeira vez que jogou o martelo! — lembrou Drizzt e, tanto ele quanto Cattibrie, sorriram ao ver que as palavras fizeram uma risada baixa sair de Wulfgar.

Eles estavam discutindo os velhos tempos, momentos de lembranças iniciados por Drizzt, em uma tentativa de quebrar o gelo e ajudar Wulfgar a baixar suas barreiras mais que compreensíveis. A reunião estava longe de ser confortável, o que ficava claro pela careta perpétua de Bruenor e pela tensão evidente de Wulfgar.

Eles estavam relembrando a história da primeira batalha de Drizzt e Wulfgar, no covil de um gigante chamado Carranca. Os dois vinham treinando juntos e entendiam relativamente os estilos um do outro e, em vários momentos, os estilos se combinavam de forma brilhante. Mas, de fato, em alguns momentos a sorte teve um papel maior do que a habilidade ou o trabalho em equipe.

Apesar do silêncio e da careta constante de Bruenor, o drow continuou com as histórias dos velhos tempos em Vale do Vento Gélido, das várias aventuras, da forja de Presa de Égide, e essa fez com que tanto Bruenor quanto Wulfgar se encolhessem visivelmente, da viagem a Porto Calim para resgatar Regis e a viagem de volta ao noroeste para recuperar o Salão de Mitral. Até mesmo Drizzt ficou surpreso com a quantidade de histórias, com o quanto aquela amizade havia sido forte. Ele pensou em falar sobre a chegada dos drow ao Salão de Mitral, o evento que havia tirado Wulfgar deles, mas se interrompeu, reavaliando o que diria.

— Como esses laços podem ser tão frágeis? — perguntou o drow sem rodeios. — Como a intervenção de um demônio pode ter manchado o que levamos anos construindo?

— Não foi o demônio Errtu — disse Wulfgar, quando Cattibrie estava se preparando para responder.

Os outros três olharam para o homem imenso, já que aquelas foram as primeiras palavras que dissera desde o começo das histórias.

— Foi o que o demônio Errtu plantou em mim — explicou Wulfgar. Ele fez uma pausa e foi para o lado, ficando de frente para Cattibrie em vez de Drizzt. Gentilmente, ele pegou as mãos da mulher nas suas. — Ou os demônios que já estavam aqui antes…

A voz dele quebrou e ele levantou os olhos, já marejados. De forma estoica, ele piscou para afastar as lágrimas e voltou a olhar, determinado, para a mulher.

— E tudo o que posso fazer é pedir desculpas — disse por fim, com sua voz, normalmente retumbante, mal além de um sussurro.

Antes mesmo que ele terminasse de falar, Cattibrie estendeu a mão e deu um abraço apertado no bárbaro, afundando o rosto em seu ombro. Wulfgar a abraçou de volta, com ainda mais força, abaixando o rosto até tocar na cabeleira arruivada da mulher.

Cattibrie virou o rosto para o lado e olhou para Drizzt. O drow estava sorrindo e assentindo, igualmente feliz por ver o que provavelmente era a primeira barreira para o retorno da amizade do grupo sendo derrubada.

Pouco tempo depois, Cattibrie deu um passo para trás, secando as próprias lágrimas e olhando para Wulfgar com um sorriso gentil.

— Delly é uma esposa incrível — disse. — E vocês têm uma filha linda, mesmo que não tenha saído de vocês.

Wulfgar concordou com ambas as afirmações, parecendo muito satisfeito naquele momento, como se houvesse acabado de dar um passo imenso na direção certa.

E, por isso, seu rosnado foi tanto de surpresa quanto de dor quando recebeu uma pancada nas costelas. Um soco forte fez com que cambaleasse para o lado. O bárbaro se virou e viu Bruenor, furioso, de pé ao seu lado, com as mãos nos quadris.

— Se você bater na minha garota de novo eu vou fazer um cordão com os seus dentes, garoto! Filho meu não sai batendo na irmã!

O jeito como havia falado era completamente ridículo, é claro, mas, quando Bruenor passou por eles, pisando duro até sair da caverna, os três ouviram uma fungada e entenderam que o anão reagiu da única forma que seu orgulho permitia, mas que estava tão satisfeito com a reunião quanto eles.

Cattibrie então foi até Drizzt e, casualmente, mas de forma clara, envolveu suas costas com um braço. Wulfgar a princípio pareceu surpreso, aparentemente tanto quanto esteve no momento que Bruenor o havia socado. Mas, gradualmente, a expressão de surpresa se tornou uma expressão de satisfação, até mesmo aprovação, com o bárbaro abrindo um sorriso melancólico.

— A estrada à nossa frente é difícil — disse Drizzt. — Se nos reunimos e estamos satisfeitos, precisamos mesmo ir atrás de Presa de Égide agora e enfrentar todos os obstáculos?

Wulfgar olhou imediatamente para ele como se não acreditasse no que ouvia. Mas a expressão do bárbaro mudou de forma quase tão rápida quanto havia se movido e ele parecia quase concordar com o argumento.

— Vocês enlouqueceram — respondeu Cattibrie, sem espaço para discussões.

O drow olhou para ela, surpreso e incrédulo com a veemência da mulher.

— Vocês nem precisam me ouvir — disse a mulher. — É só perguntar para ele. — Ao terminar, ela apontou para trás do drow, que se virou e viu Bruenor pisando duro de volta para dentro da caverna.

— Que foi? — perguntou o anão.

— Drizzt acha que seria melhor desistirmos do martelo por enquanto — informou Cattibrie.

Os olhos de Bruenor se arregalaram e, por um instante, parecia que ele iria voar no pescoço do drow.

— Como você... elfo maldito... por que... quê? — gaguejou.

Drizzt fez um gesto de calma e abriu um sorriso, fazendo um movimento sutil com a cabeça indicando que o anão deveria olhar para Wulfgar. Bruenor continuou xingando por um tempo até entender, mas então se endireitou, pôs as mãos nos quadris e se virou na direção do bárbaro.

— E então? — berrou o anão. — O que você vai fazer, garoto?

Wulfgar respirou fundo quando os olhares dos quatro amigos caíram sob ele. Eles o haviam posicionado no centro. E era onde ele pertencia, ele sabia, porque fora sua própria ação que lhe custara o martelo e, como o martelo costumava ser dele, seria dele também a palavra que daria a decisão final do curso a se seguir.

Mas como era grande o peso por trás daquela decisão!

Os pensamentos de Wulfgar se perderam entre as várias possibilidades, e muitas delas eram sombrias. E se ele levasse os companheiros até Sheila Kree e a pirata conseguisse matar todos? Ou, pior ainda, e se um ou mais de seus amigos morressem e ele sobrevivesse? Como ele poderia viver consigo mesmo se...

Wulfgar riu em voz alta e sacudiu a cabeça, entendendo a armadilha.

— A perda de Presa de Égide foi culpa minha — admitiu ele, algo que todos naturalmente já sabiam. — E agora entendi o que deu errado. O que eu fiz de errado. Por isso, vou atrás de meu martelo o mais rápido que conseguir, e vou atravessar granizo ou neve, e enfrentar piratas e até dragões se precisar. Mas não posso forçar nenhum de vocês a vir comigo. Eu não os culparia se voltassem agora para Dez-Burgos, ou para alguma das cidades menores que ficam nas montanhas. Mas eu vou. É minha responsabilidade.

— E você acha mesmo que vamos deixar você ir sozinho? — comentou Cattibrie. Mas Wulfgar continuou falando.

— E agradeço a qualquer ajuda que forem oferecer, mas não acho que mereça.

— Falou pouco, mas falou besteira — bufou Bruenor. — Óbvio que a gente vai, sua besta. Você se enrolou e agora vamos desenrolar.

— O perigo... — Wulfgar começou a responder.

— Uns ogros e uns piratas idiotas — disse Bruenor. — Não tem nada demais ali. Matamos alguns, botamos os outros para correr, pegamos o martelo e chegamos em casa antes da primavera. E, se aparecer algum dragão... — Bruenor fez uma pausa e sorriu. — Aí você que vai matar.

A brincadeira veio na hora certa e todos os amigos pareciam ser apenas isso: quatro amigos em uma missão.

— E se você perder Presa de Égide de novo — rugiu Bruenor, apontando um dedo grosso na direção de Wulfgar. — Eu mesmo te mato antes de ir pegar de volta!

Bruenor parecia disposto a continuar sua bronca por bastante tempo, mas uma voz vinda de fora fez com que silenciasse e todos olhassem na direção.

Robillard e Regis entraram na caverna.

— Achamos — disse Regis antes que o mago tivesse tempo de falar algo. O halfling prendeu os polegares sob a alça de seu colete de lã, em uma postura orgulhosa. — Entramos, passamos pelos guardas ogros e...

— Não sabemos se é Sheila Kree — interrompeu Robillard —, mas parece que pelo menos encontramos a fonte dos ataques de ogros. É um complexo imenso de túneis e cavernas perto do mar.

— E tem uma caverna que dá na água, e é grande o suficiente para um navio passar por ela — acrescentou Regis na mesma hora.

— Você acha que é Kree? — perguntou Drizzt, olhando bem para o mago.

— Creio que sim — respondeu Robillard, com uma hesitação mínima. — O *Fada do Mar* já foi atrás do que acreditamos ser o navio de Kree por essa região, e mais de uma vez, e então ela simplesmente desaparecia. Sempre suspeitamos de algum porto oculto, talvez uma caverna. O complexo no final do desfiladeiro dá crédito à teoria.

— Então é para onde temos que ir — concluiu Drizzt.

— Não é possível carregar todos vocês — explicou Robillard. — Só ele já é grande demais para voar nas minhas costas.

Ele apontou para Wulfgar.

— Você sabe o caminho? — perguntou o drow a Regis.

O halfling se empertigou, parecendo a ponto de fazer uma saudação militar para o drow.

— Eu consigo encontrar — garantiu ele a Drizzt e Robillard.

O mago assentiu.

— Não é mais de um dia em marcha — disse. — E, assim, seu caminho está traçado. Se... — Ele fez uma pausa e olhou para cada um, pousando seu olhar por último em Wulfgar. — Se não quiserem seguir essa rota no momento, o *Fada do Mar* receberia a todos vocês na primavera, quando vamos poder encontrar uma oportunidade melhor para recuperar o objeto em posse de Sheila Kree.

— Vamos agora — disse Wulfgar.

— Kree já não vai mais existir na primavera — riu Bruenor e, para acentuar o argumento, puxou o machado e o bateu contra uma palma.

Robillard ecoou sua risada e assentiu, concordando.

— Bom Robillard — disse Drizzt, parando frente a frente com o mago —, se você e o *Fada do Mar* virem o *Quilha Sangrenta* em alto-mar, não o afundem na primeira oportunidade. É possível que seja nós, levando o navio para o porto.

Robillard riu outra vez, ainda mais alto.

— Eu não duvido — disse ele a Drizzt, dando um tapinha no ombro do drow. — Espero que, se nos encontrarmos mesmo em mar aberto, que você e seus amigos não acabem nos afundando.

O bom humor foi mais do que bem-vindo, mas não durou muito. Robillard andou até Wulfgar.

— Nunca gostei de você — disse ele sem rodeios.

Wulfgar bufou. Ou ao menos começou a bufar, mas se interrompeu e deixou o mago continuar. Ele esperava uma censura que talvez merecesse, dadas suas ações. O bárbaro se empertigou e se preparou, mas não fez sequer menção de interromper.

— Mas talvez seja porque nunca cheguei a conhecer você — admitiu Robillard. — Talvez o homem que você realmente é ainda não tenha sido encontrado. Se for o caso, e você encontrar o Wulfgar, filho de Beornegar, o verdadeiro, por favor, volte e venha navegar conosco. Até um mago velho e rabugento, que já ficou tempo demais no sol e já sentiu demais o cheiro da maresia, pode mudar de ideia de vez em quando.

Robillard se virou para acenar para os outros, mas olhou para trás e lançou um olhar astuto na direção de Wulfgar.

— Se é que faz alguma diferença, é claro — disse ele, aparentemente brincando.

— Faz sim — disse Wulfgar completamente sério, em um tom de voz que fez tanto o mago quanto os amigos congelarem de surpresa.

Uma expressão de choque, ainda que do tipo bom, espalhou-se no rosto de Robillard.

— Me despeço de todos, então — disse o mago com uma grande reverência. Ele a terminou entrando diretamente, de forma fluida, em uma magia de teletransporte, fazendo o ar ao seu redor se espalhar em várias bolhas multicoloridas, ocultando sua forma.

E então, ele se foi, e só restaram os cinco.

Como tudo costumava ser.

Capítulo 26

Entrando de cara

O céu escureceu mais uma vez, na ameaça de outra tempestade de neve, mas os amigos, inabaláveis, saíram de seu último local de descanso cheios de esperança, prontos para batalhar contra quaisquer obstáculos que pudessem enfrentar. Mais uma vez, eles estavam juntos e, pela primeira vez desde o retorno de Wulfgar do Abismo, parecia que todos estavam confortáveis. Parecia… certo.

Desde quando Wulfgar havia voltado para eles, em uma caverna congelada no Mar de Gelo Móvel em meio à batalha contra o demônio Errtu, todos obviamente ficaram exultantes, mas ainda era uma situação desconfortável em vários níveis. Se reajustar à nova realidade havia sido um choque e uma provação. Wulfgar havia retornado dos mortos, e todo o luto que os quatro amigos acreditavam ter sido resolvido fora trazido à tona, e toda a resolução, jogada fora.

A exultação deu lugar a muitos ajustes desconfortáveis, porém necessários, enquanto os amigos tentavam mais uma vez conhecer uns aos outros. E isso acabou levando ao desastre, ao péssimo humor e à revolta de Wulfgar e à dispersão dos Companheiros do Salão. Mas agora, finalmente, todos estavam juntos.

Eles seguiram sua marcha em um ritmo confortável, com Bruenor na dianteira, abrindo caminho com seu corpo resiliente. Regis era o próximo, observando os picos e guiando o anão. Em seguida, vinha

Wulfgar, com a berdiche apoiada no ombro, usando sua altura para observar o caminho à sua frente e aos lados.

Cattibrie, um pouco mais atrás, cuidava da retaguarda, com o arco nas mãos, sempre alerta e observando o drow, que constantemente os flanqueava, primeiro por um lado, depois pelo outro. Drizzt não havia chamado Guenhwyvar de sua morada no Plano Astral — na verdade, ele havia entregado a estatueta a Cattibrie — porque quanto mais pudessem esperar, mais descansada a pantera estaria. E o drow tinha sensação de que iria precisar de Guenhwyvar antes que tudo acabasse.

Pouco depois do meio-dia, com o bando fazendo progresso e a neve ainda contida, Cattibrie percebeu um sinal do drow, que estava logo à frente, à esquerda.

— Pare — sussurrou ela a Wulfgar, que passou o comando adiante.

Bruenor parou, um pouco ofegante graças ao esforço. Ele tirou o machado das costas e soltou a lâmina na neve, se apoiando no cabo.

— Drizzt está chegando — disse Wulfgar, que podia ver bem por sobre o relevo coberto de neve que disfarçava o caminho à frente.

— Outra trilha — explicou o drow quando surgiu sobre uma colina. — Atravessando a nossa e indo para o oeste.

— Nosso caminho agora é todo para o sul — lembrou Regis.

Drizzt sacudiu a cabeça.

— Não é uma trilha natural — explicou.

— Rastros? — perguntou Bruenor, parecendo um tanto ansioso. — Mais ogros?

— São diferentes — disse Drizzt logo antes de fazer um gesto para que o seguissem.

A mais ou menos cem metros mais à frente, chegaram à segunda trilha. Era uma área em que a neve havia sido esmagada, atravessando a trilha atual, seguindo para o leste ao longo da inclinação. Lá, continuando por uma extensão de neve profunda, os amigos viram uma área mais baixa onde toda ela estava meio derretida, com um pouco de vapor ainda subindo.

— O que nos Nove Infernos fez isso? — perguntou Bruenor.

— Verme Polar — explicou Drizzt.

Bruenor cuspiu. Regis estremeceu e Cattibrie se empertigou, entrando em guarda. Todos tinham alguma experiência com os terríveis remorhaz, os grandes vermes polares. Com toda a certeza, experiência o suficiente para terem certeza de que não tinham muita vontade de batalhar contra uma dessas de novo.

— Não quero deixar nenhum inimigo em potencial para trás — explicou o drow.

— Você quer lutar contra essa coisa? — perguntou Bruenor, sem acreditar.

Drizzt sacudiu a cabeça.

— Temos que pelo menos descobrir onde ela está. Se vamos ou não matar o verme depende de muitos fatores.

— Como nosso nível de burrice — murmurou Regis em voz baixa. Apenas Cattibrie, ao lado dele, o ouviu. Ela o olhou com um sorriso e uma piscadela e o halfling apenas deu de ombros.

Sem esperar por uma confirmação, Drizzt assumiu a dianteira. Ele estava bem à frente, se esgueirando pelo caminho mais simples escavado pela criatura estranha e poderosa, um monstro que poderia superaquecer a espinha para vaporizar a neve e também, o drow lembrou a si mesmo, carne. Eles encontraram o verme a algumas centenas de metros do caminho principal, em um vale raso, devorando os restos de uma cabra da montanha que havia capturado. As costas da criatura brilhavam com a empolgação da caçada e do banquete.

— A criatura não vai nos incomodar — comentou Wulfgar. — Remorhaz raramente se alimentam e, quando se saciam, não vão atrás de outra presa.

— Tem razão — concordou Drizzt.

Àquela altura, alguns flocos de neve mais leves já caíam, mas Regis pediu que não se preocupassem, porque, à distância, ele podia ver um pico singular que marcava a ponta norte do Estreito do Monastério.

A neve ainda não estava pesada quando os cinco chegaram à trilha na lateral do pico, com o Estreito do Monastério serpenteando para o sul diante deles. Regis assumiu a liderança, explicando o formato geral do caminho sinuoso, indicando onde esperava encontrar sentinelas, à direita e à esquerda, e direcionando os olhares de todos bem ao sul, onde o topo coberto de neve de um monte maior começava a se mostrar. Cuidadosamente, o halfling mais uma vez mapeou o lugar para os outros, detalhando a trilha externa que subia a partir do mar de frente ao monte e que depois o contornava pelo leste. Aquele caminho, explicou, levava a pelo menos uma porta na face da montanha.

Regis olhou para Drizzt, assentiu e disse.

— E existe outra entrada, uma mais secreta.

— Você acha melhor nos separarmos? — perguntou Bruenor ao halfling, incerto. Ele se virou para deixar claro que a pergunta também era para Drizzt, porque estava evidente que o lembrete de Regis havia sido especificamente para o drow.

Drizzt hesitou. Normalmente, os Companheiros do Salão agiam juntos, lado a lado, e o efeito costumava ser devastador. Mas este não era um ataque normal. Desta vez, eles invadiriam uma fortaleza bem protegida, um lugar que, sem dúvidas, possuía várias defesas. Se pudesse seguir pelos corredores internos e chegar a um ponto de vantagem por trás do inimigo, ele poderia ajudar bastante.

— Vamos definir nosso curso um passo de cada vez — disse o drow por fim. — Primeiro, lidamos com as sentinelas, se houver algum.

— Havia alguns quando passei voando com Robillard — disse Regis. — Pelo menos uma dupla em cada lado do desfiladeiro, devem ser uns quatro ou cinco no total, e não pareciam ter pressa em sair.

— Então é melhor procurarmos por um caminho alternativo. Assim evitamos as sentinelas — sugeriu Wulfgar. — Porque, se atacarmos um bando em um lado, o bando do outro lado pode alertar a todos os outros antes mesmo de chegarmos perto.

— Mas, se Cattibrie usar o arco de... — Regis começou a dizer, mas ela o interrompeu sacudindo a cabeça, olhando incerta para a área vazia entre as paredes do desfiladeiro.

— Não podemos deixar nenhum inimigo em potencial para trás — decidiu o drow. — Eu vou pela direita e vocês vão pela esquerda.

— Ah, isso é burrice — bufou Bruenor. — Você dá conta de uma dupla de meio-ogros, elfo, e pode até dar conta de uma dupla de ogros, mas ainda assim eles vão ter tempo de gritar e chamar os amigos.

— Então só precisamos disfarçar o motivo do ataque do outro lado — disse Cattibrie.

Quando os outros se viraram para ela, viram em seu rosto uma expressão determinada. A mulher voltou a olhar para noroeste.

— O verme não está com fome — explicou. — Mas isso não significa que não temos como deixar essa coisa com raiva.

— Ettin? — perguntou um dos guardas meio-ogros na borda leste do desfiladeiro.

Coçando a cabeça repleta de piolhos, o meio-ogro olhou chocado para a criatura de mais de dois metros de altura que se aproximava. Ela tinha duas cabeças, então parecia pertencer a família dos ettin, mas uma das cabeças parecia mais com a de um humano loiro, e a outra, com os traços enrugados e brutos de um anão com barba e cabelos vermelhos.

— Hein? — perguntou a segunda sentinela, indo até seu companheiro.

— Não tem nenhum ettin por aqui — gritou a terceira sentinela, em uma área mais quente próxima à fogueira.

— Pode ser, mas tem um chegando — rebateu a primeira.

E, de fato, a criatura de duas cabeças estava se aproximando rapidamente, ainda que desarmada e não parecendo estar em uma postura ameaçadora. Mesmo assim, os meio-ogros levantaram suas respectivas armas e gritaram para a criatura inesperada parar.

E a criatura parou, a poucos passos de distância, olhando para as sentinelas com um par de sorrisos completamente presunçosos.

— O que você quer?

— Sair da frente! — exclamou a cabeça ruiva.

As bocas dos meio-ogros se abriram consideravelmente logo depois, quando o humano imenso, porque era mesmo um humano, jogou o cobertor para o lado e o anão de barba ruiva saltou de seu ombro, rolando para a esquerda. O humano, também, correu, mas indo para a direita. E, a toda a velocidade, por trás da dupla, na direção de onde antes estiveram e, por consequência, na direção dos meio-ogros chocados, surgiu uma linha de vapor.

Os brutamontes gritaram. O verme polar surgiu de baixo da neve e se ergueu, ficando com o olhar mais alto que todos eles.

— Isso não é um ettin, seus idiotas! — gritou o meio-ogro perto da fogueira. Demonstrando a lealdade típica de seu povo, ele se levantou de um salto e correu para o sul, seguindo a borda do desfiladeiro, na direção do complexo de cavernas.

Ou, pelo menos, tentou, uma vez que, após dar três passos, uma flecha com um rastro azulado como um raio o acertou no quadril, fazendo com que tropeçasse. O anão ruivo se chocou contra ele e então golpeou com seu machado afiado. Apenas para garantir, o anão se virou e bateu o escudo com tanta força contra o rosto do brutamontes que deixou a marca de uma caneca na bochecha do meio-ogro.

Regis ouviu o alvoroço atrás de si, o que o acalmou enquanto subia pela lateral da ravina no lado oposto, buscando por apoios para suas mãos logo abaixo da borda, fora do campo de visão dos guardas acima. Ele e Drizzt haviam deixado os outros três para irem juntos pela parede a oeste. De lá, os dois se separaram e o drow seguiu uma rota por terra para chegar por trás das sentinelas. Regis, com um plano formulado, subia a parede.

Pelo sorriso que Drizzt abrira quando se separaram, o halfling estava ciente de que seu amigo não esperava que ele fosse ajudar muito no combate e que acreditava que estava apenas em busca de um lugar para se esconder. Mas Regis havia pensado muito bem em um plano, e estava quase no lugar certo de executá-lo, uma área de gelo e neve proeminentes.

Ele abriu caminho até chegar por baixo dela, se pondo contra a parede de pedra, e começou a danificar a estrutura da saliência com sua pequena maça.

Ele olhou para o outro lado do desfiladeiro e viu a espinha do verme polar mais uma vez, com um meio-ogro se debatendo em sua boca. Regis estremeceu em simpatia pelo brutamontes quando o verme polar jogou a cabeça para trás e soltou o meio-ogro, fazendo com que caísse diretamente sobre sua espinha superaquecida, brilhante devido ao calor. O meio-ogro se debateu ainda mais de dor!

Mais à frente, Regis pôde ver Bruenor, Wulfgar e Cattibrie correndo a toda a velocidade para o sul, se afastando o máximo possível do verme polar e dos meio-ogros, que logo estariam mortos.

O halfling fez uma pausa, ouvindo um alvoroço vindo de cima. Os guardas no seu lado do desfiladeiro perceberam o desastre que acontecia do outro lado.

— Socorro! — gritou Regis logo depois e as sentinelas acima dele fizeram silêncio.

— Socorro! — gritou ele mais uma vez.

Ele ouviu um som de movimento, ouviu a área rachar um pouco mais e soube que um dos brutamontes estava indo para cima da saliência.

— Olha, um ratinho! — Veio um grito logo depois quando a cabeça do meio-ogro surgiu acima. A criatura estava obviamente deitada sobre a área que ocultava Regis, olhando incrédula para Regis e tentando pegá-lo.

— Quebra logo! — implorava Regis, batendo a maça contra a estrutura de gelo com toda a força que conseguia reunir, mas precisou interromper as pancadas e desviar quando a mão do brutamontes quase o alcançou.

O meio-ogro se arrastou ainda mais para a ponta. O som de rachadura da plataforma de gelo foi ainda mais alto.

— Te peguei!

A declaração do brutamontes se transformou em um grito de surpresa e pânico quando a estrutura se quebrou, levando o meio-ogro consigo para o fundo do estreito.

— Pegou mesmo? — perguntou Regis à criatura que caía.

— Aham. — Veio uma resposta inesperada de cima. Regis subiu lentamente o olhar e viu a segunda sentinela olhando furioso para ele, com uma lança em sua mão, e Regis sabia bem que estava dentro de seu alcance. O halfling pensou em se soltar e arriscar sair rolando ravina abaixo, mas o meio-ogro se tensionou de repente e deu um salto à frente. Depois, tentou se virar, mas recebeu um corte no rosto. E então ele também caiu, passando pelo halfling. Foi quando Drizzt apareceu no lugar da criatura, se deitando e estendendo a mão para Regis.

O halfling agarrou a mão do drow, que o puxou para cima.

— Cinco já foram — respondeu Regis, com a empolgação sendo atiçada ainda mais pela vitória que sua informação havia possibilitado. — Viu? Eu contei certo. Quatro ou cinco, e bem onde eu disse que estariam!

— Seis — corrigiu Drizzt, apontando para trás, na direção do corpo de outro brutamontes sobre uma poça de sangue. — Você esqueceu um.

Regis encarou o cadáver por um instante e, boquiaberto e decepcionado, apenas deu de ombros.

Ao revistar a área, os dois puderam garantir que nenhum dos dois grupos os causariam mais problemas. Do outro lado, os três estavam mortos e o verme branco continuava devorando seus corpos e, do lado de cá, os dois que caíram haviam despencado de uma altura considerável. Um deles estava imóvel no fundo do desfiladeiro. O outro, sem dúvidas próximo ao seu companheiro, estava enterrado sob uma pilha de gelo e neve.

— Nossos amigos saíram correndo ravina abaixo — explicou Regis —, mas não sei para onde foram.

— Eles precisavam sair de lá — concluiu Drizzt, não parecendo preocupado. Eles haviam debatido esta possibilidade antes de atraírem o verme. O drow havia apontado para uma área ao longo do desfiladeiro onde uma quantidade considerável de ogros e meio-ogros subiam a ravina. Os companheiros esperavam se livrar das sentinelas antes que pudessem alertar a base principal, mas sabiam desde o começo que era uma possibilidade, e por isso usaram o remorhaz.

— Vem — chamou Drizzt. — Vamos alcançar nossos amigos, ou eles vão nos alcançar, na hora certa.

Ele começou a seguir para o sul, ficando o mais próximo da borda do desfiladeiro quanto seria seguro.

Eles ouviram o grupo de ogros passando sob onde estavam logo depois, e Drizzt se afastou da borda, então seguiu por mais um tempo e depois voltou até ela, descendo por uma área menos íngreme.

Regis ofegava, se esforçando, mas, de alguma forma, conseguiu acompanhar o drow. Em pouco tempo, os dois amigos estavam no fundo do desfiladeiro, o grupo de ogros estava bem mais para o norte e o monte que abrigava o complexo, ao sul, estava com a abertura da caverna bem mais evidente.

— Pronto? — perguntou Drizzt a Regis.

O halfling engoliu em seco, não tão animado com a ideia de seguir sozinho com Drizzt. Ele preferia ter Bruenor e Wulfgar o protegendo e Cattibrie oferecendo uma cobertura a mais com aquele arco mortal dela, mas era óbvio que Drizzt não deixaria esta oportunidade de invadir o covil inimigo passar.

— Vai na frente — Regis se ouviu dizer, ainda que mal conseguisse acreditar nas palavras que haviam acabado de sair da sua boca.

A liderança do bando de Sheila Kree saiu simultaneamente de seus respectivos quartos quando ouviram os gritos que vinham de debaixo e de fora do complexo na montanha.

— Chogurugga já mandou um grupo para investigar — informou Bellany ao resto do grupo. O rosto da feiticeira estava voltado para o norte, na direção do tumulto, assim como de uma porta que dava para uma plataforma externa.

— Então pode fazer a mesma coisa. Pode ir pegando aquela sua bacia para ver quem está vindo.

— Eu ouvi alguns gritos falando de uma minhoca branca gigante — respondeu a feiticeira.

Sheila Kree sacudiu a cabeça, fazendo seu cabelo ruivo voar de um lado para o outro.

— Conveniente demais — murmurou ela ao mesmo tempo que saía de seu quarto e ia na direção do covil de Chogurugga e Bloog, com Jule Pimenta em seu encalço.

Le'lorinel não se mexeu, apenas ficou de pé no corredor, assentindo.

— É o drow? — perguntou Bellany.

Um sorriso se abriu em seu rosto antes que voltasse ao quarto, batendo a porta.

Sozinha na área comum, Bellany apenas sacudiu a cabeça, respirou fundo e parou para pensar nas possibilidades caso fosse mesmo Drizzt Do'Urden junto aos Companheiros do Salão quem estava indo até eles. A feiticeira esperava que fosse mesmo aquela minhoca gigante que havia causado o alvoroço, seja lá qual for o preço de afastar o monstro.

Ela voltou ao seu quarto e começou algumas magias de adivinhação, na intenção de verificar a área ao norte e também dar uma olhada em Morik, apenas para ver onde realmente estavam suas lealdades.

Pouco tempo depois, Le'lorinel saiu de seu quarto, seguindo o mesmo caminho pelo qual Sheila e Jule haviam passado.

A câmara de Chogurugga era a pura imagem do caos, com os dois servos imensos da ogra correndo de um lado para o outro, prendendo placas de armadura e pegando armas pesadas. Chogurugga estava em silêncio em um canto, de frente para um armário aberto repleto de poções em suas prateleiras. Chogurugga as retirava uma de cada vez, guardando algumas consigo e separando as outras em dois grupos.

No fundo da câmara, Bloog continuava na rede, com suas pernas enormes penduradas, uma de cada lado. Se Bloog estava minimamente preocupado, era preguiçoso demais até para demonstrar.

Le'lorinel foi até ele.

— Ele vai te encontrar — avisou. — Já foi previsto que o drow viria buscar o martelo.

— Drow? — perguntou o ogro. — Não tem raio de drow nenhum. Só uma minhocona.

— Talvez — respondeu Le'lorinel, dando de ombros com uma expressão que deixava clara que não acreditava que todo o alvoroço estava sendo causado por uma criatura daquelas.

— Drow? — perguntou o ogro. Bloog parecia bem menos arrogante.

— Ele vai te encontrar.

— Eu vou esmagar ele! — gritou o ogro, se levantando. Ou, pelo menos, tentando se levantar, já que o movimento quase fez com que caísse da rede. — Ninguém pega meu martelo! Eu esmago!

— Esmaga quem? — perguntou Chogurugga perto da parede oposta. A ogra fez uma careta ao ver Le'lorinel ao lado de Bloog.

— Não é tão fácil, poderoso Bloog — explicou a criatura esguia, fazendo questão de não reagir a Chogurugga. — Venha, meu amigo. Vou mostrar a melhor forma de derrotar esse drow.

Bloog olhou de Le'lorinel para sua parceira mal-humorada, e depois de volta para Le'lorinel. Com uma expressão que deixava claro que o ogro desejava irritar Chogurugga tanto quanto aprender sobre o drow, o brutamontes se levantou da rede e apoiou Presa de Égide em seu ombro. A arma parecia pequena se comparada com o tamanho da criatura musculosa, e parecia mais ser o martelo de um carpinteiro.

Após olhar mais uma vez para Chogurugga, para garantir que a ogra irritável não estava preparando um ataque, Le'lorinel levou Bloog para fora dos aposentos e o conduziu rampa acima, chegando ao norte do próximo nível e batendo com força na porta de Bellany.

— O que ele está fazendo aqui? — perguntou a feiticeira ao atender a porta alguns minutos depois. — Sheila não vai ficar nada feliz com isso.

— O que você descobriu? — foi a única resposta que teve.

A expressão de Bellany ficou sombria.

— É mais do que o monstro — confirmou ela. — Eu vi um anão e um humano grande se aproximando de nossa posição, correndo a toda velocidade.

— Provavelmente Bruenor Martelo de Batalha e Wulfgar — concluiu Le'lorinel. — E o drow?

Bellany deu de ombros e sacudiu a cabeça.

— Se os dois vieram, Drizzt Do'Urden está junto — insistiu. — Aquela batalha deve ser uma distração. Procure direito!

Bellany respondeu com uma expressão azeda, mas a insistência continuou.

— Drizzt Do'Urden já pode ter chegado no complexo — acrescentou Le'lorinel.

Essa afirmação fez com que a raiva sumisse do rosto de Bellany, que voltou para o quarto e trancou a porta. Pouco tempo depois, Le'lorinel ouviu o som da conjuração de uma magia e observou com um sorriso que sua porta havia inchado levemente, prendendo a porta ainda mais ao batente.

Fazendo o possível para não gargalhar, com a maior ansiedade que já sentiu em sua vida, Le'lorinel fez sinal para que Bloog viesse junto enquanto ia até uma outra porta.

Regis apoiou seu rosto angelical contra a pedra, sem ousar respirar. Ele ouviu a próxima dupla de brutamontes resmungando entre si, junto ao rosnado de uma voz mais humana, enquanto o grupo passava por onde ele e Drizzt estavam e seguia a caminho do desfiladeiro para ver como estavam seus companheiros.

O halfling encontrou algum conforto no fato de que Drizzt estava logo ao seu lado — até conseguir olhar na direção de onde o drow estava e perceber que ele havia sumido.

Regis entrou em pânico. Ele ouviu o trio de inimigos reclamando logo atrás dele.

— Frio demais para ir atrás de nada — rosnou o humano.

— Minhocão — disse um dos ogros.

— E isso ajuda em quê? — perguntou o humano de forma sarcástica. — É só deixar o bicho em paz que ele vai embora!

— O minhocão matou Bonko! — respondeu o outro ogro, indignado.

O humano fez menção de responder, provavelmente, pelo que Regis imaginava, para ignorar a importância de um ogro morto, mas aparentemente pensou melhor e só continuou xingando em voz baixa.

Eles passaram direto pelo halfling, e, se tivessem chegado um pouco mais perto, provavelmente teriam esbarrado na traseira de Regis.

Sua calma só começou a retornar quando o som das vozes desapareceu consideravelmente e, ainda assim, ele continuou nas sombras, agarrado à parede.

— Regis — veio um sussurro e ele olhou para cima e viu Drizzt em uma borda de pedra acima dele. — Vem comigo e rápido. A caverna está vazia.

Reunindo toda a sua coragem, o halfling subiu, segurando a mão oferecida pelo drow. Ambos correram pela plataforma estreita, por trás de uma parede de pedregulhos no canto da caverna.

Drizzt olhou ao redor, então entrou, puxando Regis atrás de si.

A caverna se estreitou em um túnel logo depois, se nivelando e se abrindo em mais duas ou três direções. O ar estava repleto de fumaça graças às tochas ao longo das paredes em intervalos irregulares, com suas chamas bruxuleantes iluminando a área de forma errática, alongando e encurtando as sombras.

— Por aqui — disse Regis, indo para a frente do drow em uma bifurcação e seguindo para a esquerda. Ele tentou se lembrar de tudo que Robillard dissera sobre o lugar, uma vez que o mago havia revistado meticulosamente o espaço, chegando a ponto de memorizar alguns caminhos dentro do complexo.

A inclinação descia em alguns pontos e subia em outros, ainda que a direção em geral fosse descendente. Eles atravessaram câmaras mais escuras, sem tocha alguma, e outras repletas de estalagmites entrando no caminho e estalactites penduradas ameaçadoramente sobre eles. Muitas plataformas ladeavam as paredes, decoradas por formações rochosas maravilhosas ou com camadas de pedra polida pela água que ainda parecia fluir. Vários túneis menores despontavam por todos os ângulos imagináveis.

Em pouco tempo, Regis desacelerou e o som de vozes guturais ficou evidente vindo de algum ponto à frente da dupla. O halfling se virou para Drizzt com uma expressão de alarme. Ele apontou, enfático, para a frente, onde o corredor se virava à esquerda e então, à direita, subindo gradualmente.

Drizzt viu o sinal e respondeu com um sinal próprio, pedindo que Regis esperasse, então se misturou às sombras, se movendo com tanta graça, velocidade e silêncio que Regis piscou várias vezes, se perguntando se seu amigo havia simplesmente desaparecido. Assim que seu choque diminuiu, o halfling se lembrou de quem era e notou que agora estava sozinho. Ele imediatamente correu para as sombras em um canto.

O drow estava de volta pouco tempo depois, para o alívio de Regis, com um sorriso que deixava claro ter encontrado o local desejado. Drizzt os levou a uma curva e uma subida curta, então subiram alguns degraus que eram parte naturais, parte esculpidos, até uma câmara que se ampliava para a esquerda ao longo de um planalto quebrado e rochoso que ficava na altura do peito do drow.

As vozes agora estavam muito mais próximas, logo à frente, após a próxima curva. Drizzt saltou para a esquerda e então levou a mão para trás de si e puxou Regis para o seu lado.

— Tem pedras soltas demais aqui — explicou o drow em voz baixa. — Cuidado.

Eles se aproximaram lentamente da área mais larga, ficando mais próximos possíveis da parede até chegarem a uma área sem destroços de pedra. Drizzt se abaixou contra a parede naquele ponto, enfiou uma mão em uma pequena alcova e depois a puxou, esfregando seus dedos.

Regis assentiu, entendendo. Cinzas. Aquela era uma chaminé natural, a que Robillard havia descrito para ele enquanto voavam de volta para onde seus amigos estavam, a mesma que depois veio a descrever para Drizzt.

O drow foi o primeiro a entrar, dobrando seu corpo perfeitamente para deslizar sob o buraco estreito. Antes que tivesse tempo de pensar no que estava prestes a fazer, Regis ouviu várias vozes descendo o corredor logo atrás de si.

E então ele entrou, em meio à escuridão total, tateando em busca de apoio e subindo às cegas atrás do drow.

Para Drizzt, parecia que havia voltado de repente para o Subterrâneo, para o território do caçador, onde todos os seus sentidos precisavam estar perfeitamente aguçados se quisesse ter alguma chance de sobrevivência. Ele ouviu a tantos sons: o gotejar distante da água, o som de pedra raspando contra pedra, gritos vindos de debaixo e ao longe, tudo ecoando pelas rachaduras na pedra. Ele podia *sentir* o som em seus dedos sensíveis enquanto continuava a escalar, desacelerando apenas por saber que Regis não conseguiria acompanhá-lo se assim não o fizesse. Drizzt, sendo uma criatura do Subterrâneo, onde dutos naturais eram comuns e até mesmo a visão noturna de um halfling era inútil, podia escalar este duto estreito tão rápido quanto Regis poderia correr por uma planície sob as estrelas.

O drow se maravilhou com a textura da pedra, sentindo a vida do monte que já esteve repleto de água corrente. As pedras lisas tornavam a escalada mais confortável, e as paredes irregulares evitavam que o fato de as pedras serem lisas não se tornassem um problema para o progresso.

E ele continuou a subir, alerta e em silêncio.

— Drizzt — ele ouviu o sussurro abaixo de si e entendeu imediatamente que Regis havia chegado a um impasse.

O drow recuou e finalmente abaixou a perna para que Regis pudesse se agarrar.

— Eu deveria ter ficado com os outros — sussurrou o halfling quando finalmente ultrapassou a parte problemática.

— Bobagem — respondeu o drow. — Sinta a vida da montanha ao seu redor. Vamos dar um jeito de sermos úteis para nossos amigos aqui. Talvez até essenciais.

— Não tem como saber se a batalha vai chegar até aqui.

— Mesmo se não chegar, nossos inimigos não vão nos esperar aqui, logo atrás deles. Vem comigo.

E então continuaram, cada vez mais alto pelo centro da montanha. Depois de pouco tempo já podiam ouvir as vozes retumbantes de humanoides imensos, ficando cada vez mais altas à medida que subiam.

Um túnel curto, levemente descendente, saía do duto, de onde saía algum calor e por onde se podia ouvir as vozes retumbantes com mais clareza.

Drizzt esperou até que Regis o alcançasse nesta área mais larga e então seguiu pela passagem lateral, chegando a uma abertura que ficava sobre as brasas de uma lareira larga.

A abertura da lareira era mais larga que a base do túnel, o que permitia que Drizzt tivesse visão do cômodo, onde estavam três ogros, dentre eles uma ogra com uma pele violeta incomum, andando de um lado para o outro, afivelando cintos e testando armas.

Na lateral, Drizzt percebeu outra passagem bastante utilizada, em um ângulo ascendente. O drow voltou para onde Regis estava à sua espera.

— Mais para cima — sussurrou.

Ele fez uma pausa, pegou seu cantil, molhou a parte de cima de sua camisa e cobriu a parte de baixo do rosto para afastar a fumaça. Após ajudar Regis a fazer o mesmo, Drizzt tornou a avançar.

A mais ou menos nove metros além, os dois chegaram a algo semelhante a um ponto de convergência. O duto continuava a subir, mas cinco câmaras laterais se espalhavam em ângulos e alturas diferentes, levando mais calor e um tanto de fumaça até a dupla. Além disso, os túneis laterais foram obviamente escavados, e por mãos menores que as de um ogro.

Drizzt fez sinal para que Regis o seguisse lentamente e então se arrastou pelo túnel que imaginava estar seguindo mais para o norte.

O fogo naquela lareira estava mais forte, mas, felizmente, a lenha não estava muito úmida e não havia tanta fumaça subindo. Além disso, o ângulo da chaminé da lareira era mais estreito, o que impedia Drizzt de ver o que estava além.

O drow passou um tempo prendendo e molhando o cabelo, então se ajoelhou, respirou fundo e mergulhou de cabeça, se arrastando como uma aranha pela lateral do duto até poder colocar seu rosto para fora da extremidade superior da chaminé, com o fogo não muito longe dele e com as faíscas que subiam o ferindo.

O quarto parecia muito diferente da câmara dos ogros. Estava repleta de mobília e tapeçarias, além de uma cama luxuosa. Havia uma porta do lado oposto, parcialmente aberta e parecia dar em outro cômodo. Drizzt não conseguiu distinguir muita coisa por ali, mas conseguiu algumas mesas cobertas com equipamentos que poderiam pertencer a um laboratório alquímico. Além disso, do outro lado do segundo cômodo, havia mais uma porta, que parecia mais pesada, e cujas frestas era possível ver a luz do sol.

Ele então se viu intrigado, mas não tinha mais tempo, porque precisava recuar devido ao calor intenso.

Ele voltou para Regis, à espera naquele ponto de convergência, e descreveu o que havia visto.

— É melhor nós sairmos e tentarmos achar os outros — sugeriu o halfling.

Drizzt estava assentindo, de acordo, quando ouviram uma voz alta ecoar por uma das passagens laterais.

— Eu vou esmagar! Ninguém pega meu martelo novo!

E então o drow saiu correndo com Regis logo atrás. Eles chegaram a outro duto íngreme que dava em mais uma ladeira, esta praticamente apagada. Drizzt ficou de cabeça para baixo e, mais uma vez, pôs a cabeça para fora.

E lá viram um ogro, uma criatura horrenda, gigantesca e furiosa, sacudindo Presa de Égide de um lado para o outro sem dificuldade alguma e usando apenas um braço. Atrás do ogro, falando de forma que parecia estar tentando acalmá-lo, havia alguém com traços élficos, portando uma espada.

Sem sequer esperar por Regis, o drow se jogou sobre a lareira, caindo por um instante sobre a brasa, e então, corajosamente, entrando no quarto a passos largos.

Os três amigos correram a toda velocidade ao longo da borda, se afastando dela ao ouvirem a confusão dos reforços dos ogros saindo do monte abaixo a toda velocidade. Eles precisaram se afastar ainda mais do caminho direto quando outro grupo das criaturas surgiu do monte, em um ponto mais elevado que o local onde corriam, avançando pela neve.

— Devem ter muito mais lá dentro — comentou Cattibrie.

— É ainda mais motivo para entrar! — rosnou Bruenor.

— Drizzt e Regis já devem estar chegando, se é que não entraram — acrescentou Wulfgar.

A mulher, com o arco em mãos, fez um sinal para que avançassem.

— Vai chamar a gata? — perguntou Bruenor.

Cattibrie olhou para o cinto, onde estava a estatueta de Guenhwyvar.

— Quando chegarmos mais perto — respondeu. Bruenor apenas assentiu, confiando nela de olhos fechados e correu atrás de Wulfgar.

Mais à frente, Wulfgar se abaixou de repente quando outro ogro saltou do monte, atravessando uma ravina mais curta e chegou à inclinação onde estavam, vindo em sua direção já sacudindo o tacape pesado.

Desviando sem maiores dificuldades, Wulfgar deu um chute seguido de um golpe de sua berdiche, fazendo um corte profundo no ombro do brutamontes. O ogro começou a se virar, mas então acabou cambaleando quando Bruenor surgiu batendo seu machado com força contra a rótula da criatura.

Foi então que, gritando, ele caiu.

— Acaba com ele, garota! — mandou Bruenor enquanto corria além do ogro, na direção do monte. O anão então parou imediatamente ao se deparar com a fenda entre a inclinação e o monte, distante demais para que saltasse.

Logo após parar, Bruenor precisou se jogar para o lado quando um pedregulho voou em sua direção, vindo da lateral do monte, acima de onde estava.

— Tempus!

Soou o grito de Wulfgar, que passou correndo pelo anão e saltou até o outro lado da fenda. O bárbaro se chocou contra algumas rochas, mas se equilibrou rapidamente e seguiu uma trilha estreita que serpenteava pela subida íngreme.

— Era para me jogar antes — resmungou Bruenor, buscando cobertura quando outro pedregulho acertou o chão perto dele.

O anão encontrou um caminho que o levaria à mesma trilha seguida por Wulfgar, ainda que soubesse que ficaria bem atrás do bárbaro.

— Garota, me ajuda aqui! — gritou.

Ele olhou para trás e viu o ogro caído estremecer uma última vez quando outra flecha se afundou em seu crânio.

Cattibrie correu até seu pai, se apoiando em um joelho e lançando uma rajada de flechas na direção de quem estava atirando os pedregulhos. O brutamontes se mostrou mais uma vez, segurando mais um pedregulho acima de sua cabeça, mas deixou cair quando uma flecha passou perto demais.

Cattibrie e Bruenor ouviram os gritos da batalha que se iniciou quando Wulfgar chegou ao ogro. O anão avançou o mais rápido que pôde e Cattibrie pôs a estatueta de ônix no chão, chamou a pantera e voltou a manejar seu arco.

Uma ameaça a mais surgiu em uma borda acima da posição de Wulfgar: um grupo de arqueiros, lançando flechas em vez de pedregulhos.

— São eles? — perguntou Morik, tentando empurrar, sem sucesso, a porta que levava ao quarto de Bellany. Ao notar a madeira inchada, ele entendeu que a feiticeira a havia selado magicamente. — Bellany?

Em resposta, a porta pareceu murchar e voltar ao tamanho normal, permitindo que Morik entrasse.

— Bellany?

— Acho que seus amigos chegaram para buscar o martelo — surgiu uma voz bem em frente a Morik. Ele quase saltou de susto, já que não conseguia ver a mulher.

— Magia — murmurou. — Onde está Sheila Kree?

Ele não teve resposta.

— Você acabou de dar de ombros? — supôs o ladrão.

A risadinha que ele pôde ouvir com a voz de Bellany lhe disse que sim.

— E você? — perguntou ele. — Vai se esconder aqui ou vai entrar na luta?

Sheila me passou instruções de descobrir a fonte do tumulto. Foi o que eu fiz — respondeu a feiticeira invisível.

Um sorriso se abriu no rosto de Morik. Ele havia entendido bem a resposta vaga de Bellany. Ela estava esperando para ver o resultado antes de decidir o que fazer. Naquele momento, o ladrão passou a respeitar a feiticeira ainda mais.

— E você tem mais alguma magia dessas? perguntou. — Para mim?

Bellany já estava conjurando antes mesmo que ele terminasse seu pedido. Em alguns instantes, Morik também desapareceu.

— Essa é uma magia mais fraca — explicou Bellany. — Não vai durar muito tempo.

— Vai ser tempo o suficiente para eu achar um buraco onde possa me esconder — respondeu Morik, congelando em seguida ao ouvir sons vindos do lado de fora, no sopé da montanha.

— Eles estão lutando ao longo da trilha — explicou a feiticeira.

Logo depois, Bellany ouviu um rangido em outro quarto e viu a iluminação ficar mais forte quando Morik passou pela porta. A feiticeira foi até um canto e ouviu um grito de surpresa do outro lado — vindo do quarto de Le'lorinel.

Capítulo 27

Vingança cega

— Eu esmago! Esmago! — gritou o ogro imenso para Le'lorinel, sacudindo Presa de Égide.

— E eu corto e corto — veio um comentário por trás do brutamontes, que se virou, surpreso.

— Hein?

Quando Le'lorinel olhou além do ogro, acabou congelando, sem parar de encarar intensamente o ser que havia acabado de entrar em seu quarto.

Lentamente, Drizzt puxou sua camisa molhada da frente de seu rosto.

O ogro cambaleou, com os olhos arregalados, mas o drow não estava mais olhando para o brutamontes. Estava sim encarando a criatura esguia na sua frente, com aqueles olhos azuis salpicados em dourado que não se afastavam dele, brilhando pelos buracos da máscara preta, o fitando com uma familiaridade assustadora e um ódio intenso.

O ogro gaguejou algumas palavras e finalmente conseguiu dizer.

— Drow!

— E ele não é um amigo — disse Le'lorinel. — Pode esmagar.

Drizzt, que ainda não havia sacado as cimitarras, continuava olhando para aqueles olhos, tentando se lembrar de onde os vira antes. E como era possível que soubesse de imediato que era um inimigo, quase como se ele fosse esperado?

— Ele veio pegar seu martelo, Bloog — veio a provocação.

O ogro se pôs imediatamente em movimento, com um rugido que fez sacudir as paredes de pedra. Ele agarrou o martelo com as duas mãos e lançou com toda a sua força na direção do drow. Ou, pelo menos, foi o que tentou fazer, porque Presa de Égide fez um arco alto para trás do brutamontes, acertando com força o teto baixo e fazendo uma rachadura soltar uma pedra. Esta, por sua vez, caiu na cabeça de Bloog.

Drizzt não se mexeu, sem afastar seus olhos violetas daqueles azuis e dourados, que também não se mexia.

Bloog rugiu mais uma vez e se inclinou um pouco. Ele tentou esmagar o drow mais uma vez, desta vez soltando o martelo do teto e fazendo com que descesse em uma pancada tremenda.

Drizzt, que estava em um ângulo relativamente lateral em comparação ao brutamontes, deu um salto mortal ainda mais para o lado do ogro, chegando perto demais para que o golpe o atingisse. Enquanto se virava, o drow sacou as cimitarras, pousou delicadamente e avançou em Bloog, dando diversas estocadas e um corte antes de ir parar do lado oposto da terceira presença, com o ogro entre eles.

Empunhando Presa de Égide em uma só mão, sem dificuldade alguma, o brutamontes tentou agarrar o drow com a outra.

Mas Drizzt era rápido demais e, quando Bloog tentou acompanhá-lo, o drow, já recuando com toda a sua atenção no ogro, fez um corte duplo na mão exposta.

Bloog gritou e puxou sua mão ensanguentada, mas então avançou em uma investida inesperada e devastadora, com Presa de Égide sendo sacudido freneticamente.

Drizzt se abaixou, avançou, levantou e deu a volta no ogro, acertando outro corte duplo na parte de trás do quadril de Bloog enquanto passava. Mas então parou, já esperando um ataque da pessoa de máscara, agora empunhando uma bela espada e adaga.

Mas mesmo com as armas em mãos, a presença continuava imóvel.

— Vou te esmagar! — rugiu o ogro teimoso, quicando em uma parede e então se virando para outra investida na direção de Drizzt.

Presa de Égide continuava sendo sacudido de um lado para o outro, mas Drizzt estava completamente em modo de batalha, desta vez sem subestimar o monstro, especialmente porque empunhava Presa de Égide, ainda mais depois de quase perder para um ogro consideravelmente menor perto daquela torre.

O drow se abaixou para desviar do primeiro golpe e fez o mesmo para desviar do segundo. Em ambas as vezes, o drow conseguiu acertar golpes menores nos antebraços imensos do ogro.

Bloog sacudiu mais uma vez o martelo e Drizzt se abaixou uma terceira vez. Presa de Égide acertou a pedra da lareira, fazendo Regis, ainda dentro da chaminé, dar um gritinho de surpresa e, por sua vez, fez Drizzt estremecer de medo.

Foi quando Drizzt avançou, mas o ogro não recuou das duas cimitarras que vinham para uma estocada dupla, aceitando receber o golpe em troca de ter um ângulo mais fácil para acertar a cabeça frágil do drow.

O golpe de retorno de Presa de Égide, em uma diagonal para baixo, quase acertou o drow fazendo seu crânio em pedaços.

Ele deu mais uma estocada funda e correu para o lado, mas o ogro não parecia muito machucado, mesmo com o sangue escorrendo pelos vários ferimentos.

Drizzt não conseguia deixar de se perguntar quanto tempo levaria para derrubar aquele monstro.

Ele não conseguia deixar de se perguntar quanto tempo teria antes que o ogro recebesse reforços.

E não conseguia deixar de se perguntar quanto tempo levaria até a terceira presença, que parecia tão confiante, se juntar à luta.

Gritando para Tempus, seu deus da batalha, seu antigo guia em sua existência enquanto guerreiro, o filho de Beornegar investiu pela trilha sinuosa. Às vezes o caminho estava aberto à sua direita e, às vezes, bloqueado por paredes baixas de pedra. Às vezes a montanha à sua esquerda era íngreme e, às vezes, tinha uma inclinação mais gradual, oferecendo uma visão melhor do monte.

E também oferecendo aos arqueiros, que usavam as rochas como cobertura, um ângulo melhor para mirar nele.

Mas Wulfgar continuou sua corrida, chegando a um ponto em que o caminho se nivelava. Além de uma curva, em uma área mais ampla, ele conseguiu ouvir o ogro que estava lançando os pedregulhos. Com uma prece silenciosa a Tempus, o bárbaro atacou, gritando apenas quando o brutamontes o viu e se abaixando quando o ogro, pego de surpresa, lançou um pedregulho em sua direção.

Ao ver o pedregulho desviar, o ogro estendeu a mão para pegar um tacape, mas Wulfgar foi rápido demais para que a criatura tivesse tempo de pegar sua arma. Além disso, o bárbaro estava consumido demais pelo furor da batalha para que o ogro pudesse apenas aceitar o golpe da berdiche. A arma acertou com uma força tremenda, se afundando no peito do brutamontes, fazendo com que se chocasse contra a parede, na qual, apoiado, passou os últimos instantes de sua vida.

Porém, ao saltar para trás, Wulfgar entendeu que estava em uma situação difícil, porque, durante aquele golpe poderoso, foi possível sentir o cabo da berdiche rachar. Ele ainda não havia se quebrado por completo, mas Wulfgar sabia que a integridade da arma havia sido terrivelmente diminuída. E o pior: uma rocha no fundo da clareira que ficava contra a montanha rolou para o lado de repente, revelando uma passagem. Dela saiu mais um meio-ogro, gritando em uma investida. Um homem baixo de aparência desagradável saiu logo em seguida, acompanhado por uma mulher ruiva, que exalava uma aura de pura força bruta.

Uma flecha se cravou na pedra ao lado do bárbaro, que recuava, e ele percebeu que deveria ficar o mais perto possível da montanha se fosse continuar em um lugar tão exposto.

Ele avançou na direção do meio-ogro, mas se interrompeu no momento que a criatura abaixou a cabeça e o ombro, na intenção de atropelá-lo. Wulfgar estava aliviado por ter sido treinado por Drizzt Do'Urden e aprendido a desviar e redirecionar em vez de apenas suportar cada golpe e então responder da mesma forma. Ele deu um único passo para o lado e esticou a perna na frente do brutamontes, então se virou assim que o meio-ogro tropeçou, batendo a ponta do cabo de sua arma atrás da axila do meio-ogro e empurrando com toda a sua força.

Wulfgar se sentiu um tanto aliviado quando viu o ogro continuar avançando até cair além da borda que ficava na extremidade da clareira, despencando em meio às rochas do fundo. Ele não fazia ideia do tamanho da queda que aguardava seu breve oponente, mas tinha certeza de que ele pelo menos ficaria fora de combate por algum tempo.

E isso era ótimo, porque a pirata já estava na sua frente, golpeando com sua espada, e Wulfgar precisou se esforçar ao máximo para não ser atingido. E o que era pior: a mulher continuava avançando, com sua espada fazendo bloqueios magníficos, escapando das defesas da berdiche e forçando Wulfgar a recuar com uma estocada diabólica.

Ela era boa. Wulfgar reconheceu isso de primeira. Ele sabia que precisaria de toda a sua energia se quisesse sobreviver. Então o bárbaro decidiu arriscar, avançando e aceitando uma estocada vinda do homem ao seu lado.

Mas não havia muita força naquela estocada, porque, quando o homem começou a atacar, Wulfgar soltou a mão direita de sua arma e desferiu um soco direto, acertando o rosto do homem no momento que o sorriso dele havia começado a se abrir. Antes que sua espada tivesse tempo de afundar nas costelas do bárbaro, o pirata já estava voando, parando apenas ao se chocar contra uma rocha.

E então restaram apenas Wulfgar e Sheila Kree, porque ele já havia reconhecido que aquela era a capitã pirata. Ele queria tanto que ela estivesse empunhando Presa de Égide em vez da espada em suas mãos! Ele teria gostado tanto de atrair o martelo de volta para si, o arrancando das mãos dela naquele momento e então o usar contra ela!

Mas, na situação atual, o bárbaro precisava fazer o possível para manter os golpes da pirata sob controle, já que Sheila com toda a certeza não era inexperiente em batalha. Ela estocava e cortava, então girou em um círculo completo e levou a espada na direção do pescoço de Wulfgar. O bárbaro se viu forçado a recuar para campo aberto e foi atingido mais uma vez, desta vez por uma flecha em seu ombro.

O sorriso de Sheila se alargou.

Um ogro imenso surgiu da abertura que levava à montanha. Outro rugido veio de cima, e mais outro vindo por trás de Wulfgar, de algum ponto não muito distante montanha abaixo — o meio-ogro que havia feito tropeçar, agora retornando.

— Preciso de vocês! — gritou o bárbaro, desesperado, para seus amigos, mas sabia que o vento havia tirado muito da projeção daquele chamado.

Ele sabia que Cattibrie e Bruenor, onde quer que estivessem, provavelmente não o ouviriam. Sentiu o cabo da berdiche rachando ainda mais em sua mão e calculou que era muito possível que a arma se quebrasse de vez no próximo golpe.

Wulfgar avançou mais uma vez, seguindo para a esquerda e tentando atrasar o máximo possível a chegada do ogro na batalha. Mas então viu outra silhueta surgindo pela abertura, provavelmente mais um pirata humano, e teve certeza de que seu destino estava selado.

Drizzt acertou vários golpes, repetidamente, usando o ambiente apertado e o teto baixo contra o ogro imenso. Ele tinha certeza de que aquele ali seria um oponente muito mais perigoso em espaço aberto, especialmente empunhando Presa de Égide. Mas ali, agora que entendia a velocidade do ogro, o drow era muito mais rápido e experiente.

Um ferimento após o outro se abriu em Bloog, e o ogro começou a pedir ajuda a quem estava com ele.

Alguém que, de fato, avançou e Drizzt preparou uma nova estratégia que havia acabado de delinear para manter o ogro entre ele e este fator desconhecido na batalha. Mas, antes que pudesse pôr a estratégia em ação, o ogro estremeceu de repente. Um ferimento novo, mais profundo, apareceu por trás do quadril de Bloog e um sorriso cruel se abriu no rosto de quem o feriu.

Tanto drow quanto ogro ficaram chocados.

E mais uma vez a espada se afundou no ogro, que gritou e se virou, mas Drizzt já estava em ação, com sua cimitarra se afundando em um dos rins da criatura.

E assim a batalha continuou, com o pobre Bloog sendo alternadamente ferido por espada e cimitarras, sem tempo de se recuperar da surpresa inicial e do ferimento profundo.

Logo o ogro caiu e ficou imóvel.

Drizzt olhou bem para o ser mascarado à sua frente. Ele baixou sutilmente as cimitarras, mas as manteve em prontidão, sem entender o que aconteceria a seguir.

— Talvez eu ofereça uma aliança. — Veio a resposta ao seu olhar, ainda que em um tom zombeteiro e nada sincero. — Ou talvez eu só estivesse esperando para te matar sem ninguém atrapalhar e perdi a paciência com essa tentativa vergonhosa de Bloog de te derrotar.

Drizzt começou a circular o cômodo, tendo seus movimentos espelhados, mantendo o corpo de Bloog ao centro, como uma barreira.

— E parece que só você pode decidir o que vai acontecer.

Uma risada zombeteira ecoou.

— Estou esperando por esse momento há anos, Drizzt Do'Urden — foi a resposta inesperada.

Drizzt respirou fundo. Então era um desafio pessoal, vindo de alguém que provavelmente passou anos estudando suas habilidades, sua reputação e se preparando contra ele. Não dava para subestimar quem o desafiava agora, especialmente após ter visto os movimentos graciosos contra Bloog, mas o drow se lembrou de que havia bem mais em jogo do que uma batalha e que havia outros contando com ele.

— Não é hora para isso — disse.

— É a hora perfeita — foi a resposta. — Exatamente como eu planejei.

— Regis! — gritou Drizzt.

O drow avançou o mais rápido possível, segurando ambas as cimitarras em uma mão e Presa de Égide com a outra, e jogando o martelo dentro da lareira. O halfling desceu de um salto para pegá-lo, parando apenas para ver o primeiro golpe dado na direção de Drizzt Do'Urden, vindo de espada e adaga trabalhando em sincronia.

Mas Drizzt havia desviado em um piscar de olhos, com as cimitarras já em prontidão, equilibrado em uma postura defensiva perfeita.

Regis sabia que este combate estava fora de sua alçada, então pegou o martelo e subiu a chaminé, depois correu para outra passagem lateral em direção ao quarto aparentemente vazio que já havia explorado.

O vento estava na direção ideal, então Cattibrie e Bruenor acabaram ouvindo o pedido desesperado de ajuda de Wulfgar. Ela sabia que ele estava em uma situação difícil, conseguia ouvir o combate lá em cima e também conseguia ver o meio-ogro se esforçando para chegar ao ponto de onde caíra.

Mas a mulher, que havia saltado para o outro lado da fenda na direção da trilha sinuosa, havia sido detida por uma saraivada de flechas vindas em sua direção.

Guenhwyvar havia finalmente aparecido, mas, antes mesmo que Cattibrie tivesse a oportunidade de dar algum comando à pantera, uma flecha se cravou em Guen, que, com um rugido, saltou para longe.

Cattibrie então lutou dando tudo de si, usando qualquer oportunidade que tinha para sair de sua cobertura e fazer um disparo devastador. Sua flecha explodiu contra a pedra e, dado o grito de dor e surpresa, aparentemente acertou um dos arqueiros. Mas havia muitos deles, e ela estava presa, sem ter como chegar até Wulfgar.

Ela eventualmente conseguiu se esgueirar e disparar no meio-ogro que ainda estava tentando voltar até onde estava Wulfgar, e seu projétil acertou a criatura no quadril e fez com que escorregasse ladeira abaixo.

Mas Cattibrie acabou sendo atingida no antebraço graças a isso. Ela voltou para a cobertura com um grito. Ela segurou a haste com cuidado, então firmou o olhar e o aperto. Rosnando para descarregar a dor, a mulher empurrou mais a flecha até que a atravessasse e ela pudesse removê-la. Cattibrie foi até sua mochila, pegando uma atadura e enrolando firmemente seu braço.

— Bruenor, cadê você? — murmurou ela, tentando afastar o desespero.

A sensação de que todos se reuniram para serem afastados novamente, desta vez permanentemente, estava cada vez mais difícil de ser ignorada.

— Por favor, ajude ele, Guen — implorou a mulher em voz baixa, amarrando a atadura e se encolhendo de dor ao preparar outra flecha.

Ele lutou de forma brilhante, puramente por instinto, sem fúria nem medo. Mas estava sendo atingido repetidamente e, embora nenhum ferimento fosse sério, Wulfgar sabia que era uma questão de tempo — e bem pouco tempo — até ser derrotado. Ele gritou a Tempus, achando ser apropriado e esperando que fosse aceitável para o deus que morresse com o nome dele em seus lábios.

Porque certamente este seria o fim do filho de Beornegar, entre a pirata e o ogro, com sua arma se quebrando em suas mãos e um terceiro oponente se aproximando.

Ninguém conseguiria chegar até ele a tempo.

Pelo menos ele estava feliz porque morreria de forma honrada, em combate.

Ele recebeu um golpe doloroso da pirata, então teve que girar rápido para bloquear o golpe do ogro, e, enquanto se virava, já sabia que não haveria mais jeito. Ele havia acabado de abrir sua guarda para Sheila Kree derrotá-lo.

Ele olhou para trás para ver o golpe final.

Wulfgar, satisfeito pela primeira vez em tantos anos, sorriu.

Gritos de surpresa vindo do alto alertaram Cattibrie e ela ousou sair de sua cobertura.

Lá, acima dela, Guenhwyvar atacava o posto dos arqueiros, recebendo flecha atrás de flecha, mas sem fraquejar nem desacelerar. Os arqueiros àquela altura já estavam de pé e Cattibrie não perdeu tempo em cravar uma flecha na lateral da cabeça de um, e então derrubar mais outro.

Ela mirou em um terceiro, mas segurou o disparo quando viu que Guenhwyvar havia saltado no centro do posto, espalhando o bando. Um homem tentou correr para longe da borda, subindo mais a montanha, mas uma grande pata preta o acertou na parte de trás da perna e o tombou.

Outro homem saltou da borda de seu posto, caindo e rolando, preferindo a queda ao destino sombrio que o aguardava nas garras da pantera. Ele tentou desesperadamente controlar sua descida e finalmente conseguiu parar a descida se apoiando em uma pedra.

Bem no campo de visão de Cattibrie.

Ele morreu rápido, pelo menos.

Sheila Kree havia vencido, ou pelo menos era o que pensava, quando sua espada foi na direção das costelas desprotegidas de Wulfgar.

Mas a capitão precisou recuar antes que sua espada sequer o tocasse, porque duas pernas se enrolaram em sua cintura e duas adagas se cravaram nas laterais de seu pescoço.

A pirata veterana se curvou para a frente, fazendo o assassino mergulhar sobre ela.

— Morik, seu canalha! — gritou ela quando o homem se pôs em um rolamento que o deu impulso para se levantar e ficar de pé ao lado de Wulfgar, com as adagas ensanguentadas nas mãos.

Sheila cambaleou para trás, mais confiante ao ver mais de seus subordinados chegando.

— Matem os dois! — gritou ela enquanto cambaleava de volta para o complexo de cavernas.

— Como nos velhos tempos, hein? — disse Morik para Wulfgar que, chocado, já estava defendendo os ataques do ogro.

Wulfgar mal conseguia responder. Ele apenas sacudiu a cabeça com a reviravolta inesperada.

— Como nos velhos tempos? — repetiu Morik ao começar o combate contra uma dupla de piratas.

— Não vencemos muitas lutas nos velhos tempos — Wulfgar o lembrou, porque as chances estavam longe de estarem equilibradas.

Drizzt movia suas cimitarras em um turbilhão de bloqueios giratórios, virando-as e alterando seu ângulo gradualmente, trocando sua postura defensiva por uma mais ofensiva e forçando o ser mascarado a recuar.

— Eu nem sei seu nome e mesmo assim você me odeia com tanta intensidade — comentou o drow.

A resposta veio após uma risada.

— Eu sou Le'lorinel. É o único nome de que você precisa.

Drizzt sacudiu a cabeça, olhando aqueles olhos intensos, de alguma forma os reconhecendo, mas sem saber ao certo de onde.

E então ele voltou ao combate mais intenso, bloqueando aquelas lâminas furiosas.

Uma espada veio na direção da cabeça de Drizzt, que a parou com uma cimitarra levantada. Le'lorinel virou sua espada sob a lâmina curva do drow e avançou com uma estocada da adaga com sua mão direita, em uma manobra brilhante.

Mas Drizzt era melhor. Ele aceitou a estratégia criativa de entrelaçar as lâminas, e, em vez de tentar usar sua segunda lâmina para desviar a adaga, ele rolou para a direita, levando sua cimitarra na direção do centro, o que empurrou a espada e forçou uma alteração no curso da adaga.

Sua segunda lâmina veio em uma varredura, indo direto nas costelas de quem o desafiava.

A lâmina foi repelida, como se houvesse acabado de tentar cortar uma rocha.

O drow recuou, vendo o sorriso que estava no rosto de Le'lorinel enquanto se virava. Ele soube imediatamente qual era a magia, pois já vira alguns magos a utilizando. Será que ele estava sendo desafiado por alguém com conhecimentos tanto marciais quanto mágicos?

Drizzt saltou o peito ensanguentado do corpo de Bloog, recuando até o fundo do quarto, perto da lareira.

Le'lorinel continuou a sorrir e levantou uma mão, sussurrando algo que Drizzt não conseguia ouvir. O anel brilhou e Le'lorinel ganhou ainda mais velocidade graças a mais uma magia.

É, a luta de Drizzt seria contra alguém que não havia negligenciado sua preparação.

Regis soltou Presa de Égide na lenha em chamas e então se abaixou o máximo que podia, rolou de forma a cair de cabeça e se segurou à extremidade da lareira para se sacudir para fora. No momento que seus pés passaram pelas chamas, ele agradeceu por estar usando suas botas de inverno em vez de estar descalço, como costumava fazer.

O halfling observou o cômodo, vendo que parecia bastante com o que Drizzt havia descrito. Ele puxou Presa de Égide do fogo e então atravessou o espaço, indo na direção da porta semiaberta.

Ele a atravessou em silêncio, chegando a uma câmara menor, algum tipo de laboratório alquímico. Lá havia mais uma porta, com a luz do sol se infiltrando por suas frestas.

O halfling correu até ela, agarrou a maçaneta e a abriu.

Então foi atingido por uma série de explosões dolorosas em suas costas e quadris. Com um gritinho, Regis correu até uma sacada natural, mas que não o oferecia nenhuma rota de fuga. Ele viu a luta que acontecia logo abaixo de si, então jogou o martelo o mais longe que conseguia, o que não era muito, e gritou o nome de Wulfgar.

Regis recuou aos tropeços, sem sequer ver a queda do martelo. Foi então que viu a feiticeira, com sua magia de invisibilidade desfeita. Ela andou na direção dele a partir da lateral do quarto, com suas mãos se movendo para conjurar outra magia.

Regis gritou e correu para fora do laboratório, indo primeiro para a lareira e então guinando para outra porta.

O ar ao redor do halfling ficou mais denso e foi tomado por fios de um material grudento. Ele mudou mais uma vez de direção, voltando a correr para a lareira na esperança de que as chamas queimassem essa teia mágica. Mas não conseguiu chegar perto, porque seus passos foram ficando cada vez mais curtos e seu impulso, diminuindo.

Regis foi pego, enrolado naquela teia mágica que o prendia firme e era tão grossa que não permitia sequer que respirasse.

E a feiticeira estava ali, na sua frente, a poucos centímetros da teia em que o havia enrolado. Ela levantou uma mão, levando uma adaga brilhante na direção do rosto do halfling.

Outro arqueiro caiu. Ignorando a dor e a pressão no braço, Cattibrie aprontou mais uma flecha.

Mais arqueiros apareceram sobre Guenhwyvar. Quando a mulher mirou na posição onde estavam, ela percebeu que algo estava se movendo em um lugar mais perigoso, uma plataforma logo acima de onde Wulfgar estava lutando.

Cattibrie se virou e quase disparou.

Era Regis, que recuava — e Presa de Égide, que caía!

Cattibrie prendeu a respiração, temendo que o martelo fosse acabar sua queda nas águas do mar, mas ficou preso em uma pequena protuberância sobre as águas.

— Chama o martelo! — gritou ela repetidamente.

Com uma olhadela na direção do posto dos arqueiros, onde Guenhwyvar ainda lutava, ela correu pela trilha.

Drizzt chegou à lareira e caiu sobre um joelho, soltando Morte Gélida no chão de pedra e estendendo a mão na direção das brasas. E então seu braço estava em movimento, entrando e saindo, lançando uma enxurrada de projéteis na direção de Le'lorinel. Ele acertou uma vez, e então mais outra. O terceiro projétil foi bloqueado, um graveto que girava, mas que se partiu ao meio pela lâmina da espada e cada lado, por sua vez, atingiu novamente o alvo.

Nenhum dos golpes era sério, e nenhum faria um dano considerável mesmo sem a magia da pele de pedra, mas cada um deles, cada acerto, removia um pouco da defesa mágica.

— Muito inteligente, drow! — parabenizou Le'lorinel antes de avançar com a espada à frente, tendo o drow abaixado como seu alvo.

Drizzt pegou a cimitarra que havia soltado e começou a se levantar, mas então se abaixou e deu um chute, fazendo seu pé acertar de raspão a canela de Le'lorinel.

Então precisou rolar para o lado e para trás, parando de pé contra a parede. O drow imediatamente ergueu as cimitarras, que ressoavam a cada bloqueio dos ataques intensos lançados em sua direção.

A berdiche já estava se desfazendo em suas mãos enquanto Wulfgar atacava o ogro.

Ao seu lado, Morik também estava em uma situação precária contra outra dupla de piratas, ambos empunhando cutelos.

— Não temos como vencer! — gritou Morik.

— Então por que você me ajudou? — rebateu Wulfgar.

Morik viu que não tinha palavras. Por que ele havia atacado Sheila Kree? Mesmo quando perdeu a invisibilidade, descendo a rampa que saía da câmara de Chogurugga, não teria sido difícil encontrar um canto nas sombras até a luta acabar. Xingando a si mesmo pela decisão que agora julgava tola, ele saltou à frente, cortando com suas adagas. Ele caiu, se virando de uma forma que fazia sua capa se abrir.

— Corre! — gritou ele, abandonando sua capa quando dois cutelos se prenderam a ela. Ele passou correndo por Wulfgar, indo além de entre dois pedregulhos que ladeavam a trilha.

Logo depois ele estava de volta à lareira, gritando.

Mas não por ali.

Outro ogro corria atrás dele.

Wulfgar gemeu de frustração ao ver o novo inimigo se juntando ao combate — e mais outro, percebeu, ao ver algo se mexendo ao lado de Morik.

Mas não era outro ogro.

Bruenor Martelo de Batalha saltou sobre a pedra enquanto Morik passava por ele logo abaixo. Com o machado nas duas mãos, o anão mirou no ogro, distraído com sua perseguição.

Crack!

O som do impacto se espalhou como pedra se partindo e todos na clareira pararam por um instante para olhar para o anão ruivo de olhos arregalados de pé sobre uma pedra, com o machado que estava cravado tão fundo na cabeça de um ogro que ele só continuava de pé porque o anão o mantinha assim enquanto tentava soltar seu machado.

— Esse som não é maravilhoso? — gritou Bruenor a Wulfgar.

Wulfgar sacudiu a cabeça e assumiu uma postura defensiva contra o ogro, que agora tinha mais dois piratas como reforço.

— Demorou, hein? — respondeu ele.

— Para de chorar! — gritou Bruenor em resposta. — Minha garota viu seu martelo, sua besta! Chama ele de uma vez, garoto!

O ogro em frente a Wulfgar deu um passo atrás para ter mais espaço para sua investida, gritou em desafio e levantou o tacape, se aproximando com toda a intensidade.

Wulfgar jogou sua berdiche arruinada na criatura, que bloqueou com o peito e jogou os pedaços para o lado.

— Ah. Genial! — reclamou Morik, mais uma vez atrás de Wulfgar, contornando para enfrentar os dois piratas.

Mas Wulfgar já não ouvia mais as reclamações, nem as ameaças do ogro furioso. Em vez disso, ele estava gritando, confiando na palavra de Bruenor.

— Vai fazer o que agora, fracote? — disse o ogro, embora sua expressão estivesse consideravelmente diferente quando terminou a pergunta. Um belo martelo havia surgido na mão de Wulfgar, que já estava à espera.

— Pega essa — comentou o bárbaro, arremessando sua arma.

Assim como havia feito com a berdiche, o ogro tentou aceitar o golpe em seu peito, com a ajuda do braço, na intenção de apenar receber o golpe e jogar o martelo para o lado.

Mas desta vez não era uma berdiche rachada.

O ogro não fazia ideia do motivo de estar sentado contra a parede de pedra, sem conseguir respirar.

Levantando a mão, o bárbaro chamou o martelo mais uma vez.

E então, mais uma vez, ele retornou, e o guerreiro se reencontrou com sua arma.

Um cutelo veio na sua direção vindo da lateral, junto a um grito de aviso de Morik.

Wulfgar então abaixou seu martelo, arremessando o cutelo para longe. Com um equilíbrio perfeito, como se o martelo fosse uma extensão de seu braço, Wulfgar girou a arma e a sacudiu com força.

O pirata também foi arremessado para longe.

O outro se virou e fugiu, mas Morik o alcançou antes que chegasse à abertura, o atingindo com suas adagas.

Outro ogro saiu da caverna, olhando ameaçadoramente para Morik, mas um raio azulado passou entre o bárbaro e o ladrão, derrubando o brutamontes para dentro.

Os amigos se viraram e viram Cattibrie, com o arco em sua mão.

— Guen está com eles lá em cima — explicou a mulher.

— Pança-Furada também está lá em cima e deve estar precisando de ajuda! — gritou Bruenor, gesticulando para eles.

O grupo correu trilha acima, circulando a montanha. Então, chegaram a outro nível, uma área ampla com uma porta imensa escavada na montanha.

— Aqui não — Morik tentou explicar. — Tem uns ogros gigan...

O assassino se calou quando Bruenor e Wulfgar se jogaram contra a porta, usando o martelo e o machado para despedaçá-la.

E os dois entraram.

Chogurugga, junto a seus lacaios, já estava à espera.

Suas armas retiniam constantemente umas contra as outras, rápidas como um borrão, e o som parecia um zumbido constante. Utilizando sua velocidade mágica, Le'lorinel conseguia acompanhar a velocidade cegante de Drizzt, mas, ao contrário do drow, não possuía o hábito de lidar com o novo ritmo.

Uma cimitarra à direita, uma cimitarra à esquerda, uma cimitarra à frente e Drizzt conseguiu acertar o peito de Le'lorinel, o que teria encerrado a batalha se nao fosse pela magia de pele de pedra.

— Quantos golpes essa magia vai parar? — perguntou o drow, ficando mais confiante à medida que suas sequências atravessavam as defesas. — Não temos que fazer isso.

Mas não houve nem sinal de rendição.

Drizzt fez um corte com a mão direita, então girou junto ao contra--ataque, também giratório, e ambos terminaram seus movimentos em um choque das quatro lâminas.

Ele pôs sua cimitarra acima da espada, a puxando para baixo. Quando veio a estocada previsível em sua direção, o drow saltou, levando seu corpo acima do ataque, e então caiu de pé e se abaixou antes que a espada atingisse sua cabeça. Drizzt fez mais um corte, que desta vez acertou o quadril de Le'lorinel, e aproveitou o recuo para dar um chute no joelho do ser mascarado.

O grito de dor que foi dado em resposta lhe deu a informação de que precisava.

A magia havia sido dissipada. O próximo acerto de sua cimitarra tiraria sangue.

— Não tem necessidade disso — disse Drizzt de forma generosa.

Le'lorinel o olhou com raiva e depois abriu outro sorriso. O anel brilhou mais uma vez após uma palavra de ativação.

Drizzt avançou, pronto para lidar com qualquer que fosse o novo truque.

Mas Le'lorinel não estava em lugar algum — havia desaparecido completamente.

Drizzt parou, com os olhos se arregalando de surpresa. Por instinto, ele apelou para suas próprias habilidades mágicas inatas e conjurou um globo de escuridão sobre si mesmo, um que preenchia todo o cômodo e o punha em pé de igualdade com a forma invisível.

E era exatamente o que Le'lorinel esperava que ele faria. Porque, naquele momento, graças à quarta magia do anel — a mais traiçoeira de todas as que ali estavam — o corpo invisível de Le'lorinel foi delineado por chamas brilhantes.

Drizzt avançou, girando e fazendo as rotinas de ataque que há tantos anos aprendera a usar em lutas às cegas. Cada ataque também era uma defesa, e suas cimitarras espiralavam a partir de seu corpo.

E ele prestava atenção, ouvindo atentamente até notar o som dos pés se movendo.

E, no mesmo instante, já estava na posição da fonte do som, se sentindo encorajado ao sentir sua lâmina se chocar com uma espada, que não parecia estar bem empunhada o suficiente.

Drizzt acreditava ter sido um erro de cálculo, uma alteração do campo de batalha que havia acabado sendo mais vantajoso para si.

Então ele lançou vários golpes de alcance amplo, vindos pela direita e pela esquerda, forçando Le'lorinel a ficar na sua frente.

Continuando pela direita e pela esquerda, Drizzt se virou de repente em um giro seguido por um corte com sua mão direita ao retornar.

Foi quando ele soube que havia vencido, porque, graças à posição da espada e da adaga, não haveria como se defender.

Sua cimitarra se afundou no flanco de Le'lorinel, rasgando sua carne.

Mas, exatamente no mesmo instante, Drizzt também foi atingido na lateral.

Sem poder interromper ou recuar o golpe, Drizzt precisava terminar o movimento, e a cimitarra raspou em uma costela, rasgou um pulmão e saiu pela frente do peito do ser mascarado.

E o mesmo ferimento surgiu no peito do drow.

Assim que se sentiu tomado pela dor, assim que cambaleou para trás, tropeçando na perna de Bloog e caindo no chão contra a parede, Drizzt entendeu o que havia acontecido, reconheceu o escudo de fogo, uma magia diabólica que causava dano a quem ferisse o conjurador.

Ele ficou ali, com um de seus pulmões falhando e o sangue escorrendo a borbotões.

Do outro lado, Le'lorinel, também à beira da morte, gemeu.

Capítulo 28

Um preço a se pagar

Bruenor e Wulfgar invadiram a caverna com a mesma intensidade. Wulfgar correu para o lado, indo combater dois ogros de armadura, e Bruenor foi até o alvo mais diferenciado dos três, uma ogra de pele em um tom claro de violeta usando um elmo brilhante e empunhando uma foice imensa.

Morik surgiu hesitantemente por trás dos dois, nem um pouco ansioso para se juntar à batalha.

Cattibrie, logo atrás dele, estava mais interessada. Ela disparou uma flecha quase imediatamente, atrasando um dos ogros que se aproximavam de Wulfgar.

O impacto deu ao bárbaro toda a oportunidade de que precisava. Ele se jogou contra o outro brutamontes, batendo incessantemente com Presa de Égide. O ogro tentou ao máximo bloquear os golpes, mas a terceira pancada acertou a armadura de placas que cobria seu peito e o fez cambalear para trás.

E Wulfgar avançou mais uma vez, com seu martelo na dianteira.

O companheiro ferido do ogro tentou voltar ao combate, mas Cattibrie lançou mais uma flecha, e depois uma terceira. Gritando de raiva e dor, ele se virou e, em vez de correr na direção de Wulfgar, o ogro decidiu correr na direção da porta.

— Maravilhoso — bufou Morik antes de gritar quando uma forma grande esbarrou nele, fazendo com que caísse.

Guenhwyvar atingiu o ogro cravado de flechas no meio de sua corrida. Ela saltou no rosto do brutamontes, arranhando e mordendo. A criatura continuou de pé, tendo perdido seu impulso, e então acabou recuando alguns passos incertos à medida que seu rosto se cobria de sangue.

— Boa menina — disse Cattibrie antes de se virar e disparar na direção de Bruenor, acertando a ogra. Em seguida, ela sacou Khazid'hea. Ela fez uma pausa e olhou para Morik, apoiado contra a parede, sacudindo a cabeça.

— Incrível — murmurou o ladrão, obviamente incrédulo.

Eles eram mesmo um grupo eficiente!

A escuridão mágica se dissipou. Drizzt ainda estava jogado contra a parede. Do outro lado, estava Le'lorinel, praticamente na mesma posição e com um ferimento idêntico ao do drow.

Drizzt olhou para a forma caída à sua frente e seus olhos se arregalaram. Ainda havia algumas chamas mágicas bruxuleando sobre sua pele, mas Drizzt mal as notou. Porque o ferimento, que havia atravessado o peito de Le'lorinel e rasgado seu colete, acabou deixando à mostra um seio!

E Drizzt finalmente entendeu tudo e ele reconheceu perfeitamente aqueles olhos e sabia quem estava ali antes mesmo que Le'lorinel tirasse a máscara de seu rosto.

Uma elfa, uma elfa da lua, alguém que já foi a criança que Drizzt havia salvado do ataque drow. Uma elfa que fora levada pela fúria e pela devastação trazida pelos drow naquele dia terrível, o dia em que fora coberta pelo sangue da sua mãe, que havia acabado de ser morta, para convencer aos outros drow que ela também havia morrido.

— Pelos deuses. — O drow conseguiu dizer, com a voz fraca devido à falta de ar.

— Você está morto, Drizzt Do'Urden — disse a elfa, com a voz igualmente fraca. — Eu vinguei minha família.

Drizzt tentou responder, mas não sabia em por onde começar. Como ele poderia, em tão pouco tempo, explicar a Le'lorinel que ele não havia participado daquele massacre, que havia corrido um risco imenso para salvar sua vida e que sentia muito, sentia tanto, por todo o mal que seu povo maligno fizera?

Ele olhou para Le'lorinel sem um pingo de ressentimento, mesmo sabendo que foram suas ações errôneas e seu desejo cego de vingança que haviam custado a vida de ambos.

Chogurugga estava se saindo bem na luta contra Bruenor Martelo de Batalha, com seus músculos, sua velocidade e sua resistência aprimorados pelas poções sendo muito úteis contra o anão.

Bruenor apenas rosnava e xingava, desferindo golpes poderosos e recebendo ataques que derrubariam a maioria dos oponentes, mas que podia praticamente ignorar graças à resistência natural dos anões, para então contra-atacar com seu machado.

Mas ele sabia que estava perdendo, ao menos até a flecha de Cattibrie passar acima dele, acertando o peito da ogra e fazendo com que cambaleasse para trás.

— Boa, garota! — gritou o anão, aproveitando a vantagem para assumir a ofensiva.

Mas, ao chegar na ogra, ela já estava com outro frasco em seus lábios, tomando tudo de um só gole.

Quando Bruenor recomeçou a batalha, os ferimentos dela já estavam se fechando.

O anão rosnou de raiva.

— Maldita poção de cura! — gritou ele enquanto abria um corte profundo na coxa de Chogurugga.

E, imediatamente, Chogurugga havia tirado do cinto outro frasco, parecido com o anterior, e estava pronta para beber dele. Bruenor xingou mais uma vez.

Uma forma escura surgiu acima do anão, se chocando e então se agarrando contra a ogra.

Chogurugga se debatia enquanto Guenhwyvar rasgava seu rosto, com as garras frontais se agarrando, as presas mordendo e as garras traseiras a rasgando.

A ogra soltou o frasco, que caiu, intacto, no chão. Sua arma, então, foi a próxima a cair. A ogra precisava das duas mãos livres para se agarrar a pantera e tentar tirá-la de si.

Mas as garras de Guen continuavam presas, o que significava que, se jogasse Guenhwyvar para longe, seu próprio rosto iria junto. E, naturalmente, Bruenor estava logo atrás, atingindo as pernas e o tronco da ogra com machadadas poderosas.

Bruenor ouviu um som ao seu lado e viu Cattibrie fazendo Khazid'hea cortar sem dificuldades a carne e o osso de Chogurugga.

A ogra despencou no chão.

Os dois companheiros se viraram na hora que o martelo de Wulfgar se afundou na cabeça do último ogro, que caiu sobre o cadáver de seu parceiro.

— Por aqui! — gritou Morik de uma saída no outro lado da câmara, com um corredor que levava a uma região mais alta do complexo.

Bruenor fez uma pausa para esperar por sua garota quando Cattibrie parou para pegar o frasco caído de Chogurugga.

— Quando eu descobrir quem tem dado isso para esses raios desses ogros, eu vou arrebentar o desgraçado! — declarou o anão, frustrado.

Do outro lado, Morik mordeu o lábio. Ele sabia quem era a pessoa responsável, afinal, ele tinha visto o laboratório de Bellany.

E então os companheiros subiram, até chegar ao corredor com as cinco portas que compunha o complexo de Sheila. Um gemido de dor vindo de um lado fez com que todos corressem até uma porta, que Bruenor derrubou com toda a sua sutileza anã.

E então virão Drizzt e a elfa, ambos mortalmente feridos.

Cattibrie apareceu logo depois, correndo até Drizzt, mas o drow conseguiu levantar uma mão para fazê-la parar.

— Salve ela — exigiu em um fio de voz. — Você precisa salvar...

E ele perdeu os sentidos.

Wulfgar ficou parado à porta, horrorizado, mas Morik não olhou para aquele quarto, indo para o outro lado, na direção do quarto de Bellany. Ele entrou a toda a velocidade, sem ter tido tempo de terminar a prece silenciosa para que a porta não estivesse magicamente trancada.

O ladrão parou assim que entrou, no momento que ouviu um grito. Ele se virou e viu um halfling se livrando de uma teia mágica.

— Quem é você? — perguntou Regis, que logo acrescentou. — Está vendo isso aqui? — Ele abriu a camisa, levantando um pingente de rubi para que Morik o visse melhor.

— Morik. Onde está a feiticeira? — Morik exigiu saber, sem sequer notar a joia hipnotizante.

Regis apontou para a porta aberta que dava para a sacada e Morik correu para lá. O halfling olhou para baixo, para seu pingente de rubi, e sacudiu a cabeça, se perguntando por que não havia funcionado. Ainda bem que o homem parecia ocupado demais para perder tempo com ele.

Cattibrie fez uma pausa, pega de surpresa pela sinceridade e pela autoridade na voz de Drizzt quando deu as instruções surpreendentes. A mulher se virou para a elfa caída, com a respiração tão fraca quanto a de Drizzt, parecendo, como ele, que cada respiração seria a última.

— Mas nunca nos Nove Infernos que você vai! — gritou Bruenor, arrancando o frasco da mão da filha.

Xingando sem parar, o anão correu até Drizzt e despejou o líquido curativo em sua garganta.

O drow tossiu e começou a respirar melhor quase imediatamente.

— Infernos! — Cattibrie gritou e correu até o outro lado do quarto até chegar à elfa caída, levantando sua cabeça com cuidado e olhando em seus olhos.

Olhos que já não tinham mais vida.

Assim que Drizzt abriu seus olhos mais uma vez, a alma de Le'lorinel deixou seu corpo.

— Rápido! — disse Regis, chegando até a porta. Mas o halfling parou ao ver o estado de Drizzt.

— O que foi, Pança-Furada? — disse Bruenor após uma pausa.

— F-feiticeira — gaguejou Regis, ainda olhando para Drizzt. — É... Morik foi atrás dela. — Sem desviar os olhos, ele apontou para o outro lado.

Wulfgar foi na direção para onde o halfling havia apontado e Bruenor chamou Cattibrie quando ela caiu de joelhos ao lado do drow.

— Pega o seu arco, garota! Vão precisar de você!

A mulher hesitou por um bom tempo, olhando desesperada para Drizzt, mas Bruenor a afastou.

— Não sou muito bom nisso de matar esse povo da magia. Seu arco vai ser mais útil.

Cattibrie se levantou e correu para fora do quarto.

— Mas grita se aparecer outro ogro! — gritou o anão, para garantir.

Bellany xingou em voz baixa enquanto seguia cuidadosamente seu caminho pela montanha até ver a costa e o *Quilha Sangrenta* saindo da caverna. O convés estava repleto de piratas, incluindo, principalmente, Sheila Kree, ferida, mas firme, gritando ordens para seus subordinados.

Bellany imediatamente decidiu usar seus poderes mágicos, começando a conjuração de uma magia que a levaria para o convés. Ela havia quase terminado a conjuração, estava dizendo as últimas palavras e fazendo os últimos gestos quando foi agarrada por trás.

Horrorizada, a feiticeira se virou e viu Morik, a segurando firme com uma expressão sombria.

— Me solta! — exigiu ela.

— Não vai — disse Morik, sacudindo a cabeça. — Não vai, por favor.

— Seu idiota, vão me matar! — gritou Bellany, tentando ao máximo se afastar. — Eu poderia ter te matado, mas não matei. Eu poderia ter matado aquele halfling, mas...

Mas a voz dela sumiu então, quando viu um bárbaro imenso surgir na trilha.

— O que você fez comigo? — perguntou a mulher, derrotada, a Morik.

— Você não deixou o halfling viver? — argumentou o ladrão.

— Mais do que isso! Eu soltei o halfling — respondeu Bellany de forma desafiadora. Mas então ela ficou em silêncio, porque Wulfgar havia chegado até ela.

— Quem é essa? — perguntou o bárbaro, furioso.

— Uma observadora — respondeu Morik —, só isso. Ela é inocente.

Wulfgar estreitou os olhos, encarando Bellany e Morik. Sua expressão deixava claro que não havia acreditado em seu amigo.

Mas Morik havia salvado sua vida naquele mesmo dia, e, por isso, ele não disse nada.

Os olhos de Wulfgar se arregalaram quando ele deu um passo à frente e percebeu o navio, com suas velas sendo estendidas, deslizando além do labirinto rochoso. Ele saltou para um ponto que lhe desse uma melhor visão e levantou Presa de Égide, como se estivesse com a intenção de lançá-lo na direção do navio.

Mas o *Quilha Sangrenta* estava muito além de seu alcance.

Cattibrie foi a próxima a se juntar ao grupo, e não perdeu tempo em erguer Taulmaril, mirando no convés do *Quilha Sangrenta*.

— A ruiva — instruiu Morik. Bellany deu uma cotovelada nas costelas dele, com uma expressão que mostrava bastante desagrado.

E, de fato, Cattibrie já estava mirando em Sheila Kree, que era bem fácil de se identificar no convés.

Porém, fez uma pausa e levantou a cabeça, abaixando o arco para analisar melhor o cenário. Ela percebeu que várias ondas quebravam sobre pedras submersas, ao redor do navio pirata em fuga, e sabia bem o tamanho da habilidade que alguém deveria ter para conduzir um navio por águas tão perigosas.

Cattibrie preparou o arco mais uma vez, procurando pelo convés.

Quando encontrou o timão e quem o controlava, ela soltou a flecha. A pirata se inclinou para a frente, depois deslizou até o chão do convés, fazendo o timão virar para o lado com sua queda.

O *Quilha Sangrenta* se virou bruscamente, e os tripulantes corriam desesperadamente para segurar o timão.

Então todos ouviram o baque quando o navio seguiu sobre um recife e o vento nas velas o forçou ainda mais além, partindo todo o casco.

Muitos foram jogados para fora do navio com o impacto. Outros saltaram direto nas águas geladas ao perceber o navio se desintegrando sob eles. Outros ainda foram até um mastro ou parte do balaústre e se agarram com todas as forças.

Em meio ao caos, estava Sheila Kree. A pirata olhou para a montanha e encarou Cattibrie diretamente, em desafio.

Até que ela, também, afundou na água gelada, e o *Quilha Sangrenta* não era nada além de destroços, se espalhando pelas águas do mar.

Poucos conseguiram sobreviver ao frio e, aqueles que conseguiram, assim como aqueles que não chegaram a embarcar — tanto ogros quanto meio-ogros e humanos — não tinham intenção alguma de lutar mais uma vez contra aquele grupo poderoso.

A batalha pela Baía Dourada foi vencida.

Epílogo

ELES ENTERRARAM A ELFA QUE SE APRESENTARA como Le'lorinel no barro, dentro do complexo de cavernas, o mais próximo da saída possível, da área externa e do céu estrelado.

Drizzt não ajudou a cavar, porque seu ferimento ainda não havia sido completamente curado, mas observou a cada instante. E, quando baixaram o corpo da elfa, anteriormente conhecida como Ellifain, no chão frio e a cobriram com o barro úmido, Drizzt continuou ali, olhando a tudo, impotente.

— Não era para ser assim — disse o drow em voz baixa a Cattibrie, que estava de pé ao seu lado, oferecendo conforto.

— Eu percebi pela sua voz — respondeu a mulher. — Quando me disse para salvá-la.

— E eu queria que tivessem salvado.

— Seu idiota! — surgiu uma voz rouca ao seu lado. — Trata de melhorar logo para eu socar a sua cara!

Drizzt se virou para Bruenor, com uma expressão que espelhava o desagrado do anão.

— Você acha que íamos fazer isso? — insistiu Bruenor. — Acha mesmo? Você acha que íamos deixar você morrer e salvar quem te matou?

— Você não entende... — Drizzt tentou explicar, com os olhos violetas marejados.

— E você teria salvado esse raio de elfa em vez de mim? — berrou o anão, furioso. — Ou em vez da minha garota? Se você disser que sim, elfo, eu vou acabar limpando seu sangue do meu machado!

A realidade da afirmação foi uma pancada para Drizzt, e ele se virou para Cattibrie, impotente.

— Eu não iria dar a poção para ela — disse a mulher por fim. — Você me pegou de surpresa, é claro, mas eu ia fazer você tomar aquela poção de qualquer jeito.

Drizzt suspirou e aceitou a verdade, mas, mesmo assim, a situação inteira parecia injusta demais, errada demais. Ele havia encontrado Ellifain antes, há não tantos anos, no Bosque da Lua, quando estava a caminho do Subterrâneo. A elfa fora até ele furiosa, desejando matá-lo, mas seu clã a conteve e pediu para que Drizzt seguisse em frente. E o drow, apesar de saber que a raiva dela não deveria estar voltada contra ele, não conseguiu acalmá-la ou fazê-la mudar de ideia.

E agora, isso. Ela fora atrás dele por causa do que seu povo maligno havia feito a sua mãe, a sua família e a ela.

Drizzt suspirou com a ironia, e seu coração se partiu com uma reviravolta tão triste do destino. Se Ellifain houvesse dito a ele quem era, ele jamais teria conseguido erguer suas lâminas contra a elfa, mesmo para se defender.

— Eu não tive escolha — disse Drizzt a Cattibrie, quase em um sussurro.

— A elfa que se matou — respondeu a mulher. Bruenor, que viera se juntar a seus amigos, concordava completamente.

— Ela deveria estar viva e se recuperando da dor de décadas atrás — disse o drow.

Ao seu lado, Bruenor bufou alto.

— Você tinha que ter ficado vivo — gritou o anão. — E ficou.

Drizzt olhou para ele e deu de ombros.

— Você teria me dado a poção — insistiu o anão em voz baixa e Drizzt assentiu.

— Mas isso não me deixa menos triste — explicou o drow.

— Se fosse diferente, você não seria meu amigo — garantiu Bruenor.

Cattibrie puxou Drizzt para perto e beijou sua bochecha.

Mas ele não olhou para ela. Apenas continuou olhando para a nova sepultura, com os ombros caídos devido ao peso do mundo.

Os cinco companheiros, junto a Morik e Bellany, saíram da Baía Dourada uma semana depois, após o tempo melhorar.

Eles sabiam que estavam correndo contra o tempo para sair das montanhas, mas, com a ajuda mágica de Bellany, conseguiram em pouco tempo atravessar a passagem principal da Espinha do Mundo. Ela levava a Vale do Vento Gélido, se seguissem para o norte ou a Luskan, se seguissem para o sul.

E lá se separaram, com Morik, Bellany e Wulfgar indo para o sul e os outros quatro, para o norte, de volta a Dez-Burgos.

Mas, antes de irem cada um para seu lado, Wulfgar prometeu a seus amigos que em breve estaria em casa.

Em casa. Em Vale do Vento Gélido.

A primavera já estava avançada quando Wulfgar, Delly e Colson passaram mais uma vez por Luskan, a caminho de Vale do Vento Gélido.

A família visitou a Cutelo, para ver Arumn e Josi, e também visitou Bellany e Morik, que viviam juntos no apartamento de Morik, agora bem mais confortável após as intervenções da feiticeira.

Wulfgar não ficou em Luskan por muito tempo e sua carroça passou pelo portão norte apenas dois dias depois. Porque o guerreiro, que agora sabia mais uma vez quem era, estava mesmo ansioso para voltar para casa, na companhia de seus amigos.

Delly também estava ansiosa para ver esse novo lar e criar Colson no ar fresco e límpido do famoso Vale do Vento Gélido.

Quando a noite estava caindo, o casal percebeu uma fogueira à distância, um pouco fora da estrada e, como havia fazendas espalhadas pela região, prosseguiram sem medo.

Eles sentiram o cheiro dos ocupantes do acampamento antes mesmo de conseguirem vê-los. Delly sussurrou.

— Goblins.

Wulfgar, porém, já tinha ideia de quem estava lá.

— Anões — corrigiu ele.

Como este grupo em específico não havia se preocupado em escolher alguém para ficar de guarda, Wulfgar e Delly foram diretamente para o meio deles, próximos à fogueira, antes que qualquer anão tivesse tempo para gritar de surpresa ou ultraje. Depois de um instante de hesitação, com várias armas de aparência perigosa, repleta de lâminas e ganchos, erguidas em ameaça, o anão mais desagradável, fedorento e animado que qualquer um dos humanos presentes já viu, surgiu na frente deles. Ele ainda estava de armadura, embora estivesse evidente que o acampamento havia sido levantado horas antes. E que armadura! Várias protuberâncias afiadas saíam de todos os cantos, junto a vários espigões menores.

— Wulfinho! — bradou Thibbledorf Pwent, o líder espalhafatoso da famosa Brigada Esmaga-Tripa do Salão de Mitral. — Eu ouvi falar que você não estava morto! — Ele abriu um sorriso imenso, com vários dentes faltando, e deu um soco forte em Wulfgar. — Mais durão que a rocha, né?

— O que você está fazendo aqui? — perguntou o bárbaro, surpreso e não tão animado por ver aquele velho amigo em particular.

Wulfgar havia passado um tempo vivendo próximo a Thibbledorf no Salão de Mitral há muitos anos e presenciara o treinamento incrível dos famosos Esmaga-Tripa, um grupo de valentões selvagens e violentos. Uma das táticas infames de Thibbledorf era saltar em um inimigo e se debater freneticamente e sua armadura acabava fazendo o inimigo em pedaços.

— Indo para Vale do Vento Gélido — explicou Thibbledorf —, buscar o Rei Bruenor.

Wulfgar fez menção de pedir ao anão que se explicasse melhor, mas se interrompeu quando entendeu o título que Thibbledorf havia atribuído a Bruenor.

— Rei?

Thibbledorf abaixou o olhar, um movimento que fez todos os Esmaga-Tripa, mais ou menos dez deles, saltarem e se deixarem cair sobre um joelho. Todos eles, exceto o líder, começaram uma entoação grave e melodicamente estática.

— Louvado seja Moradin, que levou Gandalug Martelo de Batalha — disse Thibbledorf de forma solene. — O Rei do Salão de Mitral se foi. Aquele que era rei antes dele volta ao posto de rei: Bruenor Martelo de Batalha, do clã que leva seu nome. Vida longa e boa cerveja ao Rei Bruenor!

Ele terminou com um grito e toda a brigada começou a saltar. Eles pareciam um campo de rochas saltitantes, sacudindo os punhos, a maioria deles cobertos de manoplas repletas de espigões.

— Rei Bruenor! — bradaram todos os anões.

— O que isso quer dizer? — sussurrou Delly para Wulfgar.

— Quer dizer que não vamos ter tempo de ficar muito confortáveis em Dez-Burgos — respondeu o bárbaro. — Porque não duvido que logo vamos voltar para a estrada. E vai ser uma estrada longa para o leste até o Salão de Mitral.

Delly olhou ao redor, para os Esmaga-Tripa, todos dançando em pares gritando "Rei Bruenor!" e terminando cada brado com um pequeno salto e uma corrida curta que fazia cada dupla se chocar.

— Bom, pelo menos nossa viagem até o norte vai ser bem mais segura — comentou a mulher — e bem mais aromática.

Wulfgar começou a assentir, mas então viu Thibbledorf bater a testa contra a de outro membro da brigada, desmaiando o pobre anão. Thibbledorf sacudiu a cabeça para afastar a tontura, fazendo seus lábios se balançarem violentamente. Quando viu o que havia feito, berrou mais alto e investiu na direção de outro — que aceitou o desafio e investiu de volta, com um grito próprio.

E acabou indo parar na terra dos sonhos dos Esmaga-Tripa.

Thibbledorf berrou ainda mais alto e começou a saltar de um lado para o outro, em busca de uma terceira vítima.

— Mais segura? É o que veremos. — Foi tudo o que Wulfgar pôde dizer a Delly.

DRIZZT DO'URDEN VAI VOLTAR

Para acompanhar as novidades da Jambô e acessar conteúdos gratuitos de RPG, quadrinhos e literatura, visite nosso site e siga nossas redes sociais.

www.jamboeditora.com.br

facebook.com/jamboeditora

x.com/jamboeditora

bsky.app/profile/jamboeditora.com.br

instagram.com/jamboeditora

threads.net/@jamboeditora

youtube.com/jamboeditora

twitch.com/jamboeditora

Para ainda mais conteúdo, incluindo colunas, resenhas, quadrinhos, contos e material de jogo, faça parte da Dragão Brasil, a maior revista de cultura nerd do país.

Participe também de *Duelo de Dragões*, primeira grande campanhade RPG coletiva de *Tormenta 20*.
O Brasil todo está jogando!

www.dragaobrasil.com.br

www.catarse.me/revistatormenta20

Rua Coronel Genuíno, 209 • Centro Histórico
Porto Alegre, RS • 90010-350
contato@jamboeditora.com.br